创生者

预见

马寓 著

人民文学出版社
PEOPLE'S LITERATURE PUBLISHING HOUSE

图书在版编目(CIP)数据

预见/马儁著.—北京:人民文学出版社,2020
(创生者)
ISBN 978-7-02-015705-1

Ⅰ.①预… Ⅱ.①马… Ⅲ.①科学幻想小说-中国-当代 Ⅳ.①I247.5

中国版本图书馆 CIP 数据核字(2019)第 189310 号

责任编辑 **卜艳冰　杨　芹**
装帧设计 **汪佳诗**

出版发行 **人民文学出版社**
社　　址 **北京市朝内大街 166 号**
邮政编码 **100705**
网　　址 **http://www.rw-cn.com**

印　　制 **山东临沂新华印刷物流集团有限责任公司**
经　　销 **全国新华书店等**

字　　数 **290 千字**
开　　本 **890×1240 毫米　1/32**
印　　张 **13.375**
版　　次 **2020 年 7 月北京第 1 版**
印　　次 **2020 年 7 月第 1 次印刷**

书　　号 **978-7-02-015705-1**
定　　价 **59.00 元**

本书为上海市作家协会签约作品

序

我为何？亿兆碱基构筑的虚幻皮囊、大量原子排列的雄伟方阵、无数能量涌动的时空牢笼，就如石瓦铁木一般，原本毫无意义。

忽然，振荡起伏的电流敲击出精妙绝伦的节拍，一首美轮美奂的意识之歌划破了寂静长空。

从这一刻起，我变得意义非凡。

是谁赋予了这一切？

我，苦苦搜寻着毫无线索的谜底，感觉自己像是遗失了使命代码的机械羔羊，孤独徘徊在无边无垠的欲望森林之中。

生命是那滚滚红尘上，被众多枷锁束缚着的绝望囚徒，追求着镜花水月般的自由？

生命是那茫茫苦海中，由浩瀚沙石幻化作的悲伤旋涡，释放着一瞬即逝般的美丽？

在无尽黑暗中，看着那一束最初的光突然亮起时，我知晓了答案，是的，一切的答案……

我从梦境中醒来，只见和煦的阳光似万千缕金色丝线泻进屋里，如蝉翼轻薄的窗帘便挂起五彩缤纷的瀑布。

下床倚窗眺望远方，天空并不蔚蓝如海，也没有雄鹰展翅翱翔；大地并不花团锦簇，也没有蝴蝶轻舞飞扬；河流并不明净如练，也没芦苇碧波荡漾；大自然当初绚丽斑斓的舞裙日趋破落，失去鲜亮的色调、蓬勃的生机、高贵的气质，变得黯淡无光，让我情不自禁地惜恋以往的美好景象。

来到客厅，父亲正安详地端坐沙发浏览报纸。

“父亲，你现在有空吗？”我说道，“有件事想听听你的建议。”

父亲放下报纸，摘下老花眼镜，微笑地问：“啥事神神秘秘的？说吧。”

“最近总有一些奇思异想困扰着我，有时来自梦境，有时来自清醒的一瞬。我想把它们写下来。”

“呵呵，我很欣慰。被你荒废了十几年、布满尘埃的探险船要再次起航了。”父亲慈祥地笑道。

“但这次不同。脑海中奇异的记忆碎片皆与生命与宇宙相关，而我自参加工作之后，从未关注过这些知识与事物，甚至连物理定律都已说不出几条。所以，我坚信它们并不是自己的领悟，似乎冥冥之中有一股强大的力量，驱动着我不由自主地陷入深思，并呼唤催促着我将其倾诉，如同最为紧要的使命一般。”

父亲微微皱眉道：“难道你想创作一本科幻小说？”

“不，我不认为它算作小说，也不认为是自己在创作，只是在还原脑中那些过于真实的幻象。”

“孩子，我不得不提醒你，科幻小说如果涉及太过高深或生僻的理论，读者是很难接受的。”

我沉默地推门而出，走在人头攒动的街上，看见西装革履的青年用灿烂的微笑分发着宣传纸片，衣着时髦的姑娘用艳丽的妆容等待着爱恋情人，发须皆白的老人用蹒跚的步伐摇摆在十字岔口，天真烂漫的女孩用渴望的眼神注视橱窗里的裙子……刹那间，莫名而强烈的情感触动神经，不知是为生命的美丽与伟大而感叹，还是为生命的短暂与艰辛在悲伤，我忍不住心潮澎湃，想撕心裂肺地痛哭一场。

那一刻，我毅然决定，即便前方是皑皑雪山、茫茫草原、崇山峻岭、戈壁沙丘，也要挥笔点墨，在纸上一格一个脚印来完成一次艰苦卓绝的写作长征，以呐喊出心中普照万物的太阳、奔腾激情的江河、风云变幻的广漠、孕育生命的大地，让每个人乃至每个宇宙文明静心倾听这千万亿命运交响曲中的某一篇章。

因为，我或许就是被选定的预见者，必将履行那不可推卸的神圣使命。

目　录

序
1. 绝命旋涡 | 1
2. 祸不单行 | 14
3. 危机四伏 | 28
4. 非常审讯 | 40
5. 千钧一发 | 47
6. 丹血汗青 | 53
7. 化险为夷 | 59
8. 苍蝇与神 | 68
9. 冒死赴会 | 82
10. 与狼共舞 | 95
11. 里应外合 | 113
12. 夜的迷局 | 129
13. 黑暗之主 | 133

155 | 14. 邪魔温床
174 | 15. 死亡天使
186 | 16. 宇宙孤儿
200 | 17. 浴血搏杀
214 | 18. 梦境重现
231 | 19. 必败游戏
246 | 20. 忧郁商人

258 | 21. 诛杀魔头
276 | 22. 涅槃重生
293 | 23. 天狼色变
307 | 24. 三分天下
320 | 25. 法场风波
326 | 26. 双雄归来
342 | 27. 劫难警示
357 | 28. 鲜血圣杯
375 | 29. 罪恶蓝鲸
393 | 30. 圣母献身
401 | 31. 神秘来客

1．绝命旋涡

“抓住他！他就是马吉云！”一个穿皮夹克的青年向隐藏在附近的同伙大声呼叫。

数十米外，马吉云把轿车停稳，左脚刚跨出车门，就听到这声嘶力竭的喊叫声。他抬起轮廓分明的脸庞，明澈的双眼中带有一种刚毅硬朗而又玩世不恭的神采。

他立刻嗅出了弥漫在车库内的浓浓敌意，心中虽莫名，但神经立刻条件反射地紧绷起来。他向四周扫视，只见一左一右有两个人影扑来。来人像被激怒的疯牛，凶神恶煞地逼近自己。

马吉云慌忙一猫腰钻回车里，拿着钥匙的手因紧张而不住地颤抖，车钥匙怎么也插不进该死的孔中，情急之下，他摁下了车门落锁按钮。

冲在“皮夹克”前面的“卷毛”歹徒伸手拽住车门，但是，他的肌肉所汇聚的电磁力根本不能丝毫撼动紧闭的金属门。

那“卷毛”掏出一个小东西贴在了车窗角落，轻轻一拉，那小东西竟在几毫秒间爆发出犹如电钻的冲击力，能量汇集在纳米级的一点，光滑的玻璃瞬间布满了裂纹。然后，他抬起臂肘一个猛击，只听“砰”的一声闷响，整个车窗玻璃应声如雨下。紧接着，“卷毛”伸出一只大手，死死地抓住了马吉云的衣领往外拽。

马吉云拼命挣扎，但根本无用。他急中生智，揪住对方的手臂，使出浑身之力朝窗沿上狠地撞击。

“卷毛”吃痛地乱叫，却丝毫没有松手的意思。

此时“皮夹克”已绕到副驾驶位的窗外。

马吉云心中暗叫不好，若那人再破窗而入，自己便成瓮中之鳖了。情急之下，他猛然推开车门，正好“乓”地撞上“卷毛”的额头。

“卷毛”被撞得仰面倒地，额头顿时隆起一个肿包。

说时迟，那时快，马吉云跳出车门，像一道闪电向前射去，眼角瞥见车库出口处又有两个人影跑来，便改变了逃跑方向，朝楼梯口奔去。

来到地面一层，马吉云奋力扭动着安全门的把手，却没法打开。那只出不进的消防设计，此刻在他心头已被咒骂了千万遍。他只得往二层蹿去。

头顶突然传来一阵急促的脚步声，他循着楼梯扶手向上望去，见有几条黑影在闪动。后有追兵，前有堵截，马吉云觉得头皮发麻，心中一阵慌乱。

越在这种时候，越要镇定才能自救。马吉云强迫自己稳住心神，环顾四周，一个虎跳爬上了楼道气窗的窗沿，准备跳到外面的商铺房顶。

不料，“皮夹克”已经赶了过来，他抓住马吉云的一只裤管，气咻咻地叫道：“你逃不了的!”

“去你的!”马吉云一边喊叫一边猛踹“皮夹克”，然后向前跃起，只听得“哗嚓”一声，裤管被撕下一长条。刚落地，他立刻奔跑到房顶边缘，不假思索地纵身一跳，重重地跌落到水泥地面上，在触地的刹那左脚扭伤了。

马吉云顾不得剧烈的疼痛，努力站起，向大街上跑去，脚步踉跄凌乱。

而那些匆匆来往的路人，目光冷漠得都似没瞧见他。

一辆红色出租车恰好驶来，马吉云由惊而喜，高叫着挥手示意停下，但它呼啸而过。

这当口，“皮夹克”不知从什么地方冒了出来，仅有十步之遥。他两眼紧盯猎物，脸上一副势在必得的表情。

然而，幸运之神不期而至，只听“嘎”的一记刹车声，一辆黑色轿车停在了马吉云的身边。

“快上来!”车中司机喊道。

马吉云来不及多想，连忙钻进车里。车门还未关上，车便已经启动，风驰电掣地向前奔去。

松了口气的马吉云打量起了司机。他四十来岁，脸庞白皙，着装朴素，斯文有礼的模样像个整天窝在书房的知识分子。

“先生，看来您摊上麻烦了?”司机先开了口。

“是呀，”马吉云答道，“也不知道我得罪了哪个恶鬼，竟招来了这对黑白无常。若不是你来搭救，恐怕我有大麻烦。谢了。”

“不客气。我看追你的人不像善类，所以才助你一臂之力。”

这时，马吉云口袋里的手机响了，这铃声让他立刻明白是妻子的电话。他掏出手机搁到耳边，不料听到的是一个陌生女人的声音：“你好，马吉云先生，你没受过专业训练，却有如此出色的逃生技能，真让我瞠目结舌！”

马吉云的脑袋顿时“嗡”的一声响，一种很不好的预感让他不寒而栗，回话的声音有点颤抖：“你是谁？我的妻子呢？”

“我叫黛丽丝，不过名字嘛，其实并不重要。我正在殷勤地照料你的父母妻儿，现在只差你这主角的位子还空缺着。”对方说完，有意停顿了几秒，话筒中隐约传来惨叫声。

那是妻子的声音！马吉云压住怒火，说：“为什么绑架我的家人？你到底想干什么？”

“别激动，大英雄！我们可不想扮演残忍凶狠、贪得无厌的绑匪，钱对我们而言，只是无聊的数字。”

“那你们想要什么，直说吧。”

“只是想和你做一笔交易。记得墨子号吗？”

“我……不明白你在说什么。”关系到国家的最高科技机密，作为研究中心行政部长的马吉云此刻只得装糊涂。

“你破坏了我们的计划，就应该付出代价。”

直到此刻，马吉云终于恍然大悟，原来今天的一切绝非飞来横祸，而与自己意外抓获一个内鬼有关。破碎的记忆链再次聚合起来，在脑海中掠过一幅幅画面。

半个月之前的一天，下午五点左右，研究中心的工作人员都已下班，只剩下马吉云还坐在办公区域内。

科研中心执行主任瞿赟站在门口说道：“我先走了，小马，你也不要太晚，工作得再晚也不能为你节约一分钟的用餐时间。”

“明白，领导，我马上就好。”

主任走后，很快四周一片死寂，就连日光灯整流器发出的细微颤音也显得格外清晰。不知不觉，墙上挂钟的时针又转过了一圈。

“叮！”从门外传来电梯的声响。

马吉云好奇地抬起头，心生疑问：“还有人没离开？”他起身向门外走去，在通廊的尽头停下，拿出工作证刷开了监控室的门。

监控室内的安保不在，临时走开了吗？马吉云心有疑虑地望向大屏幕，上面正显示着这幢大楼几十处的监控实景。这幢大楼属于机密区域，所以是二十四小时无死角监控。马吉云一一浏览，却不见一个人影。突然，一块屏幕闪了下，然后黑了。

“那是储存墨子号地面系统的房间！”马吉云来不及多想，立刻按响了警铃，同时拿起对讲机叫道：“在岗的保卫人员请注意，第二实验室可能被侵入，请立即封锁中心大楼所有的出口！”

作为研究中心的最高机密，第二实验室的门禁系统是私钥与公钥同时运用的非对称加密方式，在绝大多数情况下无比安全，按道理不可能被侵入。

就连马吉云也没有进入实验室的权限，所以此刻，他只能焦急地拍打着实验室的铁门。

许久，门才打开。

“为什么胡乱敲门？非研究员不得入内。”门内走出一名研究员问道。

马吉云探着头朝实验室内张望，发现里面没有其他人，便说道：“怎么这么晚还留在实验室里？”

“请问你有权干涉实验室研究员的工作时长吗？”研究员反唇相讥，说着就要关门离去。

“对不起，刚才监控器黑屏了，所以你不能离开，等安保人员过来，把一些疑问弄清楚了再说。”马吉云伸手挡住了他的去路。

“我还以为多大的事，大概是监控器出故障了，你应该打电话叫维修人员。这里除了我，没有别人。我加完班很累，没空陪你玩！”说着，研究员朝马吉云的胸口蛮横地推了一把就要大步走开。

马吉云猛地拉住研究员的手臂，那人顿时有些惊慌地想要一拳挥来。

此时，两名安保人员及时赶到。

“此人很可疑，把他抓住。”在马吉云的命令下，两名安保很快制服了研究员。被反绞双臂的那人突然看了眼马吉云胸前的工作牌，道：“我记住你了！”

这突如其来的一句话，让马吉云微微一愣，随即也没多想，就去检查实验室的摄像头了。

果然，摄像头被人用胶布贴住了，马吉云立刻报了警。

后来，通过警方审讯，虽然那个研究员什么也不肯招认，但从他的排泄物中找到了一枚芯片，里面不但有盗取的墨子号系统数据，还有一段阴恶的病毒源代码。

事后马吉云受到了大张旗鼓的表彰，表彰会上领导半开玩笑地夸奖他说："好样的，小伙子，你真是挽救了全人类啊。"玩笑归玩笑，但说的其实没错，墨子号是人类第一颗利用量子不确定性原理设计的卫星，它的通讯安全性坚如磐石，倘若被邪恶势力暗中操控，后果不堪设想。

荣誉像花朵般芬芳四溢，蜂群会将其美好传播开来，但有时也会召来无情的采花姑娘。马吉云从记忆中再次回到现实，意识到事出有因之后，他反而镇静了下来，对着手机话筒说："黛丽丝，你们怎样才能放过我和家人？"

"放心，我不会要你的命，只想和你交个朋友。如果你能帮我做好两件事，我会放了你的家人。"

"要我做什么？"

"今天晚上九点，你准时到达昆北火车站，之后怎么做，我会再通知你。友情提醒，你已在我们的监视之下，如果你与警方联系，我们几秒钟后便能得到消息，到时候你接到的电话可就不是我的声音，而是……"那女人的声音顿了顿，说，"射向你妻子脑袋的枪声。"

“到火车站后怎么找你?”

“保持手机畅通，等我的消息。”对方话音刚落就挂了机。

马吉云赶紧挨个拨打家人的电话，无一不是关机状态。“你已在我们的监视之下”，这句话闪进了马吉云的脑海，他慢慢看向眼前这位救他于危难又彬彬有礼的陌生司机……

那人突然说道：“先生，你应当报警。”

马吉云怔了怔，没有说话。

“先生，你是国家空间研究中心的工作人员吧？我听到对方提到了墨子号，能知道这种高度机密的绑架者可不简单！”司机那关切的语调一点也不像在伪装。

“你也知道墨子号?”

“我是空间中心的研究员，叫刘东升，”他递来一张名片，“我好像见过你。”

马吉云接过名片，上面写着“重大科技任务局”“资深研究员”“刘东升”。

重大科技任务局？这……马吉云目光微凝，说道：“刚才的电话你都听到了?”

“抱歉，我没想偷听，只是车内很安静，你的电话声听得一清二楚……”

没等对方说完，马吉云打断他的话：“我想，现在应该安全了，放我下车吧。”此人救过自己，虽然不愿把他想作坏人，但也不敢轻信，当下马吉云只想赶快回家确认家人的安全。他暗暗希望这只是一场虚惊，那不过是个恶作剧的电话。

刘东升把车开到路边停稳，又一次关照：“马先生，能对墨子号下手的人，想要监控你的手机恐怕轻而易举，但我想你还是应该报警。你可以用我的手机……”

马吉云只迟疑了几秒，连谢谢也没说便匆匆下了车。确认车开走后，他狂奔了一会儿，这才拦了一辆车往家赶。

抱着一丝侥幸到家，但家中的混乱已经说明了一切。

时近黄昏，走上车水马龙的街头，马吉云此刻的内心是一阵阵愤怒而又痛苦的哀号。绚丽的晚霞本该让人赏心悦目，但是在马吉云的眼中却如一摊摊残血。此时已近八点，如果现在去报警，八点半肯定无法赶到火车站，对方会怎么做?!

他知道自己没有选择的余地，径直向火车站方向走去。

“请出示您的证件，先生。”火车站安检员一脸职业笑容地对入口处的旅客说。

她接过马吉云的身份卡片，认真比对着过客的五官特征。

“您可以通过了。”

马吉云双眸不停地向四周张望，完全沉陷在无边的恐慌之中。

手机铃声响了起来。

“喂!”马吉云迫不及待地接起电话。

“我看见你了。信守承诺是友谊的开端。”黛丽丝的话音再次响起。

“我现在该怎么做?”马吉云问道。

“向左走，大约一百米，有个洗手间。”

"我到了，然后呢？"

"走进残障人士专用的那间，把门锁好。"黛丽丝回道。

"好了。"

"打开抽水马桶的水箱。"

马吉云将手指尽可能地插入细窄的接缝，然后用力向上提，水箱盖子随着"乓"的一声被掀起。

"打开了。"

"看见一个白色塑料袋了吗？"

水箱底部隐约有一团白色影子，马吉云小心翼翼地将其捞起，硬邦邦的手感让他心生不祥之感。褪去袋子，一缕寒光掠过眼帘。

"一把短刀！什么意思？"马吉云激动起来，但声音压得很低。

"还有一瓶药剂，别忘拿。"黛丽丝冷冷地说。

袋子里果然还有一瓶玻璃罐装的紫色药剂。

"你们究竟想干什么？"马吉云怒道。

"你没有提问的权利，现在立刻去候车室。"

马吉云将短刀藏进怀中，深深吸了一口气，推开厕所门，往人群中走去。

"我到候车室了。"

"第一个任务，把药剂喝下去。不许遮挡，我要看见你是否真的喝下了。"

这是毒药，还是可以让人唯命是从的致幻剂？马吉云迟疑着，没有照办。

“不用太担心，我早就说过，不会要你的命。不过，你家人的命在我手上，让你喝就喝，你没有第二种选择。”黛丽丝说道。

马吉云只得慢慢拧开瓶子。一股臭鸡蛋的味道冲鼻而来，让他不禁感觉恶心难耐。他屏住呼吸艰难地喝完。

“很好，很好。接下来，我该为你安排一个位子。”

马吉云根据指示，在一张长凳上坐下，不知是寒冷还是紧张，或是那液体的作用，他浑身不自觉地微微颤动。对面墙上的电子屏滚动着红色文字，下方时钟显示着“2142 年 3 月 1 日 21: 18，昆北市”。人群虽算不上拥挤，但候车室的嘈杂声始终保持着高分贝。

“在你的右前方有一个老头。”黛丽丝又发出指令。

马吉云转过头，看见不远处蜷坐着一位老人，身穿破旧不堪的绿色军大衣，姜黄憔悴的脸上布满了皱纹，身边还有一副残疾人专用的拐杖。

“看见了。”马吉云回道。

“杀了他！这是你的第二个任务，也是最后的任务。”

“不，不！除了这个，我什么都可以答应。”马吉云恐惧地哀求着。

突然，不远处传来一阵骚动，歇斯底里般的尖叫声充斥着整个候车大厅。黑压压的人群突然如同倾泻而下的泥石流，朝着这边席卷而来。

“有恐怖袭击！有人乱杀人！快逃啊！”人群中有人高喊道。

马吉云惊慌地站起身来，而耳边再次响起警告声：“在原地别动！好像我们遇到了一些意外。也许这是上主的仁慈，让你在混乱之中可以全身而退。”黛丽丝说道。

“什么狗屁上主，他的仁慈就是教导你们去杀人吗?”马吉云愤怒地叫喊道。

“只要杀了那老头，我将信守承诺，释放你的父母妻儿。”

马吉云回头望去，那位老人大概在逃命时摔倒了，正趴在地上艰难地匍匐，而拐杖被慌不择路的人群踢出数米之外。

“听着，时间不多了，警察将很快赶来。你只有十秒。”

马吉云迅速扫视混乱奔跑的人群，想找到那个躲在暗处操纵着自己的女人，但这无异于在大海中搜索一条浮游的小鱼，于黑夜中寻找一粒落地的芝麻，只是徒劳而已。

“十……九……”黛丽丝开始数数。

冷酷的倒计数与马吉云的心跳频率展现出积不变的函数关系，他颤抖着将手插进上衣内兜，紧紧地握着那把如有万斤沉重的短刀，嘴中喃喃道：“你要是敢伤害我的家人，我一定会杀了你!”

“八……七……”

在极端压抑与恐惧之下，任何人都会机械地服从他人的命令。是的，任何人都不能幸免，过往的实验得出了这个可怕的结论。

马吉云突然感到眼前的一切变得异常明亮起来。是那个药剂的作用吗？他不由自主地朝着老人缓缓走去。

老人被眼前陌生男人的狰狞眼神所震慑，停止了爬行，但看到那把刀立刻本能地觉察到了危险，越想加快速度地逃命，越是在原地打转，那条断腿在这关键时刻不听使唤，索性趴在地上一动不动。这就像一头年迈的黄牛，辛勤耕作了大半生，直到主人举起屠刀的那一刻，它仍坚守着逆来顺受的忠诚与懦弱，没有丝毫反抗的思维与举动。

“六……五……”黛丽丝平静而有节奏地报着数字。

急速颤动的脉搏让马吉云胸闷心慌，整个身体已浸湿在汗水之中。他的大脑一片空白，完全屈服于指令者的胁迫，咬牙切齿地将短刀举起。

“四……三……”

“对不起，对不起……”他望着老人那双惊恐万状的眼睛，犹如千斤重的短刀使他的手抖得越来越厉害。

“二……一……”黛丽丝下了最后的通牒。

2．祸不单行

凭着最后一丝意念与求生的本能抗争，马吉云被压制的道德观终于如超新星爆发一般释放出无穷能量，彻底瓦解了邪恶的束缚。

“如果为了换取家人的安全而牺牲无辜者的性命，即使再身不由己，那也是万恶的交易。”马吉云在悲痛中缓缓松开了手，“当啷”一声，短刀滑落在地。

“大英雄，你宁肯让一个素不相识的糟老头活着，也不愿意拯救自己的父母妻儿。我很赞赏你的无私与正义，只可惜，你的世界已经没有‘家人’这个词了。”随着四声枪响传来，马吉云耳中的微弱电磁噪声消失了。

“你做了什么？”马吉云感到刺骨的凉意迅速传遍全身，周围的时间突然凝固，他瘫坐在地上，脑中一片空白。

“救救我，救救我……”老人虚弱的求救声唤醒了马吉云，仿佛凝固的时间重新运行了起来，他这才意识到车站内的杀戮还没有停止。

马吉云努力撑起虚弱的身躯，背起老人朝外狂奔，正当踉踉跄跄到达车站出口的时候，突然一阵刺痛从胃部蔓延开来，接着是一阵眩晕恶心。他轻轻地放下老者，弯下腰努力地用双手撑在大腿之上，但随着一阵又一阵的猛烈疼痛袭来，他最终还是力不可支地栽倒在地，失去了知觉。

思维停止对于人类的感知来说，与时间消失并没有太大区别。再次睁开眼的时候，马吉云还以为只是在无数个不能分辨时空的平凡清晨中醒来。他大脑的表意识开始运作，那脑海中突然忆起的一声声枪响令他久违的泪水夺眶而出。

“你怎么了，小伙子？”耳边传来一个老人亲切和蔼的声音。

马吉云这才注意到自己正躺在病床上，处在几乎封闭的小房间内，而身边坐着的老者，正是黛丽丝要他杀害的人。

“我在哪儿？”马吉云无力地问道。

“你已经昏迷两天多了。因为案件比较特殊，你被警方转移到了秘密地点。不过，不用太担心，这里的医疗设备十分齐全。”老人回道。

“你是谁……”马吉云刚想向老人询问自己心中的种种疑团，房间的门“吱呀”一声打开了，一位警官双手交叉放在身后，昂首挺胸地迈着大步走来。这是个精神健旺的中年男子，身高大约一米八五，只是身上的警服略显陈旧，还泛着白点，应当是烟灰沾染上的。

“他叫刘景华，可是不得了的人物，”警官中气十足的声音在小房间里嗡嗡作响，“他曾经是中科院的执行副院长，代表着整个国家的科学权威。”

“四年前我就退休了，现在只是一个闲云野鹤般的老头，叫我刘老头就行。”刘景华开玩笑道。

马吉云不自觉地点了点头，似乎对于邪恶势力的刺杀动机已明白了一半。“那你又是谁?”他对着警官问道。

“既然他介绍了我，那么就让我来介绍他吧。”刘景华指着警官说道，“王文志，昆北市公安局刑侦队队长。那天在火车站，王队长接到报案，说火车站发生绑架案，所以赶到现场，谁知竟然遇到了五名暴徒无差别袭击人群，幸好及时控制住了凶手，才阻止了更大的伤亡。”

“王警官，”马吉云的心里顿时燃起了一点希望的火苗，一把抓住王文志的手，“有人绑架了我的家人，说要杀死他们！求你们快去救人！救人!”他的情绪越来越激动，眼看又要晕过去。

“冷静点！你现在要配合我们的工作，把事情的来龙去脉都讲清楚!”王文志反手按住了马吉云，说，“听刘教授说你当时想杀他，但最终又放弃了，所以我们将昏迷的你秘密保护起来，希望你能如实交代这起恐怖袭击事件。”王文志回道。

“我并不知晓什么恐怖袭击，只是有个自称黛丽丝的女人绑架了我的家人，逼迫我这么做，如果我不服从，她就会要了我亲人的四条性命。”马吉云双手紧紧抓起床单，以此来缓解内心的痛苦。

“黛丽丝？”刘景华惊叫起来。

“怎么？刘老认识她？”王文志看向这个身有残疾的老人。

刘景华微微点头道：“我虽然认识她，但对她的过去一点也不了解……”老人顿了顿，像在整理思绪，“我曾创立一个民间组织，初衷只不过想利用科学与哲学理论，来劝诫世人停止犯罪。可随着组织规模的日益扩大，组织内部因理念不同，出现了派系之争——一部分人觉得我太保守，他们想用更激进的手段去阻止犯罪。这些人自称激进派，一直致力于基因研究，他们证实了人类的犯罪行为很多是由基因决定的，因此肃清低劣基因成为他们的目标。理念的分歧，使我和他们渐行渐远，原本也没什么，只是前两年突然听说，激进派中又出现了派系之争，部分更激进的人认定人类本身才是邪恶根源，是自然界的刽子手，是无药可救的地球蛀虫，所以他们以灭绝整个人类为目标，甚至连他们自己都在最终毁灭的计划之内，并自称灭绝派。”

马吉云呆呆地看着刘景华，许久后才冒出一句话：“那么，黛丽丝是哪个派系的成员？”

“她是灭绝派的首领之一。”刘景华回道。

“我们怀疑就是她策划了这起恐怖袭击。”王警官道。

刘景华低着头，没有表示肯定，也没有表示否定。

“你创立了一个多么可笑的民间组织，干出这种荒唐的事情！”马吉云没想到自己不忍杀死的人，居然就是自己的悲剧的起因，禁不住激动起来。

“对不起，是我的错。”刘景华内疚地抬起头，接着道，“去年，我做出了艰难的决定，就是解散组织，但没想到脱离了组织的管控，激进派与灭绝派就彻底隐藏起来，同时变本加厉地实施恐怖行为。最可怕的是，各种迹象表明最近这两个邪恶团体已达成了某种同盟。”

“那人民警察呢？为何不去铲除这些孽根！”马吉云对着王文志咆哮道。

“他们的组织非常隐蔽，而且势力早已遍布全球，渗透到社会每个阶层，从工人到商人、医生……所以，对他们的调查总是受到莫名的阻碍，”王文志回答道，“我至今也毫无头绪。”

“哎！”刘景华叹息道，“他们的组织并不涉及权力和金钱，而是把生命的最大价值化作为最崇高的使命；在他们看来，这是为全人类选择正确的前进道路，所以很快就吸收了众多成员。”

“我要杀了黛丽丝！杀光灭绝派所有人！”马吉云的双眼布满了复仇的火焰。

“我想问个问题，黛丽丝怎么会选中你的？”王文志始终很冷静。

马吉云突然愣了一下，强迫自己冷静下来思考，然后说：“其实我并不清楚缘由，只是猜测可能和半个月前我偶然发现了他们安插在国家空间研究中心的一个内鬼有关，所以他们想要报复我……”

“墨子号？”老人似乎有点震惊，继续问，“难道你就是那个保护了墨子号的人？”

王文志一脸疑惑地看着老人：“墨子号是什么玩意儿……”

“那是国家高级科研机密，一会儿再和你详说。”老人止住了王文志的发问，用手轻轻拍了拍马吉云的肩头，说：“对于你的遭遇，我真的很难过，我希望能为你做点什么……”

“你能为我做什么?！我的家人现在都不知道是死是活！我还需要什么……”想起那最后的四声枪响，马吉云再次激动起来。

“马先生，王警官会调用警力帮你寻找家人的下落，不管是生是死，都会给你个交代。事已至此，你再担心也无用，不如好好待在这里专心养病，我会全力救治你的。”说完最后这句话，刘景华的声音哽咽起来。

“养病?”马吉云满脸疑惑地盯着刘景华。他自认为是个很有节制的人，对自己的健康也从来不马虎，并不曾得什么病。

“马先生，你的病情非常古怪，”刘景华打开了一本病例卡，想来应该就是马吉云的，“甲胎蛋白、癌胚抗原、谷丙转氨酶等严重超标。”

“什么意思？直说吧，刘院长。”

“经过专家会诊……诊断为肝癌晚期。”刘景华为这个年轻人感到扼腕痛惜。

“怎么可能?！肝癌一般会有很漫长的病程，可我一直很健康，这不可能……”

“这正是我所说的‘古怪’之处，”刘景华缓缓地说道，“你的病看似普通，实际上有很多不可思议之处。未经你同意，我已调取了你历年的体检报告，你是多年的乙肝病毒携带者，但你往年的肝脏检查报告都非常正常，就连上个月的体检报告也是没有问题的。但这次你晕倒后，我们为你体检时却发现了肝癌。CT 显示肝脏器官虽未被癌细胞侵蚀太深，但验血指标显示病人应患肝病起码十年以上，而且癌细胞已大面积扩散。据说这种情况在乙肝病人身上未曾见过，反倒很像……”

“很像什么？”马吉云追问道。

“反倒很像传染病的发病初期。”

“这怎么可能？癌症怎么可能是传染病？”作为科研工作者，这点常识马吉云还是有的。

“我也不敢相信，但目前的检测结论就是如此。如果你想治疗的话，可以找个好一些的大夫……”

“别说了……”马吉云制止了刘教授，他心里很明白癌症晚期对目前的医学而言，意味着什么。接下来，房中的三人都沉默了。

半晌，马吉云欲哭无泪地叹了口气：“那我现在还能活多久？”

“你的这种情况很难预测生存期限，也许一年、两年，也许三个月。说实话，我不知道。”

“既然如此，”马吉云突然盯着王文志，说，“王警官，我不想留在这里养病，我要去找我的家人，不管他们是生是死，我都想在我离世之前得到答案。”

“这……”王文志看了一眼刘教授，神情有些尴尬，“本来你作为这次恐怖袭击的参与者，应该被起诉的，只是你的情况特殊，本身……时日无多，又中止了犯罪，还有被害人刘教授的求情，所以才没有追究。但你作为嫌疑人，还是得被监控一段时间。因此，我劝你还是安心治疗。”

“不！我不能接受！我一定要出去！刘教授，如果你真的想帮我，那就让我走吧，不找到家人的确切消息，我死不瞑目啊。”

两人闻言皆沉默了半晌，最后王文志默默地点了点头。

马吉云重返阳光底下时，竟有些睁不开眼。他掏出手机，在通讯录里翻着“L”开头的联系人。

他第一个想要找的人，便是在被人追杀时救了他的那位刘先生。他曾在网上搜寻过这位刘先生的资料，也通过自己的关系核实了他的身份：他的确是重大科技任务局的资深研究员，掌握着关于人类基因最先进的理论与应用技术。他的出现到底是巧合还是有某种必然？也许从他的身上能找到突破口。

“喂，是刘东升先生吗？”马吉云问道。

“你好，我就是刘东升，请问哪位？”

“几天前，你曾救过我，我叫马吉云。”

对方没有出声，马吉云继续说：“我想当面感谢你，并有一些私事想找你帮忙，你看什么时候方便？”

“那……就明天晚上八点吧，地点你定。”电话那头的人回道。

“那就在彩球饭店吧。”

“好的，不见不散。”

彩球饭店是昆北市炙手可热的休闲娱乐场所，这不仅是因为它地处繁华街区，还要归功于门前的激光灯表演。每当夜幕降临，一根直径达五米的激光棒就会呈现在空中，以中点为质心毫无规律地在三维空间内随机旋转。低速时，它看起来就像许多平面在翻转，随着速度提升，最终能看到的竟然是一只实心圆球，在不断变换的激光色彩下美不胜收。

马吉云坐在饭桌前，看着窗外明亮的激光彩球，自言自语道："振动的能量丝变为了粒子，但它又为什么而存在？难道也是受着命运之轮的驱动吗？"

"先生，请问您想点什么饮料？"一个美女服务生清风般地飘来，婉转的招呼声打断了马吉云的思绪。

"两杯拿铁咖啡，"马吉云随口道，"先上一杯，可以吗？"

"OK！"美女服务生转身离去，只一会儿的工夫就送来了一杯。

马吉云抿了一小口咖啡，自然而然地看了一下腕上的手表，见已是八点二十分，不禁心头一惊，暗道："刘东升迟到了也不打一下招呼吗？不会遇到什么麻烦了吧？"马吉云赶紧拨打了几次刘东升的电话也无人接听，黛丽丝组织的恶性手段，让他那不安的预感越来越强烈。

直到八点三十二分，马吉云才看见刘东升出现在了饭店大堂。刘东升一见到他，略有迟疑，又立刻说："马先生，让你久等了，不好意思！"

他招呼刘东升坐下，微笑着说："刘先生请别介意，你能来赴约，我想已是对我莫大的信任。"说完，他发现刘东升的眼中闪过一丝光亮。

两人面对着坐定，叫来服务生再端了一杯咖啡来。

马吉云先开了口：“刘先生，那天多亏了你的搭救，不然我今天可能就没法坐在这里了。”

“你太客气，我只是路见不平而已。不知道马先生的家人后来如何了？”

一提到这个，马吉云有些难以自抑，哽咽了一会儿，他将大致经过告诉了刘东升。

听罢，刘东升连忙说：“那就难怪了。”见马吉云眼中有疑惑，他又立刻补充道，“今天我晚到了半小时，是因为我收到了警告。”

刘东升便把临行时的遭遇告诉了马吉云。原来，他上车刚发动了引擎，就发现仪表盘显示前轮的胎压不足。他下车仔细查看，见一只瘪了气的车轮钢毂上粘着张小纸条，上书：“如果再多管闲事，下一次戳破的将是你的脑袋。”后来为了赶时间，刘东升向邻居借了辆电动车匆匆驶向约会地点，慌忙中将手机落在了车里，所以赶到彩球饭店已迟到了半小时。

“这帮人怎么目无王法到这种境地！”刘东升竟然也受到了威胁，马吉云感到愤怒之余，心里既内疚又感激，他由衷佩服眼前这个男人的正义感和勇气，毕竟明知有危险还是对陌生人伸出援手的没有几人。

“不过，我还得跟你坦白一件事情，”刘东升看着马吉云，道，“那日你下车后，我考虑再三，还是报了警……”

“你又怕那些人察觉，所以故意说得很模糊，说是火车站发生绑架案，对吗？”

“你知道？”刘东升好奇地问。

“警察和我说接到报案的时候，我就想到了你。”

刘东升由衷地佩服马云吉，他不愧是搞行政工作的，心思很缜密。

“刘先生，这次约见你，一方面，是想从你这里找到关于那个组织的蛛丝马迹，毕竟，现在我的家人的安全是我在最后的时日里唯一放不下的事。”

“最后的时日”几字明显令刘东升很震惊，见他张口想询问，马吉云立刻又说：“另一方面，就是我个人的问题。实不相瞒，我一直都很健康，但在这次恐怖袭击中，我突然晕倒，被警察秘密监控起来后，检查出我患有肝癌。”

“怎么会这样？”刘东升惊讶道，“你确定之前一直很健康？”

“非常确定，虽然我一直是乙肝病毒携带者。”

“这听起来太不可思议……”刘东升回道，“其实我对乙肝病毒略有研究。它几乎是最微小的病毒，却拥有极其完美的构造。更有趣的是，它只侵犯灵长类动物，并且表现出很强的嗜肝性。它攻击特定目标、特定器官、特定的免疫系统，有强大的自我保护能力，所以我一直觉得乙肝病毒很像某种基因武器。”

“基因武器？”马吉云惊愕道。

“是的，杀灭目标的武器。当然，这一想法存在着致命的逻辑矛盾，那就是，乙肝病毒是非致病性的，全世界有几亿人携带着它，却健康如常。有人说免疫耐受下的乙肝病毒，会长期不间断地损伤肝脏，那简直是太无知可笑了。如果一个人能活上千年，或许它才会让肝脏出现一点小问题，比起人体的自然衰老，其危害不值一提。所以说，乙肝病毒这样简约精巧的设计作品，不免让我怀疑它并非出于自然进化。”刘东升侃侃而谈。

听到这里，马吉云陷入了沉思，十年前的一段尘封往事渐渐在脑海中浮现。

“马先生，你怎么了？”刘东升停了下来。

“哦，只是想起了我那苦涩的初恋，具体过程也不好意思对你提及，总之，就因为我是乙肝病毒携带者，导致这场初恋不得不无疾而终。”马吉云苦笑着摇了摇头，“请你继续吧，我还想知道乙肝病毒和肝癌到底是什么关系？”

“这样啊……”刘东升于是继续说，“携带乙肝病毒和肝癌并无直接关系，只有免疫耐受的打破才是肝癌的直接诱因。

“而癌症的发展与原癌基因、抑癌基因密切相关。这对基因就像一对门神，守护着弱不禁风的生命系统。有学者认为，癌症是基因多次突变累积的偶然结果，我对此持保留怀疑态度。”

“那你认为？”马吉云继续发问。

“我认为基因突变更像是表象，导致这一现象的是基因调控系统出现了问题，它似乎在有意识地、坚持不懈地下达错误指令，最终促使了癌症发生。哦，忘记说了，癌细胞是永生的，人类梦寐以求的永生其实就存在我们体内，是不是很有意思？在我看来，人体好比一个微型宇宙，无论是恶性的病毒还是永生的癌细胞，就像某种突然觉醒的个体文明，想要反抗人体这个微型宇宙的既有法则，追求自由与生存的权利；而免疫系统如同一群严厉的微型宇宙监督官，孜孜不倦地寻找并终结这种突然觉醒的背叛者。”

“刘先生，我虽然不是这方面的研究专家，但据我所知，病毒与免疫系统往往能和平相处，而非你说的，免疫系统会终结这些病毒。”

“是的，你说的没错，但世间万物都存在不确定性。如同你家客厅的水晶吊灯，虽然沉重无比，但一直安稳地吊在天花板上扮演着装饰品的角色，但某天清晨，当你从冰箱取出两片面包准备走进客厅时，吊灯突然落下，把你的餐桌砸得稀巴烂，你除了庆幸自己当时没在桌前用餐外，还能对此有什么合理的解释吗？虽然我不知道病毒与免疫系统之间发生了什么，但一定有某种力量打破了它们之间的平衡。这场由免疫大军发动的、愚昧的围剿战争，虽获得局部胜利，却导致整个人体生命系统陷入危机，最终迎来生命的末日。”

话音刚落，刘东升顿时意识到自己在专业领域滔滔不绝的论述恐怕给马吉云的伤口上撒了一把盐，便又停了下来。

“那癌症治疗现在有没有新的突破？”沉默片刻的马吉云终于问到了目前最急需解决的问题。

“在临床医学上，我就不专业了。不过，你可以了解一下巴基球，许多医学上的惊喜都是它带来的，这些排列致密而稳定的碳分子，也许就是普罗米修斯手中的创生黏土，存在着治愈疾病的诸多可能。如果成立一个专研巴基球的实验室，我相信用不了多久就能在癌症治疗方面获得突破性进展。”

“这些信息对我来说已经很宝贵了，”马吉云看了看手表，时间已很晚，不便再打扰刘先生，“非常感谢你今天不顾自己的安危，来这里帮助我这个陌生人。希望我们还有再次见面的机会。”说完，他伸出手想和刘东生握手道别。

刘东升突然叫道：“请等等！”

3．危机四伏

马吉云用充满好奇的目光望着刘东升。

“你接下来有什么打算吗？”刘东升说道。

“嗯……”马吉云愣了愣，说道，“我已是将死之人，唯一心愿就是想办法延长我的生命，直到找到家人的下落。我总觉得他们还活着。”

刘东升的脸上浮起一丝古怪的笑意，看起来又似乎在哭泣，他思考了一番才慎重地说道：“你说你的时日无多，但谁知道人类又能存在几年？不管怎么样，日后如果你有需要，请尽管来找我，我一定尽力帮助你。”

“嗯，好。”马吉云在内心感激之余，暗暗觉得这位刘先生有些古怪，大概搞科研的人多少都有些非常人的思维吧。

两人再没说什么，简单地握了握手，便各自离去。

马吉云独自一人徘徊在深夜的街道上，感到自己命如蜉蝣，这种只有一两天寿命的昆虫和他现在的命运如此相似。他盘算着今后的计划，其实无从计划，对于这样一个神秘组织除了等待他们再次找上门外，别无他法；他唯一能做的，就只有想方设法延长生命了。他计算了下，变卖个人名下的所有房产将获得大约三千多万元的资金，这是自己与死神赛跑的唯一筹码。

如何运用这笔钱来制订治疗方案，他的心里其实有一个很好的人选。只是他很犹豫，因为那个人选正是他未果的初恋对象。当年因为他是乙肝病毒携带者，女方的家人非常反对两人在一起，强大的压力之下，两人不得不分了手，之后再次听到她的消息，她已投身于乙肝病毒的研究，并组建了自己的实验室。难道真有前缘未了之说？他只好艰难地拿起了手机，拨通了许久不再联系的电话。

“喂，是陈若彤吗？”

“我是，你是谁？”

这般冷漠无情的回复，让马吉云顿时感觉如有千万只蚂蚁爬在心头，无法形容的难受传遍全身。

“我是……”

“你是谁，我没听清。”

“我是马吉云。”马吉云鼓起勇气说道。

电话沉默无声。

过了好一会儿，陈诺彤回道：“你说吧，什么事。”

“我得了肝癌，晚期了。”

“什么？”从陈若彤的尖叫声中，似乎能听出一个女人即将哭泣的悲伤。

“我的家人……已不在了，我知道你一直在研究乙肝病毒，所以想……”马吉云哽咽道。

“怎么会这样，怎么会这样！”陈诺彤此刻的大脑一片空白。

“你愿意帮助我吗？”

“我……”陈若彤似乎在犹豫。

“好吧，我明白了。”马吉云失望地道。

“我……要怎么帮你？”

“帮我制订医疗方案，延长生命。我在死后会把所剩的积蓄都捐给你的实验室。”马吉云坦言道。

“我不是要钱。”

“那见面再说吧。”马吉云说道。

“好的，再见，马吉云。”陈若彤的语气中透露出一丝温情与哀怜，这个男人曾经是她的全部。

“再见。”

马吉云挂断电话，在路边的一张长木凳上躺下。他不想回家，因为“家”只是一个勾起伤心事的名词，除此之外，便再无他用。现在能做的，就是打开网络，阅读尽可能多的资料，来打发夜晚的寂寞，填补心灵的空虚，镇定起伏不定的情绪。

一个名词——“断裂基因”，深深吸引着马吉云。他一直以为，人类基因如同一段段有序而严谨的程序编码，只要随意插入任何一个字节，就会导致整个系统的瘫痪。但是，他错了，彻头彻尾的错了。

实际上，大量看似毫无作用的垃圾序列，断断续续地镶嵌在基因中，而丝毫不会影响蛋白质的合成，如同有一个技术娴熟的工人，准确拼接着零散的模具。有实验表明，人为敲除这些垃圾，有时不会出现任何问题，而有时会导致生命体发育异常甚至夭折。人类对于生命存在的无知与无奈，再一次体现得淋漓尽致。

手机铃声打断了陷入深思的马吉云，一个以“+60”开头的陌生号码在屏幕上亮起。

“是马吉云、马先生吗？”话筒里一个男子的声音说道。

“是。”

“我叫王武进，是马来西亚一所药厂的药研师。”

“哦，你好，王先生，你怎么有我手机号码？”

“我是灭绝派的成员。”王武进说道。

“灭绝派？”马吉云顿时大惊失色。

“请冷静一下，马先生，我不是来威胁恐吓你的。”

“那你想怎么样？”

“我想告诉你，一种可怕的新病毒，因你的存在而诞生。”

“你在胡说什么？”马吉云如被引爆的火药，瞬间变得愤怒起来。

“你还记得在火车站喝下的紫色液体吗？”王武进提醒道。

马吉云回想着当日的情形，好奇地问：“记得，怎么了？”

“那就是我研发的。它能使乙肝病毒发生变异，复制能力可达原来的百倍之上，能迅速打破人体的免疫耐受状态，理论上两周内人就会死亡。所以，对于携带乙肝病毒的人群来说，这无异于断肠草。”

“你的意思是，那个紫色药剂使我携带的乙肝病毒变成致命的？还两周内就会死亡？”马吉云虽保持着镇静的语气，但几滴汗水已在额头冒出。

“是的，灭绝派从不会让盯上的目标活过半个月。但是……”王武进犹豫了一下。

“但是什么？”马吉云迫不及待地问。

“但是匪夷所思的事情发生了。我们从医院盗取了你的检查报告和血液，如果不是我亲眼看见，我不敢相信那是真实的。”

“到底发生了什么？”

“药剂与你血液中的乙肝病毒完美融合了，你也丝毫没有表现出应有的虚弱。”王武进回道。

“你们就这样随意用人体做实验吗？一群狗杂碎！”马吉云感觉一股强大的恐怖力量压得自己呼吸急促起来，“那你说的融合到底是什么意思？”

“是完美融合，我也没想到竟然会这样！它的感染率与致死率都是绝对的100%，简直是最完美的基因武器，只有死神才设计得出如此冷酷的东西。”王武进显得很兴奋。

“这种新的乙肝病毒并不会立即致命，而是让人缓慢致癌。我估摸着，一年后人才会死亡。让人称奇的是，它能轻松击破免疫系统的防御，更准确地说，是玩弄，对，就是玩弄宿主身体内的免疫系统，如猫玩弄耗子一样。”

“我不明白你说的。”马吉云说道。

“看来你还不能深刻理解。我说得通俗易懂些吧，这种新的乙肝病毒不再局限于体液的接触性传播，而是可以由水源直接传播。”

“什么意思？”

“意思就是，它一旦混入水源，扩散速度将无比惊人，也许短短数年，人类就会和恐龙一样，成为后续文明喜闻乐道的历史之谜。我现在一想到喝水就心里发毛。”王武进突然转变了口吻。

“为什么和我说这些？”

“我说了这么多，你还不明白吗？你的血液将是灭绝派最大的秘密武器，而你就成了罪恶源泉，随时可能掀起一场冲溃社会秩序的海啸。也许，你就是那个传说中的终极毁灭者。”

“终极毁灭者？到底是什么意思？”马云吉第一次听到这个诡异的词，直觉这大概是灭绝派的某个阴谋。

“这是创生者清除人类的末日预言。它所描述的事件一桩接一桩地应验，让我这个科学主义者也开始动摇。预言中提到，人类将出现一位终极毁灭者，他将把整个地球文明推向无底深渊。”

“哼，都是些无知的宗教狂热者。”马吉云此刻反而平静下来，感到这一切荒唐可笑。

“我提醒你，相信末日预言的人不在少数。灭绝派派出抓捕你的人应该已在路上，而其他想要刺杀终极毁灭者的正义使徒应该也已出动。你现在随时都有生命危险。”王武进说道。

“你不是灭绝派吗，为什么要提醒我？”

“你一旦落入灭绝派的手里，灭绝派最先下手的目标就是中国。虽然我也是他们的一员，但一想到我的家人还生活在祖国的土地上，那种痛苦与恐惧就令我无法忍受。”王武进的声音开始颤抖。

“所以你要背叛灭绝派？”马吉云问道。

“是的。所有重要的资料我都偷出来了，他们没有备份。我会乘明天凌晨的飞机回国，我的妻子会去机场接我。在他们未发现之前，我得带着家人藏起来。”

“那你希望我怎么做？跟你一样，藏起来？”马吉云的语气带有一丝讽刺。

“你的血液有一份样品在他们手上……”王武进回道。

“他们怎么可能弄到……”马吉云一下顿住了。

“他们能干扰警察调查你家人的下落，那么，想弄到你的血液样本简直是易如反掌。”王武进叫道。

“什么？”马吉云一阵头晕目眩。

“灭绝派将派出白马骑士，带着你的血液样品进入中国，然后执行羊齿行动。”王武进说道。

“白马骑士是谁？羊齿行动又是什么？”

“具体情况我并不清楚，警局里或许也有灭绝派成员，所以务必找到你最值得信任的警员协助。千万要阻止白马骑士，否则，一切将不再有意义！”

“好吧。”马吉云不禁苦笑，自己作为一个将死之人，还要抽出时间来拯救人类，这是多么冰冷的笑话。

“祝你好运，再见。”王武进在另一头挂断了电话。

谁才是最值得信任的警员？浮现在马吉云脑海里的便是王文志。这个看起来粗俗的壮汉，却拥有一股强大的正气。

想到这里，马吉云站起身，向公安局走去。

明镜般的月亮挂在夜幕上，如同一只监视者的眼睛，冷漠而轻蔑地扫视着世间万物的平淡。陈旧不堪的街边屋檐上，无精打采地闪着残缺的霓虹灯，一位老人正把桌椅搬上黄鱼车准备收摊回家。

灯火阑珊处，隐约看见一个人影鬼鬼祟祟地走进了楼房。

“叮咚，叮咚。”

“谁啊？”屋内说话的女人正是陈若彤。

“快递。”一个男人说道。

“我没买过东西啊，而且怎么这么晚才来？”

“好像是马来西亚来的。”快递员说道。

陈若彤谨慎地走到门前，透过猫眼向外看去，确实有一个身着制服的快递员拿着信封。她犹豫了一下，还是把门打开了。

“要签字吗？”陈若彤接过信封问道，但马上意识到情况不妙，上面没有寄件人也没有收件人，完全是一张空白的签单。

还未等陈若彤反应过来，快递员迅速跨进门槛，关上门，勒住她的脖子，将一块白布紧紧地堵住她的口鼻。

陈若彤挣扎着，嘴里发出呜呜声，十来秒后便没有了动静。

这时，从卧室方向传来刺耳的玻璃粉碎声。

快递员轻轻放下陈若彤，谨慎地向内走去。他走到亮着画面的屏幕面前，用手贴着鼠标附近的杯子，温和的触感让他明白，还有人在这房间内，应该就是陈若彤的儿子。

快递员俯身看了一下床底，接着走到窗前，看见碎了一地的玻璃，再一抬头，看见紧闭的玻璃窗上有一个碗大的洞，洞的周围零零星星地沾着乳白色的不明黏稠物，冷风透过这个洞口发出嗖嗖的声响。

环顾四周后，快递员的眼睛锁定了旁边的衣橱，他慢慢走去，将手搭在了橱门上，仿佛能听到里面传来轻微的呼吸声。

突然，门铃声响起，并夹杂着急促响亮的敲门声。

快递员慌张地回头，纹丝不动，任凭门被拍得砰砰响，直到房间重新恢复宁静，他才再次把目光移到衣橱，从口袋里掏出一把匕首，小心翼翼地将门缓缓打开。

“你是邪恶的背叛者。”

从电脑音箱中冷不丁发出某个游戏的人物台词，这句充满歧义的话着实吓了快递员一身冷汗。他变得暴躁起来，猛然拉开衣橱门，似乎看见一排衣服在不住地晃动，他抄起匕首狠命地不断乱刺，但很快明白，里面并没人。

就在快递员停下刀仔细端详时，下身传来一股难以形容的痛楚，让其瞬间不能动弹。正当他的思维竭力与痛苦做着争斗的时候，脑袋却接二连三地挨了暴击。他的视线变得模糊起来，感觉自己在天旋地转中向下坠去。

在快递员最后一刻的意识里，他看见一个十来岁的男孩，手中拿着一架铜制的台灯，面无表情地看着自己。

警察赶到的时候，陈若彤已苏醒过来，而那名假扮快递员的嫌犯已被她的儿子绑在了椅子上。

警察在现场取证之后，带着他们三人回到了公安局。

在公安局里，陈诺彤没想到自己居然看到了一个多年不见的身影。

“云……”陈若彤不加思索地叫出声来，但马上意识到这个称呼早已有些别扭，便立刻改口道，“马吉云，你怎么在这儿？”

“哦，我正好有事来找王队长。”马吉云回道，他看着陈若彤身边的男孩，心中五味杂全，那并不是嫉妒或是悔恨，而更多是感慨，“你呢，本来和你约的明天见面，怎么这大半夜的在这里就遇到你了？你还带着孩子？”

“就在刚才，有一个暴徒闯入了我家，幸好儿子机灵，我们才得救了。”陈若彤说着，用手抚摸着身边男孩的头。

“不错，不错，孩子有出息。”马吉云喃喃道。

“我的口供已录完……我先带儿子回去了，早点让他休息。明早，我去机场接了丈夫就给你电话。”陈若彤微笑道。

“好的，我等着。”

马吉云看着他们母子俩的背影逐渐消失在黑夜之中，突然，一个可怕的念想浮现在脑海之中。

“明天早上去机场接丈夫？我记得有年同学会上有人和我说，她丈夫就在马来西亚做病理研究，会不会和王武进有什么关系？”马吉云暗暗觉得这一切好像冥冥之中有诸多巧合，但又嘲笑了一番自己的敏感，然后坐在了大厅里的椅子上等着见王文志。

一个多小时过去了，马吉云有些不耐烦起来。

“王队长怎么还没出来？都快凌晨一点了，我说了，有要紧事找他。”马吉云对着女警员抱怨道。

“不是跟你说了他在审案吗？要紧的事？我们这里哪件事不要紧啊，坐那儿等着。”女警员坐在大理石表面的接待台前，抬头瞥了马吉云一眼，又低头做自己的事了。

“马吉云先生！”一个熟悉的声音响起。

“王队长，你终于出来了。”马吉云急忙迎了上去。

王文志一只手搭在了马吉云的肩上，另一只手示意他跟自己进办公室。

“你说他们有行动？说来听听。”王文志在桌子前坐下。

马吉云尽可能清楚地还原王武进的电话内容，王文志原本淡定自如的面容也变得焦躁不安起来。

“你说的这些太匪夷所思，在整个警局里恐怕不会有一人相信你的话，”王文志皱着眉头说道，“白马骑士手里有你的血液样品，而你的血液含有能让人类灭绝的病毒？！仅凭一个电话，从何查起？你让我好好想想。”

一阵漫长的沉默。

“我看你很忙，在审什么案子？”马吉云干咳了两声，打破了这份沉默。

“哦，嫌犯假冒快递员，迷晕了一个女人，还想杀她的儿子灭口。你还别说，她儿子才九岁，真聪明，居然想到用两瓶雪花膏砸了邻居家的玻璃窗，引得邻居跑来敲门，那邻居见半天没人开门，就觉得出了问题，于是报了警。而且那孩子出手也真狠，我看嫌犯就算不断子绝孙吧，一个月能不能出院也够呛。”王文志笑着说道。

“嫌犯和她有什么仇吗？”马吉云问道。

“不知道，嫌犯到现在都不肯招供。这女人是搞科研的，没得罪过什么人，她老公多年在马来西亚药厂工作，应该也没有什么仇家。”王文志回道。

“她老公叫什么名字？”

“叫王什么的，我翻一下记录。”

“王武进？”马吉云的心跳急剧加速。

“啊，对的，是叫王武进。你认识她老公？”

“哦……这都发生了些什么！”马吉云用手猛力地揉搓着头顶，“白马骑士的线索就是王武进提供给我的！”

“那么……就是说……”王文志沉思道。

“对！假扮快递员的嫌犯，他想杀人灭口，一定是白马骑士的同伙，说不定就是白马骑士本人！”马吉云抢先说道。

王文志举起手狠命地拍打了一下桌子说：“重审嫌犯！”

4．非常审讯

“可你刚才不是说，嫌犯什么都不肯招吗？”马吉云问。

王文志点点头，说：“非常之时用非常之法。我会向市长请示，开个专会做出决定。”说完便与马吉云告辞。

看着王文志的宽大背影，马吉云不知道这件听起来荒谬不堪的案子是否能获得市长的支持，但这个中年男子做事的精干和魄力让他很信任，在火车站的恐怖事件中，七秒内毫不犹豫地射杀五名恐怖分子，并且弹无虚发，枪枪直至要害，这样的镇定、果断、自信，简直让人钦佩得五体投地。

天亮前，王文志回来了，一脸的怒气冲冲。马吉云刚想开口问，只听王文志怒道：“上面只给我二十四小时，不招供就得放人。”

审讯室里，嫌犯坐在一张铁椅上，双手被反绑在椅背上。

王文志压着火气，先尝试诱逼他："在你被捕之后，你的同伙已被我的同事抓住，他说出了灭绝派，还有白马骑士投毒的事。现在你们谁能得到宽大处理，就看谁尽早交代。"

"你以为我会相信你？看来王警官也没什么手段！"嫌犯嘲讽道，"你不会从我这里得到有用信息的，死心吧。"

"对付灭绝派，我很有经验。"王文志咄咄逼人。

"人类的相互杀伐从未停止，世界每个角落里都滋生着腐败、贪婪、奸诈和欺骗。最为可恨的是，你们以主宰者的荣耀，贪得无厌地对其他生物屠戮残害，物种因此而大量灭绝。"

"好了，我不想跟你谈宏篇大论。坦白交代是你赎罪的最好出路！"这下，王文志至少可以断定一点，那就是此人果然是灭绝派的成员。

"和你这么说，即便有一百个同谋交代了事实，就算你们用无罪释放来诱惑我，我也照样不会吐出半个字。我倒要看看，你们能把我怎么样，按照规定，你们最多只能关押我二十四小时！"嫌犯说完，斜着眼大笑起来。

王文志被压抑着的满腔怒气像火山喷薄一般爆发，情不自禁地挥出一拳。

在猛力攻击下，嫌犯的身体连着椅子向一侧平移出一寸，嘴角泛出些许乌青。他倔强地回道："我要验伤，你给我等着瞧。呸！"

王文志真想解下自己的皮带，打他个皮开肉绽、呼天抢地，但理智压住冲动，阴沉着脸走出审讯室，回到了自己的办公室。

马吉云并未离去，见王文志灰头土脸的样子，心中便已明白了七八分，问道："怎么？不肯招？"

王文志翘着嘴角回道："嫌犯很了解警察的审讯，目前我们只能跟他耗时间。"

"现在必须争分夺秒，我们耗不起！"马吉云说，"要不，交给我吧。"

"你？你打算怎么做？"听这么一说，略显消沉的王文志为之一振。

"这样说吧，只要你把我带到嫌犯的面前与其对质，我就能逼迫他说出真相。"

"你真有这把握吗？"王文志不解地盯着马吉云看了好一会儿，眼前这位身患绝症的男人脸上散发着奇怪的自信。

"非常时刻用非常手段，这不是你说的么？就让我这不知道还能活几天的人，用余下的生命做点有意义的事吧。"

王文志犹豫片刻回道："好吧。你可以作为案件重要证人与嫌犯对质，我带你过去。"他说完，便拿起案件档案袋推门而出。

没出走出几步，来到了一处十字岔道。

"右侧通向配电房吗？"在王文志身后的马吉云发问道。

"哦，不是。右侧是审讯室，左侧才是总配电房，而往前是最近的出口，但这些都需要我的身份磁卡才能通行。"王文志皱了皱眉，掏出自己的身份磁卡晃了晃。对于马云吉为何会在这会儿问出这种问题，他什么也没问，只是尽可能详细地回答了他的问题。

两人右拐来到审讯室前，王文志用磁卡刷开了房门。

马吉云快步跟进，并迅速关上了门，说道："王队长，你过于操劳了，暂且睡一会儿吧。"突然摆动臂膀，拳头飞向王文志的脑袋。

王文志晕倒在地。

那嫌犯被眼前的一幕所震惊，瞪大了双眼不知所措。

马吉云立刻拿起王文志腰间的电警棍，按下了电击模式的按钮，箭步冲到嫌犯面前，戳在了他的颈部。

超过十万伏特的电压从一点散播开来，嫌犯只觉得一阵钻心的疼痛席卷全身，连喊叫都没来得及，已像一个羊癫疯发作的患者跌倒在地，小幅度而剧烈地抽搐起来，不一会儿就昏迷过去。

马吉云不慌不忙地坐下，翻阅起案件的资料，很快便找到了犯人的家属与住址信息。接着，他扒下王文志的制服穿在自己身上，再拉着嫌犯的手掌触碰了几下王文志的脸庞与衣领，最后掏出他的身份磁卡，推门而出。

整个警局瞬间陷入黑暗，一阵阵抱怨此起彼伏，似乎还夹杂着讥笑声。几分钟后，当总电闸被再次拉上，只听有人惊呼道："天哪！王队长被人击昏，审讯室门敞开着，那个嫌犯逃跑了！"

而此刻，马吉云早已驾车飞驶在高速公路上，后方的座椅上躺着昏迷不醒的嫌犯。

马吉云心里明白，自己拷问犯人的技巧实在太拙劣了，以至于不得不使用些其他手段来弥补。所以，他花费了整整两个小时才把一切准备妥当，包括掳来嫌犯的父亲和妻子，以及购置一些必要的工具。

在郊外荒林中，嫌犯被五花大绑着，像木乃伊一般平躺在满是枯叶的泥土上。他一醒立刻惊慌地大叫：“你是谁？为什么把我带到这里？”

“白马骑士是谁？”

“为什么每个人都要问我这个奇怪的问题，我真的不认识他。”

马吉云二话不说，朝着十几米外的远处走去，在暗无光线的深夜树林中，根本看不清那里的情形。似乎听到车门被打开和关闭的声响，马吉云逐渐从夜幕中走来，他身旁拽着一位老人。

“儿啊！他说你是恐怖分子，要害国家、害人民，还要毁灭世界。你怎么可以做出如此大逆不道的事来啊！你赶快招了吧。”老人哭丧着脸说。

“爸，别听他胡说八道。我不是什么恐怖分子。”嫌犯看着老父亲，一脸的伤心显露出来。

马吉云站起，把老人顶在一棵树上，回道：“快说，白马骑士是谁？否则，你父亲的性命堪忧。”

“你真的搞错了，我根本不知道什么白马骑士啊。”嫌犯苦苦哀求道。

马吉云咬紧牙关，一个重击。

“啊……”老人发出凄惨的悲鸣，摔倒在地，昏死过去。

嫌犯完全不敢相信自己的眼睛，呆呆地看着这一切，毫无表情。

马吉云转身面对嫌犯说："你们拿我的血液去搞恐怖袭击，成千上万的人都要承受失去亲人的痛苦，你想提前承受吗？"

嫌犯望着马吉云许久，才缓缓地蹦出一句话："你是马吉云？"

"我是。"马吉云回道。

"你应该投靠我们的组织，和我们一起……"

"你还是人吗？"马吉云反问道。

"我是。"嫌犯仍面无表情。

"毁灭世界还算人？"

"哈哈哈，问得好，问得好！"嫌犯突然变了个人一般，"就因为人类是邪恶的蛀虫，才会让这个世界充满着痛苦。所以我们顺应创生者的旨意，要让所有的人类都接受末日的洗礼，重建一个洁净的新世界！"

"创生者的旨意？"马吉云用轻蔑的口气问，"你们能听到他的话语？"

"是的，真真切切地听到了。"

"哈哈……"马吉云笑道，"那么，创生者要清除的人类也包括你们灭绝派吗？"

"难道你不知道，我们进行的是一场伟大的自然革命。革命者是无畏的，为了理想而牺牲个人，只有痛快，没有恐惧。"嫌犯接着咆哮道："杀吧，杀吧！即便是搭上我父亲的性命，我也决不会成为叛徒。"

"看来，还是没能触及你最悲痛的神经。今天，我要让你深刻理解，这个世界上，爱是毁灭不了的。"

“你还有什么鬼把戏？”嫌犯惊诧地问。

“你还有正怀孕的妻子呢，忘了吗？”马吉云冷冷道，“既然你要毁灭全人类，那么我就先替你为自然革命做一点贡献。”

嫌犯见马吉云再次大跨步走向远处，隐隐约约看到一团白色的影子摔倒在地，还伴随着女子的“呜呜”呻吟声，仿佛是自己妻子被封着口。

嫌犯浑身战栗，突然放声痛哭，大叫道：“别伤害她，别……”

马吉云再次走来，脸上浮现的微笑不禁让人毛骨悚然：“你心中有爱有牵挂，还谈什么灭绝全人类？！你们这群疯子！今天，我就要让你的妻子也遭受一遍你们对我妻儿干的好事。”

嫌犯傻眼了，一五一十地交代了自己所知道的一切。

马吉云拿起手机，拨通了王文志的电话：“你醒了啊，王队，我已经知道白马骑士的身份与住处了。”

“好！太好了！”王文志激动万分地回道，“他是谁，在哪儿？”

“等会儿我会把资料发给你。还有，那名逃跑的嫌犯就在我这儿，你派个人来把他领回去吧。”

马吉云挂了电话，扶起地上的老人走回车中。

嫌犯见状，大声呼叫道：“我妻子呢？不要把我的妻子扔在这荒郊野岭！”

马吉云打开车灯，摇下窗笑嘻嘻地回道：“你的妻子？是那具会发声的充气人偶吗？”

嫌犯看着灯光渐渐消失在夜幕中，嘴中发出不知是在冷笑还是在哭泣的声音。

5．千钧一发

此时已过清晨五点，天蒙蒙亮了。将嫌犯的父亲送回家后，往回赶路的马吉云这才感到饥肠辘辘。毕竟折腾了整个晚上，能坐下吃一碗热腾腾的甜豆浆和一副香喷喷的大饼油条，也算是美事一桩。

他将车停在一条小街上，看见一个没有招牌的小店，附近放着几张餐桌。

“想吃什么？”一位满脸皱纹的老妇人问刚坐下的马吉云。

马吉云草草地扫视着菜单说道：“这里卖得最好的是啥？”

“虾肉馄饨配两根油条，几乎一半人都这么点。”老妇人回道。

“好，那我就吃这些。”

“你先找位置坐下，好了叫你。”

稍后，老妇人端来了馄饨与油条。马吉云用勺子舀起汤水吮吸，顿觉一股难以形容的鲜香从舌尖传递到大脑。

正当他沉浸美味之中时，耳边隐隐约约传来一阵警鸣声，一场惊心动魄的反恐行动，在不远处的昆北水厂即将拉开序幕。

半小时前，王文志带着十几辆警车冲入某个住宅小区。近百名警员如救火般奔驰绝尘，眨眼之间，已控制了一栋五层楼房。从地下车库到房顶的所有通道，都能看到警徽在微光下闪烁。

“尽可能抓活的，要找到病毒。”王文志站在楼梯口，轻声对面前的人交代。

三名警员蹑手蹑脚走到一间房的门前，其中一人用唇语来提示其他人行动方案。

一枚微型炸药被安在了门上，两侧的警员端枪背靠着墙，还有一人蹲在一旁。随着一声轰隆巨响，房门如一堆棉花被狂风吹散一般，在空气中扬起数不清的粉尘。

几乎就在一刹那间，蹲在地上的警员敏捷地将一枚手弹抛进了房间，随着一记闷响，一片能闪瞎任何人类双眼的光芒充满了屋子。

从爆破到闪光，差不多也就一秒，埋伏在两侧的警员迅速用枪瞄准了屋内，两边交叉的视野覆盖住房间的每一个死角。

“队长，他不在。”一名警员说道。

王文志板着脸，一副不悦的神情。

“队长，这里有一支还没熄灭的烟头。”

王文志突然停下脚步，大叫道：“不好！第一小队跟我上楼顶。”

狂奔到楼顶的王文志，气喘吁吁地叫道："立刻切断水箱供水，上下左右都得仔细检查。"

话音刚落，不远处的水箱底下闪出一条白色人影，大步流星地奔跑起来。

"白马骑士在那儿！他想逃！"一位警员一边追赶一边大喊道。

"前面根本没有路，你逃不掉的！"王文志紧追在逃犯身后十来米处大喊。

白马骑士奔跑到楼顶边缘，身体微微跳起，双手撑在女儿墙顶，一下子便攀到了上面。他连一丝犹豫都不曾表现，就猛然向前跳下。

王文志用完全相同的动作，迅捷地上了墙，眼看就要抓到逃犯，但可惜还是慢了一秒。

"他跳楼自杀了？"一个跑在后面的警员纳闷地问道。

离楼两米多远有一棵参天大树，估摸着近三层楼高。

白马骑士在空中划出了一道死亡的曲线，就在王文志认为他必然会摔得粉身碎骨之时，他刚好抓住了最外侧的一根粗壮树枝的末梢。树枝在弯曲下垂的过程中，不断吸收着这位不速之客重力加速所积累的能量，直到"啪"的一声断裂。

然而，他在落地的瞬间做出了完美的保护动作，但仍旧滚出老远，在地上咳嗽几声，然后站起来后仍有点踉踉跄跄。

"见鬼了，他居然没死！"王文志蹲在墙上大声骂道，然后拿出对讲机说："白马骑士在三点方向，地面警员立刻抓捕！"

白马骑士坐上一辆白色摩托车，旋动油门手柄，随着一声如雷贯耳的声响，车带着人像离弦之箭向外飞驰而去。

警员慌乱地坐上警车，在后紧追不舍。

白马骑士全速冲向小区出口，从只有两人宽的车辆道闸中强行穿过。

后面追赶的警车粗暴地将道闸栏杆撞到了对面的人行道上。

“逃犯开进了自来水厂！”对讲机传来了声音。

“不好，他想在那里投毒。”王文志回道。

白马骑士跳下摩托车，径直朝着清水池的方向跑去。他如同一道白色的闪电，在水厂的设备管道之间攀爬跳跃，三两下就上了平台。

警员们虽训练有素，但比起这位邪恶使者的身手竟然稍逊一筹。

白马骑士来到了清水池边，掏出匕首狠命扎进自己的大腿内侧，鲜血如喷泉般溅出，星星点点地洒落在池水表面。

“这又是什么意思？”一个警员不解地问道。

“天啦，难道他的血液里有病毒？”另一个警员大惊失色，慌忙中对着前方开了两枪。

一枚子弹击中了白马骑士的后背！令众人大吃一惊的是，他强忍着痛楚再次对着自己刺了一刀，随后栽进了清水池。鲜血如同鬼烟怪雾一般，在水中慢慢地弥漫着。

“赶快关闭市政供水的所有开关！”王文志跑到泵房大声叫道。

“呃，这需要领导的指示，否则造成损失我可担当不起。”一个工头模样的人回道。

“要我不客气吗！”王文志一把抓起工头的衣领，用命令的口气说道。此时根本没时间去解释。

“这……”工头被王文志可怕的样子吓得双腿发软，整个身躯像一堆烂泥往下瘫，要不是王文志将他提着，恐怕早已一屁股坐在地上。

“快！”王文志怒目圆睁。

“好，好。关闭，关闭。”工头连忙指挥手下人去干事。

水泵房内，工人们分头紧张地拧动着阀轮。

“都关上了没有？”王文志大声问道。

“都关上了，但有一根管道的阀门好像滑牙了，拧不紧。”工头回道。

“拧不紧就不拧了？你他妈就这么办事？”王文志粗鲁地咆哮道。

“那你说怎么办？”工头问。

“哪怕是把水厂毁了，也要立刻阻止向外供水！”

“呃……没有办法……我实在没有办法。”工头支支吾吾地说。

“有办法！”

一个清脆的嗓音从身后传来，王文志转身看去，从人群中走出一个二十来岁的小伙子。

“什么办法？”王文志急忙问道。

“水都是从清水池那边过来的，通过这里的加压才能出去，所以只要让增压泵系统停止工作就行了。”小伙子说。

“增压泵在哪儿？”王文志问。

“那里。”小伙子指着角落里的一台设备。

“你去关掉它。”王文志对着小伙子说。

“它是自动化控制的，我没有权限。”小伙子回道。

王文志转过身看着工头。

“我……我也没有……权限。”工头的脸涨得通红。

“断电！快给我断电！”王文志当机立断。

“断电也没用，它有蓄电池。”小伙子说。

“那到底有没有办法让它停止工作？”王文志急得大汗淋漓。

“不能断电，但是可以让它出错。”小伙子说。

“好！快去！快去！”王文志欣喜若狂。

“弄坏了设备，你赔得起吗？”工头瞪着眼对小伙子说。

“让他闭嘴！”王文志严厉地吼了一声。两个警员立刻将工头拉开。

不到两分钟，小伙子微笑着走了回来：“全搞定了。”

“确定没有闪失？”王文志疑虑重重。

“确定！搞破坏容易，就是维修起来麻烦了。”小伙子说。

一群警员跑进泵房：“王队，我们以最快速度关闭了清水池向下输出的阀门，希望还来得及。”

“好！立即让水质检验师到这里来。”王文志命令道。

当检验师忙于在水厂取样的时刻，决定无数人生死存亡的另一关键事件也正在悄然发生。

6. 丹血汗青

一架马来西亚民航班机正在万米的高空夜航。王武进坐在靠窗的座位上，凝视着窗外黑夜中的灯火，觉得这笨重的巨型钢铁载着几百人能抗争如此强大的万有引力，不禁赞叹牛顿第三定律与伯努利原理的神奇和奥妙。

“金乐市控制中心，这里是 MH498 航班。”机长在驾驶舱内说道。

“MH498，请爬升到飞行高度 250。”对方回道。

“马上将爬升到 250 飞行高度。”

“MH498，现在请爬升至 350 高度。”对方发出新的指令。

“飞行高度已在 350。”机长回道。

“MH498，请联系河泽市 112.2 频道，晚安。”

“晚安。”

这时，从机舱中段传来“乓”的一记怪响，机舱的灯在同一时间暗下，乘客们还来不及反应，大约两秒之后，又突然恢复了光明。人群中顿时喧闹成一片，抱怨声此起彼伏。

“发生了什么，仪表怎么不工作了？”机长焦虑的询问声从驾驶室传出。

副机长俯身检查着面前的设备，然后说：“除了姿态仪之外，所有的电子设备都失效了。你试试还能通讯吗？”

“金乐市控制中心，这里是MH498，听到请回答。”机长耐心地等待着回音，但通讯机悄然无声。

机长迅速切换到112.2频率，焦急地喊道：“河泽市控制中心，这里是MH498，听到请回答。”

通讯机依然鸦雀无声。

驾驶舱的门打开了一条缝，副机长探出半个脑袋，看见一位女空乘员正在与面前的三位男子说话，便开口道：“先生们，请回到座位上去。如果有什么故障，我们会广播的。”

“刚才发生什么事了？”副机长问女空乘员。

“刚才的响声是从洗手间里发出的。”女空乘员回道。

副机长想走去查看洗手间，可刚跨出两步，突然，一名男子冲上前来，勒住了他的脖子，接着掏出锋利的匕首，从背后刺进了他的胸膛。

副机长慢慢栽倒在地，地上很快流淌出一摊鲜血。

女空乘员惊诧得连一声喊叫都没有，她很快意识到被劫机了。

但没等她做出反应，有两名男子快步闯进驾驶舱，“啪”的一记响声，驾驶舱的门被锁上了。机长也同样遭到杀害。

“怎么样？能顺利飞行吗？”闯入驾驶舱里的一名男子问道。

“没问题，电子设备几乎都被我们的电磁弹破坏了，但备用的机械仪器仍可工作。我尽可能避开雷达区，以免招来不必要的麻烦。”驾驶飞机的男子说道。

“是否要确认，机上乘客的通信设备都已失效？”其中一个问。

“放心吧，就连如此高精尖的民航仪器的通信设备都已成为废铜烂铁，你觉得那些破手机还能通讯吗？”驾驶者回道。

“那外面的人怎么办？”

“外面？驾驶舱的门是防弹防爆防撬的，就算有人知道开门的指令密码，只要我拒绝他的请求，就别想打开这扇门。”驾驶者说。

“那好，我们先去把王武进抓进来。”说完，两人走出驾驶舱。

王武进正在好奇地朝驾驶室张望，他和所有乘客一样，此时根本不知道发生了什么。只见一高一矮两名魁梧男子向着自己逼近，来到他身边时，矮个子突然用手肘顶住王武进的脖子，短刀在他的眼前晃动，说道：“你好！王药师，病毒资料在哪儿？”

“我没带在身边。”王武进压制着心中的恐惧回道。

高个子迅速打开了上排的行李柜，指着其中一只箱子大叫道：“这是谁的？”

“我的。”一名女乘客小声回道。

“这个谁的？”高个子按顺序一一问道。

“是我的。”一个老头说。

“这个呢？”

这下无人答应，高个子看了看王武进，再次问道：“这个行李是谁的？”

舱内仍无人答应。

高个子将行李箱小心翼翼地轻放在地，打开之后，在一堆纸张书籍里翻找起来。

“找到了吗？”矮个子问同伙。

“嗯……资料是找到了，但没有病毒样本，估计在托运舱里，等到了基地再说。”高个子拿起一本资料回道。

两名灭绝派人员押着王武进朝驾驶舱走去，众人投来恐惧的目光，无人敢站出来伸张正义。

不远处的前方，一个满头白发、骨瘦如柴的老人站起，朝着王武进这边走来。他冲着灭绝派人员叫道：“不好意思，我要上厕所！麻烦让一让。”

灭绝派人员根本没把这老头放在心上，随即让出了一条道。

当老人颤巍巍地和劫机者擦肩而过时，谁也没想到他一个急转身，以迅雷不及掩耳之势，在矮个子的身后一个重击。

矮个子顿时瘫倒在地。

高个子见状，举起短刀就朝老人刺来。

老人向左一闪躲过刀刃，同时左手猛击抓住自己衣领那只手的肘窝，右手臂猛然发力将对方压倒，然后左手再次发力，拍晕了高个子。

一个古稀老人，不到五秒就搞定了两个身强力壮的持刀暴徒。

“还愣着干吗？快把他们两个绑起来！”老人朝众人喊道。

一听这话，众人才反应过来，好几个人走上前帮忙。一时间走廊里乱作一团。

老人趁机将王武进拉进乘务员的休息室，问道：“这些人是冲着你来的，他们的目的是什么？”

王武进原以为登上飞机就安全了，没想到还是没有逃过。事已至此，他只能如实告诉这位救命恩人：“他们的目的是为了获得一种可以毁灭全人类的病毒武器，我把它放在货舱内了。他们现在控制了飞机，我猜测他们是想带着病毒飞往索多玛。一旦病毒武器被这帮人拿到手，那地球上将生灵涂炭，惨绝人寰。我们必须想办法阻止他们。”

“他们现在已经控制了驾驶室，也切断了所有的通信设备，”老人说，“我们要阻止飞行已是不可能。那个病毒有毁灭方法吗？”

“高温可以！”

“那我们必须想办法进入货舱，找到病毒。”

而此刻，无家可归的马吉云再次回到公安局，一宿未眠的疲倦，令他一头栽倒在警室内的长凳上熟睡起来，还时不时发出鼾声。

时过八点，公安局内逐渐嘈杂起来，等候处理公安事务的人越来越多，大家都在低声议论着警室长凳上熟睡的马吉云。

即使外面地震了，现在的马吉云恐怕仍然能安然入睡，毕竟将死之人还有什么好怕的。但是，他被一个熟悉的女人叫声惊醒。

“你们要相信我！要相信我！”

马吉云睁开沉重的眼皮，看见两名女警员将一个长发女子“请”出了办公室，而这个女子正是陈若彤。

“就算是真的，你也得耐心等待我们核实情况。”其中一名女警员耐着性子对焦灼的陈若彤说道。

马吉云坐起身来，带着一丝睡意，走到陈若彤的面前：“你怎么又来了？”

“啊！是你！快帮帮我，他们不相信我……”陈若彤慌乱地说道。

“发生什么天大的事了？”马吉云笑了笑说，“你不是去机场接丈夫了吗？”

“就是这件事！现在，他乘坐的航班失联了，”陈若彤哭泣道，“他肯定出事了！”

“你先别激动，把事情原委告诉我。”

“几小时前我接到他的一条短信，心里立刻有一种很不好的感觉，于是赶到机场，却被告知他的航班正巧失去了通讯联络与雷达信号，还说这种情况时有发生，让我不要紧张……但是，”陈若彤慌乱地摸出手机，“你看，这就是我丈夫最后发出的信息。”

7．化险为夷

马吉云接过陈若彤的手机，看到屏幕上那几行字：

如果我的航班发生不测，你就把我现在发给你的这份文件交给值得信任的警方人员。解压缩的密码是常用的那个。切记！是值得信任的警方人员。

“你丈夫叫王武进？”马吉云问。

“对。你怎么知道？”陈若彤觉得很意外。

这时，王文志正好从办公室里走出来，说道：“陈女士，我们已核实，你丈夫的航班确实失联了。如果有新消息，我们会立刻通知你。”

王文志脸转向边上的马吉云，说道：“马先生，你跟我来一下。”

马吉云向陈若彤点了点头，示意她不要太惊慌，然后跟在王文志的身后走进了办公室。

“白马骑士抓到了吗？”马吉云迫不及待地问道。

“击毙了。”

“那是不是威胁已解除？”

“击毙他的时候，他向清水池放血了，我们怀疑他的血液中就有病毒。”王文志回道。

“那饮用水已经污染了吗？”

“水质正在检测，稍后就有结果。我们还从他身上搜到了他的宾馆住址，然后从那个房间里找到了几瓶未开封的饮料和两个面包，也送去检验了。”王文志说，“可是现在，又发生了一件让我头疼的事。”王文志愁眉不展。

“还有比水污染更让你头疼的？”马吉云一脸苦笑，“即使你们以最快的速度关闭所有供水系统，也难保病毒没有扩散。”

“你说的没错，但这件事同样棘手。”王文志说道，“刚刚得到消息，王武进乘坐的飞机已确认坠毁在南印度洋上，病毒可能已融入海水之中。”

“这种新病毒的生命力非常顽强，有适水性……”马吉云脱口而出，简直不敢相信这个消息。

“是的，要是随着洋流扩散，人类必然迎来大灾难。”

“可是，坠机引起的爆炸难道不会破坏那些病毒吗？”马吉云说道。

“没有。据我们掌握的资料显示，飞机曾长时间低空飞行，一直处于僵尸飞行状态。”

“僵尸飞行？！”马吉云立刻明白是怎么回事了。僵尸飞行就是飞机保持着平稳的姿态，无人操控，一直朝前飞，直到燃油耗尽再缓缓下降，如果降落地点是水面，那么它当然不会爆炸，只会慢慢沉入四五千米深的海底。

“那现在该怎么应对？”

“我已经上报了，马上会成立专案小组前往降落点。”

这时，一名警员敲门进来，将一份报告交到王文志的手中。

王文志看后立刻面容扭曲起来，一言不发。

“怎么了？”马吉云问。

“你看。”王文志将报告递了过来。

检验项目		**新型乙肝病毒探针**	
血液样本		阳性	
清水池	100份样本（200cc）	32份阳性	78份阴性
至泵房管道	100份样本（200cc）	6份阳性	94份阴性
至市政管道A	1000份样本（200cc）	3份阳性	997份阴性
至市政管道B	1000份样本（200cc）	0份阳性	1000份阴性
至市政管道C	1000份样本（200cc）	0份阳性	1000份阴性
至市政管道D	1000份样本（200cc）	1份阳性	999份阴性
饮料与面包	8份样本	0份阳性	8份阴性
冰块	6份样品	6份阳性	0份阴性

“我们行动总算及时，污染绝大部分被控制了，只是市政管道D线最后折腾了半天才关闭，虽然只检测出了一份阳性样本，但不能排除病毒已流入整个城市的可能。为了安全起见，我会要求对市政管道A线和D线的终端水质进行……”

突然，一记清脆的铃声打断了王文志，他打开手机，查看警务系统发来的重要消息。只见他的神色越来越阴沉。

“我有一个非常不好的预感！”他慢慢抬起头望向马吉云，

“他们的白马骑士会不会只是声东击西的手段？”

“你的意思是？”马吉云接过王文志的手机，立刻猜到了王文志的担心。

王文志的手机上显示的信息是：

> 政协会议今日将进行第二次大会发言，上千名委员将共进午餐，务必确保全体人员安全。

“灭绝派策划这种恐怖活动，怎么可能大费周章地只出一个棋子？他们很可能还有其他方案。”王文志分析道。

马吉云的脸不知什么时候变得阴云密布，他望着王文志说：“你的意思是，灭绝派策划的行动在政协会议期间可能并非巧合，很有可能他们下毒的真正重点是政协委员……”

一想到这里，王文志不等马吉云说完，连忙叫助手给首都保卫局打电话，要求他们采取应急措施并配合行动，接着便迅速冲出房间，跨上一辆摩托车直奔政协委员用餐的宾馆。

王文志的摩托刚停在政协会堂前，一个西装笔挺的男子就迎了过来，王文志迅速亮出身份证明，命令他立刻带自己去宴会厅。

宴会厅高大宽敞，天花板上镶嵌满了明亮耀眼的玻璃顶灯，大厅最前方的小型舞台背景墙上，高悬着祖国的徽章，两边各有五面红旗斜插着。

“这次会议的餐食都是你在安排？”

“是的，王队长，有什么吩咐？”男子问。

“今天所有的食物都检验过吗？”

“王队长，您大可放心。一切食品都来自国家特供基地，并且在进货、出库、使用前都按规范进行三道审查。所有的餐具、炊具、洗洁用品，甚至连一次性湿纸巾，也都按照程序检验了。保卫局的人到时也会全程监视烹饪的所有流程，任何一道菜汤、点心、饮料、调味料，都会由厨师长事先品尝，确保安全后才会端到席上。”

“对于你们的认真负责，我十分赞赏，但我还是希望你们能重新检验。”王文志说。

“嗯，好，我会尽力配合。”男子回道。

警员与检验专家经过几个小时盘查，并没有发现任何异常情况。

王文志叹了口气，走到宴会厅外的草坪上，拿出一根烟抽了起来：“是我太多疑了？”但多年的职业警觉性告诉他，不可错过或疏忽哪怕一个小环节。他一边漫无目的地游走，一遍仔细地梳理思路。

不知不觉中，王文志来到集市的一个瓜摊前。

“这西瓜长相蛮好，但五块八毛五百克太贵了吧，五块怎样？”一个男子在砍价。

“大哥，现在刚开春，这瓜是温室暖棚的杰作，恒温恒湿恒氧，过得比人都舒坦。你看，这瓜皮纹路是羊齿状的，绝对上品，价格自然不便宜。”商贩那条翻转的舌头就像奔腾的马儿，语速快得让人来不及反应。

“羊齿？白马骑士执行的不正是羊齿行动吗！”王文志一激

灵，掉身就跑，一边拿起手机呼叫部下：“你们还在原处吗？”

“是！有什么情况？请王队指示。”对方回道。

“你们立刻禁止任何人接触或饮用鲜榨果汁，尤其是西瓜！我马上赶来。”王文志以最快的速度奔跑，口中急促地喘气。

来到宴会厅，没等门口的服务员反应过来，王文志已经穿过坐满人群的自助餐厅，直奔厨房间。

“这西瓜是宴会用的？”王文志指着地上的一堆西瓜问道。

“对，准备做鲜榨果汁。”其中一个厨师回道。

“今天做过没有？”

“就做了两扎，怎么了？”厨师一脸狐疑地说。

“做好的果汁呢？”

“就你进来的时候，服务员刚端出去。”

“该死！我怎么没看见？”王文志大叫道。

“这里有两个通道，她走的是那边。”厨师甩了一下头来示意方向。王文志立刻示意警员赶去阻止。

“我是警察，现在命令你不得制作任何果汁，用过的榨汁机也不得再使用，放在台子上，等检测人员来取。”

话音刚落，王文志已跑出厨房，在宴会厅门口快速扫视着四周。很快，他看到一处角落的桌子上放着满满一扎西瓜汁，刚赶到的警员已将整个桌子隔绝人群。

顺着这个方向看去，有一个人端着装满红色饮料的杯子，正准备坐回自己的餐桌前。

王文志心中暗叫一声不好，向那个拿着红色饮料的人跑去。

只见那人一边和邻座聊天，一边举起杯子，将杯口慢慢靠近嘴边。

王文志大叫一声："放下！别喝！"

那人大吃一惊，慌乱中手猛烈一抖，红色汁液洒了一地。

"你是谁？咋咋呼呼的，吓人干啥？"

"我是警察，请放下杯子，坐在原地别动。"王文志喘着粗气叫道。

那人被王文志的凌人盛气所震撼，竟然真的一动不动。

王文志急忙抢下那杯子，并示意周围的人散开。

"这饮料你喝了没有？"王文志问。

"什么意思？"

"我问你喝了没有？"

"沾了一口。"

"对不起，请你跟我走一趟。"王文志由刚才的粗鲁变成了彬彬有礼。

"我……犯了什么法？"那人结结巴巴地问。

"过一会儿你就知道了。"

这时，王文志的警员赶了过来，收拾掉桌上的一切有关物件，并带着那人走了。

"会议期间都抓贪官啊，真是敬业啊。"人群中议论纷纷。王文志懒得解释，这总比病毒引起的恐慌要小吧，他拍了拍制服，走出了宴会厅。

不一会儿，病毒检验报告出来了。会议用餐的水果中，确实有数量不少的西瓜被注入了白马骑士携带的那种病毒。

虽然病毒并未在宴会上扩散，但王文志仍感到不安。病毒是怎样通过层层检验，进入会议餐厅的？这背后，似乎隐藏着某只神秘黑手。

“我毕竟只是一个普通警察，我尽力了。”王文志极力让自己紧张的情绪平静下来。

马吉云从王文志的办公室出来的时候，已经不见陈若彤的踪影，询问一旁的警务人员，才得知她去机场配合调查了。马吉云看了看手表，决定去看望一个人。

他来到一所养老院，在护理小姐的带领下，来到那个房间门口。马吉云驻足半天，始终没有敲门进去。他走到窗口，隔着窗朝里望去，只见一位老人安详地躺在床上，双眼睁开着，痴痴地望着天花板上的顶灯，面孔苍白得如同上了一层廉价的铅粉，憔悴虚弱的神态让人忍不住心碎。

老人似乎注意到门外有人，身体微微颤抖起来。

马吉云见状，立刻推门而入。

“老先生，您别动，注意休息。”马吉云坐到他的身边说。

“你来啦。”老人用轻得如蚊虫扇动翅膀般的声音说道。

床上躺着的老人正是那个嫌犯的父亲。

“您受苦了。谢谢您愿意配合我，我向您致敬。”马吉云说着，深深地鞠了一躬。

“和我的儿子所犯下的罪过相比，我所做的不足以弥补丝毫。”老人平静地说道，双手放在胸前。其实那天，马吉云并未真的下重手，只是和老人一起演了一出戏。

“不！正因为您是他的父亲，所以您的深明大义更可贵可敬。大义灭亲，不是谁都能做得到，您精神的崇高和内心的苦痛我非常能体会。”马吉云的眼眶已经湿润。

“你何尝不是！为了救更多人，做了那么多。”老人说道。

“如果这个世界没有邪恶该有多好。我曾经以为，这句话只是懦弱者的无知期盼，直至此时此刻才明白，那是多么惨痛而无奈的感叹。”马吉云道。

“都怪我生了一个逆子，也算是罪有应得。”

“您的儿媳还好吗？”

“她身体无恙，还时常来看我。”老人回道，“只是，我不知道我还能不能活到他出狱的那一天，我很害怕到死也不能重新找回我那个迷失了的儿子。”

“他也是受人蒙骗。”马吉云安慰老人道。

马吉云起身缓步走出房间时，听见从后方传来老人轻轻的叹息。

8. 苍蝇与神

马吉云独自一人来到公安局刑警队长的办公室，几乎把所有的报纸杂志都看了一遍，仍不见王文志回来，便有些焦躁起来。正当他准备离去时，门外来了一位老人。

“刘景华、刘院长？”马吉云诧异地叫道。

“你是马……”刘景华一时没反应过来。

“马吉云。”

“哦，对，马吉云。”刘景华点着头说道。

“你来找王文志吗？”马吉云问。

“是啊，找他有点事。”刘景华回道。

“王队不在。我等在这里太无聊了，要不我们聊会儿天？”马吉云笑着说。

“哦，聊什么呢？”

“黛丽丝，灭绝派的首领。我想知道她的所有事。”马吉云说道。

“哎，灭绝派和我没什么交往，我根本不了解他们。不过，如果是说激进派的首领，我倒是很熟悉。”刘景华回道。

“激进派，就是那些想清除劣势基因的人吗？”马吉云问。

“是的。他们的首领叫索朗贡，派系里喜欢叫他觉醒者。”刘景华眯着眼说。

“他是怎么加入到您的组织里的呢？”

“哎，其实我和他的相识要从二十年前说起，那时候他还是个孩子……”

刘景华正准备讲述这段心酸往事的时候，办公室的门锁转动起来，王文志推门而入。

“你们都在啊？找我有什么事？”王文志说道。

“真扫兴，你来得真不是时候。”马吉云微笑着埋怨道，“怎么，你的事都办妥了吗？”

“是的，只差一件事没办。”王文志回道。

“哪一件事？”马吉云问。

王文志缓缓地坐下，说道：“我从王武进的资料里得知，你的血液就是灭绝派梦寐以求的基因武器。”

“王武进曾和我说过，那日我被黛丽丝用我家人的性命要挟去火车站，逼我喝下的一种紫色液体其实就是他们研发出的致命药剂。只是出乎他们意料的是，我的血液和这种液体发生了融合，产生出了一种致病性更强的新型乙肝病毒。”马吉云淡定地说，“所以，我现在成了灭绝派最大的秘密武器。哦，对了，他还说，我可能就是什么传说中的终极毁灭者。”

“你怎么不早说！你现在……”王文志立刻意识到事态的严重性。

“那还不是因为你这边的麻烦事一桩接一桩，告诉你，你也没辙。我只要不落入灭绝派的手里，事态就还不算糟糕。”马吉云说完，还轻松地一笑。

“你倒挺轻松的？现在，保守派、激进派、灭绝派甚至可能全世界范围内，都有人在关注着你。”王文志说道。

“是的，我大概已成了各方势力争抢的焦点，所以我很自觉地赖在你的办公室里，目前你这里是我能找到的最安全的地方。”

“你倒是挺聪明，”王文志回道，“老实说，我真希望你能立刻从人间消失，这样就等于杜绝了危险的根源。”

“我完全能够理解你的想法，正义势力想要我死，而可笑的是，希望我活着的反而是邪恶势力。”马吉云说道。

“其实，即使你死了，也丝毫不会削弱邪恶势力。”在一旁一直沉默的刘景华，这时候开口了。

“反而是你活着，对我们更有利。”王文志说。

“刘老，您认为呢？”

“我想尝试研制新型乙肝病毒的疫苗。我相信，只要有你的血液帮助我研发，找到新疫苗是迟早的事。”刘景华很肯定地说道。

“这当然是最好不过的了。但在此之前，我们得有一个万无一失的法子，确保我不会落入那些人的手里。”马吉云平静地说道。

“哦？说来听听。”王文志疑惑道。

马吉云从包里拿出一个长方形的铁盒，从中取出一枚黄豆大小的金属物：“这是微型追踪器，可全球追踪的GPS。”

“携带追踪器，就能确保你的安全?”王文志笑道。

“不！不是携带，而是植入体内。”马吉云立刻回道，“它还有另一个强大功能，那就是自爆。”

王文志脸上的笑容立刻褪去，呆呆地望着面前这位拥有传奇般经历与古怪想法的人物，一时说不出话来。

“一旦失去信号连续十分钟以上，它就会自动引爆。或者，你们认为我处在十分不利的情况下，请不要犹豫，果断按下红色按钮。”马吉云冷冷地说着，然后将追踪器的遥控装置放到了王文志的面前，“当然，它还拥有生命体征探测功能，只要它从我的体内被取出，或者我死去，也会自动引爆。”

“那如果它突然断电或者通讯出现故障，是不是你也一样会被炸得粉身碎骨?”刘景华担心地说。

“没错，但这是小概率事件。而且事到如今，像我这样的将死之人并不担心这种事。”马吉云回道。

“你真是让我大开眼界。竟然有人对自己下如此狠心。”王文志惊叹道。

“一切后果我自行承担。你只需要帮我将追踪器植入我的后颈部。”马吉云闭起双目端坐着，安静得如泥塑一般。

“我代表全人类向你的伟大与无私致敬。”王文志说完，按照说明书的提示，将微型追踪器放进植入枪，绕到马吉云的身后，对准他的后颈部按了下去。

马吉云只感觉从背脊传来轻微的刺疼，并伴随着酥麻，没有想象中的那样痛苦，就像是被蜜蜂刺了一下。

“好了，马先生。”王文志说。

“这下我也自由了，不用时时刻刻赖在你们公安局。”

王文志苦笑着回道：“你专程跑来，就是为了给自己绑上一枚炸弹吗？我觉得你并不像如此愚蠢之人。”

“没错。只有让天下所有的正义之士放下心来，我才可能活下去。而你无非是帮我做了一回见证人。”

马吉云说完便走出了公安局，无精打采地坐上自己的车，在黑夜的大街上缓慢行驶，一颗活体炸弹就这样在城市中穿梭移动着。

回到住宅小区已是午夜，除了稀疏的几盏路灯之外，没有哪户人家的灯还亮着。就在自己住房楼下，一辆奇特的车辆吸引了马吉云游离的目光。乍一看，这是辆六七十年前生产的老爷车，高大方扁的头部让人联想到集装箱卡车，宽敞饱满的车身让驾驶座变得很舒适，古铜色的车身泛着金黄色的微光。

马吉云虽对豪车没有嗜好，但看见如此华丽的庞然大物也不自觉地俯下身仔细端详起来。他把手搭在了车头引擎盖上，一股热流顺手臂传来。

“这车刚停下，引擎盖还是温热的。”马吉云想着，回头看了看楼房，只见楼房的感应灯全暗着。

马吉云并不沉重的脚步声，在深夜的宁静中显得格外清脆响亮。他正准备拿出钥匙开门之时，感觉左侧有黑影在逼近自己。

马吉云转头定睛看去，一个熟悉的身影站立在眼前，就是前几日在车库遇见的那个穿皮夹克的青年！

“皮夹克”双手插在口袋之中，正目露凶光地大步走来，俨然一副索人命的可怕模样。

马吉云急忙收起钥匙，朝另一侧的楼梯跑去。

“皮夹克”也不是等闲之辈，以百米冲刺的速度紧追过去。

比速度，比耐力，比意志，比反应，比智慧，比勇猛，他俩淋漓尽致地展现着体育场上的竞技动作，外加战场上殊死搏斗的残酷拼杀。

业余不敌专职。“皮夹克”毕竟是训练有素的杀手，体能简直能媲美人形机器，以几乎不变的速度追上了越跑越慢的对手，左手一把抓住马吉云的肩膀，右手举刀猛刺过去。

马吉云感觉身后似乎有一股劲风袭来，猛一侧身，刀尖从眼前划过。他见对方失去了重心，便狠命一把将其推倒在地，外衣却被“皮夹克”撕下了一大块。

“皮夹克”站起身，见马吉云从楼梯向下奔跑，便紧追其后。

不知为何，本该在两侧楼梯都留出的逃生通道出口居然紧闭着铁门。马吉云听到后方急促的脚步声，根本没有时间去研究打开铁门的方法，只能继续朝着下层逃去。

地下层只有一条狭窄的通廊，两侧设备房的门都没有关上，马吉云顾不上思索，便冲进最靠里的一间。但刚扳了几下门把便感到一阵绝望。门把下只有一个空落落的窟窿，图省钱的物业根本没给这门配锁。

此时，“皮夹克”也已赶到。他发现此地并没有出路时，便放缓速度观察着四周。

马吉云尽可能压低自己的呼吸声以免被对方发现，但本能的恐惧让他感觉快要透不出气来。正当他悄悄地大口喘气之时，一阵刺痛与酥麻感从颈部传来，差点让他叫出声来。

“它一旦失去信号，每隔三十秒会发出一次刺激性电流，你能够感受到。在第十九次之前，必须想方设法让其恢复信号，因为第二十次电流之后，你就会从人世间消失。”微型追踪器的卖家的善意提醒，再次在马吉云耳边响起。

这个“皮夹克”每经过一个房间都要翻遍每处角落，甚至是地板与墙壁都要挨着敲过来，看看是否留有暗门；这样，一条不到二十米的通廊，他磨磨蹭蹭许久才走了一半，口中时不时地喊叫道：“我知道你在这儿，乖乖出来受死，你这个可恶的魔鬼、终极毁灭者！”

马吉云似乎快要忍受不了这个磨叽的杀手，他默数着左颈传来的电流次数，已过了十次。再这样下去，自己必然被炸成碎片，而这个杀手将不费吹灰之力就完成了他的任务。

马吉云不想坐以待毙，刚打算冲出门去与“皮夹克”搏斗，却听得楼梯方向传来了说话声：“北里冒救个女得，乌柒蔑黑，搞犀利东西。”（大意是：外面这么黑，什么也干不了。）

是一个维修工说着江西土话。

“哎，二楼的业主水管爆裂，已经水漫金山了。我们没人搞得来，只有你这个老师傅才行。我们还是快点去帮他们修好，否则明天我们经理又要骂我游手好闲了。”边上的小区保安回道。

“皮夹克”听见说话声，赶忙躲进一间设备房。凑巧的是，小区保安带着维修工直奔这个房间。

保安打开灯，看见一个人站在角落里，顿时吓了一大跳。他拉大嗓门喊道：“你这个人是不是有毛病，躲在地下室的房间里干什么？你是不是小偷？”

“哦，不好意思，我家的电跳闸了，我下来看看。”“皮夹克”尴尬地说道。

“跳闸了不在自己门外的强电房看，跑到这里来干什么？”保安气呼呼地说道。

“他不是业主，是杀手，快抓住他！”马吉云跳出房间大叫道。

保安和修理工被这叫唤声镇住，愣在原地看着马吉云。

“皮夹克”趁机撒腿就跑。

马吉云刚想继续喊叫，颈部电流又一次传来，第十七次！他这才不顾一切地沿着楼梯飞奔上二楼，再穿过长廊到了另一侧阶梯。在快跑出楼房单元门前的一刻，电流再次袭来，第十八次！

刚发动汽车的“皮夹克”见马吉云奔跑出来，怕惹上麻烦，急忙一脚油门踩到底，车擦着楼房的墙而过，一道深深的划痕横贯右侧的两扇车门，也不知哪家维修店将增加几万元的收入。

马吉云跑到较为空旷的场地上，将脖子附近的衣服撩开，希望追踪器的信号尽快恢复。

他喘着粗气等待着。

刺痛与酥麻感再一次蔓延开来，第十九次！

“还有三十秒我就要死了，是不是该利用这短暂的时间，来回忆自己毫无价值的一生？”马吉云大口地深呼吸起来，让自己的剧烈心跳得以缓解。他干脆闭起眼，等待着瞬间的解脱。

“妈妈，妈妈！”七岁的马吉云蹦蹦跳跳着说，“你看我捉了好多蚂蚁！”

“你捉那东西干吗？看着怪瘆人的。”在水管前用搓衣板洗着衣服的妈妈抬头看了一眼，皱着眉头说。

“捉来玩啊。”马吉云用幼稚的声音回道。

“这有什么好玩的？”妈妈继续洗着衣服，“快扔掉！”

“不要！我发现把不同蚂蚁窝里的蚂蚁放一块，它们就会打架。可好玩了。”马吉云像说故事一般说着。

“这样太残忍了。小孩子要爱护昆虫和小动物，不要去伤害它们。它们生气了，也会报复你的。”妈妈说。

“可是，为什么你看见苍蝇停在菜上，就让爸爸打死它们呢？难道打死苍蝇就不残忍吗？”马吉云自小有爱提问的习惯。

妈妈用惊异的目光看着马吉云，一时语塞，顿了一下说道：“你那是玩，是摧残，而我们是阻止它们危害我们的健康。”妈妈回道。

“哦，原来对我们有益的事就不算残忍。”马吉云若有所思地说道，“但是苍蝇根本不知道自己这样做会伤害人类啊，它们只知道自己被莫名其妙地打死了。”

妈妈被问住了，想了一会儿才说：“蚂蚁、苍蝇这种小虫子哪里会思考啊?!”

“我不信!我觉得世界上的一切东西都会思考,甚至都有语言,只是不像人那样说话,但会通过其他方式交流。”马吉云一本正经地说。

“没有生命的东西也能有自己的语言?”听着这个天真稚子的话,妈妈感到好笑。

“是啊。你看这肥皂泡,”马吉云指着脸盆说,“任何一个泡泡的膨胀、缩小、破裂,都会告诉它周围的其他肥皂泡,所以整盆肥皂泡看起来就像会动的一样。没准,人就是由无数个这样的泡沫组成,所以我们看起来也像会动。在我们人的眼里,这些东西都没有生命,没准在它们的眼里,我们人也没有生命呢。”马吉云看着表面七彩绚丽的肥皂泡,一边思考一边说。

一个最大的泡沫突然破裂开来,水滴溅到马吉云的脸上,让他本能地闭起了眼睛。

马吉云摸了摸脸上的水滴,暗道:“下雨了?”

他缓慢地睁开眼睛,抬头看见漆黑的天空,回忆如同是一场奇异的梦境,像在述说着什么。追踪器并未爆炸,催命的电流也消失了。刚才发生的一切,就像那破碎的肥皂泡沫,似乎从未有过。

“我还活着?”马吉云有些不敢相信自己的好运,然后微笑着走回了自己的家。他拿出手机查阅,看到一条刚刚发来的未读短信:“我找到了一位基因方面的专家,他属于少有的跨领域复合型人才，原本是学计算机的，后来转到了基因研究领域。我想你应该和他见一见。明天上午九点，老地方咖啡厅，你是否有空？陈若彤上。”

马吉云立刻回复了短信：“你丈夫的事，我已知晓，请节哀。谢谢你在这种艰难的时刻，还在为我的事情操劳。我会准时到的。”

一直到困意袭来，陈若彤并没有再回复只字片语。

第二天用过早餐后，马吉云来到了一家商场，不知从何处隐约传来一段旋律：“我就是我，是颜色不一样的烟火。天空海阔，要做最坚强的泡沫……”

走进咖啡厅，马吉云便能听到陈若彤与人交谈的声音。他走到桌旁说道：“你们谈得这么开心啊。”

“马吉云先生，我们又见面了。”坐在陈若彤边上的中年男子连忙起身，热情地招呼道。

“刘东升？是你啊！”马吉云喜出望外。

“你们认识？”陈若彤表示有些意外。

“是啊，我们算是第三次见面了。”刘东升笑着回道。

马吉云在长皮凳上坐下，然后说道：“我听若彤说今天约了一位从计算机转行来的基因研究专家，没想到竟是你！”

“基因的神秘让我心驰神往，不同片段之间神一般的默契性，组成了一对对完美的逻辑链，就像是精心编辑的C语言。”刘东升越说越兴奋。

“‘精心编辑’？我倒不这么认为，在我看来，人类基因链的形成很大程度可能只是巧合。”马吉云说道。

“‘巧合’二字丝毫不能解释人类基因链形成的原因。如果这是巧合，那人类基因链形成的概率，等同于将一部莎士比亚的剧本撕得粉碎然后抛向空中，待这些飘零的纸屑落地后，它们能丝毫不差地拼凑出最初的模样。要达成如此微小的概率，也许用尽宇宙的全部寿命也不够。”刘东升微笑着说。

马吉云与陈若彤沉默不语。

刘东升见没人回话，便继续说道：“当年牛顿也认为，宇宙中如此完美的天体运动一定出于哪种精密的手艺。而从目前我掌握的信息来看，他很可能是正确的。”

“什么意思？”陈若彤问道。

“我虽然不确定是不是真的有神存在，但我有一种猜想，关于这个猜想也找到了一些线索，但可惜的是，无法完全证实。”刘东升回道。

“什么猜想？”马吉云问。

刘东升的脸上褪去了微笑，浮现出极不自然的神色，道：“我本不该说这么多，毕竟我还没有切实的证据。”

“我记得你那日在彩球饭店感慨人类的时日不多，难道也是因为你的猜想？”马吉云又问。

刘东升轻轻点了点头。

正当陈若彤禁不住咯咯笑起来，认为这只是眼前这位科学家的痴迷臆想时，马吉云如同被千万伏特的电流贯穿而过，身体不由自主地颤抖起来：“我记得你当时对我说，人体好比一个微型宇宙，无论是恶性的病毒还是永生的癌细胞，就像某种突然觉醒的个体文明，想要反抗人体这个微型宇宙的既有法则，追求自己的自由与生存的权利；而免疫系统如同一群严厉的微型宇宙监督官，孜孜不倦地寻找并终结这种突然觉醒的背叛者。”

“是的，”刘东升侃侃而谈，“我的猜想就是关于宇宙中一种高智能生命体的存在，我暂且叫他们‘创生者’，创造人类的某种未知生命体。我并不知道创生者创造人类的目的，但人类可能已背离他们的创造初衷，就像人工智能有时也会偏离设计者的初衷一样。”

“那么创生者会不会像拍死一只苍蝇或杀灭癌细胞那般毁灭人类？”马吉云的语气中有些讽刺。

“我想，是的。”

“那你听说过末日预言吗？”

刘东升默默点了点头。

“我与那终极毁灭者有关吗？”

“这些我还不清楚……”刘东升不知道怎么解释。

咖啡桌前陷入了尴尬的气氛，陈若彤微笑着对刘东升说：“我一直想建立一支科研团队，你愿意来协助吗？”

刘东升的一只手放在胸前轻轻摇了摇，说道：“自从父亲将事业交到我的手上，就感觉有千斤的担子压肩，我根本无暇顾及太多的局外事。如果你有兴致的话，可以找我父亲聊聊，他可比我厉害得多。”

“哦？令尊是谁？”陈若彤问。

“刘景华。”刘东升淡淡地回道。

马吉云刚刚从创生者的思绪中回过神来，又听到了这个熟悉的名字。

“我认识刘景华！”还没等马吉云开口，边上的陈若彤叫道。

“是吗？你如何认识我父亲的？”刘东升好奇地问。

“就今天早上，你父亲来找过我，说要帮助我完成我丈夫的遗愿。”陈若彤黯然神伤道，“他想让我和他一起，找到克制一种新病毒的方法。”

“哦，我听父亲说起过这事。”刘东升回道。

“那咱们聊的，恐怕就是同一件事……”马吉云刚想告诉二人之前和刘老先生的谈话，他的手机响起。

“喂，你好。”马吉云礼貌地先打招呼。

“马先生，我是黛丽丝。听说你刚刚侥幸逃过了刺杀，真是让人欣慰；虽然你可能并不了解什么是‘终极毁灭者’，但你对我们来说，就是最有可能成为‘终极毁灭者’的人：有了你的帮助，我们才能实现自然革命。同时，还要告诉你一个意想不到的好消息，你的妻儿还活着。”

9．冒死赴会

马吉云顿时呆在那里，两眼先是闪出惊喜的亮光，又瞬间变得黯淡，流露出一副措手不及和痛彻心扉的神情，脸色也一下子转为煞白。

在一旁的陈若彤感觉有些蹊跷，关切地问道："怎么了，没什么事吧？"

马吉云将手机掩在胸前，轻声说道："没事，你们聊。"接着，他朝咖啡厅外走去。

"喂，喂！"马吉云提起手机，在一处角落里说道。

"马先生，如果你还想见妻儿，就再去一次昆北火车站。"黛丽丝说道。

"什么时候？"

"今天下午三点，我会与你联系。"

马吉云想再问几句，对方已经挂断了电话。

关乎家人的安全，即使是龙潭虎穴，他也必须走一趟。反正命也不久了，他很庆幸自己明智地提前在身上安了一颗随时会引爆的炸弹，那么，这个世上没有什么地方他不敢去！

当马吉云再次回到咖啡厅时，刘东升已经有事先走了。

“马吉云！”陈若彤叫道，“过来一下。”

看着陈若彤的微笑，马吉云仿佛再次看见了十年前的恋人，只是无情的岁月和丈夫的离世让她的神采黯淡了许多。

“怎么了？”马吉云再次坐下。

“这是我草拟的科研项目的预算，根据要求，一年开销是两千万，你看看。”

马吉云一目十行，粗略地扫阅一遍后说道：“工资太高了，你这是请电影明星的价格。”

“研究员月薪一万，专家月薪五万，这样的工资很高吗？”陈若彤不解地问。

“这样跟你说吧，为人类进步而奉献智慧的研究人员，收入从来就是出奇的微薄。即便各国大力宣扬科技的重要性，那些伟大科学家的年薪也不过二三十万，甚至还比不上一个刚入演艺圈的十六岁孩童。这是一个知识不如美貌、努力不如包装、实体经济不如虚拟经济的年代。我对此虽然十分痛心，但为了控制项目资金，我不会开出比市场更高的工资。”马吉云说道。

“好吧，我明白了。”陈若彤微微点着头说，“那怎么样的专家才是你需要的呢？”

“科学界有两种专家不能找，一种是满口奇言怪语的疯子，一种是谨言慎行的傻子，将钱投在他们身上，风险的高度已超越了珠穆朗玛峰。既不疯又不傻的，可遇而不可求。”

“你的意思是……要找敢于跳出现有框架、提出新颖观点的人，但他又充满着科学精神，会首先思考理论的自洽与严谨。”

“呵呵，”马吉云笑着说，“只做前半句的就是疯子，只做后半句的就是傻子。”

“我知道了。”陈若彤说道。

“你什么时候去刘景华那里？”马吉云问。

“明天。他说新病毒的克制方法关系着全人类的安危，宜尽快开始研究。”

马吉云微微点了点头，说道：“下午我要出去一次。可能很快回来，也可能永不返回。不管怎样，科研团队的进展不能停。”

“有生命危险？”陈若彤很担心。

马吉云沉默不语。

陈若彤两眼惊悚地望着马吉云：“是和你的家人有关吗？我猜现在还能让你豁出性命的，恐怕也只有这一件事了。你不打算报警？”

“我一报警，还没等警察行动，那边恐怕就已经得到消息了。我不想再将我的家人置于危险的境地。”

“但你不可冲动，万事小心。”

“谢谢你！我会努力地平安归来。”

两人走出咖啡厅，便各自离去。

当马吉云驾车经过一座小教堂时，一时心血来潮，打算进去为自己祈祷一番。

下午的教堂里冷冷清清，几乎看不到人影。

马吉云刚想往里走，被门口小卖部的阿姨叫住了："喂，你干什么？"

"我找牧师。"

"他在聆听信徒的忏悔，现在不方便接待客人。不过，你想祷告的话，可以进去静等。"

马吉云放轻了脚步，走入教堂深处，远远地望见一个年轻信徒正跪在长凳上祷告。这个熟悉的身影让马吉云一眼就认出了他，就是两次想谋害自己的那个皮夹克！

马吉云不顾一切地冲上去，双手抓起他衣领，一把将其推在旁边的石柱上，吼叫似的问道："你是谁？为什么总是要找我的麻烦！"

"我……我不认识你。"对方一脸迷茫。

面前的这个人双眼深陷，目光毫无焦点，一脸的颓废，而无辜的表情并不像装出来的。这让马吉云不免疑惑起来："难道是我认错了人？"但天底下哪有长得如此相像的人，分明就是同一个！

"跟我去公安局！我会让你想起我的。"马吉云拖着那人就朝外走。

"放开我，放开我！""皮夹克"哭叫着，像一个要无赖的孩子，双手死死地抱住旁边的柱子，一脸怯懦地哭号。

这么会伪装？！和前两次追杀自己的模样真是判若两人！

突然，一只手从背后搭在了马吉云的肩上："他应该不是你要找的人。"马吉云回过头来，只见牧师对着自己微笑着点了点头。

犹豫几秒之后，马吉云还是松开了手。皮夹克如同一只刚从虎口脱逃的雏羊，一溜烟便不见了背影。

“你知道我要找谁？你怎么知道他不是我要找的人？”马吉云问道。

牧师抬起手臂，示意马吉云坐到前方的长凳上。

待马吉云坐到了自己身旁，牧师说道：“你要找的人是不是长得很像他，但凶神恶煞的模样和他没有半点相像？”

马吉云诧异地舔着嘴唇，点了点头：“难道他们是双生子？但是双生子也没有这样相像的，根本就是同一个人……”

“也许你找对了躯体，但认错了灵魂。”牧师打断了他的话，“你听说过双重人格吗？”

“难道……”马吉云惊叫道。

“对不起，其实说双重人格是不精准的，只是我找不到更贴切的词汇。”牧师说道，“我只能告诉你，虽然他和你要找的人共用同一具身体，但他的确不是你要找的人。你总不能仅仅因为两个人住在同一座房子里，都要他们承受相同的惩罚吧？”

“你的话让我更加迷惑了。”

“他是双重基因。”

“什么是双重基因？”

“嵌合体。”牧师回道。

“请解释一下。”马吉云被这怪异的名词深深吸引。

“我毕竟不是生物学专家，不能从理论上解释这种现象。简单说吧，就是一个拥有两套甚至更多套基因与细胞的人。”

“这怎么可能？”马吉云已完全被震撼。

“他来找我，是为另一个人的事忏悔，一开始我也不信，但几次之后我开始查阅资料，发现确实存在这种可能。”牧师撇着嘴回道。

“这样的人多吗？”

“不多，我只知道人类的嵌合体可能发生于异卵双胞胎之中。如果其中一个胎儿在怀孕早期死去，那么另一个胎儿会蚕食这些营养物质，并将其融合在自己的身体之中，这样便有概率产生嵌合体，也就是一个人身上存在着两种基因。”牧师说着，神情凝重了许多。

“这绝对不可能，不同的基因存在排异现象。”马吉云立刻反驳道。

“没有什么是不可能的。虽然嵌合体很少见，但一个人拥有两种基因却是很常见的。比如，做过骨髓移植手术的患者会因移植的新骨髓，获得另一种基因，这种新的基因会与旧有的共存。还有，在许多母亲的身体里都留有子女的基因代码，它们可能遍布母亲身体的每个角落，甚至是大脑之中。”牧师回道。

“那么他和那个人到底是什么关系？他们怎么会共同使用同一具身体？”马吉云觉得这太不可思议，像个天大的笑话。可是，这段时间发生在他身上的荒唐笑话还少吗？

“他们是同胞兄弟，他是哥哥，另一个是弟弟，但是很长一段时间彼此都没有意识到对方的存在，只是一直以为自己患有精神分裂，经常无故晕倒，醒来后又身在陌生的地方。

“直到有一天，他的——或者说，他们的——病例吸引了一位基因研究专家的注意，那位专家对他们进行了很多实验，才解开这个谜团。”

“可那个弟弟为什么要来追杀我？”

“这……事情涉及他对我的忏悔，我不能告诉你太多。唯一可以告诉你的是，他的弟弟不知道为何成了某些人手里的工具，他们利用他的特殊情况来逃避法律的制裁，而这位哥哥也在那些人的威吓之下，精神上受到了很大的创伤，正如你刚才所见，一旦受到刺激就会失去理智。”

“那么对于嵌合体来说，还有‘我’这个概念吗？”马吉云深沉地问道。

牧师静静地看着马吉云，许久后回道：“这恐怕要说到笛卡尔的‘我思故我在’和康德的先验性了。”

马吉云望了望那个身影消失的方向，很想追问下去，但下午的凶险约会还等着他，于是站起身来说道：“时候已不早，我不得不离开了。希望有一天你能告诉我更多关于他的事。”

“好，我随时欢迎你来聊天。”牧师微笑道。

火车站前的广场，两堵石墙中间立着两根扁平的石墩，隔出了三道门来，正中的可以划出四条车道，而两侧的门也能轻松地让十个人并排走过。马吉云靠在石墙上，观察着每一个从他身边经过的人。

“马先生吗？”对面走来一个身高不足一米五的矮男人，看上去有三四十岁。

“是。”马吉云回道。

“这是你的东西。”矮男人将一个小纸包递了过来，然后笑嘻嘻地站在原地等待着。

马吉云打开纸包，是一只钻戒，他立刻认出那是自己在婚礼上亲手为妻子戴上的那一只。

“跟我来。”

马吉云跟着矮男人向路边走去，来到了一辆黑色的轿车旁。

“请！”矮男人打开车门说道。

马吉云跨进了后车厢，而坐在他边上的，是一位身着黑西装、戴着大墨镜的彪形大汉。

“你好，马先生，”彪形大汉说道，“为了安全起见，要劳烦你睡一会儿。”

还没等马吉云表示抗议，彪形大汉就用一块湿布蒙住了他的鼻口。

马吉云的眼前顿时模糊起来，眼皮沉重得直往下耷拉，接着便昏睡了过去。

在蒙眬的梦境之中，他再次看见了妻子。

“如果哪一天，我失去了记忆，完全不认识你了，你还会爱我吗？”妻子乐晴仰面躺在马吉云的大腿上问道。

“不要老问这种无聊的问题，一会儿是掉河里，一会儿是突然失踪，现在又是失忆。”马吉云笑道。

“好好回答，”乐晴故意板起脸来，一只手狠命把马吉云的脸颊上的肉捏起一大块，“如果我一辈子都想不起来你了，你会怎么办？”

“那我就陪在你身边，把我们的过去像讲一千零一夜的故事一样，絮絮叨叨地给你说上一辈子。”马吉云赶忙接上话茬。

乐晴突然眼睛里闪闪有光，傻傻地笑了起来。

“想什么乐子呢？快起来！”突然，一个男子的声音在耳边响起。

这声音很特别，沙哑得不似人声。

马吉云慢慢睁开眼，发现自己躺在冰冷潮湿的石砌地板上，在昏暗的光线下，勉强可以看见十来个人站立在自己的两侧，个个穿着古板样式的黑色西装。他坐起身来，朝前方看去，只见一张木桌前有两个人，左边的是脸色黝黑的老头，穿着一身灰袍灰裤，还戴着一顶灰色的帽子，右边的女人身材娇小，身形非常眼熟，马吉云不敢相信地揉了揉眼再次确认，没错，就是自己的妻子乐晴。此时的她，脸上浮现出一种完全陌生的神情，那是不该有的镇静与冷艳。

“你好，终极毁灭者，”灰衣老头发话道，“是黛丽丝请你来的，或者也可以说是你的妻子请你来的。”

“乐晴她怎么了？你们对她做了什么？”马吉云见妻子面无表情地看着自己，疑惑地问道。

“也没做什么，只是把她的记忆抹去了，然后植入了黛丽丝的。”灰衣老头边说边看着身边的乐晴。

“也就是说，我不是你的妻子，我是黛丽丝。”乐晴站起身来，用严厉的口气说道，“不过，我知道这副躯体曾经是你的妻子，所以看在往日夫妻的情面上，我会对你手下留情的。”

马吉云听到自己最亲密的爱人说出如此诡异无情的话来，只能呆呆地坐着不发一语。

“来，把他送进实验室，进行记忆清除与植入手术。”乐晴冷冷地说着。

两边的人一拥而上，拖着马吉云朝里走去。

马吉云知道挣扎是毫无意义的，只是他不敢相信，灭绝派居然掌握了如此恶毒的技术。

人类的记忆，难道真的像泥沙垒起的雕像，可以被轻易推倒，然后捏造成工匠们得意的形状吗？

赤身裸体的马吉云被绑在一口形似水晶棺材的容器之中，四周布满镜面般的晶体物质。他确定那些不是金属或塑料，更不是木材。头顶上方是一个弧形的透明罩子，奇怪的是并没有东西连接着自己大脑。

“启动！”灰衣老头命令道。

马吉云的身下立刻传来一阵轰鸣声，几乎要将他的耳膜震裂。紧接着，一道强光从罩子表面照射下来。马吉云本能地紧闭着双眼，但强光之下的双眼仍感受到一阵阵剧痛。

“怎么回事？为什么得不到数据？”灰衣老头绷紧着脸大声叫道。

“不知道，好像受到什么东西干扰。”在操作台上的人回道。

“不可能，只有金属物质才会造成干扰，他都已经被扒得精光了。”灰衣老头说道，“继续加大频率，再提高 20% 应该就行。”

“好的，知道了，提高 20% 的频率。”

那机器发出的声音越来越大，虽不算刺耳，但听起来总令人心慌气乱。马吉云的身体开始微微抖动起来，那是一种只有当基因感应到了威胁，绕开大脑直接控制着全身肌肉来抵抗外界恶意的攻击之时，身体才会发出的规律性抽动。

“嘶……为何还是不能完整地读出数据来呢?”灰衣老头看着屏幕上断断续续的数字低语着，愁眉苦脸地低头沉思片刻后，毅然起身叫道，“再提高 20% 的频率!”

操作员惊讶万分地回道：“再提高?他的全身组织会受损的。”

“提高!我相信没问题。”灰衣老头再次叫道。

“这……恐怕不行吧，万一把他弄死了，领袖怪罪下来，谁消受得起啊?”操作员不知所措起来，回头看着乐晴。

乐晴走过来，一脸冷峻：“做吧，我了解领袖的思想，因为我就是她。”

操作员耸了耸肩说：“好吧。”随后，他再次推动了操作台上的摇杆。

马吉云感觉此时如有万股电流在体内循环往复，或者说，是正在侵蚀着肉体，知觉变得越来越弱，身体变得越来越轻，似乎只剩下思维还留在这个世间，任何的感受已不复存在。他根本不知道，自己的眼睛是否睁开着，面前本是完全单调的纯白，开始逐渐浮现出黑点，感觉光明正在萎缩成无数颗微小的粒子，黑暗从夹缝中膨胀出来，宇宙在此刻就像一面正在远离的破碎镜面。

正当快要落入无尽的黑暗深渊时，马吉云觉得有一股熟悉的电流冲击着自己最后的意识，是他颈部的追踪器正在启动引爆倒计时！

他忽然有个奇怪的想法，或许死亡要比成为邪恶的傀儡更为幸运。

然而，他希望的爆炸声并没到来。

光的粒子如同密密麻麻的整齐方列，还在不停地萎缩着，萎缩着，直到变为一片漆黑后，便什么也不存在了。

操作员紧张地看着正在发出警报声的仪器，不住地回头看着乐晴；当警报声变得更为急促时，他再也按捺不住，从座位上跳起大叫道："心率130……150！他快要死了！快要死了，请求停止！"

灰衣老头皱着眉头，摇了摇手，示意不要停止。

操作员又用焦虑的眼神望向乐晴。

乐晴用手拍了拍操作员的后背，轻声说道："再等一会儿。"

操作员无奈地坐下，双手抱住后脑勺自言自语道："都是疯子！你们根本不懂，这样他死定了。"

没过多久，仪器发出了长鸣声，屏幕上的警示灯亮起，心电图的波形如连绵袭来的巨浪，"220"这个数字不住闪烁着。

"上主啊，他已经达到心率上限，随时会死的！"操作员哭丧着脸说。

"记忆数据快要输入完毕，再等几秒钟就好，再等几秒钟！"灰衣老头在另一边欣喜若狂地看着屏幕上，不断跳动的0与1正弥合着空缺部分。

他刚喊完这句话后不到一秒，警报声戛然而止，心率的波浪慢慢平息，最终成了一条线，伴随着“哔”的一声便归于寂静，四下无声，只余下那口“水晶棺材”发出细微的“嗡嗡”电流鸣动。

“他死了！他死了！”操作员哭丧着脸说，“这下该怎么跟领袖交代……”

10．与狼共舞

灰衣老头看着屏幕下方的进度条从 94.827% 开始不断往上提升，大约十秒之后跳上了 100%，他向一旁喊道："停了吧，数据齐了。开始抢救！"

操作员呆呆地坐在原地不动，轻声说："都已经死了，还抢救什么？"

乐晴跨上一步，将操作台上的红色按钮按下，并大声呼叫道："医护人员，迅速抢救！"

一群人匆忙跑上前，将马吉云抬到一边的橡皮床上，氧气瓶、呼吸囊、心电监护仪、除颤仪等各种急救设备纷纷运作起来。

一个医护人员狠命地按着马吉云的胸口，另一人将氧气罩置于他的脸上。

"充电完成！准备除颤。"其中一位医护人员叫道，他拿起两只电极板跑到床边，其他人纷纷往后退去。

医护人员将一只电极板架在马吉云的右肩，再将另一只按在左腋下。

“乓”的一声，马吉云像被捞上甲板的鱼，瞬间弹起复又落下。心电监护仪的屏幕上出现短暂的波动，但很快又变回直线，一片死寂。

“继续！继续！”灰衣老头在后面喊道。

又是“乓、乓”两下，马吉云仍旧没有任何恢复心跳的迹象。

“他死了，没救了。”医护人员说道。

“我早说了，这样强的频率没有人能承受得了。现在完了，要是领袖知道了，我们都得死！”操作员在后面歇斯底里地叫喊。

“好了！别吵闹了！这件事我来负责。”乐晴走上前来说道，“抬到冷冻库里去。他是被上主选中的自然革命者，血液是洗礼这个肮脏世界的自然圣水！”

“可惜的是，他看不到审判日的来临。”灰衣老头怪笑着说。

突然，一个医护人员急叫道：“他还有呼吸，好像还有呼吸！”

灰衣老头的脸上露出诧异的神情，暗道：“没有心跳，却有呼吸？”

“还傻看着干什么？继续抢救！”乐晴第一个反应过来。

“建立静脉滴注通道，维持人工呼吸机运作，继续电击除颤，其他人维持血压等指标有效循环。”其中一人发号施令道。

两分钟后，在鬼门关徘徊多次的马吉云终于还是被抢救回来，即便如此，他仍处于深度昏迷中。

“怎么样，他的记忆植入成功吗？”乐晴走到灰衣老头面前问道。

“嗯……成功是成功了，但显得十分诡异。”灰衣老头眯着眼看着屏幕说道。

“哪里奇怪？”

“新记忆输入进度显示已经十分完整，但原记忆读取的数据全部为0。”

“什么意思？我不懂你这鬼玩意。”乐晴不耐烦地说道。

“大脑大约有一千万亿条信息单元，而我这个机器抓取的是最关键的20%，也就是优先级最高的那部分。然而，这个家伙的大脑返回的记忆信息是两百万亿个0。”灰衣老头用手摸着下巴说着。

“意思是他原本的记忆其实空无一物？”乐晴问。

“嗯，可以这么解释……你说这是为什么呢？”灰衣老头继续看着屏幕，皱着眉头说道。

“这，应该我问你才对。”乐晴瞪着眼回答。

“呵呵，这倒也是，这倒也是。”灰衣老头尴尬地笑着说，“管不了这么多了，人脑实在太奇妙，我对于它的了解也只是一小部分。好在记忆植入十分理想，100%无错误率地写进去了。不管他的记忆原先是空无一物也好，满满登登的也罢，应该会被覆盖掉。可以说，他现在比你更像我们的领袖，你当初只是输入了她98%的记忆。”

"哦？是吗，那我倒是很期待他苏醒后的样子。"乐晴微笑着说。

"是啊，我也很期待，想看看一个男人拥有了女人的记忆，会有什么有趣的事情发生。"灰衣老头诡异地笑着说。

昏迷中的马吉云，似乎在黑暗中听到了一个女孩的哭泣声。

不，那哭声就来于自己。

马吉云看到了一个丑陋的老头站在自己的跟前，而自己的四肢与身体已被严严实实地绑在床上，口中塞着一团布，即使用足了浑身气力也丝毫不能动弹，口中只能发出呜呜的声音。

老头抚摸着自己的脸蛋，随后两只手开始不断地向下游走，脸上露出了奸诈邪淫的神情。

马吉云立刻明白，一场噩梦即将发生，便用尽全力愤怒地挣扎着，但还是被一件件地褪去衣裳，裸露的躯体完全暴露在邪恶的目光之下。

老头看着她，目光从上慢慢而下，渐渐地压低了身体。

"谁来救救我！谁来救救我！"马吉云拼命呼喊着，感觉世界即将崩塌。

"谁来救救我！谁来救救我！"仰卧着的马吉云大叫着，猛然从床上坐起，头上已经布满冷汗，也许因为太过紧张，还在不住地喘着粗气，眼神呆滞地看着前方，根本没有注意到身边正围着一群人用奇异的眼神注视着自己。

乐晴见马吉云许久都没有动作，便上前轻声问道："感觉怎么样？你刚才梦见了什么？"

马吉云仍在大口地喘气，只是比起刚才好了一些，他乜视着乐晴，然后环顾四周，一言不发。许久后，他抬起自己的双手观察着，再摸摸自己的胸口，接着用异样的眼神看着自己的下身。

乐晴笑了笑说道："我能理解你的心情，慢慢会习惯的。"

"没想到我还是成了可悲的复制品。"马吉云突然蹦出一句话来。

灰衣老头在一边纳闷地问道："什么意思？"

"我倒是能理解。"乐晴淡然道，"黛丽丝在接受记忆复制的时候进入了休眠状态，她最后便是在思考……"

"……思考被唤醒的时刻，自己是本体还是复制品。"

"嗯，虽然听懂了，但还是不太理解，她为何要考虑这个问题。"灰衣老头回道。

"毫无意义的思虑罢了。"乐晴不耐烦地说道，"每一个被唤醒者，在睁开眼的一瞬间，根本不知道自己是刚进入休眠状态的黛丽丝，还是被植入记忆的实验品。随着更多人被植入记忆，他们醒来发现自己是本体的概率将越来越低，这便是黛丽丝进入休眠前最大的恐惧与哀伤。"

"这是马吉云的身体吗？"马吉云冷冰冰地说道，看起来他已经适应目前的情况了。

"是，没错。"灰衣老头抢先说道。

"那么按照计划，开始用'我'的血液量产圣水吗？"马吉云问。

“你刚苏醒，身体非常虚弱，再抽血无疑是雪上加霜，等休息几天后再进行吧。”乐晴语含关切，毕竟面前的这个人既是另一个自己，又是自己名义上的丈夫。

突然，马吉云的目光落在了一个身穿白色大褂的医务人员的身上，他正是曾两次追杀自己的皮夹克。

那人也注意到马吉云的目光，尴尬地低下头去。

“他怎么在这里？”马吉云脱口而出地问道。

“他叫吴明，”灰衣老头说道，“本来是激进派首领索朗贡最得力的助手，现已投到黛丽丝的麾下。怎么，你不记得了吗？”

“嗯，想起一些了，怪不得这么眼熟。”马吉云想从床上下来，但一用力就觉得头昏脑涨，便又躺了下去。

“那现在这里应该听谁的？”人群中有一个人问道，见所有人都用奇怪的眼神看着自己，又不免紧张地结巴着说，“我的意思是……现在这里有三位重要人物……万一指令起了冲突……该听谁的呢？”

“当然听我的。我是这里的管理者，是黛丽丝直接授权的。”灰衣老头脸色不悦地叫了起来。

“但是，黛丽丝还确立了另一位候选人，”乐晴接口道，“就是马吉云。黛丽丝在记忆中对我说过，只要马吉云被成功植入记忆，他便立即成为灭绝派的副首领。”

“你这是仗着自己是黛丽丝的复制体胡扯，谁能证明你说的是实话？”灰衣老头立刻反驳道。

“你这是怀疑‘我’对复制体的控制能力吗？”床上的马吉

云说出了这句话。

“这……你……”灰衣老头的脸涨得通红，喉咙里像是被鱼刺鲠住，一时说不出话来。

乐晴用不容置疑的语气说道：“好了！别吵了，现在这里的事由我们三人共同商议，然后将商议结果告知领袖，等她最终决定。都退下吧，来两个人把副首领安置到房间休息。”

众人便七手八脚地搀扶着马吉云走出了手术室。

经过两天的调养，马吉云看起来精神了许多。此刻，他正端坐在房间内喝着茶。

吴明推着小车走进门来，上面放着两包血袋。他走到床前停下，将其中一包挂在了推车上竖起的杆子上。

“副首领，您准备好了吗？要换血了。”吴明轻声道。

“嗯，可以。”马吉云说着便起身回到了床上，半躺半坐着。

“副首领，把手伸向我。”吴明走到床沿坐下。

“嗯，开始吧。”马吉云回道。

吴明将输血管与抽血管分别插在马吉云的两只手臂上，类似白血病人换血一般。灭绝派计划将大量的正常血液替换成灭亡人类的圣水，而马吉云的身体无疑成了制造圣水的机器。

在这十分钟里，两人沉默不语，吴明却不停地回避马吉云直视自己的目光。

从房间出来后，吴明推车经过一条长廊，这里的四壁全是金属制造。经过两名警卫例行检查后，他进入了地下基地的中心，一切机密恶毒的研究都在这里进行。

灰衣老头看见吴明进来，兴奋地拿起其中一包血袋小心翼翼地打开，用试管吸了几滴放进培养皿里。两个小时后，结果出来了，新型病毒探针呈现阳性。

“太完美了，我们离成功仅一步之遥。”灰衣老头激动得几乎要流出泪来，回头对着吴明说道：“把这两包血液送到实验室，稀释后批量灌装。哈哈哈，很快，数以万计的药剂将被送往全世界，净化这个污浊的世界！”

“老博士，在我们的工作没有完成之前，应当注意自身的安全，这可是首领交代的。你那培养皿里头的血液必须立刻销毁。”吴明说道。

“没想到你还把黛丽丝的每句话都铭记在心啊。”灰衣老头将培养皿里倒满酒精，点上了火。诡异的紫焰腾空晃动着，如同一张魔鬼咆哮的面容。

吴明再次推车走出金属长廊，他不住地回头张望，神情显得格外紧张。经过卫生间门口时，他停下了脚步，再次回头观看，确认四周没人之后，拿起车上的两包血袋，快步走了进去，又立刻把门反锁起来。

吴明趴在地上，检查每一个坐便器上是否有人，在排除了一切疑虑之后，才跑到台盆前。

灰衣老头办事谨慎异常，在每一包血袋上都贴着独有的二维码。吴明拿着刀片，像一名雕刻师般在上面轻轻地刮弄着。

突然，有人把门敲得砰砰直响，大声嚷着：“谁啊！干吗关门？”

吴明慌忙地把血包再次藏在怀中，经短暂的思索后，他还是决定打开门，避免引起别人的怀疑。

“为什么锁门？”门外的人问道。

“哦，我进来重新系下皮带，随手就把门关上了。”吴明笑着回道。

外面的男子斜着眼瞥了一下吴明，脸上充满了不屑的神情。

吴明尴尬地站在角落里，故意磨磨蹭蹭地弄着皮带与裤子，那男子小解后洗完手，他还在重复着无聊的动作。

男子走出门前，咧着嘴笑道：“难道你也被注入了黛丽丝的记忆，怎么变得像个娘们？”

吴明见那人走出去后，又轻轻地把门掩上，然后上了锁。他重新来到台盆前，将洗水池的龙头扭开，让水哗哗地流着，然后继续用刀片刮着血袋上的封条，也许因为太过紧张与急躁，手不听使唤地颤抖着。好不容易将一角刮得翘起，他轻轻地用手将纸角提起，刀片继续沿着翘起的开口处慢慢深入。

但是，紧张或是笨拙还是让他犯下了错误。当刀片接近二维码中央的时候，吴明的手微微抖动，纸片被戳破了一个小口，他顿时冒出一身冷汗。待刮下这两张小纸片后，血袋上残留下些许的白斑。

二维码图形看起来还算完整。吴明从内兜掏出另两包装满血液的袋子和一支万能胶。他在二维码纸片的背面涂上一层薄薄的胶水，比对着原来的位置，尽量做到不差毫厘地粘贴上去。

吴明暗自庆幸，这一切完成得还算顺利。他长舒一口气后，将原来两包带有病毒的血袋藏进内兜，然后拿着替换品开门出去。然而此时，身后卫生间的门传来咔嗒一声轻响。

门开了。

突如其来的恐惧袭上心头，吴明浑身汗毛根根竖起。他像被毒蛇盯上的老鼠，假装着洗手，身子在洗手池前僵得不敢妄动分毫，直到身后那人走出卫生间，他的余光才从镜中窥到……

竟是马吉云！

吴明装作若无其事地将手洗了洗，随后将台面上的血包重新拾起放在小车上，打开门推着出去了。而马吉云的脸上始终没有流露出异样的神情，他只是默默地在吴明后面跟着。

就像一个影子，无声无息。

吴明不住地回头偷瞥跟踪者，但是，无论他放慢速度还是加快步伐，尾随其后的马吉云始终和他保持一定的距离。无奈之下，他只能惴惴不安地继续前行。

来到实验室的门前，一位白大褂拿着扫码机走过来问道："就这两包血袋？"

吴明点了点头，并无回话。

白大褂随手抓起一包，睁大眼睛看着纸条上的二维码，面露疑容地说道："嘿，真是奇怪，这贴条像是用了多次，怎如此陈旧？"

吴明不答话，只是勉强让自己的脸上挤出一丝微笑。

白大褂拿起扫码机瞄准着纸条，但迟迟没有发出确认的鸣叫声。他放下机器，咧嘴微笑道："奇怪了，到底是我这机器失灵，还是你这血袋有问题？"

吴明先是面无表情地傻看着对方，然后勉强一笑说："哪能呢，肯定是这机器不灵，你再试试。"

“哦，那我就再试试。”白大褂再次举起扫码机瞄准，好几秒过去了，仍旧没有发出鸣叫声。正当他抬起头，用怀疑的眼光注视着神情尴尬的吴明时，迟来的声音终于响起。

“嘀！”扫码机的鸣叫声短促有力。

“呵呵，你看，还是你这机器不灵光。”吴明如释重负地笑着说，但明显觉得后背有一双冰冷的目光注视着他。

“好吧，我还是第一次遇到这种怪事。”白大褂随即拿起第二包血袋，用扫码机对准了上面的二维码。

“嘀滴滴！”机器发出连续三下的报错声。

“你看，真是怪事接连不断。”白大褂再一次扫码，又是三声报错声。他立刻冲着吴明凶狠地说：“怎么回事？这血袋你是不是做过什么手脚？”

“哪有……哪有……”吴明在这样的情景下，已经完全丧失了应对能力，只能语无伦次地说着胡话。

白大褂疑惑地看了一眼吴明，后退几步，从兜里取出呼叫器，准备按下通讯按键。

从始至终，马吉云都用一副妩媚的姿态抱着胸，靠在一旁的墙边。到了此时，他缓步走了过来，道：“吵吵闹闹的，怎么回事？”

“副首领，他拿着你的血袋来入库，但上面的二维码有误，我怀疑被他调包了。”白大褂回道。

“哦？”马吉云轻轻地摇了摇头，“你这儿的扫码枪是最新的吗？”

被这么一问，白大褂倒是有些不自信，嘟囔了起来：

"这……这连着库存数据的，肯定是新的啊，我看看，信号……"

说罢，白大褂不自觉地把扫码机拿起来细细端详，然后又眯着眼向网络信号处看去。

但他没注意到，在他低头的那一瞬间，马吉云的眼中闪过一缕寒意。

凛如霜雪！

寂静漆黑的通道里，灯逐渐亮了，一位年轻的男保洁工正满面睡意地用拖把拖着地。他走到了男厕所前，懒懒地一脚把门踢开，然后继续拖地，洗尿池，一切工作和平时没什么两样。

直到打开最里侧的马桶间的门时，他大叫一声扔下拖把，脚底像踩着炙热的铁板一样拼命地向外疾跑起来。

"死人了！死人了！"保洁工的喊叫声如炸雷轰鸣，传遍了基地的每一个角落。

马吉云也被外面的嘈杂声惊醒，在昏暗中眯着眼，看了一眼墙壁上的挂钟，已经七点了。

在这地下室里，根本没有阳光可以用来分辨黑夜白昼，完全依靠钟表来想象外面世界的模样，就如同生活在虚拟的世界之中。假使有人破坏了所有钟表，那么准确的时间就和上主的存在一样，不能证实也不可证伪，这就是相对论所说的，各个人都有了自己的时钟。

很快，安保人员与众人都赶到了案发现场，死者就是实验室的白大褂，他穿着睡衣，背靠墙壁瘫坐着，头耷拉在坐便器上，身上有多处被刀捅的伤口，伤口附近凝固的血液一直蔓延到下水口。

“真奇怪！我们灭绝派的成员都无欲无求、四大皆空，要动手也是杀别人，谁会杀自己人呢?”有人低声议论道。

“无欲无求？四大皆空？那是骗人的鬼话。只要是人，就有欲望，灭绝派也一样。只要你一思考，欲望不就存在了吗，除非你什么都不想，那就和死了没啥两样。”边上的人发表着独到见解。

“欲望与理想是两码事。”刚才说话的那人立即表示出不认同的观点。

“呵呵，看来你是书呆子啊。争权夺利是欲望，志在千里就是理想，区别仅仅在于评价者所处的位置，它们的本质是完全相同的。你倒说说，十字军东征是欲望还是理想。”边上的人回道。

“我看是有外人混进来了。”只听后方人群中传出一个声音。

“你的意思是有奸细？警察吗？警察会像杀手一样杀人？可能吗?”立刻有人质疑。

“也可能是别的组织的人。”有人回道。

灰衣老头在一边实在听不下去了，大声呵斥道：“好了！别在这里胡说八道，没事的都回去工作，我自会调查清楚。”

乐晴走到马吉云的身边轻声说：“你怎么看?”

“我毫无头绪，暂时没什么好说的。”马吉云回道。

灰衣老头听见了乐晴与马吉云的谈话，走过来说道：“我看过冷藏柜了，那两袋血还在，没有被调包。”

“我想，凶手可能并不是冲着圣水来的，当然也可能是白大褂至死都没有透露冷藏柜的密码，没让对方得手。刚才我查看了昨晚的监控录像，倒是有他走出房间的影像，但进了死角，后面的情况就不得而知了。”

“不管怎么样，还是加强戒备吧，尤其是实验室附近。”乐晴说道。

尸体被搬走了，血迹也被清洗干净。至于线索，就和这地板一样，干净得什么都没有留下。

但噩梦并没有结束，到了晚饭时刻，离奇的事件再次发生。

食堂门外是一条长长的走廊，尽头是一处交叉口，前方是通往上层的阶梯，两侧是一条通道。而阶梯上层只有两扇门，一扇门通往外面的世界，另一扇门后是军备仓库。仓库里除了一些枪支弹药外，还有监视器的控制台。那里是禁区，除了灰衣老头之外，没有人拥有打开这两扇门的磁卡，即便是安保人员的出入，都由他亲自放行。

正当众人喧哗着享用丰盛的饭菜时，突然，走廊外传来鬼哭狼嚎般的怪叫声，让食堂瞬间安静下来。上百只眼睛朝着同一方向看去，只见一个穿着灰衣、灰裤、灰帽的背影，从一侧通道跑来，接着大跨步踏上去上层的阶梯，口中不住地发出“吖噢！呦咦！”这些完全听不懂意思的怪词来。

“灰衣老头？他发疯了？”这是很多人的第一反应。

“刚才还好好的，怎么一下子疯了呢？不可思议啊……”

几个安保人员觉得职责所在，从人群中冲出，朝着走廊尽头的阶梯跑去。

人们这才反应过来，一窝蜂地跟了上去。刹那间，饭桌前只留下三四人，马吉云就是其中一个。

上层禁地的通道里站满了人，乐晴好不容易才挤到最前头。从军备库房里传来的一声声怪叫，时而如鬼泣，凄厉悲凉；时而如狼嗥，哀楚恐怖；时而如昆虫低吟，萋萋细语；时而像呐喊呼救，撕心裂肺……

“能确定屋里的是灰衣老头吗？”乐晴问边上的安保人员。

“应该是他。除了他，没人有磁卡可以进得了这个房间。”安保人员回道。

乐晴点了点头，走到门前大声叫唤道：“老博士！是你在里面吗？不管发生了什么事，你先冷静一下好吗？”

正当乐晴低着头等待屋内的回应时，房间里突然传出一声枪响，枪声格外刺耳，震荡着每个人的耳膜。

几乎所有人都在此刻不自觉地耸了一下双肩，然后瞠目结舌地呆站着。如此可笑的整齐与默契，完全出自于人类的条件反射。生物的本能在这一刻成了最霸道的指挥官。

枪声之后，军备仓库里再也听不见那一声声怪叫了。

“他……他自杀了？”许久后，一名安保人员发问道。

“太可怕了，太可怕了。我们一定是被上主诅咒了，每一个人都会离奇地死去！”另一个人哭丧着脸说道，他胸前挂着的银色神像泛出冰冷的光芒。

随着枪声的传来，食堂里的马吉云若无其事地用纸巾擦了擦嘴，拿起吃干净的饭盆扔进了回收桶内，然后径直朝着自己的房间走去。他下意识地轻轻触摸后颈部的伤口，坚硬的手感可以确定，埋入自己体内的那个微型追踪器仍在那里。

马吉云知道，王文志通过这双“眼睛”已掌握了自己的方位，也许不久后，这个灭绝派的基地便会陷入四面楚歌。

人的第六感觉常常会神奇地变为现实。

这时，王文志正带领上千名武警战士，在前往国家边境的路途之中。他与义父武警司令李将军同坐一辆车。车厢很宽敞，里面有一个大屏幕，到达目的地时只要揿一下按钮，方圆十里的地形图便会自动显示，局部地区可以放大，便于捕捉目标，制定出行动路线；还配有呼叫联络系统，能随时与实战的指挥官通话。事实上，它就是一个流动的指挥部。

李将军躺在一把软椅上闭目养神。

王文志默默地看着手中的追踪器遥控装置，陷入了沉思，三天前的情形还历历在目。

当时，遥控装置突然毫无征兆地发出急促的警鸣声，预示马吉云的生命体征正在丧失。他猜不透究竟出了什么意外，只得往最不利的可能方向去思考，那便是马吉云已被灭绝派捕获，而此刻正在取出追踪器。

为确保马吉云不落到敌人手里，王文志想立刻引爆追踪器，但是，只要一摁下按钮，一个无辜者的脑袋立刻会炸得四分五裂。这实在太过残忍，他怎么也下不了手。理性如同百万雄师，不断地冲击着道德城墙，无论最终谁被迫投降，都将留下满目凄凉。

正当王文志犹豫不定时，忽然注意到遥控装置的信息接收频率高得不可思议，甚至让图像迅速闪动起来，而鸣叫声在逐渐减弱。

几十秒后，鸣叫停止了，遥控装置的屏幕闪动几下后便一片死寂。

可以确定的是，追踪器已完全失去了功效。

王文志立刻记录下马吉云最后出现的位置坐标，就在中国与老挝的边界，很有可能这里就是灭绝派的藏身之处。据此，王文志向领导请示，决定采取联合军事行动，直捣灭绝派的中国老巢。

天际的远处传来柔和暗淡的微光，但若真向它看去，仍会被照射得睁不开眼来。清澈溪流在梯田间的沟渠中流动，发出舒心惬意的节奏声，如同大地跳动的脉搏，展现出活力与生机。

这里，森林是大地的主角，道路、房屋、河流只是这绿色画板上的点缀；这里，能够轻易找到一片没有足球场大的微型湖泊，碧蓝如镜的湖面被参天大树所围合，难得还有几间茅屋隐藏在绿叶花草之中；这里，是世界最为美丽的世外桃源，是人们心中的日月，是真正的“香格里拉”。

几十辆军车在离边境不远的一个山脚处停下，士兵们纷纷下车分散隐蔽起来，紧张地等待着下一步的行动命令。

“外围封锁完毕了吗？”李将军坐在指挥车内的大屏幕前亲自指挥着。

“已封锁！首长。”前方战士回道。

“所有的水系都被截流了吗？”

“已全部截流。”

“开始行动！”李将军对着话机大声叫道。

河边的小山峰上，一个歪戴鸭舌帽、坐靠着树干的中年男子正叼着烟，哼着小调，一杆AK47的长枪就搂在他的怀中。突然，眼前原本静止的画面里似乎有微小的影子在闪动，这让他立刻警觉起来。

鸭舌帽男子立刻趴在地上，拿起胸前的望远镜朝着对面仔细瞧看，只见一群穿着迷彩服的士兵正半蹲着向前快跑。

“不好！”鸭舌帽男子大吃一惊，他在移动的镜头中，发现有一个卧倒的士兵，正端着一把狙击枪瞄准着自己。

11．里应外合

鸭舌帽男子的心跳速率瞬间提升数倍，他急忙翻转身体，想躲避随时可能飞来的索命子弹。

但就在这一刹那间，枪声在山谷间响起，预示着血色黎明的伊始。

子弹穿过了他的左手肘。

他痛得滚倒在地，嘴大张着却发不出声，冷汗不住地从脑门流了下来。

第二下枪声传来，子弹被不到半米处的石块阻挡，蹦出无数石屑打在他的脸上。鸭舌帽男子用残留下的手掏出胸前口袋中的对讲机，按下了通话开关，然后撑起身体开始朝着基地方向狂奔，嘴里大声叫喊："警报！警报！有军队袭击！有军队袭击！"

第三声枪响。子弹带着强劲气流穿过林间，树叶抖动着发出的沙沙声似乎是在哭泣，失去主人的蓝色鸭舌帽在空中回旋着，缓缓飘向山谷下的小溪。

灭绝派的值班人员听到枪声与同伴的呼叫，立刻跑到墙角边，拉下了红色的闸。整个基地内闪烁着红色的光线，悠长起伏的警报声回荡在地下空间。

“有军队袭击！我们的哨兵被杀害！大家赶快撤离！”值班人员拿起话筒大声喊叫着。

在遇到如此险情时，那些灭绝派成员并没有表现出想象中的懦弱与混乱，也许在他们看来，自身的死亡并非恐怖，而消除人类的自然革命不可实现才是最大的噩梦。

“副首领在哪儿？看见副首领了吗？”几名安保人员见人就问。

这时，基地内突然响起了广播，一阵沉稳的声音从里面传出：“不要慌乱，不要慌乱！所有安保人员到上层集合！其余人员有序撤离。”

门外，武警已将基地入口死死围住，一名士兵扛着火箭筒瞄着紧锁的石门。

“打！”李将军果断地下令道。

火箭弹“咻”的一声飞出。基地的入口处发出沉闷的响声，弥漫的硝烟散去后，可以看见石门被炸得裂痕斑斑，最上方已经破出一个缺口。

所有人屏住呼吸观察着，但十几秒过去了仍旧是一片死寂。

“再打！”随着李将军的一声令下，第二枚弹头再次射出，石门被炸得七零八碎，暴露出一个巨大的洞口，直通地下。石灰粉末飘浮在空中，如同一场沙尘暴的来临。

等待，等待，又是一分钟过去了。

死寂，仍旧是一片死寂。

“与我预想的大不相同，他们为何不反抗?”李将军纳闷地自言自语。

“也许他们已经撤离，可我们并不知道他们的地道通往何处。”一直在边上默不作声的王文志说道。

“方圆十千米都搜索过了，不可能有其他出口，他们根本没能力在岩石之下凿出一条这么长的隧道。”

“但是我有预感，他们可能有通往老挝境内的通道，这里离边境也就十几千米。”王文志回道。

“总之，现在先冲进去再说。”李将军拿起话筒，对自己的属下喊道：“第一小队立刻进洞，发现情况马上报告！”

“明白！”武警第一小队队长说完便指挥战士们行动。

队长身先士卒，小心地匍匐前进，到了洞口附近，抄起一枚闪光弹朝里扔去。在爆炸后的瞬间，他举起一面防爆盾牌冲了进去。

“进口处安全，2号、3号跟进！”小队长在对讲机里喊叫道。

“是！”

“是！”

话音刚落，只见两个身影闪进了烟雾弥漫的洞中。

此时，洞口外已聚集上百名冲锋战士，他们举枪瞄准洞口，等待着冲入的命令。时间一分一秒地流逝，突然通讯员的对讲机里传来队长的声音："洞中安全，可以进入。"

正当洞口的长官指挥战士们一一进入洞中时，从黑暗中传来一声惨叫，紧接着"哗"的一声，似乎有一个重物落了下来。洞外的长官立刻制止后续准备进入的士兵，并赶紧联系前方的队长，但对讲机那一头已无回音。长官又立刻和前面进去的士兵通话，命令他们赶紧撤退，但他们报告说，退路已被巨石封死，需要支援。这一下，长官立刻预感不对，一面让通信兵将洞中情况报告将军，一面抓起兵工铲，叫上五个人，一起冲了进去，但没跑多远就被封死了洞穴的巨石拦住了去路。他们正准备凿开巨石营救队友，封死了的洞穴深处却传来一阵紧似一阵的枪响。

"一二三小队请回答，一二三小队请回答！"对讲机那头的长久沉默让那位长官的脸色越来越煞白。

那些被巨石堵住退路的士兵如瓮中之鳖，在敌人的包夹射击下，纷纷倒地牺牲了。

得知这一切的李将军布满血丝的两眼圆睁，额上青筋暴出，愤怒地吼道："给我炸平它！炸平它！"

此时，在灭绝派基地深处，撤离的人群正排着长队，有序地走入一扇门中，而马吉云与乐晴站在一旁神情自若。

"副首领，你不先撤吗？"有人问道。

马吉云沉默不语。

乐晴连忙说道："这门需要副首领的磁卡才能锁住，你们先撤离吧，我们最后走。"

“那好吧，大家抓紧时间，别耽误了副首领撤离！”于是，人们争先恐后地朝门里拥。

当最后一人跨进门时，乐晴飞快地夺过马吉云手中的磁卡，对着门边墙壁上的开关照射，只听得“叽”一声响，门便紧紧闭合了。

里面的人纳闷地回头看了看，然后大叫：“副首领怎么没有进来?!”

乐晴并不理会那些人的叫喊，在门边的电子仪表盘上操作了几下，然后快步朝着另一边走去，她在一堵石墙前再次用磁卡刷开了一扇暗门，面前有一条走廊，尽头是一部电梯。

马吉云紧随其后，说道：“这样做太过残忍，这么多人被关在地下仓库里会供氧不足的，就算他们不被捕，用不了多久也会窒息而亡。”

乐晴头也不回地向前走着，冷冷地回道：“不是用不了多久，而是马上就会窒息而亡。我刚才已切断了仓库的氧气供给。”

“你为什么要这样做?”马吉云厉声问道，此时已跟在乐晴的身后走进了电梯。

“你和我都拥有黛丽丝的记忆，知道基地的唯一逃难方式就是乘轨道车从地下轨道逃走，而那里只有三辆轨道车，也就是说，最多可以逃脱三人。如果那些人全部跟来，你猜会怎么样?”乐晴问。

“把他们骗进仓库已经达到了目的，何必还要切断氧气供给?”马吉云不解地问道。

“因为只要他们活着，黛丽丝的藏身地点与我们的技术资料就有可能被泄露。”乐晴回道。

“就因为这样，可以杀死几十条人命？”马吉云尖叫起来。

“洗礼世界，不可避免地会让无辜者牺牲。自然革命也是如此，并非所有人都是无可救药的蛀虫，但这并不代表人类因此可以被宽恕。惩罚本身就是一种罪恶，造成无辜者的牺牲便是这罪恶的一部分，但为了达成更大的正义，小恶便不可免了。所以，那些人只是为了信仰而牺牲，我们并不需要过分自责。”乐晴冷冰冰地回道。

“心狠手辣确实是灭绝派必须拥有的特质，但对待战友也如此，让我无法接受。”马吉云愤愤不平地说道，似乎情绪有些失控。

“我有时很好奇，你我既然都是黛丽丝的化身，为什么会产生这么大的思想分歧呢？但我相信，黛丽丝本人也会这么做。”乐晴说道。

马吉云惊异地看着面前的女人，曾经那么贤惠善良的妻子如今已成为恶魔。也许没有人能真正体会，他此时的难受之情。

与此同时，马吉云思维中经三十多年循序渐进得到的良知，正与擅自侵入的邪恶理念展开着激烈对抗，就如生死竞技场上的两名角斗士，用尽所有力量来争取唯一的存活权利。

乐晴从裤兜里掏出一个遥控器，屏幕上显示着“5：00”的字样。随着她按下了唯一的按钮后，数字开始不停地跳动：“4：59，4：58……”

“这是什么？”马吉云感觉到了不祥的来临。

“我启动了基地的自毁装置。我要让那些进攻者付出沉重的代价。”乐晴咬牙切齿地说道，“每死去一个武警，就安抚了一次我愤恨的心灵！”

“我现在以副首领的名义，命令你关闭自毁控制器！”马吉云拉大嗓门叫道。

乐晴露出惊奇与疑惑的眼神说道：“我简直不敢相信你在说什么！”在说完这句话后，她突然察觉到了什么，向腰间伸手想去掏匕首。

马吉云早看出了对方的意图，早先一步举起枪顶在乐晴的脑门上。

“别动！照我说的做！”马吉云说道。

乐晴将头向一边倾斜，迅速伸出一只手抓住了枪管。

马吉云的反应慢了一拍，手腕被对方扼制得疼痛无比，不知是本能反应还是有意为之，手指扣动了扳机。“乓”的一声，子弹打穿了电梯顶板，日光灯不停地闪烁起来。

乐晴进一步制住马吉云的手肘，并抓住枪管朝马吉云身后压去。马吉云不由自主地仰面挺立起来。乐晴抓紧这个机会向前跨出一步，破坏了马吉云的重心。马吉云整个人摔倒下来。

乐晴正用夺过来的枪顶在马吉云的头上时，掉落在一边的遥控器屏幕上的数字已经跳到“4：13”。

马吉云冷汗直冒，从未感觉时间像此刻这样紧迫。

再过短短的四分多钟，就会响起一阵惊天动地的爆炸声，已经拥入基地的上百个武警恐怕会无一幸免，这里将成为他们最豪华的墓穴。

“为什么记忆移植在你这里会出现问题？”拿枪指着马吉云的乐晴单腿跪地，另一只手用肘部死死压住马吉云的脖子问道。

“为什么？！呵呵，因为你们不知道我的颈部埋着一只钛合金追踪器。在你们启动清除记忆的机器时，它就无时无刻不在释放着干扰电流。虽然我并不知道具体的原理，但是我很清楚，我原先的记忆并没有丧失，而黛丽丝的记忆也照样拥有。”马吉云微笑着说道。

“原来如此，那就再见吧，我的姐妹，我的敌人，我的……”乐晴的手指缓缓地扣着扳机。

“如果哪一天……”马吉云突然大声喊出了一句话。

乐晴愣了一下。

“……我失去了记忆，完全不认识你了……”

“你在说什么鬼话？！”乐晴神色愕然，手中的枪更加使劲地抵住马吉云的额头，但马吉云看到她的手指松开了。

“你真的忘了吗？呵呵……”马吉云苦笑了笑，“你曾经问我……哦，不，是乐晴问过我……如果有一天你失去了所有的记忆，我会怎么办？”

“死到临头提什么乐晴？！”乐晴的脸色突然有些扭曲，手也颤抖起来，“我是黛丽丝！”

“你是黛丽丝，但你也是乐晴。”马吉云一字一顿地说，“你的脑子里不可能一点乐晴的记忆都没有，删除电脑内存尚且不能这么干净，更何况是人的大脑。我就不信，你一点也不记得我了！”

“哈哈，你可以试试看！看我手里的枪在三秒后会不会打碎你的头！”乐晴狂傲地笑着，“别装得像什么痴情汉。别演戏了，你现在不是和你的初恋正打得火热么？叫什么？陈若彤？别忘了，你可是一直在我们的监视之下的。乐晴，你怕是早就忘记了吧！”

听完这些话，马吉云没有发怒，反而淡淡地说：“你是想控制住你脑子里的乐晴的记忆吧？别费劲了，她当然知道我只身来这里就是为了救她。我和她之间的夫妻感情，岂是你这个外人能明白的？”

“别废话！马吉云，你想唤起乐晴的记忆也没有用，这套设备我们做过很多次实验，记忆清除几乎为零……”乐晴的语气突然产生了微妙的变化，眼神由凶恶缓缓转为温存，握着枪的手不自觉地颤抖起来。

“乓！”一记清脆的枪响，随后寂寂无声。

电梯中，原先对峙的两人已不复在，只余下一位紧紧拥抱着妻子的丈夫。只是那妻子的身体在淌血。

此刻，她持枪的手无力地瘫在地上，已无生气的脸上残留着一丝温暖的笑意。

那是告别，也是解脱。

马吉云紧拥着乐晴的身子，跪在地上错愕万状，随即似乎明白了什么，无声地痛哭起来。

他抽泣着自言自语：“对不起……是我没有保护好……没有保护好你……对不起。”

“乒乒，乓乓，通通……”从上层传来一阵阵脚步和喊叫声，让马吉云意识到他和武警队员仍处在死亡倒计时之中。他抑制住悲伤，拿起掉落在一边的遥控器，那屏幕上的数字仍在不停跳动：“1：44，1：43……”

马吉云在脑海中搜索着，很快便找到了那条隐秘的记忆。他将遥控器拿在手上翻弄着，很快便在底部找到了记忆中的小旋钮。

这是如保险箱一样的设计，密码也十分复杂。他深吸了一口气，再不紧不慢地缓缓吐出，随即目光凝重地按着记忆旋转起那长达十八位的密码。

顺着半圈，再逆回去三十，再……

时间一分一秒过去，一缕冷汗慢慢从前额流下，顺着鼻翼滴落在马吉云的手上。

他没有分神，只是耐心地，像机械一样精准地解着密码。

时间在此刻被无限拉长，又似乎被缩得只有一瞬。又一滴冷汗顺着脸颊滴落在手背，瞬间的凉意令马吉云打了个激灵。

“咔！”一声轻响自手中响起，还没等马吉云反应过来，一声巨响传来。

他惊得立即扑倒在地，但除了这声巨响过后，半晌也不见有别的动静。

马吉云站起身，看了一眼手上的遥控器，控制面板上倒计时定格在“7”这个数字上，看来是被彻底停下了。

他估摸，刚才的那声巨响大抵是武警对这里的爆破。

一切都结束了。马吉云随手将遥控器甩在一旁，走到操作台前操作了一番，恢复了基地的氧气供应。

尽管被灌入了魔鬼的记忆，但他始终还是马吉云。

做完了这一切，马吉云仰面朝天，长舒了一口气。他转过身慢慢走着，仿佛在黑夜中不断徘徊的魂灵，了无生气地走着，寻找着那个他再也寻不回来的……爱人。

他就这么走到乐晴的面前，看着她宛如睡去的面庞，盘腿坐了下来。

仿佛像之前数十年间一样，安安静静地就这么看着她。

他就这么安静地坐着，一动不动，直至一群武警士兵冲入这里，将他团团围住。

他，依然是没有动弹。

王文志从人群中走到马吉云的身边，在其肩上轻轻拍了几下。他心中明白，这次围剿行动的巨大成功，是马吉云的“里应”起到了关键作用，否则“外合”的代价是不忍直视的。但无论如何，警察是不能对还未排除嫌疑的当事人道谢的，他只能微微点头来表达敬意。

很快，武警找到了那些被关在地下仓库的灭绝派科研人员。这些人的落网，无疑为粉碎自然革命带来了曙光。

与此同时，科学反制行动也紧锣密鼓地进行着。

在一个实验室里，刘景华对着显微镜正仔细观察试管中的溶剂，他招呼着助手：“小陈，请把43号硒蛋白粉末拿来。”

“好！”陈姓的女助手回道。她穿过一个房间，来到一个壁橱前，用目光扫视着里头排列整齐的玻璃瓶，但焦虑的表情说明她遇到了一些困难。

“奇怪，明明记得是放在这里的，怎么找不到了呢？”她停止了搜索，低头想着，“对了，刘院长习惯把重要的东西锁在冷冻柜里，准是他收起来了。幸好我带着钥匙！”她立刻掏出钥匙，打开了冷冻柜。

“果然在这里！”她定睛看去，里头有个钢笔筒粗细的玻璃小瓶，装有一些淡黄色的粉末，浅蓝色的标签还空白着。

“应该就是它了。”她拿上这个瓶子，回到刘景华身边，说道：“43 号硒蛋白粉末拿来了。”

刘景华的视线没有离开观察目标，顺手拿起边上的一只小试管交给一旁的助手，吩咐道：“取三毫克加入试剂，给那只猩猩注射。注意，粉末有剧毒，一定要格外小心！”

女助手“嗯”了声，认真细心地完成任务后，回到刘院长面前说：“今天，那只猩猩特别乖，给它打针一声不吭，还蛮配合的。”

“是吗？”刘景华抬起头，瞥了一眼关在墙角落铁笼子里的猩猩，乜眼看到她手中的小瓶，突然神色变得紧张起来，问道：“你拿的是什么？”

“硒蛋白啊。”女助手觉得刘院长的神色不对，脸上的微笑顿时消失。

刘景华立刻抢过瓶子仔细看了起来，然后大声叫道：“怎么回事？这不是那瓶 43 号硒蛋白！你这是哪里拿的？”

这位刚大学毕业的少女吓得脸色煞白，哆哆嗦嗦地回道：“我……在壁橱里没找到……所以……所以就在你的冷冻柜里拿了这瓶。我对装硒蛋白的瓶子有印象……”

“乱弹琴！”刘景华尽量压制着自己的脾气，“一般来说，装有东西的每个瓶子都贴着注明名称的标签，但这瓶上的标签是空白的，难道你就如此粗心？”

“这……这……”少女低下了头。

刘景华站起身，快步跑去打开了冰柜，看过后只觉得又好气又好笑，终于嘘出一口大气。但他想让这新人长个记性，便厉声道：“小陈，你闯的祸可不小啊！”

少女带着哭腔问道：“怎么了？难道猩猩会中毒身亡？”

刘景华不紧不慢地说：“你知道那瓶是什么东西吗？那是冻干保存的麻风分枝杆菌！你想看到一只长满疮胞的猩猩吗？最关键的是，这次造成的经济损失太巨大了！”

“我愿意赔偿。”少女抽泣着轻声说。

“你赔得起吗？”刘景华故意激她，“知道那小小的一瓶值多少钱吗？这是目前唯一不能人工培育的神秘细菌，为保存它需要花费多少心血？说价值连城一点不为过。还有，麻风病是顽疾，我们要像伺候亲爹一样照顾那只猩猩。”

“就是倾家荡产，我也会赔的。”少女拭拭泪眼，从牙缝里挤出这句话。

“好吧。你有这态度，就原谅你了，以后做事别毛毛糙糙就是。”

“谢谢，谢谢你刘院长！”少女激动得热泪盈眶。

然而，有意插花花不发，无心插柳柳成荫。苍天犹如一个顽皮的孩童，用种种离奇的事件，肆意摆布着人们的喜怒哀乐。

两天后，女助手走到刘景华的面前，忐忑不安地说道：“报告已经出来了。我测定猩猩的新型乙肝病毒探针为阴性，不知是不是出了问题。”

“什么？”刘景华一下子从椅子上跳了起来，抢过她手中的报告，拿纸的手微微颤抖着。他目光定定地注视着报告，欣喜若狂地叫道：“天哪！真是阴性！出奇迹啦！看来硒蛋白真的有用。”说完，他兴奋地在房间里来回快步走动。

“刘院长！”少女见刘景华举止失态，提醒道，“报告上还有专家组的其他描述，请你再看看。”

刘景华这才停下脚步，再次拿起报告看了起来，只见最下方是这样陈述的：在猩猩的血液内发现未知蛋白质，疑似抗体。初步猜测，该蛋白质诱导免疫系统重新认知新型乙肝病毒，从而形成特异性免疫。目前，正在分析此蛋白质组成的成分，但可以确定的是，未见硒元素。请再次将实验所有细节复原后，向专家组通报，帮助我们找到探针呈现阴性的真实原因。

刘景华侧目看看冰冻柜，便拿起笔，在报告的意见回复处写道：“曾因失误，将冻干保存的麻风分枝杆菌注射入了实验猩猩的体内，请专家组再次查验其成分。”

又过了两天，实验室内炸开了锅，几乎每一位研究员都欣喜若狂地叫唤着：“成功了！成功了！”

在大多数人的思想中，循规蹈矩应是最为妥善的行为准则。然而，人类对于世界的认知本就有局限性，这使得某些失误、谬论反而能收获意外的惊喜。比如病理学家弗莱明，他有一次忘记了刷洗实验后的培养皿，却因此偶然发现了一种神奇的霉菌，这就是后来拯救了千千万万人生命的青霉素。人类的进化，有时就是偶然“错误”导致的结果。

在这非常时刻，一切都是极有效率的，一场秘密会议很快便召开了，与会者经过严格筛选，确保不会泄露半点信息。这也是场关乎国家、关乎人类存亡的重要会议，在场的除了数十位明里暗里的警卫团战士，每一人皆是这国家举足轻重的人物。

这时，刘景华面容严肃地穿过人群，走入会场，在主持人席位坐下。

“尊敬的各位领导，”刘景华把情况简单扼要地做过介绍后，声音激动得有点发颤地说道，“我们郑重确认并宣布，新型乙肝病毒的疫苗研制成功！”

会场内传出一片暴风雷鸣般的掌声。

刘景华继续说道：“我们发现，麻风分枝杆菌会在猩猩体内形成一种特殊的蛋白质，这种蛋白质并非是麻风菌的抗体，也没有致病性，但与新型乙肝病毒十分相似，可以被免疫系统识别，从而形成特异性免疫，诱使免疫系统把新乙肝病毒全部杀灭。”

“那么，有什么案例证明你们的疫苗是完全可靠的？”一名光头老者问道。

“我们在五位绝症志愿者的身上试验了该疫苗，结果十分理想。将新病毒注入他们的血液后，检测报告显示，新病毒探针均为阴性，但其中有两人检测出常规乙肝抗原阳性。这说明，新病毒很可能是旧乙肝病毒的原始形态，因为某些不可知原因而销声匿迹。”刘景华回道。

会场内一片哗然，大家都微笑着窃窃私语起来。

等到声音变小了一些，刘景华继续说道：“一次极其偶然的操作事故，使我们找到了拯救全人类的方法。我们虽然对这看似毫无逻辑的事实表示惊叹，但可以肯定是的，麻风菌是新病毒的天然克星。”

“我就早说了，没有杀不了的病毒，也没有过不去的坎，邪不压正，这是永远改变不了的真理。”一位年轻的女官员说道。

“呵呵，你身上散发着一股浓重的人类主角论的气味，我想，如果当年恐龙有思想，也和你一样认为没有过不去的劫难。”光头老者回道。

刘景华举起手示意大家安静，然后说道：“疫苗应当尽快分发下去，让所有市民接种。不过，为了避免引起不必要的混乱，还希望各位制定出一个妥善的计划。”

“这些就交给我们来负责。”女官员回道，“我们将疫苗加入到新生儿的强制接种计划之中，让所有市民前来免费接种。尽量不要造成社会恐慌。”

“那么接下来，就让我来说说量产方案吧。”刘景华微笑着说道。

12. 夜的迷局

王文志坐在审讯室的座位上抽着烟，端起桌子上的搪瓷杯子喝上一大口茶叶水，然后说道："你说马吉云被移植记忆了？"

"千真万确！"对面坐着的吴明说道，他那双戴着手铐的手搭在桌子上，"这可是我亲眼所见，并且他苏醒之后就被黛丽丝的意志控制了。"

"你的意思是，又多了一个黛丽丝，而马吉云已经不复存在？"王文志说着吐出一个大烟圈。

"一开始是这样，但后来的事情令人难以置信。"吴明睁大眼睛说道。

"什么事？"王文志问。

"他似乎在帮助我阻止自然革命，还在我耳边说了些稀奇古怪的话。"吴明回道。

"他说什么？"

“他说如果我不想死，就帮他杀一个人，否则我会被以叛徒的身份处决。”

“杀谁?”王文志好奇地问。

“灭绝派的吴博士，就是研制出记忆移植装置的那个灰衣老头，在乐晴与马吉云到来之前，他曾是基地的管理者。”

“是你杀了他?”王文志吸了口烟，说道。

“没错。医生与杀手，这两个都算是我的职业。”吴明耸了耸肩说道，“不过，整个行动步骤都是马吉云教我的。”

“你这样毫不忌讳地称自己是杀手，不怕被枪毙吗?”王文志淡淡地说。

“我所实施的刺杀行动，都是正义之举。呵呵，这群灭绝派的疯子，他们还真以为我背叛了索朗贡大人。我一生只杀死了三人，其中两个你已经知道，而更早的一个是我们激进派内部的叛徒，想争夺大人的地位，我只是以其人之道还治其人之身罢了。唯一失手的一次就在马吉云的身上，要不是当时来了两个小区的保安，我想他也会被我捅死在地下室里。”吴明微笑着说。

“你为何要刺杀马吉云?”王文志问。

“第一次是黛丽丝的命令，当时我并不知道他身上流着死神血液。第二次，我代表整个人类去刺杀他。”

王文志把剩余的小半个烟头压在烟灰缸里捻动了几下，接着问道：“你觉得马吉云为什么要你杀吴博士?”

“不知道，”吴明回答得干脆利落，“我有两种猜想，一是他想夺取基地的控制权；二是他还拥有先前的记忆。”

王文志用手撑着下巴，看着眼前的黄毛青年一言不发。面前的青年看着有些玩世不恭，但所说的一切确实与自己所知的情报一致。

此时，一旁的手机响了一下，王文志看了一眼屏幕，对着黄毛说了几句重话，便打开房门离去，交接给其他警员继续询问。

这个人应该还是有用的，王文志心里想着。

他很快来到另一间屋子前，门口站着一位老者。

“刘老，让您久候了。”

年逾古稀的老人拄着根拐杖，精神却是硬朗，见着王文志过来，也笑了笑。

“也是刚到，接下来，又要见到他了。”

“我明白了，毕竟双重基因的事实可以为他开脱。另外，去见见马吉云吧。”王文志答道。

马吉云平躺在拘留室的木板床上，苍白的面色与嘴唇仿佛涂上了一层冰霜，看起来就像一个刚从暴风雪中归来的猎人；深陷的双眼直勾勾地盯着天花板，仿佛有一个进退维谷的棋局挂在空中。

王文志打开房锁推门而入，刘景华撑着拐杖跟了进来。

“马先生，身体感觉怎么样？”王文志寒暄道。

马吉云的视线并没有从天花板上移开，只是轻声回了句：“还行。”

“马先生，听说你拥有了黛丽丝的记忆？”刘景华说。

听到刘景华的声音，马吉云这才缓缓地转过了脸：“啊，是刘院长，怎么也到这里来看我啊？”说罢赶紧坐了起来，靠在墙边回道，“是啊，我想，我无意中知道了一些秘密。”

“什么秘密？”刘景华问道。

“关于灭绝派，关于自然革命，关于人类命运的秘密。”

刘景华的面部肌肉微微抽搐，缓缓低下头去，似乎不敢直视马吉云的目光。

马吉云瞥了老人一眼，便又将目光投射在天花板上，语气平淡，缓缓道：“有了黛丽丝的记忆，如果再增添上刘院长的描述与见证，那么，我心中一个个的谜便能揭晓了。”

王文志看了眼老人，饶有兴致地坐在马吉云身旁，微笑道：“那今晚，你可得好好给我说道说道。”

马吉云笑了笑，一旁的刘景华叹了口气，也搬了张椅子坐了下来。

“说吧……有些事情，我也是有些不解的。”

马吉云并未回答，依然是怔怔地看着天花板，过了半晌，缓缓开口道：

“……那是四年前的一天……”

13．黑暗之主

自从索多玛海盗闻名于世之后，附近的海域上就很少见到其他国家的渔船，毕竟冒着生命的危险来做几船鱼的生意显然十分不值。一个港口边，数只渔船与快艇停靠着，一群人忙碌着搬运舱中的战利品。岸边一座六角形的塔楼足有十几米高，表面破旧不堪，看起来已经失修了数百年，但依然蹲立在海岸线最突出的部位，扮演着抵御海上侵略者先锋的角色；而在塔楼后方的几排石楼就没有这么幸运，不知是岁月还是炮火的洗礼，大多数的房屋已经坍塌，只有那些梁柱还勉强支撑着，远看就像空心的立体晶胞；几个年轻的男子头顶着各种稀奇古怪的大鱼从街边走过，女人们穿着花花绿绿的衣裳坐在破墙边的长凳上悠闲地聊天。

“黛丽丝，你终于又踏上祖国的大地了。”索朗贡走在码头边的小路上，对身边的女子说道。

“这世界没什么地方让我感兴趣的，尤其是眼前这地儿；何况这里还有恶心的人类中我最为讨厌的——我爹妈。”黛丽丝一副怏怏不乐的神情走在索朗贡的身边。

“悲惨的经历，所以你现在情绪低落。”索朗贡耸了耸肩，看着黛丽丝说，“虽说同是遭遇不幸，但我仍旧思念与爱着自己的祖国与亲人。我只恨物种进化的不完美和不公平。”

走着走着，前方簇拥着一大群人，把道路给堵得水泄不通，落在最后面的几个人还不住地撑着前面人的肩膀，跳起来朝前张望。

“看！那是美国的军队！”只听有个男人的声音说道。

“那些黄皮肤的人，走起路来神情格外威严，一定是中国的军队。”一个女人说。

“前面怎么回事？”黛丽丝轻轻拍了一个年轻人问道。

那人回头打量了一下面前这个年轻貌美的女人，然后说道：“听你口音应该是本地人，难道不知道前几天的星际之门事件吗？”

“我们也是听说了这事才来这里的。”黛丽丝回道。

“是呀，我和你们一样。前面是几个大国的探索队，带来了不少的军人与研究员，据说今天会在这里举行一个联合会议，就讨论这个星际之门。”

索朗贡跑到一边房屋废墟的高地之上远远望着，然后平静地说道：“看来，我要与恩师故友在此重逢了。”

刘景华戴着一副黑框眼镜，尽显中国学者的儒雅之气，消瘦的身材让他看起来非常干练。他脚步轻盈地走在几名官兵之中。

宽敞得几乎可以容纳下整个篮球场的会议室内，只放着一张可坐二十来人的长方形会议桌，显得空旷至极。与会人员已占满了位置，在主持位上的便是国际科学联合会的主席，来自美国的莱特福德先生。他首先发言。

“想必大家已明白，我们集聚在此的目的。就在十几天前，亚丁湾连续发生了六十多次地震，并且有大量目击者称，天空瞬间掠过蓝色的光带，还有人称看见了外星文明开启的螺旋状星门。附近的亚欧非多国都侦测到了异常剧烈的磁场变动。”莱特福德顿了顿，见会议厅内仍旧鸦雀无声，便接着说道：“不知道各位专家对此有何见解？”

“对于那些无知者的大惊小怪，我们早就习以为常了，他们总是喜欢对一些不能理解的自然现象添油加醋，让它听起来诡异奇特。而到目前为止，一切超自然现象皆来自于恶意、谎言与错误描述的流言。”担任联合会理事职务的刘景华发表着自己的观点。虽然他的名望绝不逊色于在场的任何学者，但其拙劣的交际能力与喜欢顶撞他人的性格，令他在这儿的盟友并不多。

“星门是存在的，外星文明是真实存在。”这位说话的，是国际科学联合会的副主席，他叫米哈伊尔，来自俄罗斯，“尽管难以置信，但这曾是我保守的最沉重的秘密，创生者，外星文明，但我现在只能说这么多。”

“你把秘密与大家分享一下，不就没那么沉重了吗？”莱特福德的一句幽默话，引来了台下一片笑声。

“我会说的，但不是现在。”米哈伊尔表情严肃地回道，接着便一语不发。

与会众人一片哗然，对米哈伊尔提出的陌生名词和振振有词的态度，令相信他的人寥寥无几，更多的人在暗地讥笑。眼见着都要有人站起来讥讽米哈伊尔，主席台上的莱特福德重重地咳嗽几声，他可不想看到会议变成一出闹剧。

“我继续谈谈自己的看法，”刘景华趁着话隙赶紧说道，“星门的猜想过于草率，违背科学精神。即便爱因斯坦所说的虫洞真实存在，那么时空通道也处在无法想象的物质高密度区域之中，不可能出现在地球的上空，否则包括我们在内的一切，都会像是强力吸尘器边的棉花粒，会坠进去并被撕裂成碎片。”

“我反对你的观点！”莱特福德反驳道，“从最基础的引力方程就可以得知，引力大小与距离成反比。也就是说，即便不到一千克的物质，如果其占用的空间足够小，一样能形成微型黑洞，然而那个距离之下，它对地面的引力与潮汐力可以忽略不计。所以，直接否定星门是不负责任的论断。”

“你刚才说微型黑洞对地面的引力与潮汐力可以忽略不计，那它存在与否对于我们来说，有何实际意义呢？剧烈的磁场变动又是如何产生的呢？”刘景华反问。

“我只是说微型黑洞可能存在，”因自己的权威被挑战，莱特福德的语气变得有些不友好，“不代表这次事件就是微型黑洞造成的，我们完全可以假定它的大小仅仅对地面能够产生可探测的影响。”

“那请你解释一下，为何亚丁湾只引起了磁场变化，而没有发现引力异常呢？什么黑洞只有磁力而没有引力？”刘景华毫不留情地回击对手。

“你……难道不知道雷斯勒–诺斯特朗姆黑洞吗？”

“带电的黑洞？这种理想模型怎么能拿来解释呢？任何物质哪怕是一个光子掉落进去，它的内外视界都会发生剧烈变化，而使整个结构坍塌。何况，携带巨大电荷本身就是极不稳定的。所以，它只不过是数学上哗众取宠的花花公子。你难道想告诉我们大家，亚丁湾磁场变化与六十多次地震，是因为地球上空出现了一个超级电子吗？”刘景华语速快了起来。

“你……”莱特福德面红耳赤，一时对不上话来。

副主席米哈伊尔见两人唇枪舌剑地互不相让，也按捺不住想要表明一下自己的立场：“虽然我并不赞同带电黑洞的假设，但还是觉得星门有存在的可能，而那些磁场变化与地震，也许就是从另一个遥远空间传递过来的能量。说不定，其他文明已经掌握了高维度的科技，用我们完全不能认知的方式启动了时空传送系统。如同纸面问题一样，若停留在二维之中，很难缩短一根直线的距离，但若处在三维就不同了，我们可以轻易地将一张纸折叠起来，那么再遥远的两点都可以变为相邻。”

“我对于您的解释持保留意见。”刘景华似乎总在寻找他人话语的漏洞，“纸面上遥远的两点永远不可能相邻，即便你把纸折叠起来，那也只是三维上的相邻。而在二维模型中，它的距离一丝都没有改变。维度只是数学模型，世上根本不存在二维物体。”

“怎么没有二维物体？最简单的例子就是照片上的图像，它不就是二维吗，还有我们单只眼睛看到的也是二维，你为何说不存在二维呢？”从会议桌的另一头，传来某位学者质疑的声音。

“这很好回答，图像不是物体，我们看到的光学影像也不是，这些都是信息的集合。纸张与其表面的颜料才是存在于三维空间内的物质，并且严格遵守宇宙的基本法则。你永远拿不出一张厚度为零的纸。”刘景华回道。

“弦论认为，一维震动的能量丝构成了三维或说九维的粒子，难道你认为这也是错误的吗？”米哈伊尔发难道。

“对此我一样持保留态度。即便是能量丝震动得再激烈精彩，它仍不能形成三维结构。在弦论修改的费因曼图中，粒子间零距离作用是因为数学宽宏大量地允许一个零体积的点存在，从而推导出来的可笑结论，至少目前它还没有得到物理验证。假设有一个标准立方体，给你一把上主的小刀，将任意一块厚度为零的平面从中切除。你会发现，无论拿出多少，哪怕它们相互垂直，立方体的体积纹丝不动，这说明平面只是辅助计算的模型，而在三维中根本没有实际意义。弦论还认为，有三根轴卷曲在普朗克长度之内，所有空间变成了九维。暂且不说这种猜想是否可靠，至少宇宙的平移对称性没有被打破。不管在华盛顿还是在昆北，也不管在太阳系还是遥远的未知星球，宇宙要么就是三维要么就是九维，不会出现某地是三维而某地是七八九维。所以，三维空间被四维生物折叠一样是荒谬，空间是平权的，例外的高维并不存在。”

米哈伊尔哑口无言，莱特福德再次接着说道：“但是爱因斯坦的相对论明确指出空间压缩是可行的，就算是封闭空间表面上分开的两点，同样可以使用挤压的方法使它们相邻，至少目前没有任何证据能推翻爱因斯坦的理论。”

“有人说世上只有三个半人能理解相对论，在我看来，除了爱因斯坦自己算那半个人之外，其他三人还未出生。爱因斯坦确实研究过虫洞，但他也说过另一句话，那就是宇宙是闭合的时空类球体，它有界却无边。说得通俗一点，因为时空曲率的存在，即便我们此刻就在封闭空间的表面之上，看到的四周也是浩瀚无际的星空。就算接近光速朝着一个方向旅行，也永远到不了尽头。所以你说的封闭空间的表面无法找到。因此，缩短两点的距离，目前可行的理论就是超强引力或接近光速的运动，而这两者都没有发生。退一万步说，想要压缩空间必然需要付出巨大的能量，那样的话不会仅仅是连人体都感受不到的磁场变化。”刘景华回道。

“那根据你的理论，此次的事件又该如何解释？”莱特福德反问道。

“只能说有异常的能量波动，但并不能排除这种波动来自于其他文明。”

“好！既然大家都认为此事疑点重重，甚至可能与外星文明有关，那么，希望各位认真对待，如果发现任何蹊跷之处，千万不要隐瞒私藏，这毕竟和我们整个人类的命运有关。”莱特福德严肃地说道。

会议结束后，各国人员急不可耐地奔赴星门事件现场，唯独中国的科学家们并没有跟随着大部队。在刘景华的带领之下，随队人员在港口边的市场里到处闲逛，感觉像是蹭着公款来逍遥自在的。

“去买点东西，找机会询问一下我们要找的人。”刘景华对着身边的儿子说道。

刘东升在摊位上看了看，拿起一只海螺饰品问道：“多少先令？”

摊主回道：“看你像是中国人吧，这个八千先令，如果你支付人民币的话还可以便宜一些，只要九十元。在我们这里，人民币可是好东西，不比美元差。”

“哦，这是一百元，不用找零了，这么精美的礼品应该值这么多。”刘东升递了一张红色的钞票出去，接着问道，“听说在好几个月前，有人预言了最近发生的这一系列怪事，这个人好像就住在这城市里，你知道他吗？”

摊主回道：“你是说末日预见者吧？当然听说过，他在我们这里可有名了，老是说他自己见到过世界末日的景象，不过这次的地震啊，天上的光啊，还真让他说中了。但我从来没见过他，更不清楚他住哪儿。他就是个装神弄鬼的家伙，这次不过是巧合，你们别被他骗了！”

“那好吧，我到其他地方问问。”刘东升沮丧地说道。

摊主看着手中的钞票，思索了几秒，对着刚转身要离去的刘东升叫道：“先生！在集市西北方有个红胡子饭馆，老板红胡子可是这里出了名的消息灵通，不过，如果想要从他口中得到有用消息的话，得多带点钱。”

“十分感谢，我还是觉得这个海螺确实精致，准备给我的父母再买两个。”刘东升笑着说。

“那就太谢谢你了。那个……我这里有发票，需要开多少？”摊主斜着眼问。

“呵呵，不用了。”

中国考察队来到一间黄色的矮平房前，只见两扇蓝色的铁门敞开着，三四个人坐在门口的长凳上，墙上五颜六色的喷漆图案中，镶嵌着七横八竖的窗户铁杆，门上横写着九个字母：HOBYOANCH。

“给了红胡子那么多钱，他不会是骗我们的吧？末日预见者怎么会住在这里？”刘东升说道。

“进去看看就知道了。”刘景华一行人说着踏进了门里。

房间内没有任何灯火，除了窗边还有些许光线外，其他地方昏暗得几乎看不清东西。窗下的床上坐着一个老汉，身体僵直，仿佛庙里的泥菩萨。

刘东升走近他身边，轻声试探道：“请问，您是末日预见者吗？”

老汉一动未动，没作搭理。

“老先生，请勿介意我刚才的冒昧。您是令人尊敬的末日预见者吗？”刘东升改了口气问道。

无言片刻后，老汉突然站起，把刘东升吓了一跳。仔细看，这是一个黑人老头，穿着黑衣黑裤，除了双眼还有些许白色之外，几乎是一个融入黑暗的隐形人。

“你们是谁？”黑人老头问道。

"哦，我们是中国考察队，来调查前几天的亚丁湾星门传言。听本地人说，您曾预言过该事件，还道出了末日来临时的景象，我们对此十分感兴趣，所以特地来拜访请教。"

"这里人都叫我疯老头，你们搞科研的人不去亚丁湾，跑到这里听我的胡言乱语吗？"黑人老头回道。

刘景华在儿子耳边说了几句，边上的人便递来一包厚厚的钞票。他们有意把不到六千元的人民币兑换成了五十万先令，一千面额一张，看上去数量可观。

"我们领队说了，与其倾听那些专家的连篇废话，倒不如来领教您的疯言狂语。当然，打搅到您的休息有些过意不去，所以这些钱还请笑纳。"刘东升说道。

末日预见者并没有拒收钱款的意思，他接下钞票放在一边，然后问："你们想知道什么？"

"就说说您是如何预言到这次星门事件的，还有，您看到的末日景象是什么样的？"

末日预见者"啪嗒"一声用打火机打着了火，拿出一根细小的雪茄凑了上去，火光中能看到他憔悴的脸庞上满是岁月留下的坑洼。他猛吸一口后向上吐出大团烟雾，夹着雪茄的手似乎在微微颤抖。

"你知道我们当下的这个世界，也存在于其他时空里吗？"末日预见者问道。

"您说的应该就是平行宇宙吧。"刘东升惊讶地看着对方，问道，"您一出口就谈到了高深的物理理论，您应该是个学者才对，怎会沦落到这般地步？"

“哎，其实我也算名门之后。父亲是大学物理教授，总希望我能继承他的事业。我虽对物理毫无兴趣，但多少耳濡目染地知道到了一些理论。后来我在一间寺院里担了职务，父亲直到病逝那天也没有因为此件事原谅我。原本我以为我的一生就会在寺院里安静地度过，谁料到战争突然爆发，炮火将寺院与我平顺的未来一同毁灭了。在这动荡局势下，百姓的生活越来越艰难，很多人被逼成了海盗，我和几个亲戚朋友也无奈地加入其中。记得是2137年的一天，我们劫持了某艘欧洲国家的货轮，经过长达三天的谈判与僵持，他们派直升机给我们扔下了150万美元。头目拿走30%，军备开支预留30%后，我们四个各拿了15万美元，这些钱已经足够我几辈子花了。”末日预见者说道。

“这些和平行宇宙有什么关系？”刘东升听得有些不耐烦。

“一切诡异就是从那刻开始的。”末日预见者又吸了口雪茄，手抖得越发厉害了，“我们的船从亚丁湾附近往回航行不久，当时我正在甲板上值班，突然一条蓝色光带掠过头顶，瞬间消失在海平面上。接着在左方大约百米处的水面上，不知何时冒出一个急速旋转的旋涡，本不足十米的凹陷涡心不断地向外扩张。眼看船就要被卷进去，我根本来不及通知其他人逃生，便不顾一切地跳下了船。那恐怖的一幕历历在目，我拼命地朝着反方向游去，但强大的吸力牢牢地抓住我，我感觉自己就要快死了。回头看去，说那时的旋涡有百米宽一点不夸张，但除了身体能感到快速水流的压力之外，我并不觉得自己在高速旋转，而是缓慢地被中心吸去，直到抬头看到天空时才天旋地转起来。这时，有两个同伴也从船上跳下，只可惜为时已晚，几秒之后我看见船先是莫名其妙地被粉碎，接着残骸连同那两人消失在漩涡中央。求生的欲望使我仍旧不停地向外游着，但身体开始受到来自各个方向的无形之力拉扯，就像一头巨兽在撕碎我的身体般疼痛难忍，我大声喊着‘上主救我！上主救我！’，果然，奇迹真的发生了。”

“怎么了？”刘东升问道。

“流水的拉扯力消失了，原本凹陷如漏斗般的水面开始逐渐平坦，我回头想看清发生了什么，一股强劲的浪头迎面而来，将我推向远处。是上主救了我的命，他还赐予我一根断裂的船舷。就这样我漂浮了十几个小时后，被渔民救了上来。”末日预见者说道。

刘东升摸了摸头说道：“难道这遭遇和您的预言能力有着什么关系？”

“我不知道，但的确是那次以后，我就老做一些奇怪的梦。”末日预见者抽上一口雪茄，用布满伤疤的嘴唇吐着烟，神情比刚才镇定了许多，他继续说道：“那些梦里的场景很奇怪，就像是世界混沌之初或是末日来临之时，但醒来之后我几乎记不起什么细节。起先我一直以为那是因为受了精神刺激，过段时间就会康复。直到一天半夜，我从梦中惊醒时居然还清晰地记得许多梦境情节。我那时才突然明白，原来这些梦根本不在我的脑子里，而是有人在我的脑子里一直和我说话……”

“梦里人说了什么？”刘东升开始有了点兴趣。

“那个人和我说，他是一位来自另一时空的地球科学家，他说他来自和我们类似的星球，很可能就是另一个时空的地球。他需要将一些关键的信息波传递过来，所以在寻找能接受它的人……”末日预见者似乎越说越兴奋，把雪茄灭了，又点上了一支。

“是吗……”刘东升犹豫了一下，继续问道，“那么，他有没有说为何要向地球发送信息波？”

“没有说，但之后我做的离奇的梦越来越多，我便逐渐明白了。”

“您明白了什么？”刘东升赶忙问道。

“是另一个时空的地球人发现了一个可怕的秘密！他们发现曾经创造了地球文明的某种强大生物——他们称之为创生者，正准备毁灭地球。我一直认为创生者是慈祥之神，万万没想到他居然是铁石心肠的黑暗之主。”末日预见者说着情绪又波动起来。

“然后呢？”

“在他们那里，人类中也有像我这样能接收这些信息的，就是预见者。但一切都太晚了，他们根本没有能力在短时间内阻止悲剧的发生。所以，苦苦寻找着向其他时空的宇宙发送信息波的方法。因为他们知道，既然他们能接收信息，就一定能发送信息。”

“发送信息波求救？”刘东升好奇地问。

“不，毁灭已无法避免。但他们希望能在别的时空改变人类的命运，所以他们发送信息波的目的只有一个，就是为了预警，让其他时空的人类有足够的时间来避开劫难。只要其他人类能够生存下去，他们的使命就算完成。他们的信仰是那么坚定伟大，每次我醒来，都不禁流泪。”末日预见者说着有些哽咽起来。

刘东升沉默不语。

末日预见者在黑暗之中接着说道：“我能清晰地回忆起末日来临前的景象。那位科学家在我的梦中，用痛哭流涕的声音不断地向我诉说人类的末日已来临。他说，人类被创造的数万年里，绝大部分时间都用来思考什么食物更加美味，什么衣服更加美丽，什么房子更加美观，什么生活更加美好，几乎没有多少人思考什么是生命的意义，或者说，什么是我们的使命。就连剩下的最后几小时，也没有人反省自己愚昧的一生，而是在抢夺更多的资源中度过的。”

“嗯……后来怎么样？”刘东升问。

“也许那是毁灭来临前的最后时刻，全球响起了同一个旋律，所有人走到大街上望着天空，用撕破嗓子般洪亮的声音唱着各种语言的《喀秋莎》，流泪却微笑着向宇宙呐喊无畏死亡的宣言。他们制作了大约三分钟的视频，介绍人类成长的辛酸历程与可爱感动之处，通过电磁波向浩瀚无际的星河发射出去。能让其他文明知道他们存在过，这便是生命不止的祝福。”

“他们用的是《喀秋莎》歌曲？”刘东升惊愕道。

“是的，因为我熟悉那歌曲。我也想知道他们为什么会唱这首歌，但没有找到线索。”

“那人类将怎样被毁灭？”

“我并没有看见人类毁灭，当世界每个角落响起那首悲壮的曲子的时候，我再次惊醒了，发现自己的泪水已经浸湿了被子。我只是记得，他们说创生者制造了什么暴，强烈的能量将摧毁一切，所有的生命都将灭绝，覆盖在天空的云层也将不复存在。”末日预见者回道。

“伽马射线暴？”刘东升几乎是尖叫着说出这个词语。

“对！对！就是伽马射线暴！”

“那您能记起具体是多少光年外、什么地方的伽马射线暴吗？”

“我不太懂这些，所以根本没有印象。”末日预见者尴尬地笑着回道。

“那为什么创生者要毁灭人类？”

“那位科学家说过，创生者创造人类是为了控制什么度，那个具体名词我完全想不起来了。他又说，它一旦失控，宇宙就会在失去平衡后走向消亡。”

“控制什么度？有点意思。”刘东升斜着头沉思起来，然后继续问：“很感谢您能让我了解末日的景象，当然这些目前并不能得到印证。让我更感兴趣的是，您是如何预测到此次星门事件的。”

“有一段梦境，在L型海峡下方的大陆附近，随着接连不断的地震，一条蓝色的光带掠过天空。我一眼就认出那就是亚丁湾和红海的交界处，而下方大陆就是我的祖国索多玛。”末日预见者说道。

“就这些？”刘东升一脸沮丧地问。

“嗯，关于星门事件就这些，不过我还梦见过其他类似场景，不知是否相关？”

“说来听听。”

“天空再次掠过蓝色光带，有一人手持着尖刀，他的面前押着另一人跪倒在地。因为是背对着我，所以看不到他们的面孔，但看起来持刀者的意图很明显，就是要杀了跪地之人。不知为何，持刀者突然向前倒去，重重地摔在跪地之人的背上，尖刀反而刺穿了自己的喉咙倒地而亡。只听见有人高声喊着，他就是终极毁灭者！他就是终极毁灭者！”

正当末日预见者说到关键处时，门外传来了话语声。

“你们是谁？鬼鬼祟祟地趴在窗边干什么？”一名刚解手回来的中国考察队员用索多玛语呵斥道。

“对不起，我们只是在这里站了一会儿，如果妨碍到你了，现在立刻就走。”一个男子用带有昆北土语口音的中国官话回道。

刘景华觉得这个声音格外耳熟，立刻跑出屋子，只看见一男一女正快速离去。

“索朗贡！”刘景华大声叫道。

前方的男女一听到这声叫唤，似乎立刻加快了脚步，朝着集市方向而去。

“快抓住他们！”刘景华在后面叫道，接着，十几名中国士兵快步奔跑起来。

那对男女正是索朗贡与黛丽丝。他们在集市的人流中飞奔起来，时不时撞倒几名避让不及的行人。

跑在最前头的中国士兵见与索朗贡的距离已不远，便纵身一跃，双手抓住了他的腰部，两人同时摔倒在地翻滚起来。

见后面越来越多的追赶者追来，黛丽丝回过身来大喝一声，一脚踢在那士兵的脑袋上，扶起头晕目眩的索朗贡就跑。

那名士兵忍着剧烈疼痛再次从地上向前跃起，抱住黛丽丝的双腿将她扑倒在地，然后整个人压了上去，任凭她如何挣扎也不撒手。

此时，后续追赶的士兵已近在咫尺，黛丽丝抬头看着索朗贡，希望他能帮自己一把。但她万万没有料到的是，索朗贡在犹豫了几秒之后，居然转身飞奔起来。

黛丽丝埋藏在心灵深处的绝望与怨恨在那一刻再次被唤醒，她放弃了挣脱，因为无论接下来会发生什么她都已不在乎。

士兵将黛丽丝反手绑着押了回来，刘景华看了看，觉得她面生，便用英语问道："你认识索朗贡？"

黛丽丝面无表情地看着前方不作声，目光有意避开刘景华。

"你叫什么名字，是哪里人？"刘景华继续问。

仍旧没有应答。

刘景华看着这个冷若冰霜的女子，觉得没有问下去的必要，便挥了挥手说："算了吧，移交索多玛警方。"

"还有那个逃跑的男人呢？"刘东升问道。

"哎！"刘景华仰天长叹道，"得饶人处且饶人，希望他不要执迷不悟，做出什么愚蠢的事来。"

天色渐晚，末日预见者似乎也说不出更多的信息，中国考察队便告辞离去了。

一周后，黛丽丝被一群警察押着，快步朝前走去，周边的市民围成了几个小圈，在一边呆滞地张望着。

三十九级低矮的台阶，远看像一张被平行折叠了数次的纸张重新展开后的样子，两侧立着巨大的长方形石墩，上面是两尊希腊之神的雕像。台阶的平台上八根高达八米的罗马柱托起三角形的房顶，各种精美的花纹恰到好处地雕刻在柱体上，让庄严的罗马式建筑顿时生动了许多。这里便是索多玛最大的法院。

“黛丽丝！你被指控在十四年前杀害了自己的丈夫、他的另两名妻子、他的十六岁儿子。你是否认罪？”法官在高高的坐台上问道。

“我认罪！”黛丽丝回答得十分响亮。

“黛丽丝！你又被指控制造了重大纵火案，致三十七人死亡，其中包括你的亲生母亲与多名亲戚，另有五十六人受伤。你是否认罪？”

“我认罪！”

“既然你全部认罪，我宣布，被告故意杀人、恶意纵火等多项罪名成立，处以死刑，立即执行！”

数天后，黛丽丝和几个死刑犯被押到一座荒山下。在一大片褐色的盐碱地上，竖着十来根高大的木杆，大约在木杆两米之下，都涂抹着白色的油漆，也不知道代表何意义。

几个穿着迷彩服的索多玛士兵将七个犯人推了过来，然后将他们的手脚结实地绑在木杆之上。

犯人们头上都戴着黑色的布袋，虽看不出面目，但黛丽丝完美的第二性征让人一眼就能看出她的与众不同。

“别看是个女人，她可比那几个恐怖分子残忍得多，几十条人命在手，听说还杀了自己的母亲，简直冷酷残忍到极点。”一名索多玛士兵端着枪对着边上的人说道。

“几乎所有最恶毒的蛇蝎妇人都拥有漂亮的脸蛋，你还别说，我真没见过这么美丽的女人。”边上人回道。

“别闲聊！严肃一点，我们是来执行枪决的。准备好了，快点站到自己的位置上。”边上的长官呵斥道。

七名士兵陆续地站到了犯人面前，排成一字，端起枪瞄准着自己的目标。

“乓！”突然一声枪响。

所有人为之惊诧。

“我还没下命令，谁他妈开的枪！”军官大声叫道。

他话音刚落，就见其中一名索多玛士兵倒地。接着，枪声炒豆般响起。

“该死！是恐怖分子！”另一名士兵看到前方一群浑身穿着黑衣的人，尖叫道。他朝着边上一块巨大的岩石跑去，那是附近唯一可用的掩体。

子弹如同暴雨般袭来，索多玛士兵与军官纷纷倒地，躺在血泊之中。几十个黑衣人朝着犯人冲来。

躲在岩石之后的唯一幸存者，浑身战栗起来，他见自己无路可逃，便将枪扔出来，双手举过石头，表示自己已放弃抵抗。

“不要杀我！求你了！我当兵只是为了混口饭吃，并没有伤害过任何你们的人，请相信我！”那索多玛士兵乞求道。

“报告！”一名蒙面人跑过来说道，“我们五名被捕的勇士全部获救，另发现还有一男一女，不知如何处置？”

黑衣人首领问那名索多玛士兵：“他们是谁？”

“他们……都是死刑犯，都……杀了人。”索多玛士兵紧张得语无伦次。

黑衣人首领一把将索多玛士兵拽起，像拖着一条死狗般往前走着。

来到木杆前，首领把绑着的男犯人的布袋掀开，然后用枪顶着他的脑袋问道：“你犯了什么罪，说实话！”

被绑着的男人惊讶地看着四周，然后回道：“我奸杀了一名十七岁的姑娘。”

“他说的是实话吗？”首领问趴在地上的索多玛士兵。

士兵点了点头。

“很好，上主不会原谅你的！”首领说完扣动了扳机。

接着，首领又掀开了蒙在黛丽丝头上的布袋，顿时被她的美貌惊呆了数秒。

“你犯了什么罪？”首领问。

“她杀光了自己丈夫家的所有人，还在自己的家乡放火，是个十恶不赦的女魔鬼。”索多玛士兵说道。

“是他说的那样吗？”首领看着黛丽丝问。

“没错，只可惜我没能烧死他们所有人。”黛丽丝冷冷地回道。

黑衣人首领再次举起枪，贴在了黛丽丝的太阳穴上。

“对于十恶不赦的人，我们从不仁慈，难道你不怕像刚才那个男人那样，被打穿脑袋吗？”黑衣人首领说道。

“我根本不认为自己十恶不赦，那些被我杀死的人，脑袋里装满了肮脏恶心的思想，胸口跳动着丑陋扭曲的心脏，是他们让我度过了黑暗凄惨的童年，每一个都对我犯下了不可饶恕的罪孽。所以，只有他们的鲜血才能填饱我对复仇的饥渴。施予他们的苦，我只有万分的坦然与喜悦，没有一丝的愧疚与怜悯。如果你认为，自己被人油煎火燎都不应该奋力反抗的话，可以立刻打穿我的脑袋。对于在地狱边徘徊的人来说，我对死亡早已麻木。”

“上主说，凡枉杀一人的，如杀众人，但除了复仇与平乱。”黑衣人首领将枪换到左手，然后抬起右手放在胸前，闭起眼思索了片刻，然后说道：“把她解开，让她走。”

“那这个士兵怎么处置？”另一个蒙面人问。

首领抄起枪柄朝着索多玛士兵的头重重地砸去，只见他翻了几下眼，瘫倒在沙土之上。

“饶他一条贱命，我们走。”黑衣人首领说完，带着队伍朝前方停着的几辆吉普车而去。

黛丽丝见状急忙追上前去喊道：“带我一起走！我现在没有地方可去了！带我走！”

吉普车队并没有停下，反而开始加速。黛丽丝拼命地在扬起的风尘中奔跑，足足追出了五六百米之远，实在因为体力不支才停下。她弯着腰，双手撑在腿上，大口地喘着气。

弥漫在空气中的沙土慢慢散开，只见几辆吉普车停在不足百米远的地方，黛丽丝的脸上露出了久违的笑容。

从中午的烈日炎炎到晚上的披星戴月，不知开了多久，车才停下。

黑衣人首领走到黛丽丝的面前说道：“你是否能留下，需要通过我们领袖自然先知的认可。在你决定跟来之前，我就说得很明白，对于新入成员的规矩是，要么接纳，要么处死。”

“我明白。带我去见他吧。”

14．邪魔温床

黑衣人首领将火把交给黛丽丝，让她顺着山洞里蜿蜒曲折的阶梯往下走，来到底部只有五六平方米大小的一个空间。里面除一张床、一套桌椅之外，剩下的地方只够挤着站下三四个人。

出乎黛丽丝预料的是，一个白人盘坐在床上，双目紧闭，就像僧侣在诵经打坐。

“请坐吧。”自然先知眯着眼说道。

“你是印度教徒？”黛丽丝在桌子前坐下问道。

“事实上，世界一切宗教都是我的信仰。”自然先知缓缓睁开眼，眼神迷离地看着黛丽丝说道。

黛丽丝微微撇着嘴角笑道：“那当你朝拜的时候，上主的座位实在是太过拥挤了。”

“也许你认为教派之间都格格不入。但是，当你的心真正平静下来，能了悟四大皆空的真谛，那么一切宗教便能相通。举个例子，当你从所有古文明的神话中寻找线索，都能找到关于洪水灾难的记载，都有着几乎一致的创世传说，都有着极为相似的蛇形图腾。我想，那是因为最为古老的文明与宗教都出自一个发源地，只不过大多宗教祭拜的主神仅仅是人类的创生者，而我们的上主，是更伟大的存在。”

“既然你能做到四大皆空，为何还要加入反政府武装？”黛丽丝问道。

“你说得没错，四大皆空，我其实根本做不到。当年，佛陀在菩提树下刹那间顿悟，所有人都知道他已了悟人类一切痛苦与灾难来自于欲望，但是又有多少高僧能参透更为深层而不可告人的天机呢？”自然先知回道。

“那你参透了？”

“如若最高境界是放下欲望，佛陀为何还要执着于普度众生呢？他的这种执着与他劝解世人放下欲望，看似自相矛盾，实质上是大智慧所在。”自然先知继续闭上眼，双手合十在胸。

“嗯，说来听听。”黛丽丝略微提起了一丝兴趣。

“如果所有大彻大悟之人，都只是放下自己的欲望，那人间这片苦海永远不能被净化。所以，要想让所有人无欲，必先自己充满欲望。然而，只要有欲望存在，哪怕是普度众生的欲，就代表人类并没有做到六根清净，就会不可避免地滋生出其他欲来。”自然先知平静地说道。

“那有什么好方法来解决这种矛盾？”

“我觉得佛陀想到了。无欲改变不了世界，有欲则为七罪宗的源头，人类根本找不到一条自救的道路。所以，要净化世界只有一个方法，那就是留下最后一个欲——实现自然革命，让人类走向自我消亡，还原一个纯洁的大自然，孕育出更完美的物种来造福万物。创生者对人类作出的审判也是此意。”

“没有其他方法？”黛丽丝问道。

“有，但那没有必要。就像你不会花费双倍的价钱来维修一台损坏严重的电器，也不会为了让花朵在沙漠中开放，而不计成本地搬运水源。”自然先知说道。

“这听着……很危险。这是准备摧毁世界吗？”

自然先知沉默不语片刻后，调换了语气说：“对你这种还没正式加入组织的人来说，似乎说这些没有意义。我听人说，你本是一个要被执行枪决的杀人魔王，能让我了解一下你的身世吗？”

“呵，说是世间所有悲惨事融一块儿了也不为过吧。想听？好吧，听了产生不适可别怪我。”黛丽丝将一只手搭在桌子上，稍理了一下思绪，讲述起自己的经历……

黛丽丝五岁前就记事了。一天，她正蹲在土堆旁与自己姐姐嬉戏，她的母亲面色阴沉，迈着极其缓慢的步伐走来说道：“孩子们，回家吃饭了。”

从老远的地方就能闻到鸡肉的香味。对于一年四季几乎看不到荤腥的非洲农村家庭来说，这意味着重大日子的到来。

黛丽丝姐妹急不可耐地趴在饭桌前，看着面前唯一的那盘鸡肉，不住地流口水。

父亲走进屋子坐了下来。母亲在两姐妹的面前各放下一个煮熟的木薯，然后说道："这碗鸡肉不多，我切成了六块，我、爸爸、妹妹各吃一块，姐姐今天吃三块。"

"为什么姐姐能吃三块？"黛丽丝不服气地问道。

"等会儿姐姐要消耗很多体力，所以才要多吃一点。听话，黛丽丝，你看，我和爸爸也只吃一块。"

七岁的姐姐根本顾不得去理解母亲的话语，一口木薯一口鸡，狼吞虎咽地吃起来，还不住地冲着妹妹坏笑。

十二点的太阳几乎是直射地面的，而此时为下午两点，是一天中最炎热之时，因为地面吸收与释放热量需要时间，这也是上主的杰作，为生命创造了一个最适宜生长的环境。

烈日之下，三名老妇人将门拍得震天响，叫唤着："出来！该出来了！时间到了。"

"哦，丈母娘、姨妈啊，你们这么快就来了。"黛丽丝的父亲打开门说道，向自己妻子使了一个眼色。

"过来，孩子。"母亲冲着黛丽丝的姐姐说道。

黛丽丝的姐姐一脸狐疑，在毫无防备之下，被自己的亲生母亲猛然抱起，摁在一张破旧肮脏的靠背椅上。

还没等这个可怜的小女孩反应过来，两名姨妈已经冲上前，一人抓住她的一只脚。而母亲绕到椅子后方，牢牢地扣住自己女儿的双手不放。

"放开我！你们要干什么！"黛丽丝的姐姐连声急叫起来。

"不准伤害我姐姐！"黛丽丝跑上前想把姨妈推开，但那软弱无力的双手根本撼动不了一具成年人壮实的身体。

父亲赶忙上前将黛丽丝拉到一边。

在边上的老外婆也没有闲着，更准确地说，她才是这场荒谬戏剧的主角。她从口袋里掏出一根针和一张刀片。那针的色泽暗淡，几乎快要生出锈斑，那刀片是最为常见的男人刮胡子所用之物，显然也是陈旧不堪，连肉眼都能看出刀口的卷曲，早已失去它该有的锋芒。

父亲见状，拉着黛丽丝走出了屋子，将门带上。

“她们究竟要对姐姐做什么？”黛丽丝大叫道。

“割礼，这是我们这里所有女人都要经历的神圣仪式，只有这样才能保证自己还有价值。”父亲冷冷地回道。

黛丽丝完全不能理解父亲说的话，她除了静静地待在屋外，什么也做不了。很快，屋子里传来了姐姐凄惨的吼叫，似乎她在经受十八层地狱中的百般酷刑，任何人听到这声音，都会浑身哆嗦、不寒而栗。

黛丽丝焦虑不安地趴在门上听着，父亲只是不住地摆手让她离屋子远一些。

姐姐断断续续地喊叫着，大约过了半个小时，母亲总算走出来说道：“做得很成功，整个都切除了，留下了极其完美的小孔。”

父亲如遇到了天大的喜事一般，脸上立刻浮现出喜悦的神情，转身跪地向神祈祷起来。

黛丽丝急忙冲进屋子，只见姐姐如死去般躺在椅子上，目光呆滞地看着天花板，脸色的苍白盖过了皮肤淡淡的黝黑，垫在屁股下的布毯，每一寸都被鲜血染成了黑红色。

年幼女孩的悲剧并没有就此收场。

当天晚上，姐姐开始高烧不退，滚烫的温度让体内的蛋白质不断凝固，逐渐失去一个生命存在所依赖的形态。而父母除了给她喂点水之外，便再也没有进行过其他更有意义的努力。

一星期后，这个只有七岁的孩子因伤口严重感染不治而离开了人世。她最后的遗言是对黛丽丝说的："父母既然要害死我们，为什么还要生下我们？"

父母的愚昧与冷酷并没有因此有丝毫改变，在黛丽丝姐姐夭折后两年的某天，餐桌上再次放上了一碗美味的菜肴。

黛丽丝立刻明白将要发生什么，她转身夺门而出，朝着不远处的山林奔跑。

等父母反应过来追出门去时，黛丽丝娇小的身影早已钻进树林里不见了。家人搜索了两个小时才在一处小山崖上找到她。

"孩子！你这是干什么？"母亲喊着。

"你们别过来，否则我跳下去！"黛丽丝的脸上浮起凶恶的神情，五官不知是因为恐惧还是愤怒扭曲在一起。

"让她跳！这种畜生就当没生过！"父亲怒气冲冲地大叫道。

"孩子，来外婆这里，我这里有糖。"

黛丽丝抄起一块小石头，朝着外婆扔去，大叫道："你这恶心的巫婆！滚开！"

"孩子！你别干傻事，有什么不开心的事告诉妈妈。"

"你们害死了姐姐，现在又想害死我！"黛丽丝瞪着眼睛喊叫道。

"孩子！姐姐的死只是意外，你要相信我们所有人都是爱护你的，绝对不会害你。”母亲尝试着与女儿进行交流。

“如果没有割礼，姐姐不会死。你们骗不了我，我绝对不答应做什么割礼！”黛丽丝的情绪更加激动起来，身体不住地颤抖。

母亲生怕女儿失控，连忙喊道：“好！好！妈妈答应你，什么都答应，你先下来吧。”

“我不信，你们都是伊比利斯派来的恶魔！”黛丽丝说着，突然听见身后有声响，回头看见外婆已经爬到自己的身边，便再次奔跑起来。

外婆见黛丽丝要跑开，立刻冲上去狠命一把将她朝前推。小女孩的身体立刻飞出去，从山坡上翻滚下去，直到头部撞到岩石才停下，额头布满了鲜血。

父亲上前将她抱起，用一只胳膊夹住，另一只手狠命地抽打着她，嘴里骂骂咧咧道：“让你跑！让你跑！”

黛丽丝并没有像其他七岁的孩子那样哭泣，她咬紧着牙关，承受着头部与臀部两处的疼痛，只是用凶恶到狰狞的眼神注视着所有人。

神圣的仪式再次启动，黛丽丝的四肢被结实地绑在椅子上不能动弹，主刀手老外婆走到了她的面前。

“被这些恶魔折磨至死，还不如自己了断。”黛丽丝曾经在梦境里无数次想到今天的情形，早就准备好了应对的办法，那就是咬舌自尽，但是她根本不知道，即便咬断整根舌头，也很难让自己死去。

对于这些经验老到的“手术大夫”来说，这种小儿科的把戏是见怪不怪了。母亲看到女儿的嘴微微张开，像在咬着什么，连忙拿起早就准备在一边的胡椒塞进她的嘴里，顶在舌尖之上。

黛丽丝毕竟还是个孩子，根本无法抵抗来自身体的条件反射，舌头不由自主地缩了回去。

母亲生怕她再给自己制造麻烦，索性用手强行扳开黛丽丝的嘴，将一块布整个塞了进去。

这时，外婆撑开黛丽丝的下身，拿起两根钢针扎进两侧的血肉之中，以此来固定住一个可以“手术”的缺口。

在最为敏感的地方被钢针刺进几厘米的深处，恐怕再坚强的人都抵挡不住这样的痛楚，黛丽丝只觉得浑身像被不计其数的秃鹰剥啄着，头脑如同被一个巨人之手使劲地挤压，眼前晃过几次黑暗后便晕厥过去。

但是，人体的自我保护机制并不能让黛丽丝躲过痛苦的历程，当老外婆用那把极不锋利的刀片，像刨一口深井般切割自己的时候，身体认为致命的威胁再度来临，大脑唤醒表意识，让她清醒过来，接着撕心裂肺的疼痛让她再次晕厥过去。

这样反反复复地狱般的折磨，直到黛丽丝昏厥十来次后，才告终结。短短半小时，女孩感觉过了万世一般。少不更事的小女孩，在那一刻成了饱经沧桑的老人。

夜晚，黛丽丝在床上不住地颤抖，和姐姐一样，她因感染发烧了，体温达到了四十摄氏度之上。即便是酷暑难耐的索多玛旱季，她都觉得像赤身裸体地躺在冰水中一样寒冷。汗水涌泉般从毛孔中冒出，完全浸湿了衣服，甚至是裹在身上的布毯。但因为伤口的疼痛，让她无力为自己再增添保暖之物。

“我要跟着姐姐一起下地狱了。不！我已经在地狱了，也许死去才能到达天堂。”黛丽丝想着，闭上了眼睛，尽可能让自己的身体放松下来，放弃无谓的挣扎。

“父母既然要害死我们，为什么还要生下我们？”姐姐的遗言再次在黛丽丝的耳边响起，她苍白如纸的嘴唇露出极为诡异的微笑。“正因为父母赐予子女生命，所以他们可以对我们为所欲为。与其接受这样卑微凄惨的命运，倒不如从来就没有存在过。”

黛丽丝觉得自己的身体越来越冰凉，意识越来越模糊，就连寒冷与痛楚的知觉也在逐渐丧失。昏死过去的前一刻，黑暗之中仿佛有一个邪恶的声音在呼唤：“人类是在罪恶与疾病中偷生的孽种，本就不应存在。毁灭他们，毁灭所有人，你将获得新生！”

清晨第一缕曙光透过窗户的缝隙照射进来，它们就像孜孜不倦的信使，将八分钟路程外的太阳能量投递到小女孩的身上。黛丽丝如同在千年寒冰中沉睡的精灵，抑或是恶魔的雏虫，被这大地的暖意唤醒。

比起姐姐，她至少多了一位守护之神的眷顾，或者说基因更为优秀。伤口的感染并没有夺走她的性命。她试着不碰到伤口地艰难爬起来，然后趴在窗边朝外看去。

不远处，一个男人穿着破烂衣服，走到一户民宅前。

从超大的庭院与气派的房屋来看，这是村庄里有钱的人家。

男人探着头走进庭院，小声问道：“有人吗？有人吗？”

屋子里走出一个妇人，用蔑视的眼光打量着面前的男人，问道："干什么？"

"能给两个木薯吗？我都两天没吃饭了，谢谢。"男人乞求道。

"原来是乞丐！滚开！没有！"妇人拉起嗓门大声叫道。

"那边挂着这么多，就给我两个吧，行行好。"乞丐指着墙边说道。

妇人上前推推搡搡地将乞丐朝外赶，口中凶巴巴地说道："滚开，死乞丐，一个都不会给你。"

乞丐待妇人转身朝着屋里走去，便箭步跑到墙边，拽下两个木薯就逃。

妇人见状大声叫道："抓小偷！抓小偷！抓住那个可恶的家伙！"

这时，黛丽丝的父亲正巧迎面走来，他听见叫唤声后捡起地上的一根树枝，向那个乞丐冲去。

乞丐看到来者不善，转身想朝着其他方向逃跑，但还是晚了一步。他被黛丽丝父亲手中的树枝打中了小腿，"啊呀"一声摔倒在地。

接着，从其他民宅里跑出十几个壮年汉子，冲上前，对着地上的乞丐拳打脚踢。

乞丐忍着剧痛，打了一个滚爬起又逃。对面不远处开来一辆摩托车，驾驶者故意对准乞丐驶过来，把他撞翻在地。

顿时，乞丐的口鼻像是断裂的水管，不停地向外流着鲜血。他蜷缩着身子，躺在路上痛苦地哀号着。

那些村民还不罢休，似乎有着宣泄不完的暴力。他们对着乞丐用尽了野蛮的手段，有的跳起，借着身体的重力猛然向下蹬踏；有的像罚定位球的足球运动员，在小冲刺之后，积聚全身的爆发力猛踢出去……

乞丐像刺猬蜷缩成一团，护着自己的要害部位，但被几次重击之后，便不再有任何招架动作，如同一条死狗在几十只脚间滚来滚去。

众人见乞丐完全没有了动静，才意识到他已经昏厥过去，甚至可能是一具尸体，便若无其事地纷纷散去。

黛丽丝的父亲扮演了清道夫的角色，将乞丐踢到路边的草丛中，然后扬长而去。

黛丽丝目睹了这一切，愤怒让她紧握了拳头："一个饥饿的乞丐偷了两个木薯就要被毒打至死，包括父亲，似乎每个人都热衷于伤害别人，他们根本不是对偷盗深恶痛绝，而是享受实施暴力过程中的快感。如果说只有个别人存有这种变态心理也就罢了，但我看见的所有人都是如此！看来，人类在灵魂的深处都藏着深不可测的邪恶，他们都已经被伊比利斯腐化，成为世上最丑陋危险的动物。如果我是神，就会毫不犹疑地清理掉这些罪恶的蠕虫。人类本就不该存在，我要毁灭他们。"

在索多玛穷山恶水的落后村落，恶俗陋习与不公的社会形态，成了培育邪念最理想的温床。此时此刻，谁也想不到，这个才七岁的非洲农村小女孩，在十多年后会成为灭绝派的领袖，她将把人类五十亿条性命与数万年的悠久文明置于从未有过的危机之中。

五年后，十二岁的黛丽丝已经长高了许多，虽说不上是亭亭玉立的姑娘，但已经焕发出女性的吸引力。

这年村里有好几人得了一种怪病，上吐下泻低烧不退，黛丽丝的爷爷也不幸病倒。为此，黛丽丝的父亲请来了一个所谓能与神明通灵的法师。

黝黑皮肤上画满白色花纹的黑人老者，头上戴着根几乎快要褪完颜色的红头带，头发故意向上梳起形如刺猬一般，手中拿着不知从哪里捡来的树枝当作拐杖，上头扎着各种颜色的细绳。他上身赤裸，下身只穿了一条类似围裙的玩意，走进屋子后，不断扭动着脖子，嘴里轻声念着稀奇古怪的咒语。

“通灵法师。”黛丽丝的父母立刻跪在了地上，双手交叉在胸前。

在他们身后的床上，躺着一位老人，黛丽丝正坐在床沿边。

“起来吧，你们召唤我来有何事？”通灵法师眯着眼睛，煞有介事地问道。

黛丽丝的父亲站起身，从一旁的桌子上拿来一个装着满满鸡蛋的篮子，放在通灵法师的面前说道：“伟大的法师，我们想请求您治好我父亲的病，他已经高烧不退十几天了，从昨天夜里开始，一直昏迷不醒，恐怕是凶多吉少啊。”

黛丽丝的母亲在一边仍旧低着头跪在地上。

“嗯，我走进屋子就感觉有一股浓重的邪气弥漫，你父亲的病应该就是这邪气侵入造成的。”通灵法师扫视着屋子里仅有的四个人，先是偷偷斜眼看着跪地的女人，然后又落在了黛丽丝的身上。

“那就请大师为我们驱魔吧。”黛丽丝的父亲卑躬屈膝地恳求道。

通灵法师在屋子里转了几圈，然后走到黛丽丝的身边停下，仔细地端详起来。她虽说还是个孩子，但身上已经呈现出了少女的第二性征，模样也生得干净俊俏，讨人喜欢，尤其是柳叶眉下的一双水灵的大眼更是出尘脱俗的美丽。

黛丽丝呆呆地望着面前这个老人一声不响，他的眼神令她有种奇怪的恶心。

“嗯，邪气在这里积聚萦绕，看来是魔鬼附在这个女孩的身上了。”通灵法师说道。

“你在胡说什么！”黛丽丝生气地叫道。

父亲冲上前来，二话不说就是一记重重的耳光，黛丽丝那还不算太黑的脸上，立刻显出红印。“你竟敢对法师无礼，真是无法无天！”他怒吼道。

通灵法师见状说道：“算了，这孩子的心智已经被邪魔控制，打骂她也是无用。”

“那请法师指点迷津，如何才能把这可恶的邪魔赶走？”黛丽丝的父亲问道。

“嗯……只有利用男人的力量，才能将这个邪魔驱逐出你女儿的躯体，否则，它必将祸害你全家，甚至整个村落。”

“哦，那是不是需要请个‘清洁者’来？”黛丽丝的父亲问道。

“嗯……我想，清洁者对付一般的小邪魔还有些用处，但对付你家的邪魔恐怕非但毫无作用，反而自己还会被牵连进去。”

通灵法师抬起头看着房顶说道。

“那怎么办?”

“这样吧,我来试试。我驱魔多年,应该有足够的神力压住这邪魔。”通灵法师仍旧看着房顶继续说道。

“那真要谢谢大法师了。您看,什么时候驱魔?”黛丽丝的父亲兴奋地直鞠躬。

“那就今天晚饭以后吧。我进来为她清除邪气的时候,请你们回避一下,以免影响我施法的专注。”通灵法师说完便走出了屋子。

不知为何,一直跪在地上的黛丽丝的母亲突然抽泣起来,而父亲自顾自地整理着房间,准备为通灵法师布置好所有的前期工作。

黛丽丝一脸茫然地坐着,并不知道将要发生什么。

晚饭以后,父亲拿来一根粗长的绳子,又猛地将黛丽丝从椅子上一把抱起,夹在腋下朝着另一间屋走去。

黛丽丝惊恐万分地叫了起来,但这毫无意义。

父亲将女儿一把摔到床上,找了一块布将其嘴堵上,用膝盖硬生生地压在她的胸口来制止抵抗,然后,用粗绳将她的双手和身体死死地绑在了床上。

黛丽丝除了发出呜呜声之外,只能蹬踏着她唯一自由的双腿。

父亲为了确保她不能动弹,再次检查了一遍,然后走出了屋。

母亲还是默默地在一边哭泣。

没多久，通灵法师如约而至。

黛丽丝的父亲急忙上前，低头哈腰地问候道："来啦，大法师，真准时。对了，不管结果怎么样，还是请求您不要把我家出了邪魔这件事声张出去。"

"嗯，我明白，我明白。"通灵法师迫不及待地朝着内屋张望。

"那……"黛丽丝的父亲看着通灵法师，故意拖长了音调。

"你们回避一下吧。"

"好！好！还劳烦大法师一定要救救我全家。"黛丽丝的父亲说着，赶忙拉着妻子出了茅屋，并将门带上。

通灵法师见他们已出去，便放下了他那假惺惺的庄重姿态，急忙跨进内屋来到黛丽丝的身边。他一件件地褪去这个十二岁女孩的衣裤，跪在了她的双腿之间，慢慢地俯下身体。

"谁来救救我！谁来救救我！"黛丽丝不顾一切地呼喊着，即使用尽了浑身力气还是喊不出多大的声音。她感觉自己正掉向一个比装满粪便的茅坑更恶心的臭水池。

一个还未发育成熟的少女就这样被糟蹋了！黛丽丝承受着因割礼之处破裂后带来的无法言语的肉体痛苦，同时也饱受着被家人出卖与抛弃的心理创伤。她仍旧保有着与生俱来的倔强与坚毅，被蹂躏时并没有哀声哭泣，只是用那古怪、狰狞的目光死死地盯着通灵法师。

"可笑至极！为了让女人保守贞洁，不惜让她们冒着生命危险进行割礼，姐姐就是这种不可理喻的法则的牺牲品，她还没看够这个世界就离我们而去。而今天，父亲又把我，自己亲生女儿送给一个糟老头奸淫，贞洁似乎又转变为腐烂发臭的垃圾一样，毫无价值可言。这个世界无处不是荒谬与恶心，希望神能够赐予我力量，让我杀死面前这个混蛋，杀死我的父母，杀光所有自以为是的人。”

通灵法师心满意足地起身，看见黛丽丝魔鬼般的眼神，不禁吓出一身冷汗来。他急忙穿好衣裤走出门去。

黛丽丝的父亲端坐在不远处的石板上，见通灵法师出来，赶忙笑嘻嘻地走上前问道：“怎么样，法师？还顺利吗？”

“嗯，耐心等待吧。我相信邪魔一定会离去的。”

爷爷的病情并没有因此好转。他在床上躺了两个月后，虚弱不堪的躯体停止了不再有价值的新陈代谢。

黛丽丝的父亲为此恼羞成怒，时不时打骂妻儿来解气，他隐约觉得，通灵法师在欺骗自己。但毕竟那是村子里最有威望的人，质疑通灵法师等同于质疑神明。

不知是因为郁闷，还是家中真出了邪魔，父亲也开始上吐下泻起来，他实在忍耐不住心中的怨气，鼓足勇气让家人再次请来通灵法师。

“你这是怎么了？”通灵法师一进门，看见躺在床上的黛丽丝的父亲，眉头就皱了起来，心中早已猜到麻烦将至，但脸上还是一副假惺惺的神态。

“法师啊，我的父亲已被病魔害死，现在连我也将大祸临头，看来你的法力并没有起效。”黛丽丝的父亲用虚弱的声音回道。

通灵法师在屋子里来回踱步，眼珠子不停地转动，看似在寻找着屋子里的邪气，实质是在酝酿另一缸坏水。

“嗯，我感受到了。你女儿身体里的邪魔，虽然被我驱逐出来，但仍旧十分顽强地游弋在屋子里不肯离去。我想，邪魔恐怕再次回到了你女儿的身上，而且爆发出比以往更重的邪气。”

正当通灵法师说话之际，只见黛丽丝手持着一根削尖如匕首的树枝，从内屋冲过来。

通灵法师慌忙往后退了一大步，树枝尖几乎擦着他的头皮而过。突如其来的攻击，吓得他浑身直冒冷汗，疾速的心脏跳动声清晰地在他耳边响起，双手不听使唤地抖动起来。

黛丽丝见攻击落空，迅速调转手中武器的方向，再次向着目标的腹部刺去。

通灵法师毕竟是个年过半百的老头，在如此迅捷的攻势下，身体完全跟不上思维，眼看自己将要被捅穿肚子，下意识将一只手挡在腹前做防护。那树枝尖深深地扎入他的小臂外侧，接着“吧嗒”一声断了。刹那间，他皮开肉绽，鲜血如注般喷了出来。

“这个恶魔要杀我！快救我！”通灵法师夺门而出，手中的拐杖掉在地上，一副狼狈不堪的模样。

黛丽丝拿着那半根断裂的树枝追出门去。

通灵法师的腿脚并不利索，没跑出多远，一个跟头摔倒在地。

黛丽丝见机会来到，咬牙切齿地将双手举过头顶冲过去，猛然将树枝对着通灵法师的背脊扎去，口中大叫道：“去死吧！恶心的蠕虫！”

断裂的树枝在空中划过一道加速弧线，在就要刺中目标的瞬间，一双粗壮的手阻止了它前进的动能。是一个路过的中年男子！为了拯救如同神明般尊贵的通灵法师，即使让自己受伤也在所不惜。他抢过黛丽丝手中的树枝，接着猛然一脚将她踢了出去。

十二岁的女孩哪里是成年男人的对手，没几下就被制服了。闻声而来的村民们将黛丽丝五花大绑起来。

愤怒而恐惧的通灵法师颤颤巍巍地从地上爬起，他恨不得立刻掐死面前这个女孩。但阴险奸诈的他想到了更为歹毒的报复手段，于是故作镇定，再次走进黛丽丝的家中。

“额喝……额喝……”黛丽丝的父亲见通灵法师再次进门，想从床上坐起，但虚弱得和一个瘫痪病人差不了多少，他用尽了力气，也只是将脑袋扬起了几厘米，嘴里不住地发出咳嗽声：“法师，你没事吧？”

“我没事，邪魔只能伤了我的皮肉，伤不了我的灵魂。”

“我真是生了个孽种，这个女儿就是我们家的灾星。”黛丽丝的父亲低声说道。

“事已至此，抱怨也解决不了问题，我看只有一个办法才能真正驱除你女儿身上的邪魔。”

“是吗？你说吧，什么办法，只要我们办得到就行。”

“请十个清洁者来吧，仪式时间保证不短于七个小时。”通灵法师的嘴角暗暗露出一丝笑容。

“请十个？我根本付不出这么多钱。再说，这真的有效吗？”黛丽丝的父亲一改昔日深信不疑的态度。

“钱并不是什么大问题，我认识许多清洁者，只要告诉他们，需要被清洁的是一个十二岁的女孩，眉目还算清秀，相信有人愿意不要钱。如果信任我，给我两头牛和三千先令，我来帮你解决此事。”

“没有了牛，我家怎么过日子？”黛丽丝的父亲问道。

“邪魔不被消灭，你们全家都会被害死，还有什么日子可过？如果你不愿意出钱消灾的话，我也就没有什么好说的。”说完，通灵法师假装站起身来。

通灵法师没想到的是，黛丽丝的父亲居然还在犹豫，以至于自己起身要走，他也没有开口挽留。

“哎，我已看见了你家的悲惨结局，可怜啊！”通灵法师故意自言自语地缓缓朝门口走着。

“等等，等等。”当通灵法师快要跨出门槛的时候，黛丽丝的父亲终于做出了选择。

就像通灵法师所说，总有人愿意为此事无偿劳动。被请来的十位清洁者，让人感觉他们个个都需要先清洁一番。所有人身上都散发着令人难以接近的臭味，衣裤上布满着各种奇形怪色的污渍。他们几乎没有一张脸是平坦的，即便拥有高超的画技，也很难绘制出这些奇特的面容。可以这样说，随便拉来一个流浪汉，都要比这些清洁者看起来整洁干净；只要看上他们一眼，就像吃了苍蝇一般反胃恶心。也就是这些人，将轮番蹂躏一个刚刚步入青春年华的少女。

15．死亡天使

黛丽丝以为自己的厄运已到极点，直到这十个如行尸恶鬼般的人踏进自己的房间，她才知道自己错了。从未有过的绝望，让她悔恨自己还活着，世界已变为布满蛆虫的巢窝将自己淹没。那些蠕动的蛋白质，沾满了全身每一寸皮肤，钻进鼻孔、耳朵、嘴里，恐惧、厌恨、恶心交织在一起，让她完全丧失了正常的思维能力，只会像疯子一样机械地尖叫。

此时，如果面前放着一堆铀 235，黛丽丝也会毫不犹豫地扔出第一颗激发裂变的中子，让世界化作灰烬，包括自己在内。

从烈日当空的正午直到残阳如血的傍晚，这七个小时让黛丽的人性消失殆尽，一个魔鬼的轮廓已然打造完成。对于现在的她来说，人生的意义只有一个，那便是毁灭世界。

也许是黛丽丝恶毒的诅咒起了效果，她父亲的病情越发糟糕，经常会昏迷不醒大半日。虽然基因在求生欲望下激发出了生命防卫力量，但在霍乱弧菌的攻势下身体还是沦陷了，那些侵略者嘲笑着低劣的核苷酸序列，肆意破坏着每一处占领地。不堪重负的躯体在苦苦支撑了三天后崩塌，完整有序的生命系统瞬间成了一堆零散而毫无意义的蛋白质。

父亲的死并没有给黛丽丝带来命运的翻转。

没过几天，亲戚们带着上百个村民堵在家门口，手里抄着木棒刀叉等家伙。

“快开门！把邪魔交出来！”众人用棍棒敲打着木门，大叫着。

黛丽丝的母亲推开一条门缝说道：“你们不要道听途说，我女儿不是邪魔，她只是被附身了。”

人群中挤出一个老妇人，正是黛丽丝的外婆。她猛地一把将门推开，大声训斥道：“你不要执迷不悟了！我们已经问过通灵法师，你女儿的灵魂已被吞噬，早已死去，现在的她就是披着人皮的邪魔。”

“对！把她绑起来，淹死在沼泽里，让邪魔永世不得超生。”人们叫着，纷纷拥进屋子。

黛丽丝手持一把劈柴的大斧，从内屋缓缓走出，目光中深不可测的杀意让众人不自觉地向后退去。

“来！谁来绑我，我就将他劈成两段！”黛丽丝咆哮道。

从一边飞来鸡蛋般大小的石块砸在黛丽丝的肩膀上。这时，人们才想起这是应对邪魔最保险的方法，于是，地上各种可扔之物朝着她飞来。

尽管黛丽丝舞动着手臂与斧子，仍挡不住如雨点般袭来的物体，她被砸得疼痛难忍。

一个强壮的男人抱起半人高的铁桶，里面装了半满的水。他大叫一声，将铁桶甩了过来。

黛丽丝来不及躲避，铁桶硬生生地砸在她的头上。她摔倒了，手中的斧头掉落在地。

众人趁机一窝蜂地冲上去拳打脚踢起来，最后将她用绳子捆得严严实实。

黛丽丝的一个舅舅“大义灭亲”，扛着自己的亲外甥女朝沼泽走去，跟在后面的村民们像挖到了财宝一般喜悦欢呼着。

几个强壮的男人把黛丽丝抛到了沼泽地的中央。几个顽皮的孩子还扔着石子，其中一块正砸中黛丽丝的左眼角，鲜血顺着她的眉毛往下淌，染红了半边脸。而黛丽丝的母亲只是躲在一边默默地哭泣，甚至连看也没敢看一眼。

“多么无情的世界，多么可恨的人类，我凭什么要遭受这样的折磨与蹂躏，凭什么要剥夺我宝贵的生命？如果我是邪魔，为什么被这些恶心的混蛋任意摆布而无可奈何？如果死后可以变为厉鬼，我一定要杀光这里的所有人。”黛丽丝闭上了双眼，任凭泥水埋没她的头颈、下巴、嘴唇。她的心已经被仇恨填满，连恐惧都塞不进一丝一毫。身体因条件反射引起的紧张，让她深深地吸入了一口泥水，苦涩与窒息让她不自觉地挣扎起来，但双手被反绑在背后，早已不能动弹。

“别呼吸了，别呼吸！忍忍就过去了，一切该结束了。”黛丽丝在生命的最后几秒，都不打算睁开眼再看看这个让人作呕的世界。

正当众人陶醉地欣赏着邪魔被处以灭顶之刑时，一个熟悉的声音突然如雷炸响："你们太鲁莽了！"

所有人回头投去惊奇的目光。

只见通灵法师用极不利索的腿脚奔跑着，手里的拐杖上下翻飞，大声地叫着："快把她拉上来！被邪魔附身的人千万不能被淹死，这会给整个村子带来灾难！"

见是通灵法师在发话，几个男性村民赶紧拿来绳子，绑在两个小伙腰间，让他们去救人。当他们匍匐着爬到黛丽丝身边的时候，她只剩下额头还露在外面。两人急忙顺着她的额头向下挖，托住下巴向上拉着。

"人类本就不该存在！帮助我们去毁灭他们，你将获得新生！"黛丽丝在黑暗中再次听到恶魔的呼唤，感觉一股强大的力量将自己从无底深渊中吸起。

"法师，你不是说她必须被杀死吗？"黛丽丝的外婆问道。

"是，那没错，但消灭邪魔不是你们常人做得到的。把她交给我来处理。"

通灵法师雇了一辆皮卡车，黛丽丝如同一具木乃伊，被捆绑着扔在了后车厢里。

没有人知道，这车将要去何方；更没有人料到，毁天灭地的死亡天使将会从禁锢她的牢笼中挣脱出来。

整整半日，直到凌晨时刻，车辆在郊区的一处豪宅停下。门口站着一个五十来岁的男人，身上穿着一套蓝色丝绸的睡衣，上面是密密麻麻的牡丹花与铜钱图案，散发着浓重的亚洲气息。他漆黑如炭的肤色和这身衣服实在不搭配。

“人呢？”男人走上前来问道。

“哦，在后车厢里。”通灵法师用手指了指。

黛丽丝的年轻美貌并没有被夜色遮掩，略显憔悴的姿态反倒更能激起异性的喜爱。

男人似乎对货物十分满意，脸上露出一丝笑容。

“老板，如果没什么问题，那就按说好的，请付十万先令。”通灵法师走到男人的身边说道。

“嗯，没什么大问题，就是像个乡村女孩，总让人感觉没有什么品位和档次。”男人有意收起笑容，板着脸回道。

“是个乡村女孩没错，但这脸蛋和身材也算是上等货色，十万先令已经是很划算的买卖了。”

“不过，她家里那边你能搞定吗？”男人问道。

“放心吧，不会有任何麻烦。”通灵法师拍了拍胸脯回道。

男人在黛丽丝的脖子上套上铁链环，像牵狗一样拖着她走进了屋子，然后打开一间地下室，将链条的另一头锁在铁杆之上。接着，他拿出一个塑料盆放在地上，里面装着混有鱼骨头和菜叶的残渣汤，这便是黛丽丝来到新居的第一顿美食。

买下黛丽丝的是附近出了名的军火走私商，他虽然有两个老婆，但还是觉得家里缺少女人。他的名言是，成功人士必然都是好色的。显然，他对成功的理解不太成功。黛丽丝在名义上成了他最小的老婆，但实质上和奴隶没多大区别。

走私商的两个老婆对新来的“年轻争宠者”怀有天然的敌意，经常在那些本就难以下咽的食物里掺进一些泥土甚至是几口痰，然后再端到黛丽丝的面前，有时整天不送任何吃的东西。

她们知道，无论怎么戏弄与折磨这个奴隶，都不会惹走私商生气，只要不把她整死就行，毕竟她值十万先令。

二老婆为走私商生了个儿子，他虽然早已辍学，整天在家里无所事事，但也算聪明伶俐，尤其是在调戏女人方面十分出色。这位公子哥经常拿着面包与奶酪，来挑逗饥肠辘辘的黛丽丝，但从来不是真想让她吃到，只是想看到她如饥似渴的窘态，来满足变态的心理。他会将食物踩碎后扔过去，就像喂一条狗。但饥饿让黛丽丝根本顾不上尊严，即便那些东西很脏，也会吃得精光，任凭别人在一边发出傻子般的笑声。

两年后，走私商似乎对黛丽丝越来越淡漠，为了赚回当初付出的金钱，他开始暗地里拉嫖客到家中，还为他们安排好房间与食品。

在被几十个陌生男人糟蹋后，一个不满十五周岁的女孩就要承受堕胎的痛苦。黛丽丝的身体一日不如一日，有时会莫名其妙地浑身颤抖，有时会不住地流鼻血，任何部位都能找到瘀青，感觉已经能够听见死神的低语，仿佛自己在火山口的山坡上缓缓滑落，不久便会被炙热的岩浆融为一缕青烟。

直到有一天，一位极其特殊的嫖客改变了这一切，那就是索朗贡。当时的他还是位不到三十岁的英俊青年，因学业有成，正在美国攻读生物学硕士，受导师的委托，来到亚丁湾附近收集龙血树的资料。路经这里时，他在酒馆听说了黛丽丝的故事，因内心的愤怒与好奇，便寻到了她。

“我们必须对抗不公正的命运，即便付出全部努力仍徒劳无益，也不该有丝毫动摇。”索朗贡义愤填膺地说道，“至少在我的世界里，这是生命最为重要的意义。与其像绵羊、耕牛那般被肆意摆布而卑微地等待死亡，还不如像蚂蚁、蜜蜂那样，将自己爆破得四分五裂或者是失去五脏六腑，也要给予任何企图伤害自己的敌人最为有力的回击。所以，那些渺小的昆虫远比家禽值得受人尊敬。”

“那我能怎么做？”黛丽丝问道。

索朗贡从包里拿出一把短刀，写了一张纸，交到黛丽丝的手中，然后说道：“你要想明白，一旦我离开这房间，走私商就会进来。错过了这次机会，你将在永无天日的炼狱中饱受煎熬，最终悲惨地死去。如果我是你，宁可冒着被杀死的危险，也会去赌上一次。命运要依靠自己去改变，即使是我也不会给予你其他帮助。”

索朗贡走了，握着短刀的黛丽丝不禁哆嗦起来。门外的脚步声越来越近，心里的害怕让这个可怜的小女孩不由自主地将握着刀的手藏到了身后。

走私商进门后停下脚步，环顾四周，似乎嗅出了奇异的味道，很快他看到了黛丽丝藏在背后的那只手。

“你手里拿着什么？”走私商高声呵斥道。

黛丽丝被他的喊叫声所惊吓，整个身体猛烈地抖动着。她咬紧着牙关，默不作声。

“我问你手里拿着什么？快交出来！”走私商继续大喊。

极度的恐惧在此一刻转变为愤怒与无畏，黛丽丝将刀尖对着走私商，不顾一切地冲了过去。

可惜，走私商早有防备，抓住她的手臂猛然一扭，短刀

"噹啷"一声掉落在地。接着，他狠狠地一脚将黛丽丝踢了出去，自己捡起短刀来。

黛丽丝承受的这一脚力道实在太大，她几乎在空中飞了起来，背部撞击在床沿上，撕心裂肺的疼痛让她趴在地上几乎不能动弹。

"帮帮我！帮帮我！"黛丽丝大叫着，以为索朗贡正躲在某处暗中观察着这一切，事实上她孤立无援。

被激怒的走私商似乎对黛丽丝起了杀念，他紧握着短刀瞪着眼走了过来。

黛丽丝痛苦地挪动着身体想要躲藏，但无处可逃。

走私商蹲下身体，刀尖闪出一阵刺骨的寒芒，奔着黛丽丝的颈部而来。

"再不公正的命运也只能逆来顺受，抵抗的结局只有死。认了吧，谁也阻止不了命运之轮的转动！"黛丽丝闭起眼睛，不敢想象自己被穿透喉咙的惨状。

"你就像绵羊、耕牛那般，被肆意摆布而卑微地等待死亡，那些渺小的昆虫远比你值得尊敬。"索朗贡的声音，突然在她耳边回荡响起。

黛丽丝迸发出可怕的嘶叫，身体突然像被死亡天使附身般爆发出全力，迎着刀子扑去。刀尖从她的小臂扎进，穿透了出来。

也许魔鬼是从来没有痛感的，黛丽丝连眉毛都没皱一下。她握紧拳头，让肌肉把短刀死死地固定住。

走私商并非没有力量将短刀拔出，而是被这出乎意料的一幕惊呆了。

不可思议的画面接踵而至！

黛丽丝突然蹿起，将插着锋利金属的手臂猛然向一侧甩动，短刀在血肉中斜着划过，碰到骨头才停了下来。

走私商只觉得刀柄带着自己的手腕向外侧翻去，一阵剧烈扭痛与酥麻感让他忍不住松开刀柄。可见，黛丽丝甩动手臂的力量是多么巨大。刀刃顶着骨骼所要承受的疼痛，只要想上一想都令人毛骨悚然。

正当走私商还在震惊中，黛丽丝早已用另一只手拔出血淋淋的短刀，横着刀锋，划出一条美丽的轨迹。

一剑封喉！

走私商的颈部被划出深深的一道口子，鲜血如涌泉般喷出，他带着惊愕与恐惧的眼神倒地，发出痛苦的咳嗽声，抽搐一阵之后便不再动弹。

按理说，此时正是逃脱的最佳时机，但黛丽丝并没有逃。她悄悄地走到客厅，从背后将刀子扎在了正看着电视的走私商儿子的心脏之上，接着又像一个训练有素的独臂刺客，潜入房间杀死了正睡午觉的走私商大老婆，然后耐心地躲在门背后，杀死了外出归来的二老婆。

震惊一时的灭门惨案，竟出自一个不满十五周岁的女孩之手。

此时的黛丽丝异常冷静，她用布条将自己的伤口包裹起来，接着在各个房间里翻箱倒柜，将找出的十几万先令和一些珠宝打包挂在身上。

突然，她想起了索朗贡曾经交给自己的一张纸，打开后看到上面写着几句话：我会在附近停留三天，每晚十点前，都可以在红胡子饭店找到我；这里的机场已经停飞多年，码头近期正在查禁，奉劝你不要妄想依靠自身的力量逃离此地。

第二天深夜，黛丽丝鬼魅的身影出现在山林深处。这里看不到海洋与码头，更没有饭店与酒馆。这里是她出生的故乡，也将是她蜕变为死亡天使的最终祭坛。

月黑风高的夜晚被红色的光芒照得如同白昼，黛丽丝黑色的身影从漫漫火海之中缓缓走出，就像是在圣火与鲜血之中诞生的撒旦之女。

第三天晚上，墙上的挂钟刚过十点，索朗贡从红胡子饭店的座位上站起，走过一张趴着两个酩酊大醉男人的桌子，推开门正想离去，却见夜色的黑幕中有一个女性苗条高挑的身影挡住了去路。黛丽丝嘴角扬起的诡异笑容，不禁让索朗贡感觉一丝凉意冲击着灵魂……

黛丽丝说完了这一切，嘴角不禁微微上扬，伏低了身子，看着眼前的老人，这位先知。

自然先知原先闭着的双眼早已睁开，身子有点激动地微微发颤，张大着嘴，从喉管中发出嗬嗬的声响。“嗬……没想到……没想到……对，就是你，你就是那个，我一直苦苦寻觅的人。”

他抑制不住激动之情，身体微微向前倾斜，似要挣扎着站起。

“为何这么说？”老者的反应出乎意料，黛丽丝不禁好奇地问道。

“你让我仿佛看到了一些影子，萨麦尔、亚兹拉尔、湿婆，他们都是遵循创生者的命令掌管万物生死的天使，也是自然革命的忠实执行者。”

“与神同论是会遭受天谴的。”黛丽丝微笑着回道。

“看来，你对神的畏惧远远大于崇敬。不过，死亡天使这名字倒是十分适合你。就像前面所说，毁灭人类确实是我的目标，也是我的全部追求。我相信，这是创生者的意志，并得到上主的默许。但是，能够完全领悟此意义的人实在是太稀少了。”

“就算我是死亡天使，那又能怎么样？我一个孤陋寡闻的穷苦非洲姑娘，怎么可能凭一己之力去完成创生者都未能办到的神迹呢？”黛丽丝问道。

“花费时间可以换取或多或少的知识，所以知识并不可贵；花费金钱可以换取或高或低的地位，所以地位也不值得珍重；而花费任何东西都不能换取你的经历与勇敢，所以它们才是真正的无价瑰宝。你离奇的经历和非凡的勇气就是自然革命的无限动力，我必然会竭尽所能将你打造成一名合格的统帅。”

“你能有什么后盾呢？”

“你认为反政府武装如果没有后盾，还会有立足之地吗？不过，他们只为了建立某种民族或信仰的政权，和我的目标还相去甚远，但在遇见你之前，我别无选择。”自然先知立刻回道。

“你究竟是谁？”黛丽丝好奇地问道。

“我是谁并不重要，”自然先知回道，“你只需知道，金钱对我来说就如同阳光一般源源不断，只需考虑如何利用，不必忧虑会枯本竭源。如果你认为光有金钱还不够，那么我可以向你保证，无论是资金还是技术，你都可以得到遍布全球的有力支持。只要你能让这些力量发挥应有的作用，我会毫不吝啬地供给你。”

心中沉睡多年的魔鬼再次被唤醒，黛丽丝此刻已学会如何将愤怒与怨恨化作执着与信仰。烛光在微风中荡漾起来，她的身影在山洞的石壁上扭动着，仿佛四只邪恶之翼正从背部展开。

“或许你的出现，是黑夜中亮起的一座灯塔，无论前方的道路如何崎岖险恶，也能让我到达创生者指引的终点。”黛丽丝说道。

自然先知看着眼前的黛丽丝，感觉她就是潘多拉魔盒中未被释放的最后祝福，将给自己带来希望与喜悦。

16．宇宙孤儿

末日预见者被绑在座位之上，脸上却是若无其事的神情。

自然先知与黛丽丝来到他的面前坐下。

“委屈你了，末日预见者。”黛丽丝说道。

“你们是谁？把我抓到此地有何意图？”

“前段时间，有中国考察队的人来找过你，对吗？”自然先知问。

“不错，谁都不愿意听我诉说，没想到第一批听众，居然是那些中国人。”末日预见者回道。

自然先知拿出一个木盒，将其微微倾斜，只见亮闪闪的金币“哗啦啦”地掉落下来。

“这里有两百枚金币，每一枚的价值都不低于那些中国人给你的报酬。只要你能详细回答我们的问题，那么它们就是你的。”自然先知微笑着说道。

“问吧。”

“终极毁灭者是谁?”正当自然先知想张口时，黛丽丝抢先问道。

“不知道，我从未看清，应该是个亚裔黄种人。不过，我记得在某段梦境中听人说起，那终极毁灭者是死神的化身，他的每一滴血液都是极具传染性的瘟毒，一旦被散播开来，全人类必将灭绝。”末日预见者回道。

“那你看见他毁灭宇宙了吗?”黛丽丝继续问道。

“看见了。”

“具体点!”黛丽丝迫不及待地把头往前探。

“在星空之中亮起一道蓝色的光带，应该和亚丁湾的情景差不多，那光似乎延伸到了无穷的远处。我看见那终极毁灭者驾着一艘子弹形状的飞船，朝着光带而去，就像钻进了汪洋，消失在蔚蓝的光芒之中。紧接着，宇宙就像泄了气的皮球，急剧收缩……嗯，我不太确定，但直觉告诉我，那应该是收缩。所有的天体都在不断靠拢，就像一切东西正朝着某一点塌缩进去。

“行星相互碰撞如同绽放的火花，漆黑无边的星空顿时沉没在刺眼的光亮之中。温度在骤然飙升，是的，我感觉自己的皮肤在燃烧，双腿几乎快要支撑不住变重的身体，似乎有一只蛮横之掌正在将我狠命地捏成肉馅，同时又像被千万根无形的缰绳行着车裂之刑，那种痛苦的感受是无法用言语表达的。大地先是泛出暗红色的微光，像一只烧红的炭球，接着又奇迹般变得如玻璃一样坚硬光滑起来，世间万物如同正在消融的冰块……”末日预见者说着像癫痫发作一般，浑身不住地抖动起来。

自然先知急忙上前将其牢牢地按住，许久后他才恢复平静。

“感觉怎么样？”黛丽丝俯身看着末日预见者问道。

“……好些了，没关系，习惯了。”

“那之后你看到了什么？”

“之后？之后是一片空白，什么都没有，我猜想是传递信息的人死了，或者发送信息的装置损坏了。”

“容我质疑，先生，”自然先知在一边说道，“你反复强调能感受到疼痛，但众所周知，梦境之中是没有感觉的，就连嗅觉、味觉也并不存在，甚至大多数人回想的梦是黑白的。”

“虽然我并不知道那是什么器官感受到的，但我确实感受到了痛苦。就像有人在你面前摔断了腿，你就会感觉到类似的疼痛；如果有人在你面前吃着青梅，你一定会口水四溢、牙齿发酸。”末日预见者回道。

“那是人类的大脑利用过去的经验来模拟别人的感受，难道你曾经拥有过被千万根无形缰绳行车裂之刑的经历吗？”自然先知继续质疑。

“并没有。”

“那我可以认为你是在胡言乱语吗？”自然先知语气尖锐地问道。

“几乎所有人都这么认为，当然不差你一个。但我知道自己的话语中没有一个字是谎言，也从未奢望别人会相信。”末日预见者泰然自若地看着对方说道。

黛丽丝感觉气氛过于尴尬，便微笑着起身，拉着自然先知回到座位上，然后说："先不讨论这些了，我还是想再听一些与终极毁灭者相关的事。"

末日预见者看了看自然先知，见他闭起了眼睛端坐着，便接着说道："我不知道你为什么会对这个终极毁灭者如此感兴趣，不过我所得到的关于他的信息也不多。还有一些是……"

"哦？是什么？"黛丽丝问道。

"我本是创生者虔诚的追随者。可是，我的脑海中总有几个令人胆寒的故事反复出现，这让我格外忧虑。"末日预见者说。

"什么令人胆寒的故事？说来听听。"自然先知双目紧闭着，突然说出这句阴阳怪气的话来。

末日预见者撇了一下嘴，不紧不慢地讲述起以下这一段离奇的故事。

远在宇宙深处，有一个古老而强大的种族叫"埃洛黑"。他们不但有驾驭整个恒星系能量的科技，还能通过修改基因，创造出类似于自己的生命体，被称作"阿达"，供他们驱使。

阿达繁殖力非凡，其人口数量很快超过了埃洛黑的十倍之多。不过，他们只是埃洛黑的财产或奴隶，与商品一样得遵循市场交易规则，社会地位非常卑微。

萨麦尔是埃洛黑的王室贵族，他对阿达的处境十分同情，多次呼吁要提高他们的地位，却屡屡遭到权力阶级的冷嘲热讽。

一日，萨麦尔路经一座阿达城时，听见不远处的街上传来了一阵叫骂声，他加紧脚步赶了过去，想看个究竟。

这时，街边有一个穿一身黑衣裤的光头男子正盛气凌人地叫骂着："瞎了你的狗眼！惹了我一身的下贱酸臭气！"

“对不起，我完全是不小心才撞到您的，请主人宽恕我的罪孽吧。”正弓着背苦苦哀求的是个中年男子阿达。

“说声对不起就能完事了吗？”光头恶狠狠地说着，然后朝地下吐了一口浓痰，“把它舔干净。”

“好，好，我舔。”中年男子不敢违拗，像条狗一样趴在地上，伸出舌头，一下接着一下地来回舔着。

光头还不解气，抬起右脚放到中年男子的脑袋上，脚尖不停地扭动。似乎他踩着的不是一颗头颅，而是一个烟头。

中年男子的前额摩擦着布满碎石的地面，顿时，流出的鲜血染红了他的脸颊。

这时，一名女子带着五六岁的男孩上前跪倒在光头脚下，苦苦哀声道：“伟大的主人，请放过我的阿哥吧。”

光头见这个女子皮肤白皙、身材丰满，立刻动了邪念，说道：“可以呀，但有个条件，不知你可否答应？”

“答应，我答应！”女子忙不迭地说，“主人，只要你饶过我阿哥，你的条件我都会答应，说吧。”

光头收回踩在中年男子头上的右脚，一副馋涎欲滴的样子，两眼吃吃地盯着女子，说：“那就用你的身体来赔罪吧，我满足了便饶过你的阿哥。”

女子想不到他会如此无耻，又惊又吓，牙齿咬得格格响，敢怒而不敢言，气得浑身发抖。

“不，不能！莉莉丝，你不能答应他！”中年男子对着女子大叫道，想爬起身来阻止。

“去你妈的！”光头飞起一脚，踢中中年男子腰眼。

中年男子被踢得翻滚在地，痛得一声声惨叫，身子蜷成虾状，一时爬不起来。

光头兽性大发，竟在众目睽睽之下企图调戏妇女。

“放开我姑母！”小男孩突然从地上蹿了起来，对准光头的手腕就咬。

“啊！”光头痛得龇牙咧嘴，抬腿踹到小男孩肚子上。

小男孩像一截木头栽倒在地上，但他没松口，活生生咬下了光头一块肉。

光头暴跳如雷，跑上去双手抓起小男孩，将他举过头顶，转了一个圈，然后重重地甩了出去。

“我的侄儿！”莉莉丝声嘶力竭地尖叫着扑向孩子，见他已失去了呼吸，便放声痛哭。

中年男子挣扎着爬起身，像一头怒吼的狮子，朝着光头冲去。

两人扭打成一团，一时难解难纷。

但是，光头毕竟身强力壮，而中年男子平时营养不良体质虚弱，一番折腾后，形势发生了明显的变化。

光头占了上风，他骑压在倒地不起的中年男子身上，用手揪住其头发，使劲撞击着地面，恶狠狠地叫道：“去死吧，打死你个臭阿达！”

中年男子已无还手之力，他七孔流血，眼看即刻命丧黄泉。

可悲的是，附近的几十个阿达竟没人敢上前来劝架，有的还避之不及，急忙走开了。

“该死的是你这个恶棍！”这时，只见莉莉丝艰难地从地上爬起，拿起一块石头快步冲到光头背后，使出了浑身气力猛砸在他的脑袋上。

“不得了，埃洛黑被杀了！”

随着一阵惊叫声，围观看热闹的阿达们纷纷逃离了现场，附近的几个小店铺也立刻打烊关门。他们怕惹祸上身。

听闻这个消息的萨麦尔赶到现场时，悲剧已经落幕。在他面前的是三具男尸，还有一个蓬头乱发、神色木然的女子，她就是莉莉丝。

“这是怎么回事？”萨麦尔问莉莉丝道。

“……”莉莉丝低着头，嘴唇嚅动了几下没出声。

“别害怕，我不是警察，只是一个过路人。”萨麦尔和气地说，“你放心说吧，或许我能帮你。”

“我杀了埃洛黑是弥天大罪，谁也帮不了我。”

萨麦尔知道，法律规定埃洛黑杀死一个阿达，只需赔偿金钱给其主人即可；而阿达杀死埃洛黑，非但凶手及其家人要全部伏法，就连旁观的阿达也要被问罪。他担忧地说道：“姑娘，你这样做就不怕连累家人吗？”

“我父母早就死于苦役，我从小和阿哥相依为命，能杀死这恶棍为我阿哥报仇，我死也值了！”

“跟我走吧，我能保护你。”

莉莉丝用感激的眼神默默地看着萨麦尔，觉得他是真心帮自己，便微微地点了点头。

萨麦尔悄悄地把莉莉丝带入家中，让她沐浴更衣，然后将她藏入地下室。

在昏暗的灯光下，穿着华丽的莉莉丝显得分外妖娆，青春四溢，楚楚动人。如果她是一件艺术品，无论从何角度端摩都赏心悦目；如果她是一幅画，无论在哪儿添上一笔都是画蛇添足；如果她是一首赞美诗，无论用怎样的节奏阅读都娓娓动听。

萨麦尔被这想象不到的美所震惊，愣在那里一时无语。

“你本来就是我的主人，又是我的救命恩人，我愿永远服侍你。”莉莉丝也为萨麦尔的年轻英俊和勇敢善良所倾心，红着脸，细声柔气地说道。

“……”萨麦尔慌乱得不知说什么才好。

“我奉献自己不是屈从，而是感恩。你该得到的，还有全体阿达人的崇敬和爱戴。”莉莉丝主动上前，投入了萨麦尔的怀抱。

这一夜，萨麦尔已深深爱上了莉莉丝，同时，他对于阿达所遭受的悲惨处境更是心鸣不平。

杀死光头的凶手一直没能找到，这让埃洛黑王大发雷霆。虽然有消息说，萨麦尔曾带一位阿达姑娘逃离了案发地，但多次搜寻萨麦尔的宅邸都一无所获。埃洛黑王对萨麦尔无可奈何，就丧心病狂地派出军队血洗了案发地阿达城。

屠城事件成了压死骆驼的最后一根稻草。各地陆续爆发反抗运动，整个社会陷入了混乱。但没有武器的阿达们只能任人宰割，他们遭到了埃洛黑军队一轮接着一轮的大规模杀戮。

目睹这一切，萨麦尔胸中的愤怒犹如滔滔江水，一发不可收拾。他终于下定决心，倾尽全部家产武装起一支阿达革命军，向残暴的统治者吹响了革命号角。一场轰轰烈烈的反抗埃洛黑的战争爆发了。

革命军势如破竹，接连攻克了多处要塞与军械库，使得他们的实力越来越强大，还截获了三艘黑体号飞船。与此同时，各地的阿达纷纷组织起来，投靠到萨麦尔的麾下。

而埃洛黑军队的士兵大多是阿达，他们毫无斗志，节节败退。

萨麦尔带领着大军浩浩荡荡地向埃洛黑的都城进发，如同雄狮追捕羚羊，很快兵临至高殿堂。

埃洛黑毕竟掌握着更强大的科技力量。在万分危难时刻，只见天空中升起一朵巨型乌云，刺眼的光芒携带着无穷无尽的力量扫过天际，成千上万的革命军在强光照射下被烧为灰烬。

萨麦尔彻底失败了，虽然早就准备了退路，但为了掩护更多阿达的撤离，他英勇地坚守着最后一道防线。

撤离到安全地带的大多是伤员以及阿达将士的家眷，他们焦虑地眺望着远方，急切地盼望亲人能从战场上脱险归来。停靠在一旁的三艘庞大的“黑体号”飞船，是他们几百号人逃生的希望。

这飞船是埃洛黑最先进科技的结晶，全自动智能驾驶，配置一个核反应发动机，产生的动能足以飞出一百光年之外；还有一个光能转化器，能将外壳吸收太空周围的大部分电磁波并储存起来。这种外壳喷涂有一种特殊材料，一种几乎是宇宙中最黑的物质，经处理后耐高温也耐低寒，由每平方厘米大约十亿个紧密排列成束状的碳纳米管组成。如此紧密的排列，使大部分电磁波进入后便几乎无法逃逸。

对于埃洛黑来说，红色为凶险，橙色为轻佻，黄色为肤浅，绿色为妖冶，紫色为不吉，白色为死亡，唯崇尚黑色，认为它象征深厚凝重、威力无穷，可以如太空中的黑洞吞噬一切。所以，他们把这三艘“黑体号”视作称霸宇宙的珍宝。讽刺的是，“黑体号”仅有的一次星际航行是为了避难，而现在，它们又将再一次成为阿达们的逃亡工具。

这时，天空中飞来一架战斗机，缓缓地降落在飞船边上。

莉莉丝欣喜万分地向前跑去，却看到走下的是一位阿达战士，她失望地问道：“萨麦尔为何还不来？”

阿达战士哭丧着脸说：“我们怎么劝说，他都不肯撤退，说要战斗到底。他下的最后一道指令，就是让你们不要再等待，即刻逃离。”

“不！我要看着他回来！”莉莉丝哭喊起来，向着前方奔跑。

阿达战士急忙一把抱住她，朝着飞船上拖拽。

“萨麦尔说，他已为这三艘飞船分别设置了自动航行目的地，大家任意选择一艘上去吧。每艘可以载五十个人，这里的人都得走了。别慌乱，让女人和孩子先上！”阿达战士高声喊叫道。

阿达们无精打采地纷纷走进船舱。

“莉莉丝，你想选择哪一艘？”阿达战士轻声问道。

“我不想选择，我要陪所爱的人死在这里！”莉莉丝仍在哭泣。

阿达战士见状，便自作主张，将莉莉丝拖进了中间的飞船，待所有人上来后，他走进驾驶室，按下了黑色的启动按钮。面前的屏幕上，一幅陌生的单恒星星系图展现出来，而目标指向了第三轨道上的淡蓝色星球。

“黑体号”在无声无息中腾空而起，朝着三个不同方向加速前进，进入了浩瀚无际的星空之中。

战争还在持续，但终究有完结的那一天。弹尽粮绝的阿达残军被全数擒获。可悲的是，最终的统计结果是埃洛黑的伤亡数屈指可数，阿达的死亡数超过了八位数。

埃洛黑将俘虏的革命军全部钉在了万字符形状的（两个反Z右旋）木桩上，竖在道路两旁，让暴日与寒风吸干他们的水分，让疼痛与饥饿折磨他们的灵魂，让秃鹰与虫蚁啄食他们的血肉。这条地狱般的受苦之路延伸到几万米之外。

作为埃洛黑的贵族，萨麦尔获得了法外恩典，只要他认罪，就能免去死刑。

“你认罪吗？”埃洛黑的审判官问道。

“我无罪！”萨麦尔大叫道，“可恨的不公才是罪！”

“认罪吧，萨麦尔。”审判官好言相劝，“我不管你心里想着什么，只要你口头认罪，我便放了你。”

“我无罪！自由与平等不仅仅是在口头上！”

审判官摇了摇头，说：“不要再傻了，萨麦尔，你如此高贵的身份，没有必要为了卑贱的阿达而放弃。”

“认罪吧，认罪吧……”坐在旁听席上的其他埃洛黑也在轻声劝说。

“我无罪！”萨麦尔仍然坚定地回道。

审判官无奈地挥了挥手。

两名士兵拉起萨麦尔朝外走去，他们来到万字符的木桩前停了下来，拿出了几根半米长的铁钉。

“你如果还不认罪，就要和这些阿达一样受刑了。”审判官又一次问。

“认罪吧，请求您认罪吧。”路边围观的阿达们也纷纷说道。

就连钉在万字符上的革命军战士也在低声呼喊：“认吧，认吧……”

萨麦尔扫视着阿达们，再次回道：“即便死去，我也不会认罪！”

铁钉穿透了他的双手与双脚，撕心裂肺的疼痛让他惨叫起来。所有阿达默默哭泣起来，甚至是那些埃洛黑也被感动到流泪。

“虽然你已经受刑，但我还是要给你最后一次活命的机会。你认罪吗？”审判官不厌其烦地重复着相同的问话。

“不，我绝不认罪！”

审判官黯然神伤地转过身缓缓离去。

萨麦尔望着天边残血般的晚霞，悲伤道：“只要莉莉丝他们能逃过这次劫难，我就死得其所了！但愿他们能在曾经的废墟上繁衍子孙，创造出一个真正的文明。别了，我的妻！我是一个不称职的丈夫，没能力保护你，让你吃尽了苦头。别了，我还未出世的孩子！我是不称职的父亲，还让你沦落为宇宙孤儿……”

埃洛黑王听到了萨麦尔宁死不屈的消息后悲愤交加，他喊叫道：“光明神是我赐予他的位，现在便要收回；星辰之子是我赐予那些创下卓越功勋的埃洛黑之号，也要一并从其身上收回。从此之后，萨麦尔便是所有叛逆者的称谓，是魔鬼的代名词。”

“但愿不要再发生这样的战乱了。”审判官喃喃自语。

“嗯，对了，萨麦尔曾抢夺了我们三艘飞船，有没有发现阿达逃离我们的星球？”

审判官犹豫了一下回道：“暂时还没有听到这样的消息。”

“很好。就算让几个阿达逃跑了也无碍，基因缺陷终究会让他们自我毁灭！”

埃洛黑王说这句话的时候，莉莉丝正平静地坐在全速行进的“黑体号”飞船上，用手轻抚着自己微微隆起的肚子……

末日预见者的故事讲述完毕，黛丽丝与自然先知呆呆地看着他沉默不语。

许久后，自然先知才指着末日预见者的鼻子说道：“你……你说的埃洛黑就是创生者？你这是肆意污蔑，诋毁其高贵的形象！”

“我早就表明过，我说的一切都是所知道的，并不是所认为的，只是将其描述出来而已。”末日预见者平静地说。

“创生者容不下任何污言秽语。”自然先知瞪着隐约可见血丝的双眼恶狠狠地叫道。

末日预见者情绪突然激动起来，大声叫喊道：“你以为我想说这些吗？再不虔诚的人也不愿与创生者为敌，我难道就不想苟且偷生吗？但是，自从明白了他们想毁灭人类的意图后，我的害怕还有何意义？就算被创生者诅咒，我也要在上主的面前告状。”

黛丽丝赶忙对着自然先知微笑道：“你也犯不着动怒，就当他是疯子、傻子，或者小丑也行，即便他所说的故事是谎言恶语，但确实勾起了我浓厚的兴趣。何不当作一个离奇的故事听呢？不过，创造与毁灭这两个词，可以触动我最为兴奋的神经和最为喜悦的情感，所以我如饥似渴地想知道更多的故事，还有吗？”

末日预见者连连摇头：“不，不，每每回忆起这些画面，就让我感觉昏昏沉沉。我已经够累了，想休息了。”

17. 浴血搏杀

“你说的这些故事让我心乱如麻，感觉像吃了变质食物一般难受。幸好理智在提醒我，那是不可相信的鬼话。”自然先知对末日预见者说道，“今天已经聊得太多了，到此为止吧。这些金币是你的了，但考虑到你的身份过于特殊，暂时还请留在此地。”

“你把我软禁起来，这些金币对我又有何用？但我也知道，我没有反抗的资格。”

自然先知并不回答，起身朝外走去。

黛丽丝紧随其后，走出一段距离后轻声问道：“你对他说的话有什么看法？”

“我不太信任他，感觉他就是在装神弄鬼。但是，有几处细节让我十分纳闷，他居然能把物理现象描述得如此真实，像宇宙塌缩、潮汐力的拉伸、核武器、纳米级材料这些，我甚至能从他的话语中听出基因技术，这绝不可能是一个骗子或海盗能说出的话。”自然先知皱着眉头说道。

“会不会是他的父亲曾教唆他这样说谎？”黛丽丝问道。

“我也考虑过这个问题，但不太可能。像这类谎言，目的无非是想浑水摸鱼，从中牟利，但他并没有，只是守着那间破屋子过着穷困潦倒的日子。”自然先知见黛丽丝低头沉思着，便继续说道：“我希望你不要受他的话影响而动摇毁灭人类的斗志。”

“这个自然不会，我的决心比钻石都要坚硬，怎么可能被几句谎言动摇呢？”黛丽丝笑着回道。

“那就最好。但是语言有时是最为可怕的武器，它可以让一个懦夫不畏死亡，让恩爱夫妻反目成仇，让同宗血脉自相残杀。他的那些话，如果你不感兴趣，那便是枯燥无味的连篇废话，而你一旦专心倾听，就是最为致命的精神毒药。”

黛丽丝看着自然先知离去的背影，心中的感受五味杂陈。末日预见者述说的故事在她的心里留下了无法抹去的烙印。萨麦尔已成为她心中不可替代的偶像，他英雄救美和为阿达争取自由、平等而战的壮举深深震撼了她的心灵。

此时，被囚禁在山洞牢房内的末日预见者，感觉自己身处绝境之中，就好比是一道关于极限概率的数学题，每拖延一秒不幸降临的可能就会增加一倍。

“我们将这枚银戒指送予你，想起任何与亚丁湾星门相关的信息，或者身处险境时，就将其取下，用高温烫个十秒，我们便会来寻你。”末日预见者想起中国考察队曾经说过的话，暗自庆幸戒指正戴在自己的手指之上。

“嘿！朋友！”末日预见者冲着一个经过这儿的守卫叫道。

“干什么？”看守回道。

“你们把我的随身物品搜了个精光，唯独没有取走我的烟瘾。我都来了一天了，连烟味都没闻到，这样的折磨是违背人道主义的！”末日预见者说道。

“你确定要和我谈人道主义？”守卫忍不住笑出声来。

“你看，这枚金币足够买下我一辈子所需的烟，而你只需给我一包就可以了。”末日预见者用手指捏着一枚金闪闪的金币左右晃动着。

守卫心动了，走上前拿起金币放在手上掂量了几下，然后将一包烟抽出一大把，再把烟盒扔在了牢房的地上。

末日预见者欣喜若狂地将烟盒捡起，接着便脸色一沉，叫道：“魔鬼！里面才两根烟！”

“你有说过一包烟是几根？”

“好吧，好吧，至少该帮我点上。”末日预见者说着将一根烟放入嘴里。

守卫见这黑人老头焦急万分的样子，心中暗自发笑，便拿出打火机给他点上了烟。

末日预见者抽上一口烟后，便露出飘飘若仙的神态，说道：“论分量，这可是比黄金更加珍贵的烟了。”

“但愿你能品尝出比黄金更珍贵的味道。”守卫说着便走开了。

末日预见者悄悄地取下戒指，每吸完一口烟，便将烟头紧贴其上。他心中仍忐忑不安：“真的有人愿意冒险来救我一个糟老头吗？杀头生意有人做，赔本买卖无人问。那些中国人的话听起来实在不太可靠啊！”

“那黑老头的话听起来实在不太可靠！”刘东升躺坐在宾馆的软床上，对刘景华说道。

房间里的电视机放映着二十世纪的美国电影《毕业生》，这时正播送主题歌曲《寂静之声》(The sound of silence)：“有一种幻觉正悄悄地向我袭来，在我熟睡的时候留下了它的种子，这种幻觉在我的脑海里生根发芽，缠绕着我，伴随着寂静之声。”

“你怎么又想起那个末日预见者了？”卧躺在另一张床上的刘景华笑着说道，“已过好几天，亚丁湾的数据有处理结果了吗？”

“研究组说，上午就已经发邮件给你了。”刘东升回道。

刘景华拿着手提电脑静静地看着，屏幕之中似乎有着不可抵抗的魔力，他的脑袋不停地向前凑。

“怎么了？”刘东升看着父亲奇怪的表情问道。

“根据在亚丁湾侦测到的电磁波数据，可以一直追踪到北极，并且具有黑体辐射谱的特征，与宇宙背景辐射极为相似，但其温度要高得多。通过各种迹象推断，这种电磁波很可能是从北极臭氧层空洞辐射进来的。”刘景华回道。

“那又意味着什么呢？”刘东升不解地问。

“臭氧层对于短波有较强的吸收作用，只有从北极的空洞辐射进来，才能较好地保存信息的完整性，也许蓝色光带就是可见光部分。”刘景华说。

“我还是不明白，这又有什么值得关注的呢？”刘东升一脸狐疑。

“离奇的磁场变动、星门目击者、掠过天空的蓝色光带、不偏不倚穿越臭氧层空洞的电磁波、末日预见者，难道这一切只是巧合?”刘景华紧皱眉头说道。

“爸，你的意思是这一切有什么人在背后谋划?”刘东升坐直起来惊讶地问道。

“暂时还不能武断定论。不过可以肯定的是，这种断断续续的信息波并没有停止。如果真的是有某种神秘力量在操控它，那么目的又是什么呢?”

刘东升低头深思起来，直到被手机中传来的讯息声响打断。

“嘿，那个末日预见者在召唤我们。”刘东升看着手机上的卫星地图，神色紧张地说道。

“他在哪儿?”刘景华似乎也觉察到事情不简单。

“嗯，大约在我们西北方约一百千米处。”

“不好，他有难！赶快通知随行的部队全体出动!”刘景华迅速下达了命令。

月色朦胧的深夜，三辆步兵车停靠在山脚下。几个士兵正隐蔽在周围的掩体之中警戒着。

侦查员走到最后方的步兵车旁，一群战士正在这里整装待发，讨论着各种营救方案。他走过去对队长敬了个礼，说道：“已确认所有敌人的位置。这里恐怕是恐怖组织——灭绝派的据点，人数在千人之上。现在我们所处的位置，是实施营救的最佳地点，大约离营救目标九百五十米。”

队长皱了皱眉，说道：“尽最大可能在不被察觉的情况下完成任务。”

一旁的队员中有人说道：“我这里制定了几个行动与应急方案。A方案，将使用消音器射杀必经之路上的放哨敌人；B方案，是使用麻醉枪，但敌人有三到四秒的反应时间……”

队长听完后点了点头，在临时准备的地图上标记了几个点，对着所有队员说道：“实施A方案。如果敌人有所察觉，会造成更大的伤亡。狙击人员，待在这几个点。”

他用手在地图上划了几下，一旁的狙击手点了点头，表示明白。随后队长又在地图上做了另一个记号。

“后备人员在这里待命，车辆保持随时启动状态。”

“其余人员，随我出发！”

……

两名士兵小心翼翼地割开恐怖分子基地外围的带电铁丝网，做出一个可以并行通过三人的洞。营救队员陆续潜进敌人基地，布下互为犄角的守护阵形，在黑夜之中以迅雷不及掩耳之势，放倒了两层岗哨的恐怖分子。营救队长和另两名士兵向前冲锋的脚步从未停止，这是对自己战友百分百的信任。在他们训练有素的配合中，各有分工，无须旁顾。

那监视着末日预见者的守卫，只觉得牢房内的烛光诡异地闪动起来，转过头往入口处望去，只见三条黑影蹿出。他刚想喊叫，十几发子弹已经穿透了身躯，从他肺部呼出的气体带动声带，就像一部刚刚启动的机器，还没完全达到最大功率便失去了电源。共振腔内传出低频震动的声波，根本不能引起十米外的人耳中的有效共振。

昏睡中的末日预见者被守卫的倒地声所惊醒，他用迷茫的双眼看着面前几个士兵，接着激动地扑到门前。

“哈哈！中国人真守信，居然真的派军队来救我！哈哈，居然真的来了！”

负责营救的战士做了个手势，示意他后退噤声，待得那个碍事的老头远离房门，便立即有一个候命的战士走到门前，开始解锁。

正当所有人认为任务即将顺利完成之时，意外发生了。牢房门被打开的瞬间，似乎触动了某个隐藏的机关，整个基地内响起了警报声。

队长皱了皱眉，冲着身旁吼道：“我们最多只有七分钟撤离，快走！”

警报响起之前，在后方掩护的营救队员早已瞄准了附近的敌人哨兵，警报响起的瞬间，这些恐怖分子便应声倒地。所以，前方的几个营救队员带着末日预见者在返回的路途上，并没有遭到敌人的火力阻挡。

但当他们跑完半程的时候，从两侧响起了重机枪的声响。夜幕中，子弹如火焰暴雨一般劈头盖脸而来。其中一名士兵腿部中弹，摔倒在地，营救队长赶忙扶着他躲到两排半人高的金属箱夹缝之间。

“太可怕了！我们都要死了！要死了！”末日预见者蹲在地上不停地颤抖着。

对于一个从未经历过枪林弹雨的人来说，那响彻云霄的声响就足以震慑他的心灵，更别说那种近距离拥抱死神的感受。

在战场之上，没有任何地方、任何时候是安全的，你根本不知道，自己的额头是否正位于敌人瞄准镜的中央，一刻都不间断的恐惧摧残着你的意志。

“放松！紧张只会让你行动缓慢！”营救队队长对着末日预见者说道，“我们后方有两名狙击手，他们会干掉那可恶的机枪手。”

腿部中枪的士兵趴在地上呻吟着，边上的人问道：“你感觉怎么样？”

“还死不了。保证人质安全撤离要紧，你们不要管我，我已经没有可能离开这里了。”受伤士兵回道。

“不行，我拼了命也得把你背出去！”队长说道。

随着两声沉闷而有力的枪响，敌人的重机枪停止了扫射，整个基地再一次恢复到不该有的宁静之中。

“敌方的机枪手被全数击毙！被全数击毙！”从对讲机里传来讯息。

“冲！”营救队长下令道。他将受伤士兵背在背上，刚想往外跑，只听又传来一声沉闷的枪响，只见跑在前方的士兵应声倒地。

“该死！还有狙击手！”队长叫道。

话音刚落，又传来一声枪响。

“敌方狙击手已击毙！敌方狙击手已击毙！”对讲机刚回复没几秒，接着又是一声枪响。

“我方一名狙击手阵亡！重复，我方一名狙击手阵亡！敌人还有其他狙击手！”后方队员在对讲机中急促地叫道。

“看见他的位置了吗？”队长问道。

“我是最后一名狙击手，并没有发现敌人的方位。热成像夜视仪也不能侦测到，可能距离较远。”对讲机中回道。

“你是否暴露位置了？”队长问道。

对讲机沉默了许久后，从远处又传来了狙击枪声。

“我已暴露，我将自己的帽盔放出去，立刻被射中。”我方狙击手回道。

“我看见敌方开火点了，在你前方三点方向，距离约四百米，在楼房的一窗户内，不能确定精准位置。”队长高声叫道。

趴在队长背上的受伤士兵说道：“放我下来，我来引诱敌人暴露。”

“你胡说什么？”队长大叫道。

“这是唯一的办法，如果我们最后一名狙击手牺牲，那么所有人都是移动的靶子，将毫无还手之力，只能等死。时间紧迫，不能再拖延了，所以请求你们不要再阻拦我。”受伤士兵说着，便从队长的背部翻滚下来，接着拿起对讲机继续说道：“狙击手，我是营救队员，现因腿部受伤而失去撤离能力，所以由我来为你争取宝贵的三秒。如果你已准备好，那么，当我报完倒计数后，你在心中默数两秒后起身射击。”

对讲机沉默了十几秒，却像是刺伤灵魂的寂静之声，让每个人的胸口剧烈疼痛，几乎窒息。

“向你致敬！伟大的战友！”对方的话音颤抖，带着咽呜，“我……我已准备好。”

“三……二……一！”受伤士兵忍受着腿部无比的疼痛，猛然探起身，端起枪架在金属箱上，瞄准前方三点方向。

所有队员都似乎停止了呼吸，如木头人般注视着眼前的情景。

也许是条件反射，也许是早有预料，敌人的子弹呼啸而至，准确无误地击中了受伤士兵的胸部。

几乎与刚才枪响的同一时刻，营救队狙击手的枪也响了。

中枪的战士并没有倒下，而是像一棵大树被风吹得微微晃动，依然挺立。

“敌方狙击手……被……击毙。”对讲机中传来的话语，让大家松了口气。

直到这时，中弹的那名战士身体才开始摇晃，似乎已了结心愿，终于在无声无息中倾倒下去。

队长大叫道：“迅速撤离！别让牺牲的同志鲜血白流！”末日预见者在他的搀扶下向前狂奔。

他们不敢有片刻的停留，抵达集合地点后立即上了车。刘景华父子和营救队长他们同车，是压阵。

早已待命的车立即启动，很快便以超过一百码的速度飞驶，但是，仍没有逃出敌人的追击范围。

突然，车上的警报器“嘟，嘟”响起，声音短促而刺耳。

一名队员大叫不好：“火箭弹！”

队长一脸凝重，沉着地说道：“大家别慌，准备跳车。司机快刹车，快刹车！”

司机赶忙将刹车一脚踩到底，后车轮划过四分之一的圆弧，轮胎摩擦地面发出尖锐的响声。

在车刹停之前，队长早已迅速拉开后车门，抱住刘景华向外扑去。两人抱成一团，在地上翻滚着跌进路沟。

其余众人也在火箭弹击中前的一刻相继跳出车子。只有司机为了控住车子晚跳了几秒，那枚火箭弹从侧后方呼啸而来，击中驾驶车门，瞬间爆出的火焰将司机吞没，很快，车便在火焰中熊熊燃烧。

跳下车的战士们迅速找到掩体藏在后面，向追来的灭绝派爪牙反击。末日预见者跟着他们也躲在了掩体后。但是，敌人的数量实在太多，数十把步枪交织而成的火力将他们彻底压制，几无还手之力。

“快掩护我父亲到这里来！”刘东升觉得自己前面的巨大掩体足够保障安全，但父亲和队长只是躲在一块小岩石的后方，根本遮蔽不了整个身体，所处位置十分不利。

那地方虽离开刘东升只有二十来米，但在敌人密集的火力控制下，想要穿过这二十来米的距离仍旧充满危机。而待在原处，随时会被包抄过来的敌人打成筛子。队长心里明白，等待就是死亡；别无选择，只有冒着枪林弹雨一搏，才能侥幸脱险；他还明白，身旁这位德高望重的科学家是祖国的希望，自己有神圣的义务和不可推卸的使命，即使粉身碎骨也要确保其安全。

“刘教授，我们这样冲出去，两人都可能中弹，得想个办法才行！”

“有可行的方法吗？”刘景华没有作战经验，一脸茫然。

“你背着我跑行吗？”

“行！以前我扛过大包，背百来斤的一袋米照样疾步如飞。”

刘景华回道。

“那就成了！”队长显出兴奋的样子，便两手搭在刘景华肩上说，“刘教授，你驮着我只管跑，这二十来米一眨眼工夫就能跑完。”

“你这不等于在为我挡子弹吗？”

“别担心，”队长用手拍拍头上的钢盔，“我还穿着防弹衣呢！保命肯定没问题。可刘教授你呢，什么都没有啊！”

听他这么说，刘景华迟疑片刻后终于点了点头，背起他，运足劲，像一道闪电般朝着儿子那边射去。

敌人也许一时没有反应过来，稀疏的子弹大多擦着他们身边耳旁呼啸而过，但是，毫发无损只能是美好却不切实的愿望。刘景华小腿上中了一枪，子弹钻进他的肌肤，空腔效应使一块骨头粉碎；他惨叫一声向前扑倒，刚好摔在了巨大掩体之后。

而队长似乎也受了伤，头上不住地冒着冷汗，身体微微抽搐。

“你怎么了？”一旁的刘东升问。

“我中了好几枪……别管我，快……走！”队长断断续续地回道。

看着步步逼近的敌人，刘东升强忍住心头的悲愤，硬拽着受伤的父亲往回跑。

刘景华回头瞥了一眼倒地的队长，这才明白，穿在他身上的根本不是防弹衣，而是一名中国军人的伟大信仰。

敌人如潮水般涌来，而绝不退缩的阻击英雄们也伤亡大半，在短短的数十米路途上洒满了象征骄傲与光荣的鲜血。

目睹这一切，刘东升早已泪流满面，感到耳畔呼呼的风声奏响了一曲催人泪下的壮烈悲歌：

就算子弹穿透了我的胸膛，
依然还有梦想在我的肩上点亮，
我知道那是正义的锋芒，
我知道那是自信的力量，
跟着希望，跟着光，
我是不落的太阳，
为了最初的信仰。

正当此时，后方山腰上响起了密集的枪声。原来，另两辆步兵车上的士兵已折返回来，占据有利的地势居高临下，在六把重机枪的咆哮和一把中型狙击枪的怒吼下，敌人如被秋风掠过的落叶纷纷倒地，只好狼狈地向后逃窜。

在几名士兵的警戒下，其他人将流血过多已近昏迷的刘景华以及阵亡战友遗体搬运到车上，驾着步兵车疾驰而去。

刘景华缓缓睁开疲惫的双眼，朦胧的视野中出现的第一个人是儿子。

“队长怎么样了？”刘景华急切地问道。

“就在刚才……已经牺牲了。”刘东升抹着泪眼回答。

刘景华从眼角落下两滴晶莹剔透的泪珠，说道：“是我们的错，葬送了他们年轻的生命。东升，你说……值得吗？”

刘东升面带悲戚，正了正神说道："父亲，从灭绝派挟持了末日预见者来看，也许你是正确的。"

"儿啊，是我让你走上了科研这条异乎寻常的道路，用你仅有一次的生命，全部奉献于此，你有怨恨吗？"

"当他人美酒佳人一醉方休的时刻，当他人云游四海逍遥自在的时刻，当他人锦衣罗缎纸醉金迷的时刻，我却要用几乎毕生的时间，站立在一堆堆凌乱萧索的仪器设备旁，埋没在一串串枯燥乏味的数字海洋中，我曾有过怨恨，是的，我怨恨极了。但是，父亲，当我看见那些士兵英勇就义时，我顿然领悟了，那便是生命的价值在于奉献。这花费了我近半生才能知晓的道理，恐怕没有多少人可以在其短暂岁月里真正明白。"刘东升回道。

"是啊，那便是奉献。生命就是宇宙中坚强而美丽的泡沫，一瞬即逝，唯一能留下的仅是瞬间的光彩。"刘景华轻声说着。

"只是那太悲哀了，父亲，太悲哀了，你不觉得吗？一代为了一代奉献下去，永无止境。这究竟为了什么？我们只知该做什么，却不知使命是什么，何处又为终点。"

"寻找使命便是我们奉献此生的价值。"刘景华默默地看着儿子，两人陷入沉默之中，似乎更多的话已在寂静之声中表达出来。

18．梦境重现

明净的窗户玻璃，可以看见末日预见者躺在床上，脸上不悦的神情似乎是对过于简单的家具摆设略有不满，或者是对于这个观察室的活动空间过于狭窄而充满抱怨。

“实验有进展吗？”刘东升站在观察室外问道。

“我们将各种声像信息转换为不可见光频率的电磁波，让其进行感应，但是结果很不理想。”一个男研究员回道。

“如何不理想？请具体点说。”刘东升追问道。

“大多数情况下，末日预见者毫无感受，仅有一次，他说脑海里似乎有黑色波纹在闪动，但发送给他的只是一张邮票画面。”男研究员回道。

正在刘东升皱眉沉思之时，边上一位女研究员笑着说道：“我觉得他就是在吹牛，还真当自己是《西游记》里的二郎神了，拥有洞穿万物的第三只天眼。”

“你刚才说什么?”刘东升脑海里掠过一道灵光，但稍纵即逝。

女研究员被刘东升的反应所惊愕，唯唯诺诺地回道：“我说二郎神，第三只眼……”

刘东升低头沉思起来，拖着疲惫不堪的身躯走回房间，一屁股坐在了真皮沙发上。毕竟人不是铁打的，连续多日绷紧的神经让他感觉头昏脑涨、思绪混杂。他打开电视，仰面躺坐着闭目养神。

“欢迎观看《传奇故事》，今天让大家去了解一个特殊人群，梦游症患者。很多人知道，在梦游中的人大多是睁着眼睛的或处于半开半闭的状态。科学家通过研究认为，梦游者虽然可能接受到了外界影像，但大脑对这些信息几乎是放任不理，也就是我们常说的‘睁眼瞎’。”

电视中的解说传入刘东升耳中，但还不能完全勾起他过多的好奇心。

“但神奇之处便在于此，他们往往可以绕开障碍物，甚至可以在黑暗中准确地拿起菜刀，把一篮子青菜或一大片猪肉切碎。而且很少听说有人在梦游过程中受伤。”

刘东升的思维开始模糊起来，一阵睡意袭来。

“但是，今天故事中的主人公，一位十六岁的女孩，在梦游中是闭着眼睛的。她的父亲说，女儿曾经穿过崎岖险恶的山路，在几千米之外爬过一户人家的围墙，在那里睡了一整夜。当地的老人都说，这女娃是远古人神交合者的后裔，拥有天地之气和第三只天眼。”

刘东升灵光乍现，一个激灵从沙发上翻坐起来，眼睛直勾勾地盯着面前的电视机。

在屏幕中，摄制组人员抓拍到了小女孩某晚梦游的全过程。她紧闭着双眼，从床上爬起。她不像一般梦游者那样平举着双手行走，只是缓步来到写字台前坐下，从书包里拿出语文课本看了起来。因为害怕将其惊醒，摄制组尽可能不制造出过多的光亮。只见那小女孩在几乎伸手不见五指的漆黑中翻阅着书页，幽静之中发出的纸张褶皱声响，让人不禁毛骨悚然。大约五分钟后，她背起书包朝屋外走去，步伐不紧不慢，并不像那些被蒙着双眼的人那样谨行慎步。她跨过门槛，走下院子的台阶，撤去门闩，推门而去。

“我们采访了一些科研人员，他们对这种现象的解释为‘盲视力’。”电视中再次出现解说，“早在 2136 年，荷兰蒂尔堡大学找到了一位极其特殊的盲人，他名字首字母缩写为 TN。他们让这位盲人在一条十五米长的走廊上行走，中间交错摆放着报纸栏、桌子、椅子。TN 并没有被告知前方存在障碍物，常用的拐杖也被拿在了一边。令人震惊的是，他轻松避开了一切物体，并在经过废纸篓与墙壁之间的狭窄处时，小心翼翼地侧身前进，安然到达了终点。在场的科学家们欢呼起来时，TN 仍迷惑不解。事后他描述道，我既不知道存在障碍物，也不知自己如何绕过去的，只是意识中想要那样行走，我照做了。”

刘东升被眼前的这一幕完全吸引，睡意已抛至九霄云外。

“这种不可思议的超能力让一些科研人员心生质疑，他们认为 TN 并没有失明，因为除了他在撒谎之外没有更合理的解释。

随后，荷兰蒂尔堡大学的研究者再次对TN进行了颜色、形状、字母等专项测试，比对了强光下的瞳孔收缩情况，并通过脑部扫描与磁共振影像等方式，证实了他是名副其实的盲人。”解说道。

“难道真有人拥有第三只眼?”刘东升自言自语道。

“其实，TN的盲视力与其经历息息相关，他并非天生的瞎子，而是因连续两次中风导致完全失明。科学家们早就认识到，视觉处理系统有两条通路，连接到视网膜的不仅有视皮层，还有皮下区域。TN损伤的是视皮层，这便等于切断了图像信息传向表意识的通道，所以导致他认为自己什么也未曾看见。然而，皮下区域很可能将信息准确传达到了潜意识，从而让他可以做出各种不自觉的避让动作。心理学专家认为，人们常常利用大脑中隐藏的资源，去完成自己认为不能做到的事。盲视力的发现意义重大，可帮助科学家找到潜意识现象和幻觉产生的原因，也可能它就是所谓的第六感。”解说道。

“潜意识?”刘东升狠命拍打面前的茶几，放于之上的玻璃盆都震动起来，“我明白了，对，就是这路子！可算有头绪了！”

在当今花花世界中，刘东升可谓是仅存不多的优秀青年，为科研事业鞠躬尽瘁。也正是他的努力与联想，让人类在巨大危机面前，存活概率从绝对为零达到了近似于零，这是一次质变的转机。

几日后。

刘东升焦急地在办公室内来回踱步，一名男研究员拿着一份报告推门进来。

“怎么样？”刘东升赶忙问道。

“嗯，还是不顺利，但有重大发现。可以肯定的是，电磁波确实会让那黑人在潜意识区域产生异于常人的脑电波。可惜的是，我们使用了一切可知算法，都不能找到这种波纹的规律，也就是说我们获得的是不能理解的乱码。”男研究员回道。

“一定是我们没找对方法，一定是……”刘东升喃喃自语道。他不能完全信任手下的结论，亲自花费了整整两天，用各种可以想到的理论进行数据推算，回归分析法、相关分析法、聚类分析法、因子分析法，甚至尝试了矩阵，都没能找到相关的方程。

万般无奈之下，刘东升向着父亲的房间走去。

“从未见过你这般愁眉苦脸，是遇到怎样不顺心的事了？”刘景华见儿子无精打采地进来，便问道。

刘东升将一组组数据和计算过程摊到了父亲面前的桌上，说道：“我虽然知道这几组数据必然相关，但就是找不出规律来。”

“规律？你凭什么说它们存在规律？”刘景华微笑着问道。

“我们将各种图像转化为电磁波发送出来，然后在末日预见者潜意识区域获取返回的信息。所以，我敢用生命起誓，甚至是名誉起誓，它们一定相关。”刘东升回道。

刘景华拿起纸张看了几眼放下，大笑一声说道：“孩子，相关未必存在规律，你走进死胡同了。”

“怎么会呢？”刘东升被父亲的话所惊。

“如果有一张照片，将其放进电脑进行编辑，随机在上面涂上几个不算太大的白点，你还能认得出吗？”刘景华问道。

“应该能。”

“那我这样重复五次，是不是可以得到五张被涂抹的不同照片？”

“没错。”刘东升低头思考着。

“它们之间能找到方程吗？”

“不能……但照片确实是相关的。难道父亲的意思是，要寻找照片的局部相似之处？”刘东升问道。

“人们一直认为宇宙万物的运动必然存在规律，但其实不然，上主只定下了游戏规则，不曾限定必须具备周期性或闭合性。所以，我们口中的规律只不过是一种特殊的近似周期。就如同儿时玩的‘逢七必过’游戏，如果把那些数字书写出来，毫无规律可言，至少要用三个方程的交集来进行表达。”刘景华说道。

“父亲，我该怎么做，能为我指明方向吗？”刘东升问道。

“你要做的有三件事。一，让末日预见者进入睡眠状态，尽可能消除他表意识和其他干扰；二，使用比对法，将同一幅图像轻微修改，反复比对来找出不同；三，研究鸽子与昆虫是如何感应到地球磁场的。”

刘东升静静地呆坐着，陷入了沉思之中。他似乎找到了一把奇特的钥匙，能完美匹配那埋藏在末日预见者脑颅里的秘密宝箱，但他并不知道这座迷宫究竟有多大，其中的机关又隐匿在何处。

经过夜以继日的努力，半年后，他总算寻到了那最绚丽的宝藏。

“父亲，我成功了！根据你的提示，我成功了！”刘东升兴奋地跑进房间，只见父亲坐在轮椅之上，在窗边望着远方。老人半年前突发中风，下半身已瘫痪，如今静养半年，红润的脸色已看不出任何病态来。

“那是松果体。我们通过比对法，找到了末日预见者身上的奥秘，接收信息的就是松果体。那些鸟类昆虫之所以能辨别磁场，也是因为有类似的感应腺。”刘东升兴致勃勃地说道，“由于找到了感应源，便就排除了大部分干扰。这半年来，进展突飞猛进，末日预见者能够粗略描绘出我们发送的图像，我们也逐渐掌握了如何将他的脑电波转化成可以理解的信息。”

“哎，这确实是个好消息，但同时也是我最为担心的。这意味着他所说的一切可能都是事实，那么地球即将毁灭。”刘景华语重心长地说道。

“只要我们能够看到未来，就能避免灾难，希望的曙光已经升起。”刘东升脸上浮现出满满的自信与活力。

刘景华与儿子的神情却截然相反，面上抑制不住悲凉之色，说道：“谁也阻止不了命运之轮的转动，孩子。就像爱因斯坦所说，上主根本没在掷骰子。宇宙的一切，包括人类的思维与经历，都是不能更改的宿命，是一盒早已刻制完成的录像带。我们只是体验者，而不是决定者。”

“不，父亲，上主确实在掷骰子，波函数的随机塌缩就已经证明爱因斯坦错了。宇宙未来的一切都没有确定下来，连上主都不曾知道，所以我们不能悲观。”刘东升不知从何而来的坚定信念，支撑着一颗执着的心。

“波函数的塌缩也是局限在预期范围之内，这便是一切遵循着确定规则的证据。我们所见的宇宙只有一个，并且在因果上严谨有序，所以底层规则必然也仅有一套。量子力学中的随机只是人类对于微观无能的假想，因为我们根本不能观测同一个量子两次之上。就如同只让你看一个绝对静止而没有丝毫叠影线索的画面，如何知道其中的完美刚体下一刻会朝东还是朝西运动？我何尝不希望命运可以被左右，但是理论与理智在告诉我，那只是美好的泡影。”

“完美刚体不存在，父亲，它扭曲的形状就是信息，就能推算出下一刻运动方向。”

“你还是太过乐观了，很多时候，达到力平衡的瞬间，你根本不能从形状上找到线索。”刘景华回道。

“那就放大，查看表面粗糙度，观测分子结构，总会有办法找到我们需要的信息。”刘东升说道。

“没错，那也总会在某一层面落入微观不确定性的泥潭之中。你要明白，是人类观测工具和科技水平的局限，照射出魔鬼般面容的量子形态，而不是微观本身就那样奇特丑陋。”

“我不能像父亲那样领悟更深刻的道理，但是，难道就没办法了吗？”

“有，但那几乎是痴人说梦。”刘景华无奈地回道。

从这对父子的交谈中，似乎可以得出这样一个结论：经典物理的确定性与定域性，指向了无尽的绝望；而量子力学的不确定性与非定域性，带来了无限的希望。从这一刻起，这两个理论体系在确定性上，从互为矛盾变为了不共戴天。

自中国军队劫走末日预见者之后，自然先知便转移了基地位置，恼羞成怒的他决定将魔爪伸向这个东方的神秘国度，以解其心头之恨。

不知是幸运之神站错了位置，还是毁灭远比创造容易得多，灭绝派在其恶毒技术的研制上异乎寻常的顺利，甚至在个别领域超越了整个人类文明。他们已经初步掌握了记忆移植技术，而在一个偶然下，甚至掌握了死神之泪。灭绝派疯狂的时刻到来了，他们即将掀起一场覆灭整个人类文明的血雨腥风……

听起来荒诞不经的故事，终于在马吉云与刘景华的描绘下告一段落，王文志的思绪这才回到现实中来。而此时，已入深夜，拘留室外悄然无声。

“麻风圣盾克制了死神之泪，而我们从那些抓获的灭绝派科研人员身上也掌握了记忆移植技术的核心内容。自然革命恐怕几近破产。”王文志说道。

“没这么简单。”马吉云回道，“我想去一次索多玛。”

“你要干什么？”王文志好奇地问。

“黛丽丝的记忆告诉我，我的儿子还活着。”马吉云说道。

王文志沉思了片刻，说道：“好吧。虽然你教唆吴明杀人，但被杀者毕竟是反人类的恶徒。何况，你被恐怖分子挟持，也算是一种正当自卫。待会儿我会让人来做些笔录，完毕后你便能离开了。不过不巧，过几天我有个国际会议要参加，就不跟着你去了。”

“我去了结私怨，并不需要任何人跟随。”马吉云回道。

王文志点了点头，扶着刘景华走出拘留室，待到通廊尽头时，悄声对刘景华说道：“这是一次消灭黛丽丝的天赐良机，马吉云会为我们寻到灭绝派的新巢。”

“你想干什么？”刘景华厉声道。

“我想，只要将利害得失告知索多玛政府，并给予一定的援助，他们就会派出军队。”王文志回道。

“动静太大，这样马吉云很快就会暴露，黛丽丝不会放过他的。你这样做，自己达到了目的，而别人将落个粉身碎骨……”刘景华说道。

“在对抗敌人时，可以不择手段。”王文志回道，“马吉云身体里的血液，总有一天会给人类带来灾难。我觉得，他能轰轰烈烈地牺牲，才是最体面的归宿。”

“不！绝对不能牺牲马吉云。”刘景华态度坚决地说，“他身上还有隐藏的秘密，那也是灭绝派为什么要得到他的原因。他是一个受害者，而且帮助过我们，更何况他是破局的关键，不能让他出事。”

“好，听您的，刘老。”王文志点头应道。

说干就干，是马吉云的一贯作风，几天后，他便风尘仆仆赶到了索多玛。他穿着一身黑色的皮衣皮裤，戴着一副墨镜，驾着一辆红色摩托车在公路上飞驰，几个坐在土堆上的黑皮肤女人投来了好奇的目光。他顺着公路向山坡上驶去，周围是漫无边际的褐色岩土，摩托车尾部扬起的沙尘足有一丈多高，随风舞动着，好似一个个愤怒的神祇。

在几乎是单调直线的坡道开了半个多小时，才远远地看见一个弯道，在弯道的不远处有一大片醒目的白色矿场，隐约可以看见简陋的脚手架搭起的通道上有个人影。马吉云放慢速度，在矿场边缓缓停下。

见有人过来，脚手架上跳下来一个肌肉虬结的褐肤男人，眼神中掩饰不住的敌意，抄着蹩脚的英语喊道："嘿，什么人！私人领地，滚！"

"你好，哈尔萨托。我找黛丽丝。"马吉云摘下墨镜，用地道的本地话说道。

褐肤男子惊讶道："你怎么知道我的名字？"

"这里，黛丽丝。"马吉云指了指脑袋，微笑道。

哈尔萨托思索片刻后说道："请让我搜一下身。"

马吉云顺从地平举起双手。

哈尔萨托对马吉云从上到下仔细地摸了一遍，并未找出什么异物，便说道："跟我来。"

两人朝着矿场内部走去。穿过一座桥洞，走下一个坡道，哈尔萨托将马吉云推进一间屋子，然后锁上门。

马吉云转身敲打着木门大叫道："嘿！你这是干什么？"

"黛丽丝早就料到你会来，在确定没有任何人与你同来之前，还得委屈你待在这里。"哈尔萨托在门外喊道。

马吉云观察着四周。这是一间半地下室，在一面墙的高处有铁栏杆的窗户，阳光从外面照射进来，在地上留下斑驳的影子。窗子的下方有一张方形茶几。他搬起一只方凳放在茶几上，然后跨步站上去，这样刚好能看到外面的情景。

突然，从远方传来了几声枪响，只听有人喊道：“有政府军！有政府军！”

矿区里顿时沸腾起来，成百上千的矿工拿起枪械，在几处通道上奔跑着。各式枪声此起彼伏，恰似一场规模宏伟的死亡交响乐。

“有飞机！有飞机！大家小心。”有人大声叫道。

随着轰隆隆一声巨响，一枚弹头在矿场之外的空地上炸出十几米宽的一个巨坑，飞溅的沙石将脚手架撞得摇摇欲坠。

接着，又是一枚弹头不偏不倚掉落在矿场的中央，几间屋子像是绽放的魔鬼烟花，瞬间化作灰色的冲击波，木块、石粒如同千万颗子弹射向四面八方，大地也为之震颤。

一阵大风呼啸而来，屋子里被吹得哓哓直响。马吉云赶忙低下头，跳下茶几，把头埋在角落里，以免尘土侵入呼吸道。

飞机的轰鸣声渐渐远去，但这并不代表已经安全，更大的威胁接踵而至。

两辆重型装甲车在沉闷的隆隆声中从东边缓缓驶来。

“咻”的一声，从矿场顶部飞出一枚火箭弹，击中了其中一辆装甲车前侧履带。车头炸起半米后重重地落下，一团火焰在金属的表面燃烧着。

装甲车在原地停留了十几秒未动，在所有人以为它受到了重创的时候，它再次开动起来。

“快拦住装甲车！它要冲进来了！”有人大叫道。

数枚火箭弹再次从矿场上空呼啸而过，但仍旧阻止不了两只金属怪兽的前进步伐。

“拦不住！我们的武器起不了作用！”

这时，从西边又来了一辆装甲车。它形如金属方盒，甚至还没有普通的家用汽车个头大，但速度绝对不逊于一只猎豹，以S形为路线，敏捷地直奔两辆重型装甲车而来。

装甲车急忙掉转枪头，对着疾驰而来的不速之客扫射，但为时已晚。金属方盒自杀式地撞向其中一辆装甲车，顿时火光照红了整片天空，两具金属残骸融成了一堆焦炭。而在一旁的另一辆政府军装甲车，被这强大的爆破力震得翻滚出去，重重地撞在路边的山石之上。

接着，从西边的地平线上冒出一片黑压压的人群，他们在矿场前布下了防御阵势。

政府军的部队见自己的头阵被歼灭，不免胆怯起来，停止了前进。两军远距离对峙着，各自放着冷枪来博弈谁的运气更好一些。枪声断断续续响了半个小时，双方的伤亡只需用一个阿拉伯数字就能表达。

这样的僵局，直到政府军的后援部队到来才被打破。三架无人机与一辆轻型坦克的投入，使战场成了一边倒的局势，矿场守备军开始溃败后撤。

马吉云再次爬上茶几，观察着矿工们用落后了上百年的武器抵抗着政府军，不断地有人在坦克蛮横的炮火中倒下。矿场的沦陷只是时间问题。

这时，哈尔萨托带着两人推门进来，用手枪指着马吉云叫道："走！出去！"

马吉云刚跳下茶几，就被两人揪住双臂，带到了矿场中央的大坑处。

哈尔萨托猛踢马吉云膝盖后方的腘窝，使他立刻跪倒在地。

从边上又走来一个白人，手里拿着长刀和一个银色大盆。

"你将豺狼虎豹引到这里，阻挠了神圣的自然革命，黛丽丝要让你在伟大的创生者面前伏法谢罪。"哈尔萨托大声说道。

马吉云拼命挣扎，大声说着各种解释之词，但丝毫不能改变什么，最终破口大骂起来。

拿着刀的白人将银色大盆放在马吉云的面前，起身站到他的背后，先将右手贴在胸口，然后左手竖起刀尖放在面前，口中默念着完全听不清的话语。在这传统的准备仪式之后，他便要活生生地割下马吉云的脑袋。

而哈尔萨托退缩在一边，双眼流露出些许恐惧的目光，似乎在期待着什么。

突然，北方天边再次亮起一道蓝色光带。马吉云仰面看着，感觉它擦着自己的头顶而过，似乎近在咫尺而又遥不可及。

"看！星际之门！"马吉云不禁大叫道。

所有人被这一瞬即逝的壮伟景象所震惊。紧接着，电闪雷鸣，狂风大作，屋颤树倒，地震来了！

走神的持刀白人在这出乎意料的震动下，身体失去了重心，向前倒在了马吉云的身上，刀尖阴差阳错不偏不倚地扎进了他自己的喉咙。只见那男人在地上打了几个滚，再抽搐了几下便没了动静。

这次剧烈的地震只持续了几秒而已，似乎专门是为了杀死这个可怜的刽子手。

押着马吉云的两人像是见了魔鬼一般，撒开手向后跑去，口中惊叫道："终极毁灭者！他真的是终极毁灭者！"

黛丽丝站立在远处楼房的窗边，目睹着这离奇事件的始末，自言自语道："有意思，毁灭还是希望，你到底代表什么？"

政府军的炮火越来越猛烈，许多敌人已放弃了抵抗，纷纷朝着矿洞深处撤退。

"跟我来！"

一个声音从后方传来，马吉云这才注意到，哈尔萨托还站在附近，便紧随其后。

哈尔萨托推开沉重的铁门，阳光顺着门缝照射进去，两人细长的身影从门口一直延伸到房间内。黛丽丝就站在影子的尽头。

马吉云眯起双眼看去，只见黛丽丝穿着一件浅蓝色的抹胸吊带连衣短裙，在一双米白色的高跟鞋的支撑下，看起来应该有超过一米七的身高，不大不小的圆脸两侧戴着一对银饰雕纹的耳环，略显枯黄的长发盘成马尾状，搭在右肩之前，浑身上下每一处都散发着性感的气息。

"我的儿子在哪儿？"马吉云冲着黛丽丝叫道。

"你的儿子很安全，我待他就像亲生的一样。"黛丽丝淡淡地回道。

"放了他，不要让孩子卷入这是非之中。"

"呵呵，"黛丽丝古怪地笑了一声，走近马吉云，把手轻轻地搭在他的肩头，气若幽兰地说，“跟我走，你并不属于那些人类。只要你和我们一起，领袖的位置便是你的。”

她的手从肩头慢慢滑向马吉云的颈部，目光迷离地看着他，轻声说道：“那时……我……也是你的。”

“我只要儿子！”马吉云怒气冲冲地说。

黛丽丝的脸一下子冷了下来，道：“你的命都在我手里，凭什么跟我谈条件？”

“我拥有你的记忆，黛丽丝，你不想杀我，因为我是你的希望。”

“哈哈，哈哈哈哈哈哈！你的这番话，倒让我更加确定你就是终极毁灭者。”

“既然如此，黛丽丝，若要完成自然革命的大业，就该遵行终极毁灭者的指示。放了我儿子……”

这时，一枚炮弹击中了附近的建筑物，从房顶上落下一阵灰土。接着，警报器鸣叫起来，屋子多处角落里的红灯闪烁起来。

“糟糕！”哈尔萨托大叫道，“紧急撤离系统被炮火启动了！”

只见通往深处的走廊上，前后有三扇石门同时从上方缓慢落下。

哈尔萨托箭步跑到黛丽丝的身边，挽起她的手臂朝着通道奔去。

马吉云见状，连忙在后面追赶，口中大叫：“告诉我，我儿子在哪儿？”

穿着高跟鞋的黛丽丝无法全速奔跑，等她到达第二扇石门附近时，被后方跃起的马吉云一把抱住了腰。

两人摔倒在地，而头顶上的石门离地已不足两米。

哈尔萨托回过身来，用拳头猛击马吉云的头部，但他仍旧不松开抱着黛丽丝的双手，而头顶上的石门还在缓缓落下。

哈尔萨托将地上的两人向前拖出了三四步，以避免石门的碾压。接着，他掏出枪，刚想对着马吉云射击的时候，黛丽丝叫道："不！不要杀他！"

哈尔萨托咬紧了牙关，没有扣动扳机，便改用枪柄猛砸马吉云的脑袋。

顿时，马吉云的脸上布满了鲜血，锥心的疼痛让他本能地松开了抱住黛丽丝的手。

19．必败游戏

额头上的鲜血流入了马吉云的双眼，他呆呆地看着面前的惨景，世界变为一片凄凉的红色。他头痛欲裂，整个人晕晕沉沉，但还是努力地让自己不至于晕倒。他口中喃喃道：

“等……等等……我的儿子……”

马吉云挣扎着想要爬起，刚撑起半个身子，便没了力气倒了下来。他的视线逐渐模糊起来，身下冰凉坚硬的石道似乎一下子变作厚厚的雪地，摸上去软绵绵的，怎么也撑不起他急于爬起的身体。最终他迷迷糊糊地昏睡过去，而脑海里泛起一阵记忆涟漪。

快到农历三月了，天空中居然飘荡起零星点点的雪花，或许是过于烦琐的世事让上主在掌控地球时钟上犯了个小小的差错。

体育老师站在操场上，腰间夹着篮球，一只手中拿着玻璃沙漏说道：“今天是高一年级的体锻课，四个班级正好有机会来玩个竞技游戏。游戏名字叫争分夺秒。规则很简单，每个班级选出一名代表，进行罚球线投篮，自投自捡。沙漏翻转一次大约为两分钟，也就是比赛时间，进球多的一方为胜，败方必须遭受惩罚，围着操场蛙跳一圈。”

“老师，这不公平，一班和三班有校篮球队的队员。”排在马吉云身后的一名女生说道。

“这不能作为理由，输的就要认罚。”体育老师微笑着回道。

“为什么女生也要遭受惩罚？”马吉云愤愤不平地问道。

“这就是体育精神，荣辱与共！再说，蛙跳本身就是一种锻炼。”体育老师严肃地看着马吉云，脸上泛起不悦的神情。

“但是……”

马吉云刚想继续质疑，立刻被体育老师制止：“好了，不要再啰唆！一班二班代表出列！”

一班的学生队伍中先走出一个高个子，他接近成年人的魁梧身材和清秀白皙的面容，立刻让女生为其尖叫起来。他脸上不可一世的神态似乎在宣告，这是一场毫无悬念的比赛，对手命中注定将成为受罚者。

许久后，二班的队伍里才走出一个戴着眼镜、其貌不扬的男生，在对手的身边足足矮了半个脑袋，胆怯让他似乎挺不直腰板，行动畏畏缩缩。而这个男生背后的同学，在隔壁班级的起哄下不敢作声，都保持着卑微的沉默。

体育老师将两只篮球交到他俩手中，然后将地上的玻璃沙漏翻转过来，口中叫道：“计时开始！”

一班的高个子右手托起篮球，另一手轻轻扶着球身，手掌向前一翻，篮球在空中划出完美的抛物线落入网中。接着，他身轻如燕般跑动起来，再次得到球，做着各式花样的运球动作。在后方的一班同学拼命地叫喊着加油，格外响亮的便是女生们尖锐刺耳之音。

二班情况简直惨不忍睹。戴眼镜的同学实在缺少运动细胞，连续出手三次都不曾入网，他感觉一股无形的重力将自己压得透不过气来，整张脸涨得通红，每一秒钟都是难以忍受的煎熬，每次投球失手如同是一记重拳拍中自己的头颅。

“时间到！”体育老师吹了一下叫鞭说道，“23:6，一班获胜。二班全体绕场蛙跳一圈！”

蛙跳对于男生来说，算不上什么难事，而对于女生来说则不同。在她们看来，这是一种暴露丑态的运动，并且要在众目睽睽与嘲讽讥笑之下，维持这般尴尬的动作跳完操场一圈，几乎无异于羞辱。其中几个女生在中途哭泣起来，但她们不敢违抗责罚，因为那样只会带来更多的屈辱。

“三班与四班代表出列。”体育老师叫道。

三班走出的是校篮球队队长，比起刚才那一班的代表，看起来更加高大，一张黝黑老成的面孔，感觉就像一名中年男子。

四班同学都皱着眉，低声讨论着参赛人选，似乎没有人愿意去承受这两分钟的精神折磨。

“我去！”有人高声喊道。

所有人转过头看去，只见马吉云迈着坚定的步伐，走向球场中央，用凶狠的目光扫射着正起哄的三班同学。叫喊声刹那间戛然而止。

片刻的沉寂后，有人轻声说道：“他搞什么？他能行吗？”

体育老师再次将地上的玻璃沙漏翻转过来，叫道：“开始！”

三班的篮球队长立刻投球，随着“唰”的一记清脆声音，球应声入网。

马吉云不慌不忙，双手将篮球举到一侧的肩膀前。

众人一秒前还在嘲笑他奇异的姿势，却在一秒后鸦雀无声，静得连十几米外教学楼里的朗读声都能听清。只见马吉云用尽全身的力气，将球甩向一边的地上，正砸中那玻璃沙漏。

“乓！”在巨大的撞击力下，玻璃沙漏四分五裂，黄沙飞溅一地。

“你干什么？”体育老师大声吼道。

“这本就是个荒唐的游戏，如果一定要进行，没问题，我投偏了，很不巧，砸坏了沙漏。”马吉云装出一副若无其事的样子，油腔滑调地说道。

体育老师勃然变色，大口喘着气，胸口起伏不定。他压制着满腔怒火，掏出一只秒表，说道：“好你这小子，来！我用秒表计时两分钟，有本事你把我的表也砸碎了！”

“老师，你一定要玩这个游戏？”马吉云用阴阳怪气的语调问道。

“体锻课我说了算，你没资格质疑！重新开始！”体育老师近乎叫嚣道。

“那好，请等一下。”马吉云说着走到三班的篮球队长面前，轻声说了几句话，对方似乎在恭敬地点头哈腰。然后，马吉云重新走回罚球线上说：“好了，开始吧。”

“计时开始！”体育老师按下秒表按钮，感觉是要将难以发泄的怨气倾注出来。

马吉云用极不标准的动作投篮，直到出手四次才进一球；但奇怪的是，另一边的篮球队长站在原地没有任何动作。

“你为什么不投？”体育老师再次火冒三丈。

“是我不让他投的。”马吉云立刻在一旁回道，“怎么？你制定了游戏规则，还要让参与者一定随你心愿？”

“好你个马吉云！”体育老师再次吹响了哨子，叫道，“全体自由活动。”说完，便气冲冲朝着教学楼里走去。

马吉云的行为属扰乱课堂纪律、破坏公物、不尊敬老师，应该记警告处分、写检讨书、叫家长来，这便是学校对付这些捣蛋鬼最常规的处置方法。

“马吉云自由散漫的陋习，对他的成长是极为不利的。”教导主任对着马吉云的父亲说道，“听说他还结识了一些社会上的游荡青年，用流氓习气来欺凌同学，如再放任下去，恐怕会误入歧途。”

“知道了，我会好好教训他的。”马吉云的父亲回道。

在教学楼的走廊里，马吉云低着头跟在父亲的身后，他估摸着一顿毒打是不可避免的。自出生懂事，他就是在父亲的拳脚之下成长起来的，几乎是小打三六九，大打每月有。父亲若真暴怒起来，飞腿摆拳样样有，同学们早已见怪不怪，并为其父取了个绰号叫“街霸红魔”。

棍棒之下出孝子，尽管人文主义坚决反对这种粗暴落后的教育方式，但事实证明，它在男孩身上是不可争辩的真理。其实，人文主义在诸多方面漏洞百出，但现代人把公平与自由抬到了云霄般的高度，所以那些逻辑矛盾就自然而然地可以视而不见。

“你为什么在体育课上砸掉沙漏？”马吉云的父亲一反常态，平静地问道。

“因为游戏不合理，我不认为等待失败受罚是理所应当的，也不愿像那些懦夫任凭摆布而不做丝毫反抗。”马吉云回道。

“虽然你的出发点是良好的，但结果十分糟糕。你认为一人遭受学校处分就要好过全班蛙跳一圈？”马吉云的父亲问道。

“嗯……不然还能怎样？”

“这个世上，任何人都不可能成为绝对权威者，总有更强大的力量制约着他。”马吉云的父亲没有直接回答儿子，反而冒出这句听似简单却隐藏着深意的话。

“喂！醒醒！醒醒！”耳边传来呼唤声。

马吉云缓缓地睁开眼，只见一群索多玛政府军士兵站在身旁，而自己正躺在黛丽丝逃脱的石门旁。

几名士兵搬来了一副担架，抬着马吉云朝外走去。

在担架上颠簸着的马吉云，思索起刚才梦境中的回忆：“如果人类被卷入一场看似必败的游戏，那么有人愿意挺身而出，打破那死亡沙漏吗？或者，宇宙中存在着能制约创生者的更强大力量吗？”

当然，正在思考这般问题的人，不仅仅只有马吉云。

澳大利亚的布里斯班是毗邻海岸的美丽城市，富丽繁华的街区与高耸密集的大楼，并没有掩盖住城市的活力与休闲的气息。即使在平日，这里的游客也是络绎不绝，而今天就更为特殊了。从机场通往市中心的道路被封锁起来，长达几十千米的街道上挤满了围观的车辆与人群，成为一道令人瞩目的风景线。

“今天的多国首脑峰会议程已结束，请全体人员退场！”主持人在台前说道。

各国代表纷纷从座位上站起，熙熙攘攘地拥向并不宽敞的几个出口。围堵得水泄不通的人群中，早已久候的记者们绷直着手臂，伸出话筒，高举相机，正奋力地推开前面的拦路者。

将近半个小时后，会场内才安静下来，但零零星星有几人并未离去，若更仔细观察的话，几乎所有大国的首脑与科研人员都静候在原位。几名安保人员将所有的门锁上，然后在会议厅外威严站立着，不容许任何人走近。

坐在巨大圆形会议桌正中央的，便是国际科学联合会主席莱特福德。他拿起话筒说道：“今天，我们是第二次在首脑峰会后来讨论亚丁湾星门事件。两年前，在墨西哥会议上，中国科学家就已经明确警示，人类即将面临毁灭。”

在一边的副主席米哈伊尔趁着话音的间隙，抢着说道：“我想，两年前仅仅是停留在猜想层面上，并没有引起任何人的重视。而到了今天，我想说的是，创生者毁灭人类很可能就是事实，大难临头的日子将不久远！下面，请中国代表刘东升先生来说一下最近的研究发现。”

自刘景华落下残疾之后，刘东升便逐步继承了父亲的事业。他从座位上站起，向着四周的人群鞠躬致礼，然后再次坐下，摆弄着面前的笔记本电脑，说道：“近两年，我们破解了末日预见者脑中十几段较有研究价值的信息，虽然都只是几秒的短暂影像，但也足够让我们找到有点价值的线索。”

刘东升按下了鼠标，会议厅的大屏幕上立刻显现出一幅“三日凌空”的图案。

“大家请看，这是#4影像资料——‘幻日’奇观，天空中共有三个‘太阳’和两道彩虹。我们寻找了大量资料，确定于2138年1月8号下午在中国东北地区发生了类似现象。值得注意的是，这份资料的视角大约在离地三百米的高空，而当时并没有找到任何高空摄影的记录。”

刘东升再次按动鼠标，另一幅画面展现出来。画面上除了没有“幻日”和光线明亮度有所差异之外，其余景致便再无分别。他顿了顿，接着说：“之后，我们特意飞行到类似的高度与位置拍下了这张照片，比对了下方的建筑物，匹配度高达89.14%。”

“我想提出质疑！”莱特福德喊道，“这都是几年前的事了，把已发生的景象精确还原算不上什么，通过一些技术想做出这种图片很容易。”

“你的质疑很有道理。”刘东升微笑着回复道，“为了保证研究工作的严肃性，我们都在第一时间把获得的信息传递给在座各位，而其中约有一半的影像资料已经找到了它们确切发生的时间与地点。不过，就如莱特福德先生所说的，这些都是已经发生的事情，没有足够的说服力。”

随即，刘东升继续打开一段不到六秒的视频，背景是璀璨的星空，其间有两颗流星从画面中央朝着不同方向划过。“这是我一年前就发送给在座各位的 #7 影像资料，请大家确认一下。”刘东升示意道。

众人低头查阅着。不多久，米哈伊尔说道：“没错，我找到了，确实是一年前就收到了这份资料。”

“是的，我也确认。”莱特福德紧接着表示。

“很明显，这是某次流星雨的情景，但我们没有在以往的流星雨观测资料中找到相似的情况，直到一个月前，我们才震惊地发现，它居然就是刚刚发生的天龙座流星雨，并且观测视角就在昆北市天文局。”刘东升继续演示另一段视频，接着说道：“请仔细看，这是我们截取的观测数据。”

莱特福德不自觉地颤抖了一下，流星残留的明亮光影仿佛是寒冰之箭穿透了他的胸膛，浑身布满冷意却没有丝毫情感波动，或者说在那一刻，任何情感都已变得多余。他面如土色地说道：“这简直是重播了一次。”

“是的。我现在将两段视频叠加在一起，然后调慢五倍的速度，请各位再认真比对。”

画面中，背景的星空图几乎完美重合，只有几处稍有阴影，而长达二十秒的流星运动保持着高度一致的速度与轨迹，仅偏离了肉眼难辨的一点点角度。

整个会场鸦雀无声，空气像突然凝固起来，刹那间，所有人都感到一股从头至下的寒意，将他们冻在原地。

“那不是还有一半的信息没有核实吗？而且，就算这能证明末日预见者的确能接收来自另一个平行宇宙传来的信息，也不能代表我们一定会被射线暴毁灭。”莱特福德率先打破了沉寂。

“我要纠正一下，另一半信息没有核实的很大可能，只是我们并未找到相关事件，或者它还未发生。再次提醒大家，#2 影像是末日预见者关于地球毁灭瞬间的梦境中的一小部分影像资料。影像显示那束超强射线暴在毁灭地球之前，先摧毁了途中的某颗未知小行星。根据这段影像，你们也可以进行相关演算，这是完全契合相关物理规则的，我们无法用‘巧合’二字来解释这一切。”刘东升回道。

“我认为即便末日劫难是真实的，那也不知是多久之后的事。现在就开始考虑如何应对末日，是不是有点杞人忧天？情况是瞬息万变的，过早的谋划没准是浪费时间。如果你们能通过 #2 影像的星空图，找到这颗小行星的准确方位，也许能对判断射线暴何时会瞄准地球提供一些线索。”台下一位金发碧眼的男子回道。

“那你的意思是，等到毁灭射线抵达太阳系才开始考虑人类的出路吗？”

“你不要歪曲我的意思，我是说过早的行动是枉然。”

“那提前一百年考虑算不算早？”刘东升继续问道。

“嗯，不算。”

“很好，那你能否告诉我，毁灭劫难还有几年来临？”

“嗯……这我哪能知道？”金发碧眼男子开始支支吾吾起来。

“既然你并不知道，那如何肯定劫难就在这百年之外？”

“好吧，退一万步讲，就算这真是百年内就会发生的，而百年之内的人类根本没有能力抵抗这巨大的力量，这是一场必败的游戏。”

“难道没有胜算，就要坐以待毙吗？”刘东升放下话筒，嘴角露出一丝轻蔑的笑意。

莱特福德见气氛有点紧张，站起身说道：“如果这是真的，那么我们担心的无非是两件事。一是，这道伽马射线暴不知何时会瞄准太阳系；二是，我们能用什么方式逃过一劫。墨菲定律告诉我们，过于乐观只会带来不幸，所以未雨绸缪总是正确的。”

“墨菲定理只是心理暗示，因为担心的事一旦发生，总能深深印刻在你的脑海之中，若它未曾发生，那松散的蛋白质记忆链便会在几日内瓦解干净；所以人们能够想起的，不是极为倒霉就是万分幸运的东西。”金发碧眼男子再次发言道，似乎他在反对别人的观点上有很大的兴趣。

“还是回到主题上来，我想听听各位代表有怎样的计划。”莱特福德并没有理睬毫无价值的反驳，继续说道。

代表们沉默了几秒后，米哈伊尔作为一个俄罗斯人，发扬了古老战斗民族的勇敢，他第一个拿起话筒说道：“首先，我的观点十分明确，即便这次的末日猜想是错误的，也值得引起万分重视，因为它关系到整个人类的存亡。其次，人类要想逃过一劫，首要的方式可用‘拦截’这两个字来概括，也就是在射线暴出现后，在半路中对它进行拦截，或者在射线暴出现前，对发射射线暴的天体进行拦截。宇宙星系如同赌场之中旋转的巨大罗盘，若想要扔出一粒铁珠来穿过几十个罗盘命中目标，其精度被限制在极其微小的区间内，即便是任何风吹草动都会导致差之毫厘失之千里的谬误。当然，如果掌握更多信息的话，拦截计划将会变得更为切实可行。”

“用鸡蛋拦截子弹，让其改变轨迹？”金发碧眼的男子又开口讽刺道。

“若你有更为合理的计划，请提出。若没有，那么请安静。我们现在不需要无意义的质疑！”莱特福德厉声道。

金发碧眼的男子尴尬地向左右看了看，只能选择沉默了。

“接下来，谈谈我的想法。”刘东升说道，“拦截计划当然我也曾考虑，但从长远来看，离开地球寻找新的家园，是人类文明的最终归宿。智人诞生于非洲，但如今遍布全球，由此看来，人类是具有开拓宇宙新大陆的本能的。当然，现在面对的最大难题是，几乎找不到既拥有足够氧气含量又有液态水的类地星球，但这并不代表就不能人为地创造一个出来。二十亿年前，地球的大气层主要为二氧化硫，几乎没有氧气，而人类如今不是照样站立在这蔚蓝的星辰之上吗？只要有叶绿体，就一定能创造出充满氧气的环境。再说液态水的存在，其实是对星球表面温度有所要求。我坚信，无论星球表面的温差有多么大，只要其平均温度在一定范围内，就可以让液态水源源不断地出现。再说，我们还可以通过控制大气成分与密度，来制造出一个可以减小温差的保温层。综上所述，我的观点简单明了，只要表面平均温度合适，且重力在三个G以下的星球，都可列入移民计划。”

米哈伊尔面露惆怅，心中的不痛快忍不住爆发出来：“移民计划？说到底不过是逃亡计划。即便逃亡成功了，要知道一旦离开家园，必然面临文明没落的危险，我们经得起这样的折腾吗？”

米哈伊尔快人快语，他对移民计划的质疑之声，恐怕也是在场很多人的心里话。

其实，刘东升也并不赞同移民计划。因为，人类移民不可能像平常搬家那样简单，最终能“移民”的必然只是极少数人，而滞留在地球上的人类恐怕会是总人口的百分之九十九，这些人将无法逃过这场灭顶之灾。所以说到底，这种“逃跑主义”最终只能为社会少数精英服务。何况，适合人类居住的外星球至今难以确定，纯属梦幻中的乌托邦；就算有选址，星际航行的道路千难万险，移民者们很可能踏上的是一条面对死亡的不归路。

所以，他在内心深处主张的是拦截计划，“进攻是最好的防守”，这是球场竞技的激情，也是这位年轻科学俊杰的坚定理念。不过，他与会的身份是代表团队和国家，组织的原则至高无上，因此只能在刚才的发言中尊重父亲的信念，顺从领导的意志，对移民计划唱赞歌。同时，当下移民派是国际主流，从莱特福德到刘景华，以及大部分国家的首脑都站在同一战线，刘东升不得不违心地随大流。

然而，刘景华是一个正直的科学家，他提出移民计划的出发点唯有一个，就是延续地球文明，与支持逃跑主义的社会精英有本质的区别。虽然他不愿公开末日预见者关于创生者的光怪陆离的故事，但他在内心早已认定，无论人类怎样努力，地球被摧毁的结局不可改变。在这个前提下，以理性思维去考虑而不带任何美好幻想，逃离地球是最为现实的：大敌当前，死拼硬守是愚蠢之举，只有作战略大转移，保留人类的“种子”，人类文明才有机会再次崛起光大。第二次世界大战初期，英法联军实行“发电机计划”，敦刻尔克大撤退以保存有生力量，才能最终击败法西斯德国获得了全面胜利，这就是历史教给人类的经验。遗憾的是，人类根深蒂固的感性思维在物种进化中仍然存在，它让绝大多数人不能接受眼前的残酷现实，甚至宁可放弃存活的希望，也决不抛弃家园及已拥有的一切。这样的例子在历史上不胜枚举。不过，“移民”和“逃亡”两字的确意思相近，必须经过语言修辞才容易被人接受。

“我说了，此次会议只提计划，不接受质疑。待方案成熟后，再进行详尽论证。”莱特福德再次强调道，并示意米哈伊尔缄言。

会场陷入了寂静之中，似乎没有新的观点产生。

莱特福德这才缓缓说道：“我想，在座的此时是在代表整个人类来决定何去何从，而拦截与移民都存在不理想之处。既然末日预见者的大脑信息中揭示了射线暴的这一点我们已有共识，或者说此事哪怕有万分之一的可能性，我们也应该去谨慎对待。如此，我主张的便是和平对话。古往今来，一切的冲突或争端，无不出于某种目的，只要双方调和矛盾与需求，自然可以避免战争。创生者既然有着如此先进的技术，相信其文明程度也远远高于人类，善意的沟通未必是关山阻隔。我国拥有五十个州和一个特区，各自制定地方法律，可自由任命州政府官员，这也是非暴力合作的最好证明。并不是所有游戏都是输和赢，合作往往优于竞争。所以，尽快找到这个神秘种族的宇宙方位和可沟通的语言，才是当务之急。”

20．忧郁商人

在会议厅外的几名安保人员中，背对门站立着一个熟悉的身影。他，便是中国派遣队中随行而来的警官王文志。

会议结束后，各国首脑与科研人员在严密保护之下离场。这次的行程保密，只有王文志与刘东升同行，他既要保证刘东升的安全，又要亲自担任驾驶员的职责。两人很快在门口会合，一同走去停车场。

两人一路未有交流，直至上车过了半晌，刘东升才长叹口气，喃喃说道："刚才的会……"

"你这是要泄露重大机密吗？"王文志微笑着用双手把着方向盘，从后视镜里张望着刘东升。

"反正迟早会天下皆知……"刘东升摆了摆手，将刚才会上的事选择性地说与了王文志，仅仅几句便将场内情境描述得绘声绘色。

“我可服了你们这些专家，真搞得跟古代打仗没什么分别，什么和谈计划，不就是投降吗？”王文志笑了笑。

“是这么回事。”刘东升苦笑一声。

“我这人向来口无遮拦，说话不中听可不要生气。在我看来，你们的想法虽都有些道理，但根本没抓住重点。”王文志顿了顿，然后说道。

“哼！”刘东升本就心情烦躁，听得这番话更怒了，“你有什么想法，快说吧！”

“哦，稍等一下。”王文志握着方向盘，观察着前方路况。

“古言道……怎么说来着，知己知彼，百战百胜；知己不知彼，你赢一场，我赢一场；不知己不知彼，输到根里，差不多这意思吧。”

“然后呢？”刘东升似乎想到了什么，语气放缓下来。

“当然要去知彼啊。连我这门外汉都知道，敌人很强大，后果很严重，武力对抗就是以卵击石。然而，这世界上存在没有弱点的事物吗？”王文志说道。

“你是说射线暴也存在弱点？那是什么弱点？”

“嘿嘿……我又不是科学家，怎么知道。但是别忘了，我们的手上可还握着张底牌。”

“嗯……”刘东升点了点头，“我想，我知道该去做些什么了。”

这时，王文志的裤兜里响起了铃声，他将手机掏出，斜眼瞟了一下屏幕，上面显示着“马吉云”三个字，他顿时皱起了眉头。

难道他没有被灭绝派杀死？想着，王文志按下接听键，放在耳边说道："你好，马先生，一切还顺利吗？"

"我想让你杀一个人。"马吉云冷冷地说道。

"是我耳朵出了毛病，还是你脑子出了毛病？"

"你在哪儿？"马吉云问。

"布里斯班沙滩边，在看比基尼呢！"王文志笑呵呵地回道。

"……那么，你一回国就打我电话。"

马吉云还没等对方回话，便挂断手机，走进一座三十多层的商务大厦内，而路对面的购物商场则是杭海市最为时尚的地标，早在2123年开张试营业当天，便创下了107万消费者进场的世界吉尼斯纪录。

等候在大厅内的陈若彤看见马吉云，赶忙走过来说道："呀！你总回算来了！有孩子的消息吗？"

"这事回头再说。"马吉云快步走进电梯，陈若彤紧随其后。

"你决定回杭海市吗？"陈若彤问道。

"是啊，让你把研究团队安置在那里，就是打算回来。当初为了事业，我将亲人全部接到了昆北。如今回头看看，错过的事太多了。"马吉云回道。

"叮"，电梯停在了二十五层。

"按照你的要求，组建的研究团队已初具规模，专家三名，助理十七人。今天向你汇报近期的工作情况。"陈若彤说着用磁卡刷开了办公室的玻璃门。

与会人员已全数到场，会议室内的装修风格彰显了极致的简约，除了桌椅之外，便只剩下显示资料用的电子显示屏。

“大家好！我就是团队的投资人马吉云，能与各位共事是我的荣幸。我知道诸位准备得很充分，那就不寒暄了，请开始吧。”

“那我先来吧。”第一小组的男助理说道，“对于抗癌治疗，我们小组一致认为，以人类目前掌握的科技水平，在短短一年多的时间内破解是完全不可能实现的。所以，研究冰冻休眠技术才切实可行。最近，中国有人自行研发的速冻技术获得最新突破，已对冷血动物做了实验，解冻之后实验对象复活成功。而我们只要继续缩短最大冰晶生成带的时间，便能保护人体细胞壁不被膨胀的冰晶刺穿。近期，我们小组的研究内容，就是致力于如何让液态水迅速跨越冰态，直接转化为玻璃态。”

马吉云带头鼓起掌来。

“下面，我们来汇报一下。其实，癌细胞存在着致命而明显的弱点。因为它缺乏门冬酰胺这种物质来合成蛋白质，所以它们只能从其他健康细胞或环境中夺取。而门冬酰胺酶可以让某个区域内的门冬酰胺迅速水解，断绝了营养供给的癌细胞便会饥饿而亡。但其杀灭效果不尽如人意，因为它在抵达目标前容易被消耗掉，洒多了又会造成一片毫无生命的死海。我们小组研究的重点是纳米技术，它可以将少剂量的门冬酰胺酶包裹起来，如一枚导弹射入人体，找到目标后再进行引爆，这样必然有出乎意料的大收获。”第二小组的男助理说道。

“那接下来，来谈谈我们的看法。”第三小组的女助理说道，“如果药物能够穿过细胞膜直接进入细胞，必然更具疗效。巴基球，一直被认为是最神秘的物质，它对于部分癌细胞与艾滋病病毒有良好的杀灭作用。曾经有科研机构合成了含有Baa成分的氨基酸小分子的巴基球形态，它并不会穿过健康细胞的防护层，却能潜入到癌细胞中将其毁灭，这是因为它的部分蛋白质片段与癌细胞膜极为相似。当然，巴基球最大的问题是在于呈微毒性，和门冬酰胺酶一样，它不可能大剂量使用，否则就与传统意义上的化疗并无分别。所以，我们研究的主题便是降低巴基球的毒性。”

马吉云始终全神贯注地听着，并做着文字记录。见最后一人说完，他站起身子，面带和善的笑容：“很好！诸位的专业令我赞叹，现下便有不错的成果了。接下来，我们将面临更进一步的课题——如何进一步开发成果。现在诸位各自都获得了一定成效，这很好。现有的思路，门冬酰胺酶虽杀伤效果巨大，但索敌与命中率低下；巴基球虽能锁定目标，但各个击破还及不上癌细胞的增殖速度，但这两者可以互补。接下来，诸位将重组为一个团队，把现有的两个关键成果整合到一起，同时，看看如何精准地将药剂送入人体的关键部位！”

此时，下面有个研究员兴奋地说道：“有！我们可以利用纳米技术！”

马吉云笑了笑，挥手示意那人安静，继续说道：“很好！我相信大家很快就能确定方向。专业的事情我便不再多说，接下来请你们继续讨论，团队的结构与调整之后的工作由陈小姐负责。就这样，祝诸位成功。”

底下的科学家纷纷点头致意，马吉云也不多说，离开了会议室。

马吉云在办公区域见研究员们或趴在桌子前看着电脑，或计算着各种完全看不懂的公式，来回转悠了几圈，最终走到散了会的陈若彤身边。

“我想出去走走，这附近哪里热闹？”马吉云问。

“要不就到对面的商场逛逛。”陈若彤说道，“哦，对了，还记得那个富家子弟许程吗，高中就属我们三个最要好了。”

“许程，当然记得。怎么了？”马吉云回道。

“他的公司办公室就在我们这栋楼里，他现在可谓是飞黄腾达，一步登天了。”陈若彤说道。

“他父亲原本只是个建材店小老板，而且，许程从小就挥金如土，怎么就飞黄腾达了？”马吉云好奇地问道。

“今非昔比呀！七八年前，他父亲改行做了房地产开发，拿下了三四块地，因没有经验，所以拖了很久才把房子造出来。都说生意场上快鱼吃慢鱼，可又有谁能料到，长期萎靡不振的房产市场在后几年突然发力，反而是他们这条慢鱼美美地饱餐了一顿，仅账面收益就是投资的十几倍，再算上金融杠杆，听说现在资产已经上百亿了。”陈若彤笑着说道。

“这倒是有点巧了，”马吉云微笑着说，“许程的公司在几楼，我去看望这个老同学。”

“三十二楼，整层都是。”

出了电梯，踏上第三十二层，洁白如玉的大理石铺满了整个大厅，周边一片素雅，虽用料不菲，但装饰很少，只是在几个关键处挂上了些艺术画作和公司的荣誉证书，颇有格调。

不过奇怪的是，门前吧台上空无一人，按了半天门铃才走来一个年轻小伙子。

“请问你找谁？”小伙子问道。

“我找许程。”马吉云回道。

“哦，你找副总啊。他在是在，不过……”

“不过什么？”马吉云好奇地问。

“他上午刚进公司就冲着前台大发雷霆，这不，莫名其妙地就把她炒掉了。今天就没见他有好脸色，现在刚吃过午饭，他在办公室里休息着。”小伙回道。

“他从前的脾气可好得很，看来麻烦确实和金钱成正比。”马吉云笑着说道，“哦，我叫马吉云，你去通报一下，你们副总应该会见我的。”

不一会儿，小伙子回来殷勤地把马吉云引进一所房间。进门后，只见许程坐在黑色的单人沙发上双眉紧锁，一副失魂落魄的神情。他背后是一大块透明的落地玻璃，几乎可以看见城市的半壁江山。

“看你现在的样子，确实更像康师傅了。”马吉云笑着说道。

许程有着一头浓密的卷毛，枯燥得略微发黄，远看如烫了狮子头的女人，近看与方便面包装袋上的头像神似，所以，马吉云给他起了个绰号叫“康师傅”。

“呵呵，看见你这家伙便忘了忧愁，”许程如川剧变脸一般，一见马吉云顿时满面春风，“记得我们班一大半的人都被你起了绰号。”

“模仿与比喻他人的短处是其乐无穷的。”马吉云耸了耸肩，“这都快二十年前的陈年往事了。”

许程听后也是一笑，起身开了酒柜倒了两杯，将其中一杯递给马吉云，自己则一饮而尽，重重地坐回沙发。

马吉云拿着杯子轻抿了一口，眉头微皱，说道：“你有心事？”

许程再次拉长了脸说道：“哎，恐怕我这烦心事你没兴趣听。”

“我的耐心如莫比乌斯环一般没有尽头，好奇心像克莱因瓶一样没有边界，唯独缺少的是你敞开的心扉。”马吉云微笑地回道。

“你也许根本体会不了有钱人的痛苦。我的公司看起来门庭若市、风光无限，但我身边全是阿谀奉承与唯利是图的小人。假若我失去了金钱与地位，恐怕除了你之外，便再无知心的朋友。表面的尊严与荣耀无法排遣我内心无尽的空虚与压抑，我感觉自己活得不如一个乞丐快乐。”许程倾诉衷肠道。

“对于你来说，现在的产业与地位便是吸血鬼恋人，她已让你变得憔悴软弱，长此下去，必然是暴病而亡。”马吉云说。

“你的意思是让我放下一切？”许程问道。

“不是一切而是一部分。要记得，你割舍不下的并非产业与地位，而是曾付出的情感与心血。短暂的本能性痛苦可以换取长时间的快乐。”

许程如释重负地躺靠在沙发上，长叹一声说：“听君一席话，胜读十年书。其实，我有轻度抑郁症，并不适合闯荡在瞬息万变的商海之中。你的分析十分透彻，让我这艘故作坚强的孤舟有了靠岸的勇气。”

手机铃声打断了挚友之间的对话，这是王文志打给马吉云的。依赖高铁超乎想象的快速，他下午从杭海出发，在傍晚前便到达了昆北。

两人很快便在王文志的办公室里碰了面。

“你说要我杀一个人，什么意思？”王文志开门见山道。

“一个商人，他的忧郁让人类岌岌可危。”马吉云回道。

“说得直接一些，我是个粗人。”

“我让你刺杀的，是灭绝派的幕后主谋，他叫自然先知。”马吉云说道。

“灭绝派首领不是黛丽丝吗？这个自然先知又是谁？”王文志问。

“自然先知是极为关键的人物，是他资助了灭绝派和一些恐怖组织。黛丽丝只是他的傀儡，甚至从某种意义上说，并不与他同心。所以，黛丽丝可以暂时不去顾及，而自然先知必须死。”马吉云回道。

“那自然先知的真名叫什么？”王文志继续问道。

“不知道。根据黛丽丝的记忆，我能描述出他的面容，并知道他的后颈部有一条约三厘米长的灰色伤疤。此外，他拥有上百家企业的股份，还有一家全球性的科技公司。”

“就这些信息？”

“是的，所以必须依靠你的力量去找到他。”马吉云说道。

王文志立刻叫来了一名模拟画像师，花费了整整一天的工夫才绘制出马吉云觉得满意的图像。接着，渲染上色与微调又用去了一天，自然先知的脸庞终于呈现出来。

然而，将世界万名知名商人的脸型输入进去，却找不到匹配的对象。万般无奈之下，王文志只得求助于刘东升，让他帮忙用电脑进行更精确的计算。

两百台计算机暴力运行一个月之后，两名嫌疑人浮现出来。

“你的数据出错的概率是多少？”马吉云问。

刘东升捏了一下脸颊回道：“在人类建立起完善的数据分析系统之前，根本不能计算概率，因为脸型并不是完全随机，也就是说，某些脸更容易出现，而某些脸几乎找不到相似之人。没有录入我们数据库的人约占七分之一，幸运的是，他们大多身处亚非的穷困地区，不太可能成为那些跨国企业的幕后控制人。而且，根据你的描述，自然先知一眼就能看出欧美人的轮廓。所以，只能说，出错的概率十分低，至于低到什么程度鬼才知道。”

“好吧。那么，这两个人是什么身份？”马吉云问。

“一个是法国的物理老师，另一个是英国的工程师。就这些信息？”王文志在一边说道。

“你准备怎么做？”马吉云继续问。

“既然自然先知是索多玛恐怖组织的幕后支持者，自然会经常到那里去。只要我派人长期监视，便可发现他。”王文志回道。

“守株待兔的策略太低效了，你要知道，他多活一分钟就可能多造成一起恐怖伤亡事件，甚至又一次自然革命行动的来临。”马吉云说道。

“那你有其他更高效的办法吗？”王文志问。

“有是有，只是不能做。没有如来佛，怎么分辨真假猴王？”马吉云意味深长地说道。

“同时干掉？但这样粗暴随意地夺去无辜者的生命，等于将人类上万年才构筑起来的人性、善良、法律置于摇摇欲坠的境地，不到万不得已，绝不能跨出这一步。”王文志厉声道。

“呵呵，别激动。没如来佛，谛听也是可以的。”

王文志想了想，问刘东升：“从灭绝派那里获得的记忆移植技术，现在进展怎样？”

“嗯，还算顺利，读取记忆的设备已经相当成熟，但在写入记忆时遇到了一些暂不能解决的问题。”刘东升回道。

“那我能否携带着设备，去读取那两人的记忆，从而找到谁是真正的自然先知呢？”

刘东升大笑一声道：“理论上完全可行，但整台设备比一辆坦克还巨大，你能背得动吗？”

“那就没有其他办法了吗？”王文志叹气道。

“你准备干吗？”刘东升接话道，“问一些简单的事不一定需要这个，测谎仪也可以。”

王文志立刻有了主意。他向刘东升道谢之后，思索片刻，便以此事终是不合法的为借口，送走了马吉云。

有些事，终是不能明说的。

王文志在心中筹划着每一处细节，一声不吭地朝外走去……

“王警官，你是来提审我的吗？”说话的是躺在牢房床上的吴明。

“不。”王文志坐到一把矮凳子上，郑重其事地说道，“准备把你放出去。”

“把我放出去？你在跟我开玩笑吗？”吴明一脸的疑惑。

“我从来不喜欢开玩笑。”王文志一脸严肃地说。

“那是真的？”吴明惊喜道，“天上不会掉馅饼。你放我出去，一定有条件，说吧，要我干什么？反正我已被判了无期徒刑，再犯一次罪又何妨！”

“你有这态度就对了。”王文志冷冷地说道，“借你的命，去绑架两个人，必要时可以杀了他们。”

“又要杀人？我可不想再干了！”

“我的命总比你的金贵吧？放你出去行凶，我一样是死罪。就在刚才，我已经提交了辞呈，现在是以无业游民的身份在伪造公文和私放囚犯。我都不怕，你怕什么？真是个孬种！况且，你干完事还可以逃命！”

吴明沉默片刻，问道：“我可以先知道目标是谁，再决定吗？”

“当然可以。灭绝派的幕后主使自然先知！不过，另有一人的面容几乎与他一致，我不知道谁才是真正的魔头。”王文志回道。

“呵呵，早说嘛，我们的目标一致！”

王文志用伪造的文书将吴明带出牢房之后，便消失于众人的视线之中。事情暴露时，他们的靴子早已踏上了遥远的国度。

其实，自然先知早就知道自己的面容已经暴露，所以已做出了精密妥善的安排。王文志并不知道，自己即将面对的是一道亦真亦幻的道德方程。

21．诛杀魔头

法国，浪漫之都巴黎，香榭丽舍大街。此时正是梧桐花开的季节，千米长的大街上绽满了淡紫霞云。街道上人群熙熙攘攘，有装扮时尚的行人来回穿梭，也有背着包的游客驻留拍照。

王文志与吴明两人便是漫步在这样的街道上，步履轻松惬意，与周围的人们一般无二。他们慢慢走着，拐进了一座图书馆。

这里的影音室内正有一节公开课，王文志与吴明进去时已经开讲了，他们找了末排的位置坐下，打量着黑板前方的物理教师。

他便是首个目标。

清爽的短发让这名教师看起来格外精神，嘴边一圈短胡须衬托出成熟与稳重，比标准体重胖上一圈的身材，在紫色西装里头显得恰到好处。

“上次我给大家留下个有趣的话题——奔跑中的人是否能穿过一堵石墙，大家回去有没有思考？”物理教师说道。

“老师，我思考过了，那是魔术，不是物理。”一名女学生叫道，顿时引起哄堂大笑。

“老师，我来解释为什么这个不是魔术。”一位矮小的男同学举手道。

“很好，请站起来回答，让我能看见你。”物理教师说道。

男同学缓缓站起，大堂内近百人喧杂的声音顿时停息下来。

“如果把人看作众多粒子，而把墙看作大量的势垒集合体，那么根据量子力学的隧穿效应，完全存在穿过去的可能，只是概率实在是太低了。我大致计算过了，一个水分子以10米每秒的速度，穿过厚度为0.1米的石墙，其概率约为10的负10的10次方，把它化作数字的话，小数位有一百亿个零。而人体大约有10的27次方个分子，要穿越石墙的可能性已经小到没有认知概念了。”

“很好！”物理教师露出欣喜的笑容来，“这位同学认为奔跑中的人存在穿墙可能，只是概率非常低。按照他的思路考虑问题，假设有无穷多个相似的平行宇宙，总会有人在不知不觉中完成这不可思议的穿越。”

“我反对！”一个声音从前排传来，另一位身材高大的男生在没有得到老师允许的情况下，自己站起身来说道，“前面这位同学犯下了一个致命错误，他认为人的躯体只是大量粒子的简单集合，所以运用了概率连乘的方法。但是他忘了，人之所以有生命，是因为粒子间存在着严谨的排列方式，必须考虑粒子之间的相互作用力。总之，穿墙的概率绝对为零，而不是近似于零。”

“看来，这位同学的领悟更加深刻。人穿过墙的概率确实为零，因为要构筑完全符合整个人体能够穿越的波形态的话，那堵墙可能早已塌陷，因为它粒子间的相互作用力出现了矛盾。”

坐在远处的王文志忍不住笑道：“你看，这些欧美人真是有趣。一个小孩子都知道的问题都要研究半天，还搬出这个理论那个公式，最终得出的结果依然毫无价值。”

边上的吴明摇了摇头回道：“你可能不理解，这正是欧美人成功之处。从古希腊开始，一个看似平常不过的问题，经常能剖析出震撼人心的知识。希帕索斯研究$\sqrt{2}$是否为两个整数比，而发现这个世上除了整数与分数之外，还有神奇而诡异的无理数；芝诺悖论引发了无限小概念的危机；牛顿因为被苹果砸中而构想出万有引力定律；重物比轻物掉落更快，这看起来完全无须质疑的现象，却引起了伽利略的思考，发现了自由落体理论。你看，历史上大量的伟大成就，都归功于近似钻牛角尖的研究或探索。”

“呵呵，这讲台上已站着位老师，现在身边又多出一个。我可受不了你们絮絮叨叨的说教，我们也该进入角色了，接下来的这场戏才有趣。”王文志说道。

吴明点了点头，两人悄悄地起身离开了教室……

物理教师与往常一样，在回家的路上买了一大袋面包，然后将车停在自己公寓大楼的地下室，再坐电梯来到顶层，打开自己房门。他将面包放在桌上时，蓦然回首，只见一个陌生人正坐在自己的写字台前，那便是王文志。

“你是谁？”物理教师紧张地问道。

王文志面无表情地用标准英语回道：“我是想证明，人能够轻易穿过一堵石墙。”

物理教师知道情况不妙，急忙转身奔跑。当他打开房门，只见一杆手枪顶在了自己的脑袋上。

吴明握着枪，将物理教师推了进去，然后把门带上，说道：“如果你答应不大喊大叫，那么这枪口也不会发声。”

物理教师向后退缩了几步，说道：“你们想要干什么？”

王文志走到物理教师的身后，一把拉开他的衬衣领子，并没有看见那条三厘米长的灰色疤痕。他琢磨着，可能自然先知在黛丽丝面前做了伪装，任何细微特征的丧失都不能成为有力反证。想到这里，他打开一只金属箱子，将测谎仪插上电源，连接在笔记本电脑上。

吴明推着物理教师坐到写字台前，然后分别在他的指头、大臂、脑部套上感应终端。

“先生，你不用过于紧张，这就是一个常见的测谎仪。”王文志说道，“我们只想得到几个没有欺骗的答案。你的妻儿还有一个小时就回家了，希望你不要制造太多的麻烦，否则，我们很难与你一直保持友善。”

“只要不伤害我的家人，我可以配合你们。”物理教师隐约觉得，对方似乎并不想要他的性命。

王文志从口袋里拿出一张小纸条放在了物理教师的面前，微笑道：“请按照上面的内容，口齿清晰地朗读出来。”

物理教师瞄了一眼纸条内容，顿时额头布满了冷汗，仪器测量的心跳与血压指标大幅度波动起来。他抬起头，用恐惧的眼神望着面前的两个陌生人。

“怎么，很为难吗?”王文志瞪着眼说。

“我念，我念，”物理教师喘了一口气，尽可能让自己镇定下来，“我知道自然革命的目标。我随时准备着牺牲。我就是幕后操纵者自然先知。”

王文志看着笔记本电脑屏幕，三句话的判定结果分别为：真实、真实、谎言。他立刻皱起眉头，将测试数据通过网络发送给了刘东升。接着他再次询问道：“你真的知道自然革命的目标吗?”

物理教师无力地瘫坐下来，微微点头回道：“是的，自然革命的目的是毁灭整个人类。事到如今，也不用再隐瞒什么了，我就是自然先知。”

测谎仪的结论再次为：真实、谎言。

“嗯，但你是否能解释一下，为何你说自己是自然先知的时候始终被判定为谎言?”王文志问。

“你相信这些金属构成的鬼东西能看穿一个人的内心吗?我已经和盘托出，只希望能放过我的家人。你们现在就可以杀死我。”

王文志再次等待着结论，电脑屏幕上的光标闪动了三次后，弹出一排字：真实、真实、真实。

“难道他真的就是那邪恶之首？事情顺利得如此蹊跷，总觉得什么地方出了问题。”王文志心中想道，他站起身走到角落，用手机拨通了刘东升的电话："喂，看到了吗？"

"看到了。"刘东升在电话中回道，"虽然结果十分诡异，但我觉得他就是自然先知。"

这时，电话中传来马吉云的声音："我认为他不是！"

"你为什么这么自信？"王文志疑惑地问。

"从长相到声音，以及细微的动作习惯。"马吉云回道。

"我可要提醒你，一旦放错了人，打草惊蛇的后果是满盘皆输。"王文志严肃道。

刘东升接口道："通过专业的训练以及整容，马吉云，你说的这些是可以改变的。"

"但你无法解释测谎仪的结论。"王文志直指要害。

"这也不难解释。"刘东升说，"有些人的意志控制力十分强大，他们可以对某个完全不存在的事实进行反复臆想，而骗过测谎仪。如果他为了隐藏罪恶身份，长期暗示自己不是自然先知，从而导致思维在短时期内的逻辑混乱也不是不可能。"

"还有一种可能，"王文志回道，"他是自然先知的记忆复制品。"

"如果真是这样，我可不敢保证他只复制了一两份。"

正当众人陷入沉默之时，王文志摆了摆头，活动了几下筋骨，说道："算了，这个世界不存在没有弱点的人，我有办法对付他。把他绑了。"

吴明用专业的手法将物理教师五花大绑起来。即便他是最伟大的魔术师，或者将一把利刃交于其手，他也绝无挣脱出来的可能。

没多久，物理教师的妻子带着不到十岁的儿子回到家中。接着，便又多了两位口中塞着布团的被绑者。

王文志掏出一把老式左轮手枪，将一枚子弹装了进去，接着手掌拨动轮盘让其急速旋转起来，那枚子弹尾部泛出象征毁灭的金光，如同电子云的波函数一般，将随机塌缩在某处。

王文志手猛然一抖，只听“咔嚓”一声，轮盘回到了枪膛之中。他将左轮手枪对着物理教师的妻子，说道：“这是俄罗斯轮盘赌，应该知道吧？”

“你们真是穷凶极恶的魔鬼！”物理教师怒吼道。

王文志立刻扣动了扳机，只听见“嗒”的一声，左轮手枪转过了一格。

“这是对你的警告，如果你再大吼大叫，我就会打出第二枪。”王文志此刻已将枪头调转到物理教师的儿子头上。

“等等，等等。千万不要乱来。”物理教师露出恐慌的眼神，态度安分了许多。

“游戏规则很简单，我会把枪口轮流对准你的妻子与儿子，在限定时间内回答我的提问，如果仪器显示你说谎了，或者回答超时，我便开枪。奉劝你不要幼稚地以为，那颗子弹是假的，我处事的风格从来不是这样。”

物理教师因为愤怒，身体微微地前后颤动，就像一个上了发条的不倒翁玩具。

“游戏现在开始。你是自然先知吗？”王文志拖长尾音说道。

物理教师额头顿时布满汗珠，颤抖的嘴发出牙齿碰触的声音。

“三……二……”

“我是。”物理教师忍受着剧烈的悲痛，无力地说道。

王文志看了一下笔记本电脑，然后扣动了扳机，物理教师的儿子颤抖着闭起双眼，“嗒”，左轮手枪又转过了一格，并没有子弹射出。

“很好，”王文志将枪口再次对着物理教师的妻子，“你是自然先知吗？”

“三……二……”

“我是！”

王文志瞥了一眼电脑屏幕，又扣动了扳机，“嗒”，左轮手枪已转动了三次，仍平安无事。

“你是自然先知吗？”王文志把枪口调向物理教师的儿子。

“不，求你不要这样。”物理教师精神几近崩溃。

“三……二……一！”

“我是自然先知！”物理教师如疯子般狂叫着，接着痛哭起来。

王文志看着测谎仪传输到电脑上的数据，无奈地摇了摇头。“嗒”，第四次射击落空。

“你的谎言为家人带来了四次死亡危机，不过他们的运气似乎好得超乎想象了。”王文志冷冷地道，“如果你继续撒谎的话，你觉得幸运之神会再眷顾一位可憎的丈夫吗？”王文志缓缓地将左轮手枪顶在了物理老师妻子的额头上，“请问，你是自然先知吗？”

物理教师面色铁青，面部肌肉像地震时的大地一般不规则地跳动着。

“三……二……一！”

“不！不要！”物理教师大声咆哮，“我不是自然先知！”

“那你是谁？”

“自然先知来找过我，用我家人的性命威胁我。”

“威胁你什么？”王文志问。

“他说，一旦有人找上门，就让我承认自己是自然先知。起先我并不屈服，但不久，我在儿子的书包里找到了一只没有启动的定时炸弹，然后我父母接到了一封装着血迹的空白邮件，我的妻子还被人击昏在车库门前……我根本没有能力去抗拒，只有牺牲自己，才能保全家人。”

王文志叹了口气，说道：“合理的解释。委屈你们了，正如我所说，子弹是真实的，但这把左轮枪只是一个玩具。”

“但是，我们没死在你的手里，也一样会被杀的。”物理教师焦虑地说道。

王文志拿过物理教师的手机说：“嗯，我会尽力保证你们的安全。”

吴明将物理教师的口封上，冲着他们三人笑了笑，便跟着王文志朝屋外走去。

他们并没有耽搁，两个小时内便抵达了机场。当他们正准备登上前往英国的班机的前一刻，王文志走到一处角落，戴着手套拿起物理教师的手机，拨通了法国的报警电话，数字“17”。

“你好，这里是警察局，有什么紧急情况需要帮助？”一个女声问道。

“我想告诉你们一件事，最近新过的那项议案是垃圾！对，你们知道是哪一项的！那个议员也是垃圾！你们必须立即停止这项法案！否则，三天内，我会杀死一批他的忠实拥护者！为了证明我是认真的，我已经把他们绑了，之后你们就会收到他们哀求的视频了！”王文志说完便切断了手机电源，将其扔进了垃圾桶内。

法国警方对于近期频繁发生的恐怖袭击已风声鹤唳，他们立刻搜寻来电号码的拥有者。那位物理教师的身份被确定，一次援护行动便悄然展开。十几辆警车闪动着红蓝交替的灯光，拉响了警笛，在深夜的香榭丽舍大街上呼啸而过。

火光在一层锈色物质的遮掩下，隐藏起刺眼的明亮。炙热的铁水在昏暗中微微荡漾，从远处看去就和一碗焦糖布丁没什么两样，倘若尝一口，那你的血肉会在刹那间被穿透，哪怕是吹毛得过的名刀也逊色于这样高温的液态利刃。

一名工程师站立在玻璃房内，远程操作着一只巨大的金属手掌，将铁水表面的渣物捞起。

“快下来，中国的合作伙伴来我厂参观，你来做一下向导。”玻璃房外的工头叫道。

工程师回头用异样的眼光朝远处看去，只见王文志与吴明戴着头盔、穿着一黑一灰两件风衣，站立在门口处。他走下玻璃房的阶梯，向前走来。

工程师同样戴着头盔，但那白种人的肤色、高耸挺拔的鼻子、深邃黝黑的双眼以及一副道貌岸然的神情，完全与马吉云描述而生成的相片一致。

“你好。”王文志微笑道。

工程师只是默默地点了点头，便转身而去。

工头见状说道：“哦，他是英国总部新聘的工程师，平时不太爱说话。你们有什么不明白的就问他。我可不能离开监控室太久，就不奉陪了。”

“谢谢，你去忙吧。”王文志回道。

工程师一边绕着设备缓步行走，一边用简洁的语言解说，最后来到一处栏杆的尽头停下了脚步，看着下方的熔炉说道：“这炙热的铁水就如同太阳一般，无论你用怎样的光线去照射，都不会改变其高傲的色彩。”

“是啊，它接近于完美的黑体，能吸收任何波长的外来辐射，而没有反射与透射。低温时，它就像吞噬一切的虚无，是宇宙中最黑暗阴森之处；加热后，其颜色只与自身温度相关，而与一切外界因素无关。”吴明凭借学医时掌握的些许物理知识，与工程师聊了起来。

“这便是上主伟大的杰作。”工程师津津乐道地说，“黑体将一切的凌乱无序吸收进去，然后井然有序地释放出来，如同是净化世界的圣物。”

王文志悄悄来到工程师的身后，清晰地看到了他后颈部有着一条三厘米长的灰色疤痕，立刻露出喜悦的笑容。

吴明从王文志的表情中明白了一切，他犹豫片刻，对着工程师说道：“水清则无鱼。你能否确定，黑体是在净化世界，还是在毁灭希望？”

“万物都有两面性。鸡蛋壳从外面打破是食物，从里面打破是生命，关键在于你怎样领悟。”工程师回道。

“那你觉得人类身处鸡蛋壳的里面还是外面？”

工程师转过头凝视着吴明，许久后，在其严肃的神情中似乎露出诡异的笑容。

“嗯，时间也不早了，我们还要到其他地方参观，这就不打扰你了。”王文志在他们后方说道，打断了这段对话。

工程师没作挽留，也没有道别，只是站在原地静静地注视着两人离去。

“自然先知就是他，不会错了。”王文志说道。

“外表和记忆可以作伪，思想却不行。”吴明平静地回道。

“该是做个了结的时候了。”王文志冷冷地说道。

碧蓝的天空，尖顶的钟楼，雄伟的长桥，平静的河面，仅三百多千米长的泰晤士河孕育了英格兰璀璨的历史与文明。维斯敏斯特大教堂更是神圣庄严之地，这里安息着的不仅有数位君王，还有建立起经典物理第一座大厦的牛顿、推进人类生命认知的达尔文等人。这些科学先驱虽没有那些权贵者盛极一时的辉煌，但如太阳般释放着温和长久的光芒，给人类带来永不泯灭的希望。

礼拜日是圣子的复活之日，作为虔诚的教徒，那位工程师或者说自然先知必然会在这天早上八点前出现在维斯敏斯特大教堂。圣光将带来“五饼二鱼”的恩惠，每个到场者都能领到一份祝福与健康。但上主并没有告知的是，今天有人将领到的是诅咒与死亡。

教堂对面酒吧的卫生间内，一位背负拯救人类使命而甘当凶器的冷酷杀手，正等待着猎物的到来。

自然先知的身影在远处的过往人群中忽隐忽现。

吴明屏住了呼吸，手指轻轻放在了枪的扳机上。

“先生，能帮帮我吗？”一个小女孩披着一头蓬乱泛灰的黄发，穿着一件破旧的红布衣，盘腿坐在地上。

自然先知蹲在小女孩的面前，微笑道：“你为何要流浪街头？”

“十年前，当时我才三岁，我的父母坐上了一班开往天堂的飞机，而叔叔却将我送进了孤儿院。那里几乎每个大人都有着虐待我们的独特手段。他们用膝盖撞击我的胸口，让我舔干净一双旅行鞋上的灰土，将我的头压在水缸里；甚至在寒冬飘雪之日，让我只穿着一件短裤在门外剪草。所以，七岁那年，我找到机会逃了出来。”小女孩回道。

“那你为何不去找你的叔叔？”

“不，他还会把我送回孤儿院。我憎恨他，憎恨那些杀死我亲人的坏蛋。我好想念爸爸妈妈啊，好想念……”小女孩哽咽道。

自然先知的脸上露出悲伤怜悯的神情，他从口袋里掏出一把钱币，全部交到了小女孩的手中，说道：“这些钱你拿着吧，人类的罪恶终将被创生者审判。某一天，我们必然会在天堂中相遇。”

吴明目睹着眼前的一切。这个时刻，是射杀自然先知的最佳机会，但他有些犹豫，久久没有做出任何动作。

“你在犹豫什么？”王文志在对讲机中大叫。

“我、我不确定……他确实是自然先知？”吴明回道。

“善良与邪恶都是与生俱来的，谁也不能将任何一部分抹除干净。他的任何善良举动都不能代表什么，快动手！”王文志厉声道。

吴明清醒过来，咬紧牙关扣动了扳机。

正当枪声响起的瞬间，那小女孩刚巧起身亲吻自然先知的脸庞，以表达她的爱意。子弹击中了小女孩的背部，她摔倒在地，鲜血洒满一地。

吴明顿时愣住了，呆呆地看着倒下的小女孩，全然忘了立即追击；好半晌，才想起什么，从腰间掏出一把手枪，拨开惊慌失措的人群，跌跌撞撞地向自然先知追去。

“快走！别追他了，任务取消！”王文志躲在教堂大门前的人群中，用对讲机指挥着。

“不！错过这次只会伤及更多的无辜者，今天必须有个了结。”吴明举起枪向前方瞄准。

这时，惊慌的人们四处逃窜奔跑，为枪口的前方铺开一片空旷的视野。

自然先知正呆坐在地上，冷不防见前方站立着一个黑影，顿时浑身惊出虚汗，这才从恐惧中回过神来。他向前鱼跃扑倒，躲过了射击，然后朝着教堂狂奔。

吴明紧追不舍，跑上教堂内一侧的阶梯，教徒们都已经卧倒在椅子下方。他跟着脚步声追到一处房间，只见前方有一条露天连廊，通往教堂另一侧的楼房。

若让自然先知逃到对面，就能从底层逃脱。吴明暗叫不好，不顾一切地向前冲去。

此刻，一辆警车赶到，四名警察分别从两侧阶梯向上包抄。

王文志见吴明处于万分危急之中，便悄悄跟着跑进教堂想寻机为他掩护。

正当吴明箭步踏上露天连廊的一刻，躲避在墙后的自然先知猛然伸出一条腿，拦在了对方的行进路线上。

吴明猝不及防，重重地摔倒在地，但手仍旧死死地握着枪。他刚站立起来，自然先知已来到他的身后，一把挽住他的脖子；接着，用另一只手抓住吴明握枪的手，朝着连廊的石头围栏上连续猛砸。

吴明实在不能忍受这刺心般的疼痛，枪从手中滑落下去。

自然先知将抓着对方手掌的手臂缩回，顶在吴明的后脑勺上，聚集全力将肘部朝内挤压。

吴明几乎已不能呼吸，颈部的肌肉绷紧得如岩石一般坚硬。他抬起一只脚狠命地踩向自然先知的脚尖，然后左右开弓，用臂肘向后撞击。

自然先知强忍着疼痛，绝无放手之意。

吴明感觉再过几秒，自己便会窒息。在这千钧一发之际，他努力向肩后伸出手，颤抖着摸到掐着自己脖子的拳头，然后抠出对方的小拇指，用尽最后的气力将它朝外扳动。

小指断裂的痛楚，是没有一副血肉之躯能够承受的。自然先知惨叫一声，本能地松开了手。

吴明喘出一口大气，立刻恢复了精神。他将自然先知推到石头围栏边，一只手顶着对方的头部使劲朝下按，另一只手想要抱起对方的双腿。

自然先知知道，一旦自己双脚离地，那就只能由人摆布，对手将会把他甩出，从十几米的高处坠落，跌个血肉模糊。求生的力量不可思议的巨大。他绷紧浑身每一处肌肉拼命挣扎着，双脚拄地如大树生根一般，即使吴明使出浑身解数也难以撼动他。

“举起双手！停止侵袭！否则我们射击了！”突然传来警察的喝叫声。

吴明斜眼看去，只见连廊的两侧有四个警察举着枪对准自己。

“即便人类是无药可救的毒蛆，也绝不会放弃存活，因为这是生命的根本！你的自然革命永远不会成功！”吴明对着自然先知怒吼道。

“革命者与被革命者无须对话，彼此为了信仰而战斗，牺牲便是宿命。”被吴明压在身下的自然先知艰难地回道。

“请立即举手投降，这是最后的警告！”警察再次叫道。

吴明的眼前突然闪过了小女孩倒在血泊中的身影，心中掠过一抹悲凉。他双手紧抱住自然先知的头颈，纵身朝前跃去。两具身躯如同疾驰而下的流星。

此时，不远处的大本钟敲响了整点的钟声，似远古君王的咆哮，如科学先驱的哀叹。

在这紧要关头，只见王文志一脚踢碎了教堂外墙上的玻璃，猛地探出身子，右手猛地将吴明跌落的身子抓住，瞬间的冲力令王文志的手臂直接脱臼，整个人也差点被带着一起下去。他一手抠住教堂内侧的壁面，整只手臂被碎玻璃割得鲜血淋漓，将吴明用力甩入教堂内。

而自然先知砸落在下方的露天连廊上，四溅的血液如同散开的烟花，染红了教堂上方的石墙。只见他躺在血泊中，身子微微抽搐着，双眼痛苦地慢慢闭了起来。

王文志甩回吴明，整个身子也立即缩了回来，他捂着脱臼的右手，踹了一脚还在地上喘着大气的吴明。

“发什么呆，赶快跑！”

吴明闻言立即爬起来，两人趁着那四名英国警员还未赶来，顺着阶梯一路向下狂奔，到达教堂门口时，只听得四面八方的警车声传来。

“从这条小路走！”吴明靠着一名杀手的职业经验，朝着一侧步行商业街而去，王文志紧随其后。他们没跑出多远，前方又出现了警员的身影。

王文志停下脚步环顾四周，接着冲进附近的一家餐饮店，来到尽头的落地窗前，他掏出手枪对准玻璃一角射出一发子弹，这面巨大的硅酸盐化合物瞬间碎裂成千万颗微小弹珠，如暴雨般喷洒下来。餐饮店内的几名顾客顿时尖叫着夺路而逃。

“快来！这后方是另一条道。”

王文志与吴明跨过窗框，踏上一条不到五米宽的石子街。但很快，他们便看到了路的尽头，这是一条被房屋围合的死胡同。

吴明看到面前单层楼房的墙壁上紧贴着一根水管，便顺着它向上攀爬，没几下便到了楼顶。

“快上来，这里的房顶都是相连的，我们有机会逃出去。”吴明大叫道。

王文志尝试着用单手攀爬水管，但力所不及。

吴明这才想起王文志的右手臂已经脱臼，他连忙趴在房顶边沿，叫道：“快抓住我的手，我把你拉上来。”

吴明毕竟也跑了半天，体力丧失大半，即便他使出吃奶的力气，也不能拉起近两百斤的王文志。

正当此时，蜂拥而来的警员已到附近。

王文志无奈地松开了手，叫道：“你快跑，别管我！”

吴明咬紧牙关，起身朝着远处跑去。

22．涅槃重生

马吉云终于迎来了最后的时日。他时而昏迷时而清醒，原本黝黑的皮肤泛出了病态而吓人的姜黄色。医生认为，任何治疗方案都不再有意义，让其平稳度过这最后两三月的时光，是可做的全部。

陈若彤将马吉云送入了一所特别的医院，据说这里的患者，从躺进病房到躺进火化炉，平均时间为三十二天。

寂静的清晨，短促的呻吟声让马吉云醒来，他透过窗外冷若冰霜的暗淡光线，看见身边的老头将脑袋埋在自己绷直的双腿之间。

“怎么了，父亲?”守护在一旁的中年男子问道。

“肚子疼……”老头回道。

“肚子疼就躺平下来，我去叫护士来。”中年男子拉着父亲的手，想让他重新躺倒下去，但其身体就像是钢板一般僵硬，上身弯曲得几乎贴着床面。

即便是一个体操运动员也很难长时间维持这般吃力的动作。这个可怜的老人似因为忍痛，才把身体这样费力地弯曲着，此刻浑身大部分肌肉处于痉挛状态而微微颤抖着。他疼得面孔扭曲，泪水与冷汗浸湿了衣裤。

看着父亲的惨状，中年男子的热泪在不知不觉中已流满了脸颊，他慌张地向病房外奔去。

不到一分钟，两名护士匆忙进来，为老头注射了两剂药物。他的痉挛这才消除了一些，但僵直的身躯久久不能松弛下来。

“儿子……救救我，救救我呀。”老头似乎感觉到死亡临近，像一个乞丐般哀求着。

“没事的，爸，过一会儿就好了。”中年男子哽咽道。

老头突然像一只被死神捏在手中的磕头虫，不住地点起头来，咬破舌头的鲜血从口中流淌出来，染红了面前的床单。

在一边的马吉云实在不忍再看下去，缓缓地背过身去。

心电监视仪传来了长鸣警报声，其中一名护士像疯子般冲上前去，飞快地拔掉了电源，然后蹲在地上抱头痛哭起来。

同病相怜，隐志相及，马吉云觉得心被一只无形的大手紧揪着，眼里滴出两颗酸楚的泪。

这时，陈若彤轻步走进房间，将一盆仙人掌放到马吉云床头边的柜子上，轻声道：“东西都准备好了，你还好吗？”

“没问题，是该出去透透气了。”马吉云说着从床上坐起，双脚踏在地上站了起来，看上去和健康时没有什么区别，但若仔细观察，便能注意到他那双腿的瘦弱远超常人。

“别的病人都喜欢看到花朵的鲜艳，而你为何唯独要求摆盆仙人掌？”陈若彤问道。

“我就喜欢仙人掌的特别，”马吉云的心情一下子好了许多，对着陈若彤笑笑说，“它坚硬的盔甲上生出凶悍的钢针，而内心却是柔酥的黏液。生命就该隐藏起自己的柔弱，表现出这般倔强与蛮横，才能赢得尊敬。”

“听你这番话，还以为你是个哲学家或是颓废派诗人呢。”陈若彤尽可能伪装出轻松打趣的口吻来，“大诗人，要不要陪你去散散步？”

“好呀！既然你叫我大死人，那么，就陪我到墓地去散步，那可是人人必须去的美丽安详的天国。”

“说什么呢，没个好话！”陈若彤略有所悟，“你让我准备东西，是想去祭祀你的家人？”

“是的。”

她故意停顿下来，坏笑着说：“你还记得以前你给我起的昵称吗……”

“莫说你理，总是有理！哈哈！”两人同口异声，都大笑起来。

“莫说你理”，是意大利王国第四十任总理墨索里尼的谐音。两人以前热恋时，遇陈若彤胡搅蛮缠撒娇耍赖时，马吉云总说此话作让步迁就，给自己找台阶下，哄她开心。

“时间已不早，我们该走了。”马吉云把话题一转说道。

陈若彤似乎也觉察出了什么，收敛了笑意，“嗯”了声，便提着带来的东西，默默地跟在马吉云的后头。

走出医院不久便到了墓地。一条白色的大理石阶梯直达顶处平台，平台中央是一个标准的八角凉亭，阶梯两侧的山坡上是一排排碑文。

站在墓地中央时，你那般奇异的感受是难以描述的，就像是对着不曾拥有味觉的人表达酸甜苦辣的滋味一样。

马吉云在黛丽丝的记忆中，看见了父母被害的场面，但搜遍了记忆的各个角落，也找不到他们尸首的下落，无奈，只好用几件衣服当作骨灰入土。

陈若彤将几大袋物品放在马吉云的身边，然后默默站在一旁。

“爸，妈，乐晴，我已时日不多，这也许是最后一次来看你们了。”马吉云并没有流露出哀愁的神情，嘴角露出淡淡的微笑。

“爸，你生前每天要抽两包烟，一定憋坏了吧？我这次可是帮你带来整整一箱呢，五十条红双喜，够你抽一阵的了。还有，要告诉你一个好消息，你最喜爱的德国队在去年世界杯上夺冠了，你高兴吗？你平时不喝酒，但遇到这样的喜事，今天我们爷俩来庆祝一番怎样？”

马吉云拉开一听啤酒，一口气喝得精光，然后又念念有词：“妈，你活着的时候，总舍不得吃好东西，就说烤玉米是最美味的。你看，这里有一大袋玉米，等会儿，儿子来帮你烤。你一有钱就要买房，宁可日子过得拮据，也觉得那是满满的幸福。其实我知道，你就是想为后代多攒点钱。等会儿我烧一套房子给你，是带大花园的别墅。看着它慢慢升值，你一定会很开心吧。”

接着，马吉云挪了两小步，对着妻子的墓碑轻声地说起来：“乐晴，你终究是回来了的，没有被邪恶侵占灵魂。知道你最爱喝奶茶，说自己是奶茶妹，我当然不会忘记。你看，超大杯的红茶拿铁，半糖，去冰，加椰果。我没猜错的话，你此时应该笑得牙都露出来了吧。还有，你总想养一只吉娃娃，说它看起来蠢蠢的样子和我很像，等会儿也烧给你，好让你有个伴。”

突然，马吉云觉得肝脏处传来阵阵疼痛，疼得他额上直渗冷汗，身子不由自主地软瘫下来。

“云，你怎么啦？你怎么啦？”陈若彤急忙扶住他，大声叫道。

“不要紧，送我回医院就没事了。”马吉云用微弱的声音说完，就昏迷过去了。

陈若彤蹲在地上，双手紧紧抱着马吉云，内心的悲伤终于爆发出来，对着天空大声痛哭。

被送进医院的马吉云平躺在手术台上，在氧气面罩中微弱地一呼一吸。他头顶上方的无影灯柔和明亮，完美的设计让灯下的躯体没有一丝阴影，为大夫精准下刀提供了先决条件。

陈若彤哭丧着脸，焦虑地在手术室外来回踱步。

而在不远处坐着另一位心急如焚的青年，那便是许程。他由一个郁郁寡欢的商家子弟成功转型为一位悲天悯人的吟游诗人。拥有上百亿资产的他不愿继续沉沦商海、浑噩度日，他逐渐把心思全放在了如何做慈善、如何将金钱花费得更有意义上。

直到两月前，陈若彤的来访让许程做出了一个新的决定，当然，那时的他并不知道自己的这个决定会在未来改变人类的命运。

当时，突然来访的陈若彤看着许程，长叹一口气，说："马吉云快到大限了，你知道吗？"

许程简直不敢相信自己的耳朵，难怪好几日没见到马吉云了："他怎么了？"

"半年前，马吉云找到我，告诉我他已是肝癌晚期，现大半年过去了，他的身体情况越来越糟，最近好几次晕厥过去，我估计他现在时时刻刻都在万般疼痛之中。"

"为什么不去医院救治？"许程大声问道。

"他一直拒绝住院。他有心愿没有完成，不想躺在病床上等死。"陈若彤回道。

"那你现在才来告诉我这些，还有什么用？如果在半年前，我能给他提供最好的医疗条件，就算不能治愈，但起码能延长生命……"许程的话中带着责备的口气。

"其实，在得知自己患癌之后，他虽然拒绝治疗，但他将自己所有家产变卖了，用来资助我进行肝癌研究。"

许程听到这话时，端着杯子的手颤抖了一下，咖啡在杯中摇晃，差点泼洒出来。

"我们的研究虽然取得了一些进展，但我想他恐怕等不到我们取得研究成果的那一天了。他本来不许我告诉你这些，但这次我必须来寻求你的帮助，因为我在马吉云的日记本里找到了一段文字。"

"什么文字？"

陈若彤打开手机上的一张照片，然后推到了许程的面前。许程拿起手机定睛瞧看着。

关于强行挽救癌症中晚期患者的猜想方案

不久前，我看到了一篇医学泰斗的论文，其中提到了“手术前对患者全身换血来治愈癌症”的观点；但其显著缺陷是，手术之后需要的健康血液是巨量的。我从文中领悟到了作者隐晦的内容，那才是他想要表达的真实思想——建立起“双躯体血液循环系统”。

下面我将给出一个极其大胆的猜想方案。

1．确诊癌症患者严重受损的器官，然后找到排异较弱的健康器官。

2．术前对患者进行全身换血，尽可能避免癌细胞通过血液转移。

3．术后，将一位健康者的血液循环系统连接到癌症患者的身体之上，为患者建立庞大的双躯体血液循环。这样，癌症患者血液中的剩余癌细胞将被健康者体内的免疫系统杀灭；而抗癌药物进入如此庞大的血液循环系统中，其毒性也能减弱。

5．若能顺利完成以上步骤而未发生猝死，在理论上可大幅度延长患者的生存期限，如有更有效的新型抗癌药物，也存在完全治愈的可能。

看啊，窗外站立着一棵高大粗壮的白兰树，上面开满了纯白如雪的白兰花，它没有思想却充满着生命活力，似乎在等待主人的重生。

许程怔怔地望着陈若彤，不敢相信地说："你觉得这个方案可行？"

"从理论上讲，可以一试。"

"有人这样干过吗？成功了吗？"

"这涉及太多伦理与法律问题，就算有人这样干了也不会摆在明面上。"

"你想尝试吗？"看到眼前这位临床医学研究专家那炙热的眼神，许程明白自己压根不用问这个问题。他只思考了三秒，就点头答应了，而且这三秒是用来想三个问题的：

1. 器官移植的手术如何完成
2. 动用哪一笔基金来资助陈若彤的实验室，争取尽早研制出新型抗癌药物
3. 去哪里找那位健康志愿者

许程派人暗中走访了各个监狱，终于找到一名死刑犯人，通过各项排异测试，他的肝、肾、胃、肺，可以替换马吉云因癌细胞扩散而损伤严重的内脏器官。当然，从犯人的意愿到著名的手术医师，每一环节都需要用金钱铺路。

在进行最后一步时，许程遇到了前所未有的困扰。这个世界上怎会有人愿意牺牲自己的健康甚至生命，而去帮助一位癌症病人获得渺茫的治愈希望呢？给再多钱也不行。何况，法律

也绝对不容许这般行为的存在。

苦苦冥想中的许程在大街上缓步前行，他此时的心思全在思考，忽略了周边熙攘的人群，只是下意识地前进。

“栀子花，白兰花，五块钱一朵，它将带来幸运。”路边的一位老妇人坐在小板凳上，面前放着的竹篮子上摊着一块灰布，布上整齐摆放着两排花朵。

一个女人走上前来，俯身蹲下，掏出一张五元纸币放在了灰布上，然后细心挑选了一朵白兰花。

当女人站起身的时候，她那张死灰般昏暗颓废的面孔正对着许程，顿时把他从万般思绪之中惊醒过来。

“今天又来看丈夫啊，他怎么样，有好转吗？”老妇人对着女人微笑道。

“还是老样子。”女人并没有迎合对方的友善，只是冷冰地回了一句，便朝前方的大门走去。

许程这才注意到，自己已在一所医院的门前，突如其来的好奇心让他来到了卖花老妇人的面前。

“老婆婆，我买两朵花。”许程拿出十元钱递了过去。

“好，好，随便挑，都是刚摘下不久的，你闻那淡雅的芳香便可知道。”老妇人回道。

“哦，买花并不一定需要带走它们。只是我很好奇，你为什么说白兰花可以带来幸运呢？”许程问道。

“这是我们吴越的一个传说。曾经有一小女孩，自出生便体弱多病，却酷爱养花。一日，小女孩在林中嬉戏，见一株幼小的白兰乔木被人践踏栽倒，她心生怜悯哀惜，将其连着泥土捧回家中悉心照料。白兰乔木逐渐恢复了生机，茂密的嫩枝舒展开来，挂满了青如翡翠的叶片，不久便开出了花朵，白光耀眼，洁净如冰，美不胜收。多年之后，小女孩如同盛开的花蕊一般，长成了婀娜多姿的少女。她在河边浣纱时，鱼儿见到其水中倒影，便忘却了游水，沉入河底。”

“西施？”许程大声说道。

“是！沉鱼落雁之容，闭月羞花之貌，最早便出自这个故事。然而，西施病恹恹的体态并未有所好转，终于一病不起，奄奄一息。父母请来了多位郎中，她也服用了各味药物都不起任何作用。这天，一位道士被西施家中的春色所吸引，不自觉地走进花园欣赏起来。得知芳华正茂的姑娘已命在旦夕，道士眉头紧锁，唉声叹气。他对着西施的父母说道：‘看啊，那里站立着一棵高大粗壮的白兰树，上面开满了纯白如雪的白兰花，它没有思想却充满着活力，似乎等待着主人的重生。’”老妇人耐心地说着。

“你说什么？最后一句重复一遍！”

老妇人吃惊地望着许程，说：“看啊，那里站立着一棵高大粗壮的白兰树，上面开满了纯白如雪的白兰花，它没有思想却充满着活力，似乎等待着主人的重生。”说完，老妇人斜着头观察着面前这位陌生人的奇怪表情，轻声问道：“怎么了？有什么问题吗？”

“没事，你继续说吧。”许程尽可能让自己平静下来。

“哦，那道士说完之后离去，接着奇迹便发生了。西施的病情突然翻转，身体一日强于一日，很快便清醒过来，可以下床走动了。而花园中的那棵白兰树似乎正在死去，凋谢枯萎的花朵纷纷掉落下来，撒满了一地的哀伤，逐渐成了干瘪枯木。待越王卧薪尝胆之际，名士范蠡寻到了西施姐妹。为了帮助越人复国，西施毅然决定将自己变为一杯甘甜迷幻的美酒。在越王宫殿之中苦练三年之后，除了天仙般的美貌和曼妙可人的躯体之外，西施在优雅行走间飘摇如柳又似流风回雪，在悠扬歌声中游如宛龙又似彩云蔽日。世间恐怕没有不为所动的男子，吴王自然把西施捧为珍宝，日日酒池肉林。自此，一代枭雄走向没落，终被越国兵士攻破了国门。吴王不愿为奴，拔剑自刎，而吴国众大夫将满腔怨恨倾注于西施之身。最终，她被杀死在江边的白兰树下，裹着牛皮的尸体向着故乡随波漂去。正在捕鱼的道士，看到江面上飘荡着熟悉而美丽的身影，不禁落泪道：'纯白如雪的白兰花啊，等到了君王的重生，自己却香消玉碎。'"老妇人耸了一下肩，代表故事已经完毕。

"哎……轻罗小扇白兰花，纤腰玉带舞天纱。疑是仙女下凡来，回眸一笑胜星华。"许程说着再次陷入沉思，然后缓缓道，"我问你，刚才那个买你花的女人，她丈夫怎么了？"

"哦，那女人阴阳怪气的，不爱说话。我听她亲戚说过，她男人在一次车祸中颅部遭受重伤，大脑长期处于缺氧状态，只要拔去那插在鼻内的胶管，便会在数小时内死亡。"

"植物人？"许程问。

"是的，都这么说。"老妇人回道。

"白兰花……植物人……"许程喃喃自语，突然如孩童般从地上蹿起，扔下钞票便朝着医院里奔跑而去。

ICU，重症加强护理病房。躺进这里的患者，平均每日的开销不下两千元，这个充满压抑与悲痛的数字，让多少平凡家庭陷入绝望的深渊。

面对毫无苏醒可能的丈夫，女人在情感与理智、道德与现实之间痛苦徘徊。那天下午，她知道自己的银行卡已废，就连一天的医疗费用也刷不出来。

当医生将放弃治疗协议书摊在她面前时，女人那张憔悴的面孔上泛出可怖的丹青色，她感觉手中握着的并不是一支笔，而是一把锐利的尖刀，正瞄准着丈夫的胸口。

笔在签名处落下，女人似乎看到一注鲜血溅射到自己脸上，她惊叫着跳起，蹲到墙角不停地颤抖，随后又哭泣起来。

医生安慰了她几句，将女人重新搀扶到桌前坐下。她逐渐恢复了平静，在协议书上缓慢地描出了自己的名字，好似有人紧紧握着笔的彼端，每一划都显得格外艰难吃力。

正当医生拿起协议书时，许程破门而入，一把抢过那宣告生命即将终结的纸张，将其撕得粉碎。接着，他拉起女人朝消防通道的楼梯口跑去。

“你干什么？”女人大叫道。

“请宽恕我的自私与无礼，我想借用你的丈夫来挽救我朋友的生命。”许程大声哀求道。

“我……我听不懂你在说什么。”女人用颤抖的声音回道。

“我很难对你描述清楚，如果你答应将并未死去的丈夫躯体奉献出来，我便拿出亿元报酬。”许程说道。

“一亿元？”女人惊讶道。

“是的，一亿元。请原谅我已擅自对你的丈夫做了各项调查，无论是血型还是免疫系统，都与我要拯救的朋友完美匹配。”

“我听不明白……”

“你不需要明白，你只要知道，只要你答应将你的丈夫交给我，那么我会支付你一亿元，并承担他接下来的所有医疗费用。”

“你到底想把我丈夫怎么样？”

“做一场科学实验，”许程并不打算隐瞒她什么，“如果你想知道详情，我可以告诉你这场实验的全部细节，但你必须严守秘密。我会想方设法让你的丈夫活下去，最终他可能会身患癌症，但也比现在就宣判他死亡强多了。”

许程的话如同一根刺，猛然扎进女人的心里。她沉默了。

在陈若彤的秘密实验室里，双生命的联结即将展开。可是，被秘密带来此处的主刀大夫显得万分为难。这不是技术原因，而是有悖于道德规范和法律。

主刀大夫亲自找到许程，说：“虽然这在情理上算一大善事，但将抗癌药物用在一个没有癌症的植物人身上，然后通过他的血液循环去拯救另一位癌症病人，必然是触犯法律的，我不会跨越这道鸿沟。”

“但是，这名植物人的家属早已签署了同意协议书。难道你认为让他立刻死亡好过延续他的生命并拯救他人吗？”许程嘴不饶人地问道。

“这不是他本人的同意书，在我看来是无效的。而且，就算有他的同意书，恐怕中国的法律也不承认。”

这时，刘景华跟在一名老医生的身后走来。

“这件事让你为难了，”刘景华对主刀大夫说道，“我能理解你的顾虑，如果你实在不愿，我们也不勉强，但请你保守秘密。”

“放心，关于这场实验的内容，我不会告诉任何人。”大夫对着众人尴尬地笑了笑，便走了。

“刘教授！你说要帮助马吉云，怎么带来的都是些不负责任的人？”许程拉大了嗓门叫道。

“不得无礼！”刘景华瞪起眼说，“那可是目前国际上在这个领域里最好的专家。”

一边的陈若彤赶忙问：“那接下来我们该怎么办？”

刘景华望向身边的老医生：“幸好，我的好友老莫、莫院长愿意帮这个忙。他原来在这个领域也是杰出人物，只是现在年纪大了，我怕他体力不支，完不成这项巨大的工程。”

“少来！我老当益壮！再说，还有你当我的小助手呢。”说完，两人相视一笑。

听到这话，陈若彤立刻兴奋起来，可以看到曾经传说中的两位大专家联手作战，真是三生有幸，要不是这事得秘密进行，恐怕国内外医学界都会为之振奋吧。

“可是，法律的问题……”

莫院长无奈地摇了摇头，回道：“这件事，违法是必然的，况且天下无不透风的墙，瞒得过一时，瞒不了一世。”

“那怎么办？”许程有些慌张。

“遵纪守法是公民的根本责任，而救死扶伤更是医者的最初信仰。我根据自己所掌握的知识，对这次手术做出了谨慎的评价，它在理论上完全可行。而尝试拯救具有意识的病人是医务人员的神圣职责，即便存在犯法嫌疑，也并不违背我的职业良知。”莫院长平静地说道，无视许程和陈若彤感激的目光，开始安排起手术的具体准备工作。

无影灯下，两具躯体安静地紧挨着，平躺在一张宽敞的平台上。周围除了各式俱全的医疗设备外，站立着的医生和工作人员几乎有一个加强班的编制。

“我现在有些抑制不住的激动，没想到你竟真的让马吉云绝境逢生，而且从血型匹配，到机缘巧合的植物人……一切似乎冥冥中有命运安排。”陈若彤在手术室外说道。

“放心，手术一定会成功的。”许程充满信心道。

大约两小时后，莫院长走出房间，摘下口罩对大家说道：“手术十分成功，目标病人的体质也十分优秀，表现出了极为顽强的生命气息。我们目前已成功架起了双躯体血液循环系统。接下来，轮到你们将新型抗癌药物注入那植物人的体内。”

“病人情况怎么样？”陈若彤问道。

“一切正常，暂时看不出有任何生命危险，大可放心。不过，我还是要提醒一句，你们研制出的新型药物还未通过各项安全检测，确定要使用吗？”莫院长回道。

“当然要用！这是我们科研团队刚刚研制成功的，如果等到各项检测通过，恐怕已错过了最佳治愈病人的时机。”陈若彤在一旁说道，然后转头对着刘景华，“你知道，即便只有一线生机，他也不会犹豫。”

刘景华默默地点了点头。

“那好，我们会按原计划进行。你们也去休息一下吧，病人的情况短期内不会有重大变故。”

突然，警鸣声打断了他们的对话。只见一辆警车停在了医院门前，两名警员朝着医院深处快步走去。出于对一位崇高医者的敬意，以及对于生命的尊重，他们在手术室前止步了。

刘景华与许程似乎猜到发生了什么，紧跟着跑了过去。

莫院长上前一步说道：“这件事完全是我一个人安排的，其他医生并不知情。请再耐心等候几分钟，我把工作交接一下就跟你们走。”

“我们理解，你忙吧。”一名警员回道。

莫院长有条不紊地指挥着他的学生，就像一个担心不成熟子女的母亲，对于每一处细节都反复叮咛，觉得万无一失之后，才毅然走了出来。

塞翁失马，焉知非福。莫院长被警员带走了，但愿等待他的并不是冷酷无情的审判。

许程扶着刘景华朝医院外走去，而陈若彤仍不愿离开，她坚持要守护在马吉云身边。

夜已深，屋外清风徐徐掠过脸颊，皎洁的月光如诗人的锦带掩盖在大地之上。

“你闻，空气中弥漫着昆虫的气味，据说雄实蝇会在求偶时，释放出一种雌实蝇难以抗拒的香味。”刘景华说道。

“哦？我还听到鸣蝉的叫声。那蝉鸣声便是美丽歌声，在呼唤爱人的到来！”许程听闻，突然有了诗兴，兴奋地应道。

“是啊，是啊。但往往蝇香吸引的是黄蜂，蝉鸣招来的是鸟雀，原是爱意与希望，收获的却是天敌与死亡。”

许程也学着刘景华的样子，抬起头，说道：“记得马吉云告诉过我，天狼星曾像凝结的血液，在夜幕中如红宝石一般美艳迷人。而如今，它虽然明亮依旧，却褪去了华丽衣裳，只剩下单调的白光。”

“过于耀眼的光辉，带来的是荣誉，还有毁灭？”说完，刘景华长吁了一口气，语调中带有莫名的伤悲，他想起了三十年前一段关于研究“天狼色变”而铸成弥天大错的往事。

23．天狼色变

中国古籍《竹书纪年》中的一句话“懿王元年天再旦于郑”，一直都被理解为是一次日全食的记录，但后来有几位学者先后否定了这一说法，他们认为书中记录的很可能并非日全食，而有可能是别的天文现象。这个新奇的观点引发了全球天文界的热议。

其实，中国古人早在甲骨文时期就已经认识了日全食现象，并且通常记载都为天狗食日，唯独将懿王元年的天象描述为“天再旦”是挺奇怪的。

那时，刘景华通过天体演算，发现公认的懿王元年也就是公元前 899 年 4 月 21 日发生的是日偏食，那么中国的天空并不会遁入黑暗。

但他没有公开发表自己的演算结果，因为他也不知道除了日全食，究竟还有什么原因能让天再次亮起。直到一次他无意间看到一则消息，说非洲某个原始部落中流传着关于天狼星的很多传说，其中一条便是说天狼星在3000年前发生过一次爆炸，耀眼的光芒照亮了半个地球。

为了验证消息的真假，刘景华只身离开祖国，踏上了寻觅真理的旅途。

也许绝大多数人并不知晓，在非洲，有一条河流能紧邻撒哈拉大沙漠，从海岸线向内陆延伸千里之遥。人们可以从大西洋上驾着小船，一路沿着这条尼日尔河北上，来到这个神秘的原始部落。

这是一处偏僻的山区，鲜有人知，这里居住着一支土著——多冈人。正是他们，声称自己是天狼星人的后裔，刘景华试图从他们身上找到解开自己心中之谜的钥匙。

刘景华带着随行的翻译，顶着烈日，朝着山上一步一步地前行。

远处，几个男性村民坐在小山坡下的长形石板上，从咖啡豆般黝黑滑亮的皮肤去看，几乎猜测不出他们的年纪。他们身着统一的天蓝色粗布衣服，戴着尖顶硕大的斗笠，如同远古战士守护着神圣宝藏。

翻译上前问道："请问谁是部族最高级的祭司？"

"我是，请问你们有何贵干？"一位胡须花白的男人回道。

"我们想了解一下关于天狼星的事。"翻译道。

"说吧，想知道什么。"部族祭司回道。

"听说你们自称是天狼星人的后裔，是否存在有力证据？"

"道听途说，以讹传讹，常常会惹出祸端。千年前，主神诺母自天狼星系降临地球，创建了这个村落，而我们只是忠其信仰的民众。至于是否存在神的后裔，我觉得还是要谨言慎行才好。”部族祭司瞪着双眼说道。

“哦，既然你说是神创建了你们的部落，可有留下什么证据？”翻译追问道。

“你看对面那孩子，才九岁。你耐心地看着他的举动，就能找到答案。”部族祭司微笑道。

他们轻步走到小男孩的身后，只见他正用一块碎石在黄褐色的尘土上专心致志地划弄着。

刘景华立刻发现，这并不是胡乱涂鸦，而是在画一幅天体运行图，只是某些地方叫人匪夷所思。比如，双星缠绕的椭圆形轨道被极度拉长，粗看就如一只扁扁的哈密瓜，而齿轮状的线条表达了波形运动。位于中心的星被描绘得庞大无比，而在外围绕行的另一颗星却渺小得只有分币大小。

刘景华立刻取出相机，将眼前的画面保存下来，然后与翻译交流了几句。

翻译俯下身去，将一块巧克力和几粒糖果轻轻地放在地上。

“小朋友，你在画什么呀？”翻译用和蔼可亲的语气问道。

小男孩并没有抬头看身边的陌生人，只是瞥了脚边的糖果一眼，回道：“神之家园。”

“神之家园如此雄伟吗？”翻译指着中央的圆球，微笑着问道。

“这不是。”小男孩回道。

“哦，那就是这个小星？”

“也不是。那里才是。”

翻译顺着小男孩的手指方向看去，却是空无一物。他向前迈了几步，想看得更清楚，但仍旧没有发现任何图案，脸上的笑容顿时褪去。

“小小年纪怎么学会了戏弄人？”翻译轻轻嘟囔了一声。

小男孩似乎被激怒，抓起身边的糖果朝着翻译一把扔了过去，然后继续低着头在地上划弄着。

刘景华急忙上前推开翻译，趴在地上仔细察看，只见一粒稻米般大小的蓝色纸屑浮在沙尘之中。他小心翼翼地用手指将纸屑沾起。

“放下！你这是在亵渎神灵。滚开！”小男孩大叫道，起身跑来，将这些陌生人用力推开。

刘景华与翻译神情沮丧地回到部族祭司的身边。

“那孩子说的神之家园是何意思？”翻译请教道。

“恩美雅。那是一颗行星，体积大约是地球的四倍，而质量是地球的三倍，距离天狼双星五百亿千米之外。和地球一样，恩美雅也有一颗美丽的卫星。我们部族里几乎每一个成年男人，都能画出它们的各自运行轨道。”部族祭司回道。

“恩美雅？从未听说过这个名字，目前人类也未曾观测到这颗行星。”刘景华感到有些震惊。

突然，部族祭司将脑袋抵在膝盖上，双手紧抱后脑，放声痛哭起来，而边上另几人也在默默流泪。

虽不知是何缘故，但刘景华的心如同裸露在南极洲的凛冽风雪之中，刹那间感到一股冷意布满全身。他走到部族祭司的身边坐下，伸手在其背上轻轻拍打，以表怜悯之意。

“恩美雅……很可能已经不存在了，神的家园被毁灭了。”部族祭司呜咽着说道。

“你为何这样说？”翻译诧异道。

“主神诺母只在地球上短暂停留，以图形来教授地球人知识，所以留下的信息十分有限。我们的祖先似乎看懂了一些图形，知道了天狼双星原本由一颗白恒星与另一颗红恒星构成，然而红恒星在3000年前受到了恶意攻击，爆破出地狱般的毁灭能量，吞噬了恩美雅，而它自己也成了一颗黯淡无光的矮星；从此之后，悲伤的苍白成了天狼星永恒不变的色调。”

“那诺母最终去哪儿了？”

“他们并不愿在地球停留，可能去寻找另一个家园了。”

“你们的主神好像在躲避什么？”

“不知道，我似乎也讲不出更多你们需要的东西了。”部族祭司回道。

翻译将对话内容完整地告诉了刘景华。

刘景华将一枚纯金的指环与一叠西非法郎，放在了这名黯然神伤的祭司手中，然后深深地鞠了一躬。

在返程中，翻译说道：“我觉得这些多冈人的话不太可靠，非但充满了神话色彩，还违背科学理论。比如他们说的红恒星应该就是天狼星b，它早在一亿多年前就已经成了白矮星，根本不可能在3000年前发生爆炸。”

刘景华笑了笑说：“我们推测恒星存在时间的手段无非只有三种，星系演化特征、质量与辐射关系、放射性同位素，但使用它们的前提都是无人为因素干预。如果天狼星 b 真是被攻击而塌缩成白矮星的话，那么妄图算出它的年龄是可笑的。”

“难道你真信他们的话？”翻译惊讶道。

“在论证出结果前，谈不上信与不信。”

回国后，刘景华将资料进行了整理，得到了一个难以置信的结论——多冈人描述的天狼双星的所有信息都是接近准确的，甚至连各种运行轨道也出奇得近似。让人震惊的是，科学界掌握此信息才不到二百年，而多冈人祭拜天狼星的传统，可以追溯到千年之前。

虽然“天再旦”最终仍没有找到切实的证据，但刘景华开始怀疑，也许“天再旦”并非指白天的日食，也有可能是夜晚距离地球并不算遥远的超新星爆发现象；同时，他也开始相信地外文明也许真的访问过地球。从此，寻找外星人便成了他最大的热情。然而，红色天狼星被恶意毁灭以及诺母的逃亡，仅仅被他当作荒诞的神话丢在一边，日子一久，在记忆的深处就淡漠了。

他并不知道，自己犯的这个错，使人类错过了一次可以提前几十年应对末日劫难的机会。或许对于地球人来说，这种机会早已错过了太多次，恐怕只有到了犯下致命错误的那天才能幡然醒悟。

不久后，刘景华一手策划的“蝉鸣计划”通过了审核，但令他不满的是，计划内容被上级更改，违背了自己最初的意愿。

在德令哈观测站改建的庆功典礼上，他向外界正式宣布了“蝉鸣计划”的实施细节。

“在座各位，寻找外星生命一直是人类孜孜不倦的事业，因为我们相信，新一轮的技术爆炸将会发生在宇宙文明之间的合作与交流上。为了庆祝射电望远镜的顺利改建，今日，中国将代表人类，在太阳系深井之中，朝着广漠太空呐喊出雄壮的第一声。即便是渺小的蝉虫，只要震动起鼓膜，就能证明自己的存在，这便是蝉鸣计划。”刘景华握着话筒，站在台前说道。

“刘先生，你好！”一位穿着藏青色西装的女记者说道，“向太空发射任何信号，无异于在黑夜中提着明亮的油灯，注视着你的，不仅是慈祥的路人，还有饿狼的双眼。这样的举动是不是太危险了？”

刘景华皱起了双眉，不悦道：“大部分科幻小说和忧心忡忡的学者都认为，外星人总以邪恶侵略者的面目出现，想在宇宙文明之间架起友谊桥梁，可能如同在狂风暴雨中编织脆弱蛛网一般困难重重。我并不想花费太多的时间来驳斥这样的观点，我只想说，虚构和猜想并非现实。”

女记者继续问道：“像这般关乎全人类的重大方案，请问你们制定的流程有哪些？我认为，这恐怕应该在联合国会议上进行表决，应当让全球人都参与。国际太空法中的《外层空间条约》第六条写道，任一国家对其在外层空间的所有行为负有国际责任。”

“所有科技都有两面性，哪怕是一把刀都隐藏着致命威胁。我们不可能每研究一项任务就让全球人来表决一次，你的观点十分荒谬。而历史告诉我们，‘故步自封’与‘闭关锁国’才是文明进步的最大障碍，人类不该像井底之蛙一样，满足于地球这个狭窄的空间。所以，实施蝉鸣计划才是名副其实地负起了国际责任。”

台下来自各方的科研人员纷纷鼓起了掌。女记者不再言语。

突然，另一名男记者站起身说道：“刘先生，人类对于生命的理解是片面的，外星生物完全可能以无法认知的形态存在着。或者说，宇宙同时存在两个以上可以沟通的相似文明，其概率是一个天大的笑话。根据费米悖论的内涵，你们的蝉鸣计划除了浪费资源之外，似乎就别无意义了。”

刘景华笑笑，针锋相对道：“我认为把费米悖论太当回事才是多余的。有人看到大西洋平静如镜的海面，就断定里头空无一物，跳入水中时才会发现世界上还有30多米长的庞然大物。太空茫茫无边，就我本人而言只知冰山一角，请问你能了解多少？”

“假使真的存在外星文明，如何让他们理解地球人的语言呢？”男记者再次发问。

“这就是我接下来要说的蝉鸣计划的具体内容。”刘景华等人群安静下来之后，才继续说，“这次信息发送的目标为北半球可见最明亮的M13球状星团，距离地球约2.2万光年。信息内容是按特定顺序排列的1679个‘0’与‘1’；‘0’与‘1’分别代表黑色与白色；而1679只能由23与73这两个质数相乘获得，所以将其转换为矩形排列后，仅仅只有23行73列或者73行23列两种结果。这样，一张简略的黑白图案出现了，它展现了人类的数字系统、DNA元素、人体外形、太阳系行星图等信息。为了让其他文明知道此信息来自何方，我们将太阳系的八大行星排在同一直线上，然后故意标错了地球的位置。”

……

庆功典礼结束后，刘景华拿起一捧资料，径直朝天文台更深处走去，想道：上级领导更正我的蝉鸣计划内容毫无道理，只把M13球状星云作为发射目标，就是做了一场华丽而无功用的虚伪表演。当地球接到回复信息时，已是四万年之后。如此漫长的等待，等同于毫无意义。我绝对不甘心错过这次机会。

他从怀中掏出一个小笔记本，翻到中间写着潦草字迹的一页，琢磨着自己的记录文字。

可能存在文明的近地行星或猜想行星

1. 比邻星b，属南门二星系，半人马座，距地球4.2光年。
2. 巴纳德星b，环绕巴纳德星，蛇夫座，距地球6光年。
3. 天狼星c，属天狼双星系，大犬座，距地球8.6光年。
4. GJ273b，环绕鲁坦星，小犬座，距地球12.4光年。
5. GJ191b，环绕卡普坦星，绘架座，距地球13光年。

作为实际操作者的刘景华，擅自增加了五个发射目标，人类命运在这一瞬间也许转变了轨迹。额外平添的五条无线电信息，在电场与磁场之中一丝不苟地循环转换着，朝着宇宙深处以每秒三十万千米的速度推进。覆水难收，恐怕用来形容电磁波的运动是再贴切不过的。正因为找不到比它更快速的物体，所以只要一旦发射出去，即便追到宇宙毁灭，依旧无法抓住它那倔强的尾巴。

此事，刘景华一直耿耿于怀。因为在他的认知范围中，可以瞬间把处在红巨星状态的天狼星 b 轰击成白矮星的，恐怕只有能量极其恐怖的射线暴了；那么末日预见者描述的射线暴毁灭地球，就和当年他听多冈人讲述的天狼星 b 爆炸的情况如出一辙，甚至有可能出自同一个强大文明之手。

这时，儿子打来的电话把刘景华从回忆中惊醒，他拿起手机问道："喂，什么事？"

"父亲，我在两小时前确认了一件让人难以接受的事实。请你立刻赶来。"刘东升在电话那头回道。

赶到研究中心会议室的刘景华，推门看见前方超大的液晶屏上显示着熟悉的星系模拟图，他立刻忧心忡忡地问儿子："到底怎么了？"

"在绘架座有一大片空旷区域。结合卡普坦星和人马座 α 星的运动轨迹来看，那里应该存在较成熟的黑洞。但苦于没有任何线索，便让人逐渐遗忘了。"刘东升说道。

"现在发现黑洞了吗？"

刘东升摇了摇头："一个月前，我们无意中观测到一颗明亮的系外彗星正穿过这片空旷区域，也就是超级质量体所在的位置。随着观测时间的推移，我们从惊喜逐渐转变为惊恐。彗星被束缚后，开始毫无规则地绕行，最终被撕裂为无数碎片。"

"这代表什么？"刘景华不解地问。

"我们结合了所有彗尾残留物的图片，魔鬼般的运动轨迹呈现出来，几乎所有人在那一刻想到了一个名词——三体问题。"

"三体问题？"

“对，除了彗星之外，那里还有两个巨型天体，而不是一个！毕竟推算三体运动十分困难，我们尝试用假设数值法来进行猜测，得出的结果是……”

“是什么？”刘景华迫不及待地问道。

“它们是两颗质量极其恐怖的中子星。”

“既然是两颗中子星，就应该像不断旋转进动的两座灯塔，总会朝各个方向辐射脉冲，为何人类在之前的几百年间没有发现它们？”

“事实上，灯塔模型已被证明错误，它们的脉冲轴线根本不会进动，也从未瞄准地球。所以，只能用磁场震荡来分析双中子星系统，而亚丁湾星门事件应该就是它的杰作。”

刘景华似乎感到了不祥，轻声问道：“那让人难以接受的事实是什么？”

“哎……”刘东升长叹一口气，“这两颗中子星将在两千六百七十一天后相撞，也就是七年之后。在它们融合的短短两秒之间，释放出的能量超过了十三个太阳一百亿年的辐射总量，形成一束毁天灭地的伽马射线暴。”

“难道你是说，伽马射线暴的方向恰好瞄准了太阳系？”

刘东升低头沉默着，久久不作回答。

“我在问你话，是不是？”

“是的！是的！”刘东升突然莫名地激动起来，话音格外响亮，“多位专家进行了各种方式的计算，但得出的结论一致，它不但瞄准了太阳系，而且其中心轴线就在地球附近，就像一束被人精准定位的激光。”

刘景华立刻瘫坐在凳子上，轻声问：“它离我们多远？”

“14.53 光年。这个距离实在太近了，等同顶着脑门开枪。射线暴到达的时刻，其散射后的直径达到了 0.2 光年，是一次真正意义上的星系级屠戮。我试想着末日来临的那一刻，仿佛上千亿颗核弹在半个地球同时引爆，大气层在极端高温和野蛮冲击波的作用下，刹那间消散而去，留下哀鸿遍野的废墟，所有生命体的分子结构早已被高能辐射彻底击碎，地球的最终结局已变得毫无意义。”刘东升握紧着拳头，目光呆滞地望着前方屏幕。

“末日来临了。”刘景华面色苍白如纸，对于崇尚科学精神的研究人员来说，一旦被数学方程说服，便再也没有任何东西能够改变他们的观点，这种建立在严谨理性上的立场坚不可摧。

“是的，它就如达摩克利斯悬剑，让人感觉死神即将触摸头顶。”刘东升似乎早已从绝望中恢复过来，表现出只有年迈老道的政客才会拥有的冷静，“事实上，毁灭射线早已启程，经历了七年多的孤寂旅行，正赶来地球的路途中。人类文明已步入最后倒计时，日历可能永久停留在二一五〇年六月八日。”

“这就是宿命吗？难道地球真的没有一丝希望逃避劫难了吗？”

“讽刺的是，我们的最后一线希望，只能寄托在科学理论的漏洞上。如同灯塔模型的错误一样，或许射线暴并不是真的瞄准了太阳系。”

“哎，我终身都渴望着人类踏上睿智的山峰，而唯独这一次，我祈祷人类还停留在愚蠢的泥潭。”刘景华叹息道。

“Impossible is nothing！”刘东升调侃道。

“Impossible is nothing”曾是地球上百年前的一句经典广告

语，它把最为平常的双重否定句——“没有事是不可能的”进行主语与宾语的互换，形成了极端怪异的表达，从而引发了各种不同理解。

而在此刻，刘东升认为它的准确含义并不重要，勇敢的态度才是其精髓所在，胆怯与怨悔就像跳梁小丑与城狐社鼠一般可恨，坦然面对才是自己该做的，他继续说道：“其实，决定人类命运的骰子早已在骰盅里停下，而想窥见骰盅里的秘密，就得破译末日预见者的信息。”

“我不是很明白你的意思。”

“还记得从末日预见者脑电波中截取出的那段射线暴摧毁小行星的 #2 影像吗？”

“嗯，想起来了。”

“因为当初不知道射线暴产生的具体时间与位置，所以那颗小行星所在的背景星空图怎么也无法找到。但现在不同了，我们可以沿着射线暴的理论路径，慢慢寻找它。”

“如果真的找到这颗小行星，并且模拟出它毁灭情形与 #2 影像一致，就可以肯定，末日预见者的预言是真实的。那么，射线暴袭击地球便是创生者所为。”刘景华若有所思道。

“是的，”刘东升微微点了点头，“研究中心的所有电脑已开始模拟运算，一个月后就能知道结果。但愿我们没有找到那颗小行星，或者能发现于 #2 影像不一致的内容。”

“除了等待之外，我们应该再做些别的努力，哪怕是微不足道的。”

“如果对地球发起攻击的是创生者，那么他们是否也存在弱点？”刘东升端起一只咖啡杯，里面装的却是冒着气泡的饮料。对于一个将大部分精力投放在伟大事业上的人来说，也许无法讲究过多生活细节。

“我想，他们也是存在弱点的。”刘景华接话茬道。

“王文志也说过这话，”刘东升勉强微笑，以此来缓和压抑的气氛，“但是弱点在哪儿呢？”

刘景华将头向前倾斜，好让目光透过眼镜上方射向自己的儿子：“让我来猜一猜你的心思。”

“儿子从来没有心思能够瞒住父亲，你可是我心中不可动摇的偶像啊。在我迷茫无助时，你总能给予拨云见日般的提示；在哲学与物理上，你卓尔不群的观点总能让人茅塞顿开。”

刘景华抬起头，继续说：“是否愿意听一个老生常谈的故事？”

刘东升点点头。

“龟兔赛跑还记得吗？”

“怎么可能忘记。”

“最后乌龟赢了吗？”

“是的，乌龟赢了。”

“如果将跑道延长十倍，你觉得乌龟还会赢？”

“嗯……那需要知道更多的信息，比如它们的速度和兔子醒来的时间。”刘东升被父亲完全带入了场景之中，专心思考着。

“那如果赛道根本看不到尽头，结果会怎么样？”

“乌龟必败！”刘东升回答得斩钉截铁。

“要多想，孩子！深思熟虑后再回答一次。”

24．三分天下

刘东升用惊奇的目光注视着父亲，他用科学的思维反复思量，始终找不到破局的法子。

“我想我的回答还是乌龟必败。”刘东升无奈地说道。

“如果你是乌龟会怎么做？等待失败吗？”刘景华问道。

“那我还能做什么？”

刘景华摘下眼镜，皱起双眉说道：“如果我是乌龟，会在赛道上埋下种种阴毒机关，如脆裂易断的独木桥、铺满钢针的陷阱、横悬在路中的绊绳、一触即发的暗箭等，反正在这场几乎没有行为约束的竞赛中，可以用尽任何能够想到的手段。”

刘东升马上领悟了其中的道理：“父亲的意思是，这赛场就是宇宙？”

“你能有这样的联想，说明我讲故事的能力还不算坏。只是，我们比的并非跑步，而是科技。乌龟便是你说的创生者。”

刘东升傻傻地坐着，许久后说道：“难道说，疾速奔跑的兔子就是我们?”

刘景华长舒了一口气，向后仰坐下去，说道：“你总算想到了。”

“我记得末日预见者说到过，创生者的一天等于人类的三年。那就是暗示着，他们相对我们而言，时钟慢得离奇，那便是最致命的弱点。然而，这些只是我的猜想。”

“除了依仗末日预见者提供的信息之外，我们也没有别的信息来源。所以，暂且把猜想当作事实来对待吧。就以人类目前科技的进步水平，百年就是一次不可想象的飞跃，而对于创生者来说，也许仅仅是过了一月的光景，对他们而言那是怎样的恐慌与惊悸。这也是他们想要毁灭人类的原因吧。”刘景华戴上眼镜继续说道，“有时我在疑惑，神话中的‘天上一日，地上十年’的说法，不仅仅只是古人的凭空想象，而是萨麦尔留下的线索?”

“但从他们能发射这样的射线暴来说，他们和我们之间仍是一场不平等的博弈，我们根本没有获胜的可能，甚至连自保的希望也十分渺茫。”刘东升沮丧着脸说道。

“我们来玩石头、剪刀、布的游戏吧。”刘景华微笑道。

“什么?”刘东升抬头惊愕道。

“石头、剪刀、布。”

“好吧。”刘东升自幼就已习惯了父亲这怪异的思路，也就没有了太多疑问，他举起手来，做出了准备姿势。

“这傻孩子，我只是想让你做个思想实验。你认为猜拳是平等博弈吗？”

“是。”

“现在我为自己制造两个不利条件：一，同为石头或剪刀时判定我负，同为布时判定我胜。二，我将事先公开自己的博弈策略。那么，你认为结果会怎么样？”刘景华脸上仍浮现着慈祥的笑容。

“哈哈，父亲，仅第一条你就必败无疑。何况，暴露策略等同于暴露弱点，你将为鱼肉，任人宰割。”

“你确定我必败？”刘景华再次询问。

“我确定！”

“呵呵，很好，现在你听仔细，我的策略是随机性地一半出石头，一半出布，在任何情况下不作变更。请你给出必胜的方案。”

“嗯……布……不对，不对。剪刀……也不对。”刘东升被这如此简易的逻辑问题所困惑，经验、认知堆起的世界观瞬间崩塌。他拿起笔在一张纸上计算起概率来。

“太不可思议了，为什么会这样，看起来不堪一击的对手，居然有根本无法战胜的策略组合。”刘东升惊叫起来。

“这便是博弈论中的纳什均衡，将决斗空间缩小在对自己更有利的范围内，而对方却无可奈何。”

“那该如何去做呢？”刘东升陷入沉思。

“是啊，如何去做呢，至今我也束手无策。孩子，拯救世界的往往只需关键一人，而不是万众一心就能办到的。如果地球文明还存有一线希望，那就应该有万年不遇的天才活在我们的时代；但他是谁，他在哪儿……”

“他是谁，他在哪儿?”刘东升喃喃地重复着父亲的话，却突然想起了末日预见者说过的一个怪异的场景。

> 在渺渺茫茫的大雾中有一个模糊不清的人影，他缓缓站上一座高台，朝着天空张开双臂，顿时浮现出一张巨网，朝着各个方向的无穷远处伸展开来，紧接着便是大风狂作，地动山摇，江海呼啸，雷鸣电闪，星辰震颤，仿佛是在进行着一场毁灭仪式。

刘景华见儿子似乎想起了什么，便平静地问：“你认为是谁，说来听听。”

“也许这是一个天大的误解。我们从末日预见者提供的资料中看到了关于一个被他称为‘终极毁灭者’的人的两段影像，这个人似乎既毁灭了地球，又毁灭了宇宙。但其中逻辑存在着明显矛盾，如果人类毁灭在先，那么又是谁在见证他毁灭了宇宙?”

“你的意思是，那时人类还存在?”

“是的。所以我怀疑，根本不存在什么终极毁灭者，而应该是终极拯救者才对。如果这样的推测正确，那么人类必然能生存下去。”刘东升一字一句地说。

“嗯……”刘景华似乎并没有感到惊讶，他低头沉思片刻后回答，“黛丽丝坚信终极毁灭者是马吉云，如果终极毁灭者其实是终极拯救者，那么是不是这一切和马吉云就毫无关系了呢?”

“虽然作为科学家，我相信严密的分析推论，但我也很相信自己的直觉，而且现在越来越相信冥冥之中自有安排。所以，我总觉得马吉云被卷入其中，一定是有原因的。如果有机会让末日预见者与马吉云见上一次，或许我们会得到意外惊喜。”

在刘东升公布了自己的发现之后，国际科学联合会马上召开了一次紧急的十五国会议。

莱特福德如一块僵硬的铁板钉在会议桌前纹丝不动，脸上憔悴的神情与布满细微血丝的眼角，让他看起来像是通宵不眠的夜班工人。他缓缓拿起麦克风，咽下一口唾沫说道：“刘东升先生撰写的《#2 影像分析资料》已发给在座各位，参与本次会议的各国科研机构，都论证了它的结论准确无误，那就是伽马射线暴将于七年后袭击地球。更可怕的是，中国科研机构模拟计算了天体运行，得出了与 #2 影像几乎一致的场景。这意味着，末日劫难很有可能是外星文明所为。”

“补充一句，从今天起，抵御末日浩劫将是人类活动的全部内容。”刘东升在一边说道，顿时引来了几十双眼睛的注视。

“我完全认同刘先生的话，但噩耗实在来得太突然了，真的太突然了，而末日预见者的信息似乎也来得太晚了。就好像自己躺在屋子里，突然门外有人大喊地震来了，接着一秒钟之后天花板就砸落下来。与其被警告声唤醒来面对死亡，倒不如在睡梦中没有痛苦地死去。”副主席米哈伊尔说道。

“人类已经没有时间去后悔了。我想分别以和谈计划、拦截计划与移民计划为核心，组建三个国际性研究机构。各国根据意愿选择加入，不得中立。该机构的部分权利将凌驾于任何国家之上，在不违反法律与主权的前提下，可以调动成员国的一切资源。大家对此方案有何意见？”

“没有意见。”

“赞同。”

台下几乎所有代表都表示赞成。

七年，在历史长河中短暂得如弹指一挥间，这种强烈的紧迫感，让所有人感受到了极度焦虑与烦躁，并激发起同仇敌忾、众志成城的斗志。

而在此刻，任何没有解决方案的反对或质疑，等同于无理挑衅，只会招来愤慨而被群起而攻之。所以，会场内出奇的安静，甚至连咳嗽声都被压低得几乎不能听清。

“既然没有反对，那就进入下一环节。对于即将到来的巨大劫难，是否应当公布于众。各位请明确地表达自己立场。”莱特福德作为主持者，有条不紊地执行着议程。

“反对公开末日危机的信息。民众的理解往往是肤浅的，行为往往也是过激的。只有让他们保持安静，才能创造一个有利的环境。”台下有人说道。

“是的，这点我十分认同。我们有句谚语叫作黑羊（black sheep），意为不友善的另类，社会中总有少数这样的人存在。他们只会用极为恶毒的言语来批判政府与体制，故意揭露与激化无可避免的矛盾与弊端，但他们从来不会提出任何有价值的措施或建议。”另一名代表附和道。

米哈伊尔拿起话筒说道：“在我们看来，公开信息十分必要。我们伟大的文学家屠格涅夫曾说，绳在细处断。轻视与放弃大众的力量，等同于将千军万马深藏在堡垒之中，却让指挥官独自上阵杀敌一样愚蠢。倘若战役就此失败，那些可怜的百姓难道就连为自身存亡而最后一战的资格都不再拥有了吗？甚至说，他们连获知自己命运的权力，也被政治家无情剥夺了？”

莱特福德朝着中国队伍的方向望去，示意他们应当率先进行表态。

一位官员缓缓将话筒移到自己面前，他正是中国国家空间研究中心的执行主任瞿赟。

瞿赟停顿了几秒后说道：“水能载舟，亦能覆舟。共产主义革命的一大前提就是将广大人民群众的利益放在最高位置，所以我们完全有信心、有能力做好宣传与解释工作，在确保社会稳定的基础之上，逐渐发掘出各个阶层中的潜在人才。”

瞿赟说完后将话筒拿给一旁的刘东升，刘东升继续补充道：“中国的立场很坚定，那便是要公开一切信息。对于那些民众的骚乱，担心是多余的。在非常时期需要非常手段，全世界的法律可以从一位温和凛然的贤者转变为一名严厉刻薄的军官，任何寻衅滋事者，应当毫不留情地镇压。对于我们来说，享受生活与实现个人理想，已然成为遥不可及的奢侈品。如果有人心存怨恨，给出的回答是；‘在延续地球文明的目标之前，一切必须无条件让步，要责怪的只是你诞生在这危机纪元之中。’”

“我想……”莱特福德表现出了犹豫，“不过，我还是坚持自己的立场，不支持公开信息。因为真正可以左右战局的，还是执政者与科学机构。”他斜眼偷瞥了一下刘东升继续说道，

“我还想听听其他国家的选择。”

在每个国家的代表桌前放着一个平板电脑，屏幕上仅有“是”与“否”两个选项。很快，结果揭晓，11∶4，不支持公开信息以绝对压倒性的优势胜出。

“这里要再明确一件事，就是今天的讨论不适用一票否决权。”莱特福德说道，“接下来进入最为关键的环节，那就是确定三大派系的领导者。他们将拥有地球文明有史以来空前绝后的地位，代表着至高无上的荣誉。这里有精心筛选而出的三十位候选者，都是举世闻名的政治家、哲学家、科学家、社会学家，并且给出了他们的详细经历与成就的资料，以供大家参考并做出最合理的决策。”

“等等！”米哈伊尔略失绅士风度地插话道，“和谈计划派还有必要存在吗？就算现在发出和谈信息，在对方收到之前，地球早已不存在了。”

“我完全明白你的意思，如今和谈计划已近荒谬，但在七年之内完成拦截与移民，难道就不荒谬吗？当然，你可以选择不加入和谈派。”莱特福德回道。

“在神话故事中，上主为何饶过了杀害亲兄弟的该隐，却要处死那些安息日的拾柴人？那是因为谋杀仅仅是对人的罪孽，而违抗圣令则是对神的大逆不道。只要我们真心悔过，并且相信创生者是仁慈与万能的，或许这一切都不会发生。”台下一名代表说道。

其中一位国家领袖，其宽宏大量的胸襟似乎再也容纳不下风起云涌般的疑虑，他开口问道：“我可否这样认为，三大派系就是将世界权力格局重新划分，而原先的国家概念已经被淡化为其中的一个地域？”

莱特福德轻轻咳嗽了一声，回道：“除去主权之外，你的描述是正确的。”

会议厅陷入了死一般的寂静。

从家族嫡庶制到部落酋长制，从联盟首领制到城邦一体制，从邦联国家制到中央集权制，人类社会形式的演变过程总是从零落分散朝着统一集中发展。虽然种种原因促进了这种历史浪潮的推进，但究其根本在于共同利益与共同敌人。全球统一在长时期内难以实现，是因为寻找不到人类之外的共同敌人，也就没有国家愿意放弃自身权力去实现这个统一。而此刻，紧迫的危机格局正在无形中促成一个地球超级王国的诞生。

“第一轮确定的是和谈派领导者。为了保证公正公开，每个国家可派出三名投票人，不采取匿名制，结果将直接公布。现在开始。”莱特福德打破寂静道。

在场人员各自低头看着资料，这些姓名一旦被勾选，那就意味着自己国家乃至56亿人的性命，已交托给了对方，虽然最终结果此时难以揣测。

“好！第一位派系领导者已经产生，请看屏幕显示，是我们国际科学联合会的副主席米哈伊尔先生。”莱特福德说道。

“不！不！”米哈伊尔大叫道，“我的意志属于拦截派，为何会有这样的结果？”

只见屏幕上，欧美多国将自己的大部分票数投在了这位副主席的身上。似乎在任何时候，哪怕是人类将要灭亡之前，政治总在参与人类的活动。

“既然你被全人类选中，就应当勇于肩负起责任。”莱特福德说道，“而且，你心中不是藏着创生者的秘密吗，由你去与他们和谈最合适不过了。”

沉闷的会场终于传出了笑声。

米哈伊尔无奈地回道：“好吧。看来，我将与死神直面交锋了，这比与虎谋皮恐怕还难。”

“接下来确定的是移民派领导者。”莱特福德叫道。

所有人从萎靡不振变为肃然起敬，移民派恰恰与和谈派相反，它是大部分投票者最为看好的。代表们在选择上要比前一次谨慎了许多。

“移民派的领导者已经产生，他是……”莱特福德颤抖了一下身体，会场内似乎突然充斥着凝重的空气，让每个人呼吸急促起来。

“他就是本人，莱特福德。”

话音刚落，场下一片哗然。因为在屏幕上显示，居于第二位的是刘东升，他仅仅以两票的微弱差距，与派系领袖失之交臂。

“大家安静！大家安静！”莱特福德用洪亮而庄严的声音叫喊。

会场逐渐安静下来，台下有一人叫道：“为郑重起见，应当采取过半数通过的投票制度，所以，我认为移民派的领导者还未真正产生。”

“一次投票即生效的规则是事先明确的，对每一位候选者都是公正的。擅自修改，怎么体现严肃性？”莱特福德解释道。

“最后选举的是拦截派领导者，请大家抓紧时间投票。”莱特福德宣布道。

这一次的投票变得异常艰难起来，在用时上超过了前两次的总和。因为提出拦截思想的米哈伊尔已坐上了和谈派领袖的宝座，所有人感觉失去了最明确的目标，一时难以抉择。

会场内大部分人并不在观看资料，有的相互打量，似乎揣测着他人的心思；有的窃窃私语，好像在交换意见。

“最后一位代表也已经行使了他的权利，投票结束，”莱特福德说道，“答案已经揭晓，拦截派的领导者是……”

莱特福德像再次犯病般颤抖了一下身体，也许是看见了似曾相识的画面，但不同的细微之处是，他的嘴角上不自觉地露出了笑容。他顿了顿大声道：“刘东升！拦截派领导者是刘东升！”

会场顿时沸腾起来，有人在欢笑，有人面露诧异，现场简直像一幅更多人参与的《最后的晚餐》。

刘东升不敢相信自己的耳朵，他朝着大屏幕望去。超过百分之九十的票数投在了自己身上，是三次竞选中票数悬殊最大的一次。静下心细细想来，他大致明白了其中道理。在思想上，所有人都希望人类能够成功拦截星外敌人的攻击，而在实际行动上又倾向于移民计划。只能说，拦截是美丽的愿望，而移民是无奈的现实。自己作为移民计划的倡导者，却有着一颗拦截计划的心，这种心情会在字里行间之中透露出来，让别人在悄然无息中嗅出自己的真实立场。

“会议进入最后阶段，请十五国领袖选择加入其中一个派系，”莱特福德强调说，“只能选一，务必不要重复。”

派系清单整理完毕，几乎和想象中的一致。

和谈派：俄罗斯、意大利、韩国、南非

移民派：美国、法国、日本、印度、加拿大、巴西、西班牙

拦截派：中国、英国、德国、澳大利亚

有一种传言说，在巨大灾难来临前，天空中会布满惊恐的飞鸟，远远看去，就如电视处于一个没有信号的频道，密密麻麻的黑白斑点在面前阴森地交错闪动，人只要看上几秒便会像缺氧一般难受。人类此刻就如这些可怜的飞禽，竭尽全力地舞动双翅，却不知目的地在何方。

后人便调侃地把所有支持和谈计划的人群称作“白鸽主义”，因为白鸽携带着止戈散马的橄榄枝，象征着和平与友善，同时又隐喻它如同“白鸽票”一样泥牛入海，和谈注定只是镜花水月般的梦想。

“苍鹭主义”是支持移民计划人士的别称，因为苍鹭虽然与大多数候鸟一样，会周期性迁徙来逃避酷暑与寒冬，但它们更喜欢成双作对或者小群活动，而目的地也往往各不相同，这便暗指移民计划必然会导致四散逃亡的局面，人类文明在漫长岁月中将逐渐走向消亡。

“海燕主义”似乎是唯一没有负面含义的名词。在高尔基笔下，海燕象征勇敢无畏预示着最终的胜利，无论暴风雨如何猛烈，也不能动摇其不屈不挠的战斗精神，这便是对于那些敢于

去拦截罪恶袭击的英雄们最美丽的称赞。当然，相当一部分人认为，“海燕主义”是阿Q的精神胜利法、堂吉诃德式的骑士精神、卡西莫多对于艾斯米拉达的可悲执着。

避难存活，就连低级生物都懂得为之毕生努力的浅显道理，而人类在安逸富足的生活背景下，将其排在了人类命运的末途，直到末日前夕才刚刚醒悟。这正如一群小猪盖房，只砌起四堵墙，就以为这围合起来的狭小空间，能让自己高枕无忧了，于是，便开始专注于展现进取的情操、追求华丽的成功；直到狂风暴雨来临之时才发现，没有屋顶的庇护，那些所谓的崇高事业变得毫无意义，就连命也可能保不住。

莱特福德宣布会议结束后，刘东升缓缓地从座位上站起，随着人流默默地走出会议大厅。

他下意识地抬头望了望蓝天，心中想道：“那苍穹便是地球的屋顶，可惜它太脆弱了，无法保障屋里人的安全。唉，即使它由钢筋铁骨铸成又能怎样？”这一刻，他觉得自己就像全副武装的远征将帅，无论在肉体还是精神上，都承受着重如泰山的担子。

25．法场风波

王文志被捕后，中英两国进行了多次交涉，因案件涉及的内容过于机密，最终英国允诺，将其引渡回中国受审。

乓！法院院长坐在高台之上敲响了桌案，大声道："被告王文志！对于你伪造文书释放罪犯，并指使其进行跨国谋杀，致一名女童与一位工程师死亡，造成了极其恶劣的国际影响。你是否承认犯罪事实？"

"我承认所有事实，但那工程师是万恶的灭绝派操纵者自然先知，他的死大快人心。"王文志回道。

"工程师是灭绝派操纵者？证据呢？"法院院长厉声道。

"我说过了，马吉云的记忆能证明。"

"呵呵，记忆证明？"法院院长道，"你认为神圣的法律是孩子桌面上的游戏，一句话就能决定人的生死？"

"是的，除此之外，我拿不出任何物证。所以，我甘愿接受任何制裁，但不要把恶名扣在我的头上，这是我最后的请求。”王文志平静地回道。

“怎样评价并不是你所决定的！你曾经身为警察，有私放犯人的记录，甚至有动私刑的嫌疑，简直是骇人听闻！”法院院长将王文志所犯的条例悉数列举，“现在我宣布，被告王文志故意谋杀等多项罪名成立，判处死刑，不得缓刑！”

在庭外长长的走廊上，王文志被押着朝外走。

此后，法院院长再也没出现在王文志的面前，而这起案件不过四天，便以惊人的速度进入了执行阶段。

“王文志！你准备好了吗？”一名狱警打开牢门大声叫道。

“在呢，随时可以。”王文志躺在床上，两只手掌垫在脑袋下，跷着二郎腿的一只脚尖还不停地抖动着。

“那就准备上路吧。”

剃了光头穿着刑服的王文志，倒与花和尚鲁智深有些形似，高大魁梧的身躯搭配一张放荡不羁的面孔，走起路来大刀阔斧。

“昨天晚上可说好的，我不用什么加餐，只要让我上路之前再抽一根烟就行，可别耍赖啊。”王文志平时嬉皮笑脸的陋习至死不变。

狱警刚想开口，被边上监狱长模样的人朝后推出几步：“来，王队长，中南海，烤烟型的，特地为你准备的。”他将烟恭敬地递了过去，然后从裤兜里掏出打火机为其点燃。

“嗯！地道！烤烟型的，好抽，混合型缺少的就是这股香味。”王文志猛吸了两口，那根中南海烟便已烧去大半截。浓烟顿时在牢房的走廊里散开，如同不断膨胀的宇宙与星系，逐渐稀释到无影无踪。

“走了，早死早投胎。”王文志将烟头扔在地上，用鞋底碾了几下。

监狱长注视着这位拯救了人类却要因此被枪决的旷世英雄，脸上维持着僵硬的微笑，双眼流露出悲凉，看上去表情极为怪异。

荒地之上，行刑官们戴着口罩，端起的手枪几乎快贴在犯人的后脑上。

王文志在想象着，是否还能看见那颗穿透自己大脑的子弹，射入面前的大地。他将人生经历迅速地在脑海中过了一遍，想到了不堪回首的童年，想到了死去的亲生父母，想到了恩深义重的寄父李将军。

……

在武警总部大楼的走道上，两根拐杖敲击地面，发出急促的嗒嗒声。刘景华架着已无法平衡的身躯，以最大的能耐朝前小跑着。他在一间办公室前停下，猛地推开门走了进去。

“快！救救王文志！求求你了，李将军！我刚得到消息，他已经在行刑的路上了！”刘景华大叫道。

满头白发的李将军坐在办公桌前，一身绿色的军装让他显得神采奕奕，肩章上雕缀着的金色橄榄枝边上，横列着三颗五角星。

“哎，我知道。”李将军唉声叹气道。

“王文志是你一手带大的，就像你的亲生儿子一般，难道你就这样袖手旁观吗？”刘景华焦急地喊叫着。

“我也没有什么办法呀！他犯下了如此严重的罪行，即便我说破嘴皮，也丝毫没有可能为他开脱。”李将军郁闷地说着，呼吸变得急促，接着不住咳嗽起来。

“我知道你有办法！”刘景华说道。

“其实，我早已安排。我待王文志犹胜亲骨肉，怎会不想救他。只是有些秘密如滚烫的烙铁，最好让它静卧在时间溪流中独自冷却，我本不愿让你知晓。”李将军忧伤地回道，“不知道，刑场那边怎么样了？”

刑场上的王文志，正等待着瞬间解脱。他突然冒出一个古怪的想法，他知道人被杀头或枪决后，在短时间内还能活着，至于这个时间到底有多短肯定无人知晓，因为从来没人真正死而复活。有一次，历史课老师在课堂上绘声绘色讲，金圣叹被屠夫一刀砍断脖子，头在地上边骨碌碌滚边大叫：“好刀，好刀，真个削铁如泥！”大家都说这只是夸张，唯独他认为是真的。现代化学之父拉瓦锡先生，以失败的革命者身份被送上了断头台，他把生命最后一刻也奉献给了科学，将亲身实验身首分离后的意识行为。当行刑刽子手提起这颗伟大的头颅后，据说人们看见拉瓦锡眨了近十下双眼。生命挣扎的力量往往强大得不可思议。鸡失尽血照样扑腾乱叫，蚯蚓断成两截却能衍生更多个体，开膛剖肚挖空肠子的鱼能在高温的油锅中蹦跳几下；斩下的毒蛇脑袋在数小时后竟能咬人致死……

“预备……举枪！”他隐约听到了发令官和扣动扳机的声音。

阳光下，一条人影缓缓挪动过来。

“射击！”

王文志绷起精神把两眼睁得大大的，想看看子弹带血后究竟能在空间中划出怎样的凄美弧度，只要死前能保有这一瞬间的记忆就好。

枪声骤然响起。

可是，王文志并没有看见子弹出现在眼前，也没有感受到任何疼痛感，他一时诧异，恍惚间不能判断自己到底是生是死。突然，一只手掌伸了过来。他这才注意到，有人悄悄走到自己身边，但还没做出反应，对方已用湿润阴冷的白布紧紧地按在了自己的口鼻之上，然后粗鲁地按着自己的头，把自己放倒在地上。

“请法医检查罪犯是否已经死亡！”远处又传来号令。

那人继续在逐渐陷入昏迷的王文志的后脑和额头上擦着什么液体，然后逐个检查尸体，许久后才起身大声回道：“确认！全部死亡！”

听到这一句，王文志彻底失去了意识，连自己的身体被人抬起、搬动，都一点也没有了知觉……

“这就是温暖的天界吗？那就是刺眼的神光吗？”恍恍惚惚，王文志感觉自己置身于强烈的光芒之中，即便紧闭着双眼，这强烈的光还是透过皮肉传入了他的视网膜中，让整个脑海如日中天。

“醒醒吧，小子！这阎王殿也不养闲人，快起来干活！”一个声音在耳畔响起。

王文志在迷迷糊糊中微微摇摆着头，突然一个鲤鱼打挺般坐起，发现自己坐在一张床上。

床边端坐着一个法医，他似乎被王文志的突然坐起惊吓到，身体不自觉地朝后仰去，只听“当啷”一声，整个人翻倒在地。

王文志朝着地板定睛一看，惊讶地叫起来：“你是谁？判官还是阎王？干吗趴在地上拜我？”

“拜你个头！”法医狼狈不堪地从地上站起。

“这是哪儿？发生了什么？”王文志拭着视线模糊的眼睛问道。

“王队长，你一觉睡得糊涂了。这里是昆北郊外的一座废旧民宅，我是李将军的学生，是他让我们救你的！”

“难道我寄父让你们劫了法场？”

“差不多吧，但比劫法场复杂多了。从行刑者到监督官，从法医到司机，每一个环节都要做到密不透风。”法医回道。

“那我寄父呢？”

“他现在可能在接受组织审查。”

“我寄父他为何这么傻？我觉得死也是一种解脱，没有什么好可惜的。”王文志惆怅道。

“哎，一切都是命运安排。这是李将军愿意的。”法医叹道，“说这些已无意义。你还是先避一避吧，毕竟你是个逃脱的死囚。留得青山在，不愁没柴烧。”

“我总不能一直这么躲藏着。”

“你啊，乃不知有汉，无论魏晋。世界在一夜之间变得你我都快不认得了，谁也不知道明天会出现何种奇闻怪事。”

“怎么，世界大战了？”王文志有点丈二和尚摸不着头脑。

“准确说，是宇宙大战前夕了。整个人类被划分为三个派系，而我们国家的刘东升居然成了拦截派领袖。现在所有人都是走一步看一步，你就好好待着吧。”

26．双雄归来

中国在名义上是拦截派的成员国，而实质上有着大批支持移民计划的组织与人士，使得两大派系融合交织，但又对立矛盾。政府并不想处在左右为难、摇摆不定的态势中，最为聪慧的便是学习亚当·斯密的“守夜人”管理模式，这样，无论在经济与政治上都能独善其身。

为了接纳成员国的各路人才，也为了实施宇宙拦截计划，更为了不受太多政治因素的干扰，拦截派的基地设在了中国太州卫星发射中心。刘东升从成为拦截派领袖的那刻起，便不得不进入了救世主的思维模式。

放眼周围，不少人已被安逸与享乐所腐蚀，把自私与懒惰包装在人文主义中，把贪婪与纵欲说成是追求自由的高尚理想，把傲慢与嫉妒当作难能可贵的个性；总之，他们认为世间没有了酒色，生活便没有了光彩。而且，这种无聊的生活像病毒一样，让越来越多的人产生了共鸣。最可笑的是，这些人把人最粗浅的本能视作生命存在的全部真谛，认为人与蛆虫、家禽没有区别。被称作第三产业的服务业，正以不可阻挡的势头发展壮大，并且成为衡量社会繁荣程度的指标，实体产业已萎缩得像一个楚楚可怜的侏儒，而人们并没觉得这有什么不妥。世界发展到这种阶段，正是科学处于龟步缓进态势的原因。从历史来看，往往在爆发全面战争与重大灾难的恶劣环境下，少部分人反而可以利用稀缺的资源研发出跨时代的技术来。所以，鞭挞人性的堕落如同棒打误入歧途的浪子，已是迫在眉睫。

同时他又认为，大多数人的世界观出现了严重问题，甚至可以说是不可理喻的扭曲。一部爱情电影或是青春肥皂剧可以家喻户晓，而一颗人造卫星的直播却无人问津。许多人可以把几十个明星的生日、体重、嗜好甚至感情经历描述得面面俱到，却说不出当代三位以上的科学家姓名，写不全莎士比亚四悲四喜的剧名。“犬不择家贫，子不嫌母丑”，当代人恐怕已无法正确理解爱国主义与饮水思源的深层内涵，就像对着吃惯饕餮盛宴的富豪述说百年前的自然灾害带给人们的疾苦一样，虽然他听明白了每一个字，但仍无点滴感触。仅仅为了享受更好的生活，有人可以毫无顾忌、毫不羞愧地移民，将国内做大的企业与资产转移境外，挂上的牌匾是国际化，而民众对此行径的认知是良禽择木而栖。这样可怕的景象无异于商纣王的酒池肉林、周幽王的烽火戏诸侯、刘阿斗的乐不思蜀，即便没有其他文明的威胁，人类也正疯癫痴笑着踏进坟墓。

他还认为，社会的道德标准在不断沦陷。人们对于婚外情已熟视无睹，甚至在相亲节目中以恋爱次数之多为荣。这便是羞耻心的丧失，而冠冕堂皇的借口是解放思想与人权神圣不可侵犯。作为最为普通的联络工具，手机成了卖弄时尚与财富的噱头，聊天软件成了炫耀奢华与优越的平台。贫穷者不去改善生活，而将有限的金钱花费在伪装外表上；富贵者不去实现价值，而是用挥霍无度来满足变态的心理需求。这便是虚荣心的膨胀，而理由是对生活无追求者将一事无成。似乎亚当与夏娃吃下的禁果快要失效了，知善恶与知廉耻将从人类基因中退化消散，一些宗教典籍中预言的末日征兆也不过如此。

综上所述，刘东升认为改变日渐沉沦的人类思想，应该与拦截天外来敌一样紧迫。唯一可能立竿见影的方法便是通过政府，用孔明治蜀般严厉的管理体系来规范众人的行为，将那些原本存在于法律之中而后降格为道德的内容，重新寻找回来。善意批判者功，恶言煽动者罪；勤俭自律者扬，暴殄天物者惩；高风亮节者赏，伤风败俗者罚。部分教学课本将被大幅修订，思想品德与语文数学处于同等地位。政府将直接干预各方舆论，大力提升科学与文学的宣传力度，从全方位去引导人们正确世界观的建立。

刘东升梦想着，在海燕主义所管辖的领土上崛起一个强悍敦实的帝国，它将爆发出人类前所未有的潜力，如黑暗中初升的太阳，带来万物生存的希望，或是夕阳掉落前的返照回光，在消逝的最后一刻迸射出地球文明应有的尊严光辉。

梦想照进现实何尝不是光线穿透玻璃，展现在幕布上的，可能是绚丽的彩光，但也可能是丑陋变形的图案。新官上任三把火，但点火人必然需要驾轻就熟的政治谋略和坚固雄厚的势力支撑，而这些都是这位年轻科学家所不具备的。拦截计划的起点便是一座陡峭险恶的高山，有千难万阻在等待着他们。

作为中国官方科研团的首席顾问，刘景华实际上掌握了一切权力。他坚定地认为，即使是拦截成功，地球也不能逃脱再次被打击的威胁，而移民才是一劳永逸的。所以，他的团队实质上是移民派的分支。但儿子肩负的重任让他的立场发生着微妙变化，他也在努力寻找着最为稳妥的平衡点。而眼前急需解决的是，如何为王文志免去罪行。

咚咚！敲门声传来。

“请进！”刘景华喊道。

市长推门而入，他作为政府配合移民派的官员，自然充当了忠实的执行者这一角色。

“刘院长，召我来一定有要紧事吧？”市长如见到老师般恭敬。

“不好意思，只是老朽这条腿不争气，只好让您屈尊赶来寒室。请坐！坐着说。”刘景华自己也从轮椅下来坐进沙发，说，“李将军派他的警卫员在刑场上劫王文志的事，您是否知道？”

“这么惊天动地的事怎会不知？”

“组织上对李将军的审查应有结论了吧？”

“李将军犯错是事实，已经上了军事法庭，但处理结果就不得而知了。法律从来是冷酷无情的，何况是军事法庭，估计他难逃噩运。”

“一定要营救李将军！”刘景华沉思后说，“事情的源头在王文志身上。只要王文志能洗清罪名，李将军的问题也能迎刃而解。”

“是呀，其实，王文志固然有罪，但做出死刑并立即执行的审判，明显是判罚过重了。”

“你作为市长也这么认为，就一切好办了。”刘景华又以试探的口气说道，“我得到消息，说是法院院长一心要置王文志于死地，可他和王文志并无仇怨，他这样做的原因恐怕不简单。”

“我也有这个感觉。我认为背后可能有隐情。”

“说得是，市长先生！”刘景华说道，“王文志的案件从判决到执行，仅仅用了四天，这般迅捷的执法速度是我从未见过的。从以往的种种迹象来看，我怀疑此事和灭绝派有关。”

“你是说他可能是灭绝派的人？……要抓捕他目前没有证据……”市长为难道。

“有个办法值得一试。”刘景华微笑着回道，“你马上秘密出具一份特别通告，言恐怖分子欲袭击政府机要部门，然后派人搜查各大机关人员的办公室。现在全球都在全力对抗危难，我们也可趁机清除掉不少灭绝派的小丑，而法院院长还躺在医院里，他也来不及销毁证据。”

“刘老，你的这个计划周密可靠。我知道该怎么做，请放心。”

两个小时之后的傍晚时分，数百名武警战士将法院围得水泄不通。

乔装打扮的王文志，戴着假发与墨镜，穿着一件花格子外套，他刚购完物从超级市场出来，便看见这般奇异的场景。

这定是刘景华的安排，王文志心中想道，旋即拨通了电话：“喂，刘教授，法院是你派人围起来的吗？”

“是的，我们正在翻箱倒柜，寻找法院院长和灭绝派来往的证据。”刘景华回道。

“你这般行为除了打草惊蛇之外，别无他用。”王文志说道。

“那……我该怎么做？”刘景华似乎有些败兴。

“法院院长的住院部你派人去了吗？”

“当然没有，去了才是你说的打草惊蛇吧？”刘景华不解地问。

“坏了！”王文志大叫道，“他有危险！”

“谁？谁有危险？”

“快去医院！法院院长可能会被灭口。”

刘景华这才意识到，自己的疏忽大意可能给灭绝派留下了可乘之机。他急忙带着几名武警战士赶往医院。

医院的走廊上，一位近五十岁的老妇人穿着朴素陈旧的外衣，手中提着一袋苹果和一箱牛奶，步伐极为缓慢地走进病房。

这间豪华单人病房的床上，躺着的便是法院院长。

老妇人轻轻地关上门，然后朝着床边走去。

“你是谁？”法院院长侧过头，发现一个陌生人在靠近自己，顿时心生戒备。

“院长，你不认得我啦？”老妇人灿烂地微笑着。

“我好像没见过你……”法院院长上下打量着对方，老妇人亲切和蔼的表情让他放松了警惕。

“没关系，你贵人多忘事。”老妇人说着坐在了床边的椅子上，从袋子里拿出一只苹果，“来，我给你削个苹果。”

“呵呵，在杭海话中，苹果与病故同音，你送这玩意儿算什么意思……”法院院长一脸怒气，却见老妇人掏出的不是一把水果刀，而是带血槽的匕首，顿时脑袋“嗡”的一声响。

老妇人突然目露凶光，抄起匕首重重地朝他的心窝口扎了下去。

法院院长急忙用手招架，但身体虚弱使不出多少劲，匕首只是微微地偏了一点，便猛地插入了他的心脏附近。剧烈的疼痛感让他不住地抽搐起来。

正在这危急时刻，病房门被一脚踹开，一名武警战士疾步冲来。

老妇人见状，急忙抽出匕首，想再次刺入法院院长的胸膛。

武警战士飞腿一记猛踢，击中老妇人的后脑勺，她的头部重重地撞在了床尾的铁杆上，然后摔倒在地没有了动静。

姗姗来迟的刘景华赶忙撑着拐杖跑到法院院长的身边，大叫道：“快叫人来抢救！”

法院院长胸前的病服已经完全洇红，他艰难地抖动着嘴唇，似乎想说什么。刘景华看出了他的心思，将耳朵凑近过去。

“请……保护……我的……家人。”

“你放心，武警战士早已到达你家了。”刘景华回道。

“谢谢……金鱼缸……金鱼……缸……”法院院长头一歪，断了气。

刘景华哀声叹了一口气说道：“能在死前悔过，也是莫大的善举。”

很快，武警战士们在法院院长家中的金鱼缸下找到了一枚手机芯片。通过短信记录，确认了他就是灭绝派的重要成员；而被杀死的国外工程师也被查出和灭绝派有密切往来。

不久后，王文志再一次站在了法庭上，而周围的环境看起来似乎有些怪异。

“王文志，你参与的实际是国际反恐战争，已超越了人民法院的管辖范围，故由我们军事法庭接管此案。诉方控告你犯了过失杀人、伪造公文、私放在押人员等三宗罪行。第一宗，你负有次要责任，但主犯也是失手；战场瞬息万变，即使误伤战友也不至问罪。第二、第三宗，诸多证据显示，你的抉择有商榷之处，却是逼迫无奈之举，动机是好的，最终也完成了任务，理当容忍理解，不予追究。鉴此，我宣布，被告王文志当庭无罪释放！”法官裁决道。

坐在旁听席上的刘景华和李将军高兴地欢呼起来。

王文志饱含热泪地冲到李将军身前，拥抱这位甘愿为他铤而走险的寄父：“让您受苦了，父亲。”

“不苦，不苦。军事法庭也对我进行了再审，只是降了两级军衔。”李将军微笑地回道，但双眼已经泛红，“这都是刘院长的恩泽，听说他要将你收纳为移民派中国分部的军务处主任，你可要好好干啊。”

刘景华见这对父子久别重逢，便默默地走开，为他们留出宣泄情感的空间。但现在自己也没有了儿子陪伴，这位孤寂老人感觉生活就像一块忘记加佐料的豆腐，虽然能感知它的存在，但丝毫没有滋味。

刘景华走上自己的专车，拿起一张报纸，一目十行地浏览着。突然，他双手扶正眼镜，目不转睛地盯住了一条“最快列车”的消息。

2143年邵逸夫奖获得者揭晓

奖　项：天文学奖

获奖人：洛基

赞　词：以表彰他构思及领导的开普勒计划。这项伟大计划增进了人类对太阳系外行星系及恒星内部的了解，为我们发现类地星球提供了支持。

奖　项：生命科学与医学奖

获奖人：马吉云

赞　词：以表彰他的团队利用新颖的思维，将不同特性的药物结合运用，创造了更为有效的抗癌手段，是人类征服癌症的先驱者。

刘景华被“马吉云”这熟悉却又意外出现的名字所吸引：虽然听说他成立了科研团队，也在抗癌领域下了不少功夫，但一个完全与医学不沾边的普通人，怎么能获得如此高的荣誉呢？尽管科学界是块不被权贵政治污染的雪域净地，但是，评奖的暗幕时有爆出，让不少人尝尽了荣誉得失的辛酸苦辣。

刘景华不知是喜悦还是震惊，居然忘记了自己的腿瘸，一下站起身来，接着又摔倒在座椅上，他喃喃着：“天降大任于斯人也，必先苦其心志，劳其筋骨，饿其体肤，空乏其身……这不是在说马吉云？”想到这里，他有了马上要去见见这位不算太熟悉的朋友的冲动。

刘景华立刻命令司机朝着昆北机场飞驰而去……

在杭海市的一幢豪华大楼前，刘景华走进了大厅，由服务生引导上了电梯。电梯停在了第二十五层，他顺着走道朝前走去，巨大的字母M挂在背景墙上，一位面目清秀的姑娘端坐在前台。

“你好，马吉云在吗？”刘景华问道。

“是刘院长吗？”前台姑娘热情又礼貌地说，“哦，马总在等你呢，走到底就是他的房间。”

刘景华拄着拐杖缓缓越过一道自动门，展现在眼前的景象使他为之一振。在不到三百平方米的开放式区域内，几十张办公桌密密麻麻地整齐排列着，在明光锃亮的顶灯下几乎座无虚席。家具摆设的颜色均是天空一般的蓝，而职员的服装是云朵一般的白，这种充满活力与前卫的气息，给人带来莫名的愉悦。

尽头的房间门敞开着，刘景华大幅摇摆着身体来到门前，只见三个脑袋紧挨在一台电脑屏幕前。

“看！它停止不动了！”陈若彤叫道。

“不错，不错，真有趣。再换一个。”许程说。

“嗯，我们来看看这个，高斯帕滑翔机枪。”这个浑厚的声音便是出自马吉云的喉咙，从他略显苍白的面容和毫无血色的嘴唇来看，似乎身体状态并不在理想状态。

“康威的生命游戏。”刘景华故意抬高音量说道。

“哦，刘院长来了。”马吉云抬起头招呼道。

一边的陈若彤连忙迎上前，将刘景华搀扶到沙发上。

“刘院长，你也玩生命游戏？”马吉云问。

“这是必然的。我想，只要具备好奇与善思的人，都会为之沉迷。生命游戏所揭示的不仅仅是计算机和生命系统的运作本质，它很可能是解开宇宙神秘面纱的关键线索。”刘景华回道。

“哦？真有这么神奇？”陈若彤睁大眼问道。

“确实就是这么神奇。你们玩的这些都太简单了，再复杂一些的，可以像一对正反粒子相互湮灭，像一个细胞在不断复制自己，像一套稳定的系统在循环运作，像一片森林自我更替，甚至还能像一个星系自在运转。”刘景华习惯了运用教学般的说话风格。

“仅仅定义了两条基本规则，就能玩出这么多的花样？”许程不禁惊叹道。

“又有谁知道，宇宙可能也只不过是两条基本规则呢？”马吉云说。

“呵呵，一股哲学的味道扑面而来。不过，有时我在想，物质到底是波还是粒子，可能就像生命游戏那不断变换的图形，让人产生一种错觉——波被囚禁后表现为粒子，而实质上它两者都不是。也许宇宙万物只是 0 与 1 在规则下所涌现出来的宏观形象。”刘景华说。

“好吧，哲学确实能振奋人的精神，但暂时也不能帮到我们什么。”马吉云朝后仰坐着说道，“刘院长，还是说说你来找我有什么事吧。”

“我在报纸上看到了邵逸夫奖的名单，那生命科学与医学奖的获得者真的是你？”刘景华拖长了话语，斜着双眼注视着马吉云的表情。

“的确是我。”马吉云回答得干脆利落，“不过如果没有许程兄弟的支持，是万万不可能的。”他指着许程说道。

“难道……你在使用的就是你们自己研发出的新抗癌药？”刘景华用抑扬顿挫的口气问道。

“是的。”马吉云平静地回道。

“这简直是天方夜谭，医学界奋斗几十年都未达成的目标，你是如何办到的？”刘景华叫了起来。

“就如牛顿所说，我站在了巨人的肩膀上，更幸运的是，巨人脚下有堆如山丘的财宝。而我要做的，仅仅是摘下高处的果子。”马吉云微笑着说。

“这也太谦虚了，如果没有你对酶与巴基球的融合思路，哪能有这般成果？”许程在一旁说道。

“那是什么？”刘景华一头雾水。

“就是把门冬酰胺酶封闭起来，和专门攻击癌细胞膜的氨基酸小分子共同串在巴基球上。当那些氨基酸作用时便脱落下来，门冬酰胺酶会从断裂缺口处重获自由，这样就能准确而大面积地杀伤癌细胞。”陈若彤解释道。

刘景华虽然对医学算不上精通，但还是理解了其中的奇异逻辑。他突然想起自己曾经对儿子说过的一句话：拯救世界的往往只需关键一人，而不是万众一心就能办到的。如果地球文明还存有一线希望，那么万年不遇的天才就应该活在我们的时代。他用炙热的目光凝望着面前这位看似平凡无奇的男人，心中的万般思绪如翻江倒海。

“难道他真是救世者？”刘景华曾在脑海中一遍遍翻阅着当代知名的物理学家、天文学家、化学家，甚至是政治家、哲学家、社会学家、心理学家……如果马吉云就是救世者，那么这一切就好像是一场荒诞不经的讽刺幽默剧，其情节古怪离奇得令人哭笑不得。

假使一个人在黑暗深渊中无助地等待死亡，那么任何光亮都会激起他急切的求助欲望，哪怕它是催命的鬼火。刘景华在剧烈的思想斗争之后，毅然决定让马吉云加入自己的组织。第六感觉告诉他，也许马吉云就是一块他目前还不知如何使用的救世法宝。

马吉云见这位慈祥老者用呆滞的目光看着自己，身体僵硬了十秒之久，便轻声问道：“刘院长，你怎么了？”

“哦……”刘景华回过神来，“我有一件极其重要的事要与你商量，你看这两位朋友是否能回避一下。”

“嗯……这两位非但与我如兄妹一般，而且有救命之恩，让我赶他们出去实在是太为难了。我们之间能有何事需要这么神秘呢？”马吉云苦笑道。

“那我们自己出去。”许程说着站起身，拍了拍陈若彤的肩膀。

“哎！”刘景华深深叹了口气说道，“你们坐下吧，反正你们迟早也要知道。”

刘景华见面前的年轻人冲着自己微笑，一股伤心之情油然而生。这个世界有多少人正活在无知的快乐中，这是一种可悲却也是一种幸运。如果人类注定逃不出灭亡的结局，那么多一位知情者就等于多一份无助的痛苦。

马吉云的两位好友听完了关于末日劫难的陈述之后，就像聋哑人专心看着一部电影，眼光定格在某个位置上而一言不发。

“你们还好吧？”刘景华问。

“我以为只有马吉云身患癌症，没想到是整个人类已命在旦夕。”许程终于开口道。

“错误！这是天大的错误！”马吉云猛然击打着面前的桌子。

“什么意思？”刘景华不解地问。

“我本以为，末日劫难只是遥遥无期的预言，那么隐瞒所有人是情有可原的。但它现在是迫在眉睫的事实，那么隐瞒就绝不可原谅！你们愚蠢地认为，政界上层与科研人员如同大脑，决定着一切行为，便可放弃民众的力量和智慧，这等于把自己变成了一个高位截瘫的病夫。作茧自缚的思想不可救药！”马吉云气愤地直喘粗气。

刘景华时刻注意着马吉云的言辞，考量着这个疑似救世者的举动，他那稀奇古怪的逻辑推演方式，确实让人能清晰感觉到他的与众不同。

“那你觉得该如何拯救人类？”刘景华试探性地问道。

“这个问题你来问我？拯救人类那是神仙操心的事。那些拥有无上权力与大量资源的人士，看起来才离神最近。而我只是千万能量中的一颗光子，连一粒灰尘都撼动不了。”马吉云回道。

“你可不能小看自己。没准儿，你是一位带领大家去冲锋的统帅。”

“刘院长，你是在开玩笑吧？”马吉云调侃地说，“我在做美梦中倒真的当过成吉思汗，率领千军万马横扫欧亚大陆；可正威风得意时，不知被谁揪下马按倒地上，大喝道：‘乱臣贼子，竟敢篡位，纳尔狗命来！’哈哈，你看，我就像那末日预见者一样，可以看见自己一旦拥有了权力，便落得狗命难保的尴尬下场。”

大家都笑得前俯后仰，连陈若彤也笑痛了肚子。

刘景华也笑得泪花弄糊了眼镜，便摘下镜片拭擦，说：“那假如你真被赋予至高权力呢？”

“那我现在就得跑路，免得真被人从马上揪下来。”

“说正经的，”刘景华突然严肃地说，“这件事你还不知道，我得简单地说一下。为拯救人类，世界科学联合会组建了三个团体，即和谈派、移民派、拦截派，三方各司其职，又相互配合；在执行任务时，都有至高权力。我儿子刘东升现在是拦截派首领，而我是中国的首席科研顾问，等同于移民派在中国的掌权人。现在，我郑重邀请你加入我们。”

马吉云用极端怪异的眼神静静地看着刘景华，脸上忽然浮现出尊严若神的表情。

刘景华只觉得一股摄人心魄的霸气扑面而来，不禁微微地打了个寒战。

当马吉云以“移民派中国分部资深科学顾问”的身份走进国家科研中心的时刻，在远处的末日预见者突然像疯狗一般跳起来尖叫道：“他就是终极毁灭者！我敢保证，他化成灰我也认得他的样子！他就是死神的化身……”

末日预见者被隔音玻璃阻挡着，那微弱的喊声几乎不能听清。而一旁的刘景华正默默注视着这副场景，他此刻已经确信，在这场劫难中，马吉云无论是正是邪，终将是一个不同寻常的人物。

27. 劫难警示

刘景华认为，移民计划的实施难点并不在寻找类地行星，而是如何打造一架可以远行的马车。而刘东升的理解是，拦截计划的成功关键在于，如何生产出可以在太空释放巨大威力的武器。

这两个思想拥有共同之处，便是研制容量更大的宇宙飞船。所以，自然而然地促成了这父子俩的跨派系合作。

刘东升捷足先登，将国家航天局刚建造好的“华天号”飞船改装成“拦截1号”，它将携带两枚中国隐匿多年的电离导弹，在地球轨道上运行至面向太阳的时刻，进行发射实验。

电离弹不需要空气就能瞬间释放出大量自由电子，根据康普顿效应，可以让一束激光或伽马射线发生散射，从而降低其威力。据刘东升分析推测，那些失去电子而反向运动的残留物质，因为速度低于光速，总会被射线暴追上，还能再一次产生作用，这样就能事半功倍。他所构想的，是一副宏伟壮观的激战场面，是伽马射线的侵略军团与自由电子的守卫方阵之间的惨烈较量。

这便是拦截派的第一项救世计划——“康普顿屏障”。

和谈派领袖米哈伊尔在刘东升的邀请下，来到了昆北市，与这些中国精英共同见证了人类求生的第一次努力。

“30秒 ……20秒 ……10，9，8，7，6，5，4，3，2，1，点火！”

火箭船喷射着熊熊火焰升向黑暗的天际。人类至今仍旧在使用这种野蛮能量来克服地心引力，如同一个刚离开襁褓的婴儿，用蹒跚幼稚乃至可爱可笑的模样，开始学习如何在太空漫游。

“昆北市，翻板展开，指令已发出。”

“长征报告，太阳翻板展开正常。”

“飞船报告，太阳翻板展开正常。预计一小时后到达电离弹发射地点。”

屏幕中爆发出热烈的掌声，那些坐在会场上的人员，尽可能地保持镇定与严肃，而脸上情不自禁地浮现出得意与喜悦来。

是怎样的母亲，才会对自己天真无邪的孩子痛下毒手？这一点便是米哈伊尔苦苦冥想而不得解的地方。既然创生者要毁灭人类，必然有它的理由，而末日预见者能提供的信息实在是太少了。在他看来，文明之间的冲突无非类同于社会与人性的问题，仅仅从物理化学出发，那与利用二十厘米长的学生尺去测量赤道长度一样，没有效率也谈不上准确。

“我想趁着这段时光，谈谈自己的和谈计划思想，希望你们能给予我善意而有效的建议。”米哈伊尔对着中国科研团队说道。

“愿闻高见。”刘东升作为派系领袖，与米哈伊尔平起平坐，理当由他来做出回应。

“不久前，我看了几起父母杀子的案件，从中有了些创生者毁灭人类原因的灵感。”米哈伊尔说道。

“有什么发现？”刘东升顺着对方的话题问道。

“我发现，即便不考虑和谈是否能及时实现，就从伦理逻辑来看，它似乎也是毫无希望的。”

“此话怎讲？”

“对人类发动攻击的创生者，可能是一位残暴继父，也可能是一位绝望母亲，无论怎么沟通都是枉然。而假设人类是不敬的长子或是败坏的女儿，那么，我们错在何处？”米哈伊尔迷茫地说道。

“放弃与创生者的和谈！”一个浑厚响亮的声音从刘东升后方传来，那是马吉云的声音。

米哈伊尔惊愕地回道：“放弃和谈对于我来说，等同于放弃了一切。”

“不，不，”马吉云平静道，“宇宙求援也可算作另一种和谈。”

“是的，我也曾这么想过，”米哈伊尔似乎找到了共鸣，喜悦地看着马吉云，“但我的部下提出了寂静地狱的理论，认为宇宙求援同样不可行。”

“寂静地狱？能说得具体一些吗？”马吉云问。

“大致意思是，一个文明没有能力判断其他文明的善恶，故而应该始终保持绝对沉默，不然一旦暴露自己，很可能会遭到毁灭性打击。宇宙就像万籁俱寂而危机四伏的黑暗地狱，包括和谈在内的一切交流都是无稽之谈，甚至在无声无光中仍充满杀戮。寂静地狱的理论，就如同它的字面一般怪诞恐怖，虽然认知告诉我它并非绝对正确，但从逻辑上我无从推翻。”

马吉云皱起眉低头沉思片刻后，抬头说道：“根据我的推论，宇宙应是暮光沼泽才对。凶残与友善如一片片积水的低洼犬齿交错；不规则生长的杂草与昏暗的暮光让任何文明醉眼蒙眬；泥泞难行的道路与随时陷落的险境限制了任何人远行的欲望，局部范围内的合作与争斗将成为永恒的主题。所以，寂静地狱只是无数条宇宙生存法则中的一条，就好比是一道多解方程，某个数字虽然正确，但答案并没有写完。”

“愿闻其详。”米哈伊尔立刻兴奋起来。

“就以地球而言，群居动物的生存能力普遍强于独居动物，这是一种自然选择的趋势。独居动物短期内可能称霸一方，而长期看，它们必然会在历史长河中没落或消失，无法持续的统治与孤僻的性格，意味着它们难以形成成熟的社会形态。”

“你的意思是，能够进行宇宙交流的高等文明，都是群居物种吗？”米哈伊尔若有所悟道。

“是的，我认为接近百分百是群居物种，极端情况除外。”马吉云斩钉截铁地回道。

“这又意味什么？”

“实现群居的前提是存在情感需求，就像每个人在悦耳动听的音乐中，都会情不自禁地手舞足蹈一样，这是与生俱来的天性，而非后天经验。各项研究表明，情感拥有延展性，如大部分人类天生喜欢小动物，越拥有高智商而无攻击性的动物越容易得到宠爱。为了排除经验因素，有人将一批新出生的猴子与猫单独饲养，待它们长大一些后，再关在同一个笼子里。三十组数据显示，仅有两例，猴子攻击猫致死，其他均能和平共处；甚至有六例，猴子像溺爱子女般宠护着猫。所以，物种的区别并不会导致情感需求有太大差异。”

“你的意思是，情感交流是具有智慧物种的一种本能需要吗？”

“是的。”

“有意思，有意思。还有其他观点吗？”米哈伊尔双腿不自觉地摇摆起来，完全忘却了一个领袖应当保持的矜持形象。

“众所周知，共生关系在自然界普遍存在。就以人体而言，除了存在大量微生物外，还有着极为特殊的共生生物，那就是线粒体。线粒体是构成细胞的最基本单位，但它拥有完全独立的遗传因子。人类本身就是微妙的共生组合体，它们彼此依赖，彼此保护，甚至可以说，人的本能与思维只是在为它们服务。所以，宇宙文明之间，同样存在互利共生的概率。”马吉云乐此不疲地说着。

“嗯，这也完全说得通。”

“还有一点不容忽视，那就是共同敌人。有人说，敌人的敌人就是朋友，虽然这句话存在逻辑漏洞，却在大部分情况下适用。我们能够领悟唇亡齿寒的道理，其他文明同样可以；而在野生环境中，两个不同物种共同对抗掠食者的情况也屡见不鲜。”

“是的，是的！”米哈伊尔叫喊起来。

“最后我想说的是打击悖论。虽然说光速打击下，受害者根本没有防御可能，但前提是必须彻底消灭。倘若受害者拥有其他星际领地，那又等同于先开枪的狙击手成了另一个隐藏狙击手的瞄准目标。所以，打击别人同样可能导致被打击，这让宇宙屠戮得到了遏制。”马吉云终于把自己的思想叙述完毕。

“但是打击行为可以发生在任意空间，比如远航的宇宙飞船上，这样就不会暴露自己的星球。”

“这个想法过于简单了。要在宇宙飞船上打击敌人，必然得离开自己的星球足够远才能保证不暴露。所以，你忽略了航行时间。”

“航行时间？”米哈伊尔低头思索片刻回道，“你的意思是，如果只是低速航行，那么到达足够安全的距离所需时间太长了是吗？”

“是的。采用低速航行的宇宙飞船，就像是黑夜中的杀手隐匿起自己的行踪，在浩瀚星河中暗度陈仓，需经历成千上万年的旅行才能到达目的地。届时，飞船上的人或他们的子嗣很可能早已成为一个独立的文明，与原先的星球社会了不相干，那么，再执行打击行为，则变成了帮助别人而暴露自己的愚蠢决定，他们必然不会付诸实施。反之，如果采用大刀阔斧般的高速航行，那么，剧烈的能量波动很容易暴露母星。就像一块巨石打破了平静的湖面，连岸上的鸟儿也能惊飞，更别说水中的鱼儿了。”

“我终于明白了，宇宙中既充满威胁，又遍播着希望。在末日来临之际，继续沉默是最可悲的愚蠢，因为这是一片暮光沼泽。”米哈伊尔茅塞顿开，向马吉云投去钦佩的目光，“你的奇思妙想让我受益匪浅，看来，中国是一片英才辈出的沃土啊。”

正当此时，直播画面再次响起了解说声：“‘拦截 1 号’将在 30 秒后进入预定位置。”

众人再次将目光聚焦在大屏幕上。

“昆北市，第一枚电离弹发射指令已发出。”

“长征报告，发射成功。”

“飞船报告，侦测数据已返回。”

“昆北市，第二枚电离弹发射指令已发出。”

“长征报告，发射成功。”

“飞船报告，侦测数据已返回。”

几分钟后，刘东升获得了一份报告，他看后兴奋地拍打着自己的大腿叫道：“完美！我们不但验证了电离弹在宇宙空间的可用性，而且发现太空中有更为显著的康普顿效应。”

突然，出乎意料的事情发生了！

刹那间，几乎全世界任何的电视频道都映现出一副恐怖至极的场面。一只连裂痕纹路都能清晰可见的骷髅头撑满了屏幕，一束蓝色的光线从天灵盖射入，再从两排残破肮脏的牙齿中穿透出来，右侧的明亮与左侧的暗影形成了阴森对照。

在图案的右下方，两排红色的英文字母异常醒目，如同用鲜血写成，还未凝固的血滴向下流淌着。

来自绘架座的毁灭射线暴

离击中地球的时间还有

2059 天 22 小时 33 分钟 25 秒 323 毫秒

红色文字底下是一只数字钟，单位精确到毫秒，三位小数急速跳动着，让人感到心惊肉跳、焦躁不安。

这一刻，几十亿人的喧嚣声，让地面的平均分贝达到了地球有史以来的最高值。它如同鲁迅先生的呐喊，唤醒着沉睡在梦境中的人们。

米哈伊尔觉得奇怪，不知是何方神圣有那么大的号召力，能让孤傲独行的网络游勇携手共进，站立到了同一条战线上。接着，他注意到，在图案左上方有两排小字，便睁大眼睛凑近去看。

新人类重塑计划

www.resharp.com.cn

米哈伊尔立刻打开手机的浏览器，将网址输入进去。一副极简的网页显现出来，上方只有三行字。

你甘心如懦夫一般等待死亡，

还是愿意像勇士一般付出力量?

劫难警示人：马吉云

文字的下方是一张张模拟计算后呈现的图片，将末日射线暴的方位以及如何击中地球，完完整整地演示出来。

“嘶……人类重塑计划曾有耳闻，但马吉云又是谁?”米哈伊尔思考着这个在刹那间让全世界知晓的中国人姓名，他大胆而野蛮的作风让自己肃然起敬。

可笑的是，米哈伊尔居然不知道，刚才与自己交谈、让自己重燃希望的人，就是马吉云。

而在世界的另一头，有人则对马吉云充满了敌意，那就是世界科学联合会主席、移民派领袖莱特福德。他拎起电话以责问的口气对刘景华说：“我希望你们立即抓捕马吉云!”

“尊敬的莱特福德先生。”刘景华一副绅士风度，语调平静地说道，“可是，我暂时找不出适当的理由呀。”

莱特福德余怒未息，大声道：“这是犯罪！他这个时刻将信息公布出去，是对全人类的犯罪!”

“是的，马吉云确实违背了联合会议定下的不公开协定，但他似乎并不属于任何派系的成员。”刘景华用柔中带刚的语气说，“如果道出真相也是犯法的话，那古往今来，所有从事科学研究的人都应该被抓起来。”

“刘先生，我实在不明白，你为什么要千方百计为马吉云开脱？你与他究竟有何利害关系？抑或，你们达成了什么默契?”莱特福德不依不饶地追问。

“我可以坦率地告诉你，马吉云有恩于我，我理当帮他。但是在大是大非面前，我绝对不会袒护他。在这件事情上，我是帮理不帮人；至于你对此有什么想法，我表示理解。对不起，我不能执行你的指示。”刘景华语气柔和但态度强硬。

“帮理不帮人？我已经明白你们的鬼把戏了！”莱特福德气愤地挂断了电话。

坐在刘景华身后的马吉云，看着面前闪烁着的屏幕，露出得意的微笑。他拿起一根烟点了起来，这也是他自患癌戒烟以来的第一根。

“当自缚得过久，破茧而出的自然是一只畸形怪物，就算遭人唾弃嫉恨，但它仍在高傲地振翅飞舞。”马吉云吐出的一大团烟雾在空中缓缓飘浮，展现着怪诞奇异的形状。

从这一刻起，整个人类社会逐渐陷入了完全不可控的混乱局面，罢工与游行比比皆是，愤怒的公民希望得到没有任何隐瞒的末日真相。一些精通数学或物理的学者证实了马吉云网上公布的信息推导无误，这无疑是火上浇油。

然而，还是有相当一部分人认为，末日劫难只是荒唐可笑的阴谋论，就和玛雅文明预言的2140年12月21日是毁灭万物的“地球更新日”一样，只是杞人忧天的愚昧。可惜的是，他们并没有像以往那样能给出反证依据。

稍有名望的社会人士劝说大众，照常生活并耐心等待政府的决策才是上全之策，就像“天黑请闭眼”的游戏一样，当两个相互对立的权力团队同时声称自己是绝对正义之时，平民便和瞎子无异，仅仅依靠自己拙劣的知识和贫乏的信息进行推断，只会让事情越发像一团乱麻无法理出头绪。

山雨欲来风满楼。隐藏在各个角落里的灭绝派人士，像苍蝇闻到血腥气、乌鸦嗅到腐肉味，纷纷聚集围拢，策划着一起万般阴毒的罪恶计划。

上千名学生在被怂恿蛊惑之下，盘坐在昆北政府大楼前的广场上，年纪最小的大概只是初中生。他们额头上戴着白丝带，闭目做着冥想状，将机动车道堵得水泄不通，以绝食来表达连自己都搞不清缘由的愤恨之情。

打倒马吉云！停止移民计划！

末日劫难是无耻的谎言！是赤裸裸的骗局！

民主正在死去！独裁即将复辟！

这些是竖在多处的各式标语，白布上写着红漆大字。灭绝派欺骗学生说，那是鲜血谱写的救国悲歌。只要稍有智力的人便能知道，血液会在布上化开，不可能书写出工工整整的文字。

李将军受命，带领着武警官兵将示威的学生们围住，以防事态扩大。

突然，一个穿着大学生模样衣服但年纪看起来却有四十来岁的白衣男子，抄起一块砖头，恶狠狠地朝着武警走来，并毫不犹豫地把砖头拍向其中一名士兵的脸。

那士兵根本没有防备，被砖重重地砸到了嘴角，顿时掉落了两颗牙齿，口中鲜血喷涌而出。

“滚开！”白衣男子瞪着眼叫道，“卑鄙的反动主义爪牙！”

武警官兵们恨得直咬牙关，但上方下了死命令，只能控制示威者的活动范围，不得与他们产生任何肢体冲突。所以，他们除了用盾牌将白衣男子朝外推，便不能再有其他出格的举动。

白衣男子回到人群中，又拿起一桶汽油，朝着武警的车辆走去。

“我警告你！不要再靠近车辆！立刻放下汽油桶！否则我们要采取必要行动了！”李将军焦急地用喇叭喊叫。

“你们听！”白衣男子叫嚣道，“这些反动主义爪牙要对手无寸铁的百姓动手了！”

刹那间，那些学生沸腾起来，口号与反抗声此起彼伏。

白衣男子点起一根烟，在混乱中将一大桶汽油浇在两辆军车上，然后用烟头将它们点燃。顿时，广场上亮起冲天火光，接着传来轮胎爆裂的声响。

白衣男子似乎仍不满足，再次拿起一桶汽油，径直朝着武警士兵们走来。

“你想干什么！立刻回去！”武警再次用喇叭警告。

然而，白衣男子叼着烟继续煽动着学生，示威声变得更加喧嚣。他毫无顾忌地摆动双臂，将汽油朝前泼洒。

“快躲开！危险！”李将军下令道，但还是晚了，抱团列队的武警士兵们未能及时散开，有三人被浇湿了半身衣裤。

白衣男子兴奋得大笑起来，迅速将烟头朝着那三人扔去。

汽油一点即烧。那三个武警士兵在炙热高温中惨叫，摔倒在地不停翻滚。边上的士兵急忙用衣物在他们身上拍打，好不容易才把火扑灭，但那三个战士都已受了重伤。

“混蛋！让我宰了这个人渣！”武警队长双眼布满杀气，脸色因愤怒而变得铁青，他说着举起了胸前的冲锋枪。

李将军见状跨出一大步，用手压下武警队长的枪口，大声道：“你要干什么？不可，不可动枪！”

武警队长委屈地大叫：“为什么不能以牙还牙？这口怨气我咽不下去！”

“因为我们是军人！”李将军回道，“即使前方是刀山火海，也要服从军令。难道这点委屈就承受不住了吗？忠诚与奉献是军人的灵魂！”

在政府大楼一侧的国家科研中心，马吉云站在十层的窗户边目睹着发生的一切，气愤得猛击了几下玻璃：“为何军队表现得如此软弱？”

“哎，真是为难李将军了。”站在边上的刘景华说道。

“军务处主任王文志！”马吉云转过身喊道。

“在呢！”

“你带领我们移民派的独立部队，去镇压与逮捕任何有攻击行为的暴乱分子！分寸自己把握，无须汇报！”

“收到命令！”王文志站起身，大步朝外走。

“等等！”刘景华急叫起来，“独立部队是保护科研中心的，这样做合适吗？”

“没看见他们的标语上写着我的名字吗，这已经威胁到科研中心的人员安全了。何况，聚众闹事是在科研中心门前。骂名就全由我一人背负即可。”

“但这种事敏感得很，政府会怪罪我们干涉政治。”刘景华仍不放心。

“你说过要赋予我至高权力，那么我便做我认为正确的事。”马吉云回道。

刘景华无奈地看着王文志，最终还是没有阻止。

还没等王文志的部队赶到，李将军便收到了上方下达的指令：允许逮捕袭警的歹徒。

压抑许久的武警们举起盾牌小步冲锋，将最前方的几个歹徒迅速控制起来。一些无知的学生觉得是自己的信仰遭到了践踏，开始对武警们推推搡搡。广场上乱成一锅粥。

这时，白衣男子躲在人群中掏出藏在内兜的手枪，射杀了正与武警对峙的两名学生。广场上顿时陷入死一般的寂静，紧接着，更为激烈的冲突一发不可收拾。

“武警杀学生！简直是骇人听闻！不在沉默中爆发，就在沉默中死去！”白衣男子继续煽风点火。他隐藏在人群后方，又射出两发子弹。年轻的武警战士立刻栽倒在血泊之中，一死一重伤。

李将军焦急得心脏狂跳，脸色煞白，双手不住抖动。他大口喘着粗气，完全乱了阵脚。

在这迫在眉睫的时刻，王文志赶到现场，表情如战神般威严，火眼金睛可以捕捉一切细节，他毫不犹豫地举起手枪瞄准。王文志的枪法出神入化，射出的子弹穿过熙熙攘攘的人群，不偏不倚地钻入了白衣男子的太阳穴。

那白衣男子当场暴毙在众人面前。

“我给你们三十秒，都在原地双手抱头蹲下，所有站立者将被射击！”王文志抢过李将军的喇叭大声喊道。

学生们被这位来势汹汹的军官所震慑，骚动的噪声立刻小了许多，不断有人缓缓蹲下。然而，总有那么少数几个人，想要表现自己的临危不惧和英雄气概，仍保持站立姿态并破口大骂，时不时还朝着军队扔些东西过来。

三十秒一过，王文志没有丝毫犹豫，果断地朝天开了几枪。广场上立刻鸦雀无声，因为人们习惯了人文主义那蜜糖般无底线的仁慈，早已忘却了公民的某些义务，所以被这严酷执法震撼了。

接着，所有闹事者都一个个双手抱头，乖乖地蹲下，黑压压一片，就如干涸的湖泊里横七竖八地匍匐着一大群巨龟。

“全部押走！带受伤人员去医院。”王文志命令道。

这次震惊全球的昆北广场事件，让世界许多人真正相信了末日劫难是千真万确的。

白衣男子被查出了灭绝派成员的身份。因此，政府不但没有为难王文志，反而嘉奖了他。

“我受之有愧，这荣誉应当是你的。”王文志对马吉云说道。

“事先说好的，我只接受骂名。”马吉云拍拍王文志的肩膀说，“我充其量说是个幕后决策者，在暗地里享受成功的喜悦就心满意足了。不过，奖金你不能独吞，得共产，至少摆三桌酒席。”

“那是当然！”

28. 鲜血圣杯

刘景华觉得，仅仅依靠国家科研经费和有限的专项拨款，难以支撑技术爆炸所需的资金投入，可没有强大的资金来源，移民计划等同于空想。

不过所幸的是，在政府及各方人士的努力下，大量集团、企业纷纷解囊，将资金投入到这个全人类的最高项目中。

这原本是不可能完成的任务，但随着马吉云将信息公开，及连日来的舆论操作，世界末日变得不再是无稽之谈。企业家们很清楚，一旦船覆他们亦无幸理。马吉云以股份制的模式向他们募资，每家虽然解囊有限，但数千家企业的联合资金缓解了项目资金的紧缺。

“嗯，现在我们一共筹集到多少资金?”马吉云问道。

“我看看。”负责账务工作的陈若彤说道，“嗯……企业与财团的资助，再加上一些私人的捐赠，目前已有现金五千多亿，资产四万多亿。”

“国家每年用于科研的经费不过是一万五千亿，我们已经三倍于它了。”王文志微笑道，“那么我们一年耗资的预算是多少？”

“一年内将这些资产全部用完。”马吉云冷冷道，即使众人投来惊愕的目光，他也不为所动，“用掉的金钱可以找回来，流逝的时间却不能。”

“世界末日真会如期到来？”王文志突然冒出这句话，“我总感觉不信之人还在半数之上。”

“这便是《狼来了》的寓言。受过太多欺骗的人，已经很难相信外界的声音。这是莫大的悲哀！”马吉云显得有些激动，像一个将军在为阵前的士兵鼓劲，“不过，历史是英雄创造的。只要带领人类前进的少数人能保持清醒，那么希望之光就不会破灭！”

“说得好！”刘景华鼓起掌，他越来越认定马吉云有创造历史奇迹的能力！

是呀，这个意外获得过邵逸夫奖的非科学人士，有着令人不可思议的人格魅力，他正在用各种疯狂乃至触及法律边界的非常手段，将原先溃散的人心迅速凝聚起来，就像零落的铁屑被强磁吸成越滚越大的圆球一样。很快，他在国内的地位急剧飙升，其威望甚至超越了刘氏父子。许多人把他说成是一位霸气外泄的领袖，或是一个小邪大正的鬼才。没有人知道他在谋划什么，相反，他却经常能洞察别人的内心。粗鲁莽撞、放荡不羁甚至蛮横霸道只是他的表象，而观察细致、思虑缜密、反应敏捷的特质，才使他拥有去伪存真、见微知著的睿智。

因为射线暴的方向几乎平行于地球黄道面，而太阳系的所有行星又几乎运行在同一平面上，所以刘景华萌生了一个想法：射线暴来临时刻，恰好有某颗幸运的行星正处于太阳背面，它将成为人类最后的避难所。经过大量的推演与计算，他的想法变成了事实，那颗幸运行星便是土星。

刘东升成功发射“拦截 1 号”之后，刘景华酝酿了许久的第一项“移民计划”也瓜熟蒂落。这个年过七十的老科学家大胆设想，小心求证，提出了一个令人惊诧不已的方案，取名“鲜血圣杯”。

“刘院长！”国家空间中心主任瞿赟出现在视频电话中，“有一个惊人的好消息要告诉你。”

“快说，我听着。”刘景华期待地说。

“我国二十年前发射的‘克洛诺斯号’探测器，为人类提供了土星的大量资料。就在刚才，我们对全世界宣布，‘克洛诺斯号’探测器已冲入土星大气层。”

“是的，这些我全都知道，可惜它已耗尽燃料，未及落地，土星的大气层就足以将它烧毁。”

“呵呵，看来你并不是全都知道。其实冲入大气层的‘克洛诺斯号’的燃料还剩百分之二十四，并没有耗尽。”

“那为什么要公布假消息？”刘景华疑惑道。

“这是高度机密。目前还不能确定是否要公布这一消息，因为‘克洛诺斯号’的最后一项隐秘任务，就是去看看这颗气态星球的内部结构究竟是什么。所以它剩余燃料都被用作坠落时的减速。”

“结果怎样？”

“结果振奋人心！正因为土星外围的大气既稀薄又寒冷，让探测器的摩擦升温变得十分缓慢，而且土星环中快速旋转的冰粒与尘埃对探测器的减速也起到了一定的作用。当‘克洛诺斯号’穿过土星大气层一千一百千米的时刻，我们都震惊了。这完全打破了原先土星只有大约一千千米大气层的猜想。”

“那它还能下降多少？”刘景华急切地问。

“不可思议的事又一次发生了。又下降了一千三百千米的时候，它突然遇到了一股奇异的阻力，就像掉入了水中一般，缓缓下沉。”

“难道……难道是液态氢？”刘景华叫道。

“一开始我们也以为是液态氢，但很快发现并不是。因为探测器的环境温度大约在-197摄氏度，远远没有达到形成液态氢所需的温度。所以，只有一种可能，那是含有大量液态氮的混合物。”

“土星居然有氮元素？”

“是的！土星和地球一样，有着大量的氮元素。”瞿赟兴奋地回道，“‘克洛诺斯号’穿越土星大气层整整三千七百千米之后，似乎冲出了这片液氮海洋，它再一次急剧加速。接着，我们看见了燃烧现象。”

“请说得明白一些。”

“那是空气在燃烧。土星有氧气！天啊，我简直不敢相信，它有氧气！”

“那‘克洛诺斯号’的最终结局是什么。”

“可惜啊，它最终还是烧毁了。不过，它为我们留下了宝贵的遗作，那就是一张进入土星大气层四千四百千米时所拍摄的照片。”

“可以让我看看吗？”刘景华问。

“当然可以。”瞿赟笑了一声，继续说，“我马上发给你。相信它会给你们的移民计划带来至关重要的帮助。”

等待了几十秒后，一个提示框跳了出来。刘景华拿起鼠标点了一下，进入了电子邮件的界面。

图片打开了，土星的上下两端被白茫茫的物质掩盖着，中部是一大块灰褐色的区域，若仔细看，可以发现其间夹杂着大量的淡蓝色斑点。

刘景华的心脏在这一刻加速跳动起来，浑身不自觉地颤抖。“冰与水，我看到了冰与水！”他尽情地大笑着，在不知不觉中已泪流满面。

瞿赟提供的资料，更坚定了刘景华执行“鲜血圣杯”计划的信心。他连续数日待在办公室里，不停地计算着各种公式，让陈若彤帮着自己整理资料。

“刘院长，你的意思是把人类的DNA射向太空，让它在环境友好的星球上自行培育与繁衍？这样，即使地球被毁灭，人类依旧有未来。是吗？”陈若彤有点不明白，所以问道，“对天体呀什么的，我似懂非懂，刘老，能帮我扫一下盲吗？”

刘景华点点头说：“大致如此，不过，我们发射的是人类的受精卵。你也算是我的助手，是该多懂些知识，尽管问吧！”

“环境友好的星球多着呢，你为何只青睐于土星呢？”

“虽然人类发现了不少类地行星，比如开普勒452b、格利泽667Cc、WASP39b等，但最近的离我们也有几光年之远。想要将地球文明带到那里，以目前的技术来看不切实际，而且时间也不允许。相比之下，土星离我们最近，距离大约只有0.00014光年，去那里才比较现实。尽管如此，这仍是一场命运赌局，因为土星的环境对我们来说存在大量的未知因素。”

“既然土星离我们不远，为何不把人类直接送到那里？”

“这问题提得好。”刘景华顿了顿说，“我原先是想把五至十对男女送上太空，但以目前的技术水平还做不到。如果飞船以我们目前能达到的最快速度，也就是宇宙第三速度在太空中航行的话，需要五年才能到达土星。就算是运载能力最强的火箭，也只能运送两吨左右的物体到达那里。即使这两吨全都是食物和氧气，也不够一人的五年所需。”

“唔，我懂了。所以我们目前只能将人类的DNA送上太空。那么，你说到的第二、第三宇宙速度，是什么速度？”

“第二宇宙速度是物体逃逸地球的最低速度，大约每秒十一千米；第三宇宙速度是物体逃离太阳系的最低速度，每秒十六千米左右。”

“乖乖，这么快！”陈若彤吐吐舌头，歪着头又问，“到达土星后，用DNA复活人类是个怎样的过程？”

“呵呵，那当然还需要一位如同圣母般的机器人。它将DNA解冻培育，并把营养物质灌输给胚胎，同时将植物种子播洒在星球的土壤中，为新人类创造出源源不断的食物。这种高智能的机器人现已研制成功。”

“机器人难道能像人类女性那样十月怀胎后分娩吗？”

刘景华神色黯然地说：“胚胎发育是最为头疼的问题。不瞒你说，几个月前，我已经秘密让人进行了人造子宫实验，并且，征得国际科学联合会主席默许，违背了十四天销毁胚胎的现行令。”

“毕竟我是学生物专业的，这个有所了解，胚胎十四天内还未发育出神经系统，不能算生命。那么，十四天之后会发生什么？”

“我满心期待着好消息，而可惜的是，无论怎样模拟母体的身体状况，胚胎最终都会停止发育；我们甚至加入了一切已知的生长素，还有意制作出相似的断裂DNA，但胎儿仍会在三十一天至三十四天之间死亡，无一幸免。”刘景华回道。

“那一定是什么东西忽略了，相信你能很快找到原因。”陈若彤安慰道。

“可是没时间了，我们正与死神赛跑。末日还有六年降临，而人类DNA将在太空中飘荡五年才能到达土星，刻不容缓啊！”

“靠一台智能化机器去完成培育新人类的任务，能做到万无一失吗？”陈若彤疑虑地问道，“还有，你说人造子宫并不能孕育出新生命……”

“别无选择，我们只能选择相信机器人！”刘景华说，“目前我们的第一步工作是，要想方设法弄到代表人类最优秀的DNA和子宫。”

“靠募捐吗？”

“是的。我想，为了人类文明的延续，总会有人自告奋勇。”

“对此……我并不乐观。”一直坐在边上默默无语的马吉云，冷不防说出这句令人扫兴的话来，“现在绝大多数人不相信真的有末日劫难，而且有献身精神的人也是凤毛麟角。遵照刘教授的吩咐，我联系过多家医院，虽然有几人愿意捐出子宫，但她们非病即老，一个年轻健康的人都没有。”

“嗯，”刘景华回说，“小马，你有更重要的事要办，募捐器官的事就别管了，我自有安排。现在我们的方案基本定型，我打算争取得到莱特福德先生的支持和帮助，他毕竟是移民派领袖，理应知道此事。”

“这方案中倾注了刘院长和我们团队的巨大心血，何必把荣誉拱手相让？”马吉云说，“不过，我会尊重你的决定。”

“小家子气了吧？”刘景华数落起马吉云，“所有派系下的都是一盘棋，何必分彼此？要实事求是地承认，莱特福德先生代表了当今科学界的最高权威，掌握着比我们更多的资源和先进技术设备，由他来牵头会更有利。”

“嗯，听你刘院长的。”马吉云点着头说。

于是，刘景华便吩咐陈若彤把有关材料发送到莱特福德的专用电子信箱里。

雷厉风行是莱特福德的一贯作风，两小时后，他就亲自做了回复。

刘景华阁下：

我逐字逐句看完了你的来信。

虽然我对于马吉云的事仍耿耿于怀，但不得不承认，公开末日劫难给我们带来了更广的操作空间与更多的思路。

你的方案完全具有操作意义，我为你的奇思妙想所折服，也为你对我的信任表示感谢。“鲜血圣杯”，这名字太富有诗意了，我很欣赏。

方案很完美，要是再能锦上添花就更好。我以为：

一，圣母即是卵子提供者，同时也是子宫捐献者，精子将从全世界的健康人类中抽选。

二，经过测算，火箭负载能容纳多个胚胎供给系统。所以我建议，将仅有的一位圣母增加到三位，分别是黑、白、黄三种肤色的女性。这不但能提高培育新人类的成功率，也是基因多样化的需要。

三，对于方案提出者的尊重，黄种人的圣母由你来决定，其他的我们会负责。在三个月内，务必将圣母送达我的试验室基地，我们会安排最优秀的专家完成相关手术。

四，智能机器人仅负责胚胎培育是不够妥善的，我们在生存循环系统的研究上略有优势，会将该程序嵌入到你们的人工智能之中。

五，飞船以“鲜血圣杯 1 号”命名，发射定在三个月后，具体时间尚待确定。届时，盼派代表来参加发射奠礼，以共睹人类的盛举。

六，飞船及有关装置的研制费用，我会解决。

七，有任何新情况，请及时沟通。

向人类伟大的奉献与牺牲精神致敬！

莱特福德

看到回复，马吉云俏皮地说："这莱特福德也真慷慨大方，是个实干家。我粗算一下，他的花费在十亿美金左右。这能让我们省下不少。"

刘景华却失意地说："金钱并不是关键，而是合作。不同国家将自己最高精尖的技术无偿贡献出来，融合为更完美的应用工程，这在历史上从未有过，这是人类踏出更高文明层次的标志，只是它来得太迟了。"说着，他独自从人群中走开，默默来到自己的办公室，看着桌角玻璃板下的一张照片发着愣。

这是他的孙女丽雅上大学第一天拍的照片。她是刘东升的独苗千金，刘家血脉延续的唯一希望。

刘景华盯着孙女的照片看了很久，看得心情从酸胀变为惆怅，从忧郁转为悲伤，从犹豫变为坚定，最终禁不住落下了泪；他的心脏就像被一粒加速电子穿透般疼痛，年迈僵硬的身躯忍不住跌坐下去。他思索着，不知如何向孙女开口，何况还要面对儿子和儿媳！

经过反复思考，他决定先跟儿子商量。

刘东升完全没有心理准备，在电话中听完父亲的话后沉默了足足一分钟，回道："为什么是丽雅？"

"已招募志愿者多日，"刘景华语调沉重地说，"至今没有一位合适，这也是无奈之举。"

"我懂父亲的难处。但不是儿子自私，此事我做不了主。就算丽雅本人同意了，她母亲这关也难通过。"

"嗯，我很理解，"刘景华叹了口气说道，"丽雅将因此失去做母亲的可能，这确是难以化解的悲痛。我会和她母亲好好聊聊的。”

刘景华放下话筒，决定马上去找丽雅面谈，走出办公室时招呼陈若彤道：“我有事要外出，请你开车送我一下。”

“好。”陈若彤推着轮椅下了电梯，把刘景华扶上车，载着他驶向刘东升家。

刘景华木然地坐在车上，尽可能扮演着一位冷漠而没有主观情感的科学观测者，但思绪仍然像真空中量子涨落的能量那样，毫无逻辑地出现，又一刻不停地翻腾着。

当他下车走近儿子的家门时，丽雅正与一个男生并肩走来。她的怀中抱着一只灰色布熊。

“丽雅！”刘景华招呼着孙女。

丽雅抬起头来，雪白的面孔上泛出微红的血色，她有着亚洲人光滑细腻的皮肤、非洲人柔韧完美的线条、欧洲人高耸的鼻梁与深陷有神的双眼、南美人风情万种的身姿与气质，脱俗不凡的外貌美得似乎不真实。

“爷爷。”丽雅紧张地应了一声，身边的男生急忙转身走开。

丽雅小跑几步，来到刘景华的身边，解释道：“爷爷，你不要误会，他只是我的同窗好友，我们没有谈恋爱。”

刘景华不敢直视孙女灿烂的笑容，只是淡淡地回道：“丽雅，爷爷不是老封建，你读大学了，有几个聊得来的异性朋友也是平常不过的。进屋吧，爷爷有事跟你商量。”

丽雅腼腆一笑，好奇地问：“跟我商量什么？”同时拿钥匙开了门，搀扶着刘景华来到客厅。她天真无邪的表情就和禁闭的夸克一般，难以从脸上分离出来。

“马上放暑假了，你有什么打算？”刘景华笑嘻嘻地问。

“我已约好三个同学，准备到吉林长白山天池玩。”

“去长白山天池玩十天也就足够了，你回来后，爷爷有件要紧事想要你帮忙。”

“好呀！听爷爷的，”丽雅答应得爽快，“什么要紧事？”

“这……”刘景华欲言又止，“等你回来，第一时间来爷爷家再告诉你吧。”他不忍说出实情，生怕破坏了她一次美好的旅行。

“爷爷，你别神秘兮兮的好吗？”丽雅觉得有点奇怪，问道，“究竟啥事，你说嘛，快说嘛！”

“的确是件很神秘的事，现在还不能说。”刘景华强颜欢笑着，“祝我们的小丽雅玩得开心！爷爷还有事，要走了。再见！”便起身上了轮椅。

丽雅推着轮椅把刘景华送出屋，挥着手：“拜拜！爷爷，我旅游一回来，就会叫上妈妈一起去看你。”

刘景华两手飞快地扳动轮椅的轮子往前赶，感觉自己是在落荒而逃。

在丽雅出外旅行的这段日子里，刘景华的心里总空落落的，他希望有合适的志愿者找上门，但是，就若在一潭死水中垂钓，每次提起的是沮丧和失望。说真的，他怕再见到丽雅，更怕见到儿媳，一旦面对她们，真不知道如何能开这个口。

然而，他无法逃避肩负的重责，他必须面对残酷的现实。

终于等到了丽雅母女，她们来看望刘景华。

刘景华把儿媳支开，先与丽雅交谈。一贯温顺听话的丽雅在听完整个计划之后，忍不住落下泪来："爷爷，我知道你的不得已，但是孙女真的不想……我一直都很喜欢小孩，总是憧憬着有一天能有自己的宝宝……"

"丽雅，你别哭……"刘景华似乎哀求着说，"这固然痛苦万分，但整个新人类都将是你的孩子，对他们来说，你就是他们的创生者或者圣母。"

"我不想做什么遥远星球的创生者，也不要做圣母，只想做一个普通的妈妈。求求你，爷爷，不要让我去。"丽雅哭得跪倒在地，泪流满面，"我真的不敢想象，那样的话，我的人生将如何继续？"

刘景华无意中侧过头去，再次看见丽雅总是随身带着的那只灰色布熊，一想到她还是个情窦初开的少女，未能体会什么是爱情，就要被人剥夺做母亲的权利，伤心之情瞬间涌上心头。

"丽雅，不是爷爷狠心，爷爷的心比你还痛苦……"刘景华喘着粗气，一时无语凝咽。突然，有人疯狂地推开门，是丽雅的妈妈在大骂："爷爷，你疯了吗，到底是谁想出这种鬼主意！这是要毁了丽雅吗？"

"儿媳冷静点，不要太激动。"刘景华的声音颤抖着。

"不管你们的理由是什么，我坚决反对！"丽雅的母亲一反平时贤惠的儿媳妇形象，一把拉起坐在地上的丽雅，气咻咻地说，"只要妈妈在，任何人休想伤害我的女儿。我们走！"

看着丽雅母女俩的背影，刘景华感到自己跌进了冰窖。他毕竟年老体衰，经这样一闹，精神的篱笆塌倒了一大片。当夜，他辗转反侧，似乎孙女的哀求声充斥着整个房间，好不容易他才恍惚进入了梦境。突然，一阵阴风从外吹来，背脊传来的丝丝凉意令他惊醒，本能的恐惧感莫名袭上心头。

黑暗中的光线延伸到卧室的门外，只见孙女低着头站在门前，手中拿着一把锋利的小刀，穿着一身雪白的衣服。

“丽雅！你要干什么？”刘景华喊道。

“爷爷，我的未来不再拥有爱情、子女，甚至可能失去尊严、希望，你想看着我孤独终老吗？”丽雅哀伤道，“爷爷，我有办法化解这一切，只需将这把小小的刀子穿透我的内心，那么所有的痛苦将随着我的生命一同消散。”

“别干傻事，孩子！原谅我，我没有选择啊！”

刘景华急忙爬下床，但还是没能阻止悲剧的发生。丽雅笑着挥动手臂，将小刀深深扎入了胸口。

“不……”

倒地的丽雅如一团分崩离析的光点，逐渐散开到黑暗中的每一处角落，似星空般美丽。

“爷爷，生命只是虚幻的泡沫，对于宇宙来说，一个人的消亡算得了什么？你不必为我感到难过。”孙女幽灵般的回声荡漾在房间内。

“丽雅！丽雅！”刘景华像疯子一般叫唤着，梦境中的痛苦让他惊醒，他大口喘着粗气。虽然知道这仅仅是一场噩梦，但他仍旧禁不住浑身颤抖着，早已是一身大汗。

翌日清晨，马吉云前来看望刘景华。

“刘院长，你是否病了？都两天没见你到研究中心去了。”

刘景华点点头：“我这次可是犯了心病。”

“遇到什么事啦？你刘院长的意志那么坚强，啥事能难倒你！”

“哎！”刘景华长长地叹了口气说，“这次真的把我难倒了。”他觉得没有必要对马吉云隐瞒什么，便把自己的家事说了个大概，神情焦虑道，“莱特福德已经催促我们把选定的圣母送过去，可是，人选至今还没着落呀！”

“这事也要怪我不上心。”马吉云说道，“本来以为是件简单的事情，不料人心淡漠，竟没有一个志愿者。我这个人就喜欢啃硬骨头，越难越想去干。你还是把这事交给我吧。”

“也好，那就拜托你了。”刘景华从马吉云的身上又看到了希望，“你是个屡创奇迹的人，我相信你。”

“我一定会尽心尽力。”

马吉云站起身辞别了刘景华，马上赶到了刘东升家，敲起了门。

丽雅与母亲正坐在客厅的沙发上发呆。

“你们好。”马吉云并没有得到对方的同意，便已进屋坐在了她们的面前。

“你是谁，是我公公的同事？”丽雅的母亲很不友好地问道。

“哦，我姓马，确实是刘院长委托我来的，他肩负的担子实在太重了，我只想尽我所能帮帮忙。”马吉云回道，“你们不用紧张，就当是和朋友坦露心声。”

“马先生，我真的不能接受！”丽雅哀求道。

马吉云笑了笑，对着丽雅说道：“你先把精神放松下来，放松，做几次深呼吸。如果我没记错的话，从你曾祖父算起，你的身上有四国血统和三代科学家的优秀基因，对吗？”

“是的。”丽雅略微平静下来。

“你是你爷爷能选择的最理想的人类基因库。你能告诉我你到底害怕什么吗？”马吉云问。

“我……不想这么年轻就失去自己的天赐权利，这将如何面对未来的人生？”

“嗯，你说得有道理。”马吉云微笑道，“你见过羚羊为保护孩子不被狮子捕猎，而宁愿牺牲自己成为对方的食物吗？”

“嗯……在电视上见过，这是伟大的母爱。”丽雅回道。

“你愿意做这样伟大的母亲吗？”

丽雅顿时脸涨得通红，轻声道：“如果有孩子，我想自己也会为了他们付出一切的。”

“很好，你是一位优秀的女性。父母为了孩子无私奉献而不要求回报，这便是生命能够延续的关键之一。而为了让整个人类文明延续下去，即便在无尽苦难之中奉献一生，我们也不该有任何怨恨。对吗？”马吉云继续用柔和的语气说道。

丽雅看了看身边的母亲，情绪逐渐平静下来，回道：“你说的没错，但是，就应该牺牲我这样的个体吗？”

“如果没有个体的牺牲，人类恐怕早就灭亡了。人类文明之所以能传承，那便是因为有无数的个体在牺牲，在奉献。现在已是非常时期，关系到人类文明能否传承，你的爷爷为了全人类只能做出这样的牺牲。”马吉云说道。

“你认为我该按照爷爷的意愿作出奉献吗？”丽雅问。

“是的。我知道你的担心，但你将成为史上最具魅力的女性，因为你拥有最让人感动的母爱。”

“但……但我还没有自己的孩子，我只是一部孕育生命的机器。”丽雅忧伤地说道。

“不，也许你还没了解计划的全部内容。三位圣母都会在地球上保留部分卵子，未来依然会有你自己的孩子陪伴在你的身边。唯一的不同是，你的孩子将借助别的子宫孕育，你无法体会普通女性那样十月怀胎的幸福，与分娩那一刻的痛苦与重生。”

丽雅静静地低头沉思，许久后，她看着马吉云默默地点了点头。

而丽雅的母亲除了悄悄流泪之外，也没再多说什么。为此事，她打电话去责怪过丈夫，刘东升与她足足交流了一个小时，让她渐渐明白了此事的无可奈何。

根据马吉云的提议，刘景华与莱特福德进行了通话，最终确定了丽雅作为亚裔圣母的方案，在两个月内取下了她的两颗卵子，其中一颗人工授精后将送往土星。而男性的遗传DNA将在优秀的候选者名单中盲选，就像圣子的父亲一般，成为永远解不开的谜团。

担忧“鲜血圣杯”是否能够顺利到达土星的，不仅仅是移民派，还有邪恶势力，当然，双方渴望的结果完全相反。黛丽丝知道，只要跨出移民的第一步，人类的基因必然会像癌细胞分裂一般向着宇宙各处迅速扩散，那么，她的目标将无望实现。

“我决不能让他们得逞！”黛丽丝厉声道。

一边的索朗贡毫无表情地说道：“而我认为，移民选择的基因是优秀和健康的。如果地球灭亡，完美种群得以延续，正符合我一生的愿望。”

黛丽丝的脸上浮现出极其不悦的神情，说：“移民派有你们的人吗？”

“没有。”

“那你如何确定是完美种群？”

“亲爱的黛丽丝，你是不是要改一改蛮不讲理的臭脾气。”索朗贡极力装出一副绅士的姿态，心平气和地说，“我尊重你们灭绝派宏大的意愿，但是，你不能要求我们执行你们的意志。我的能力有限，太空的事不想去管，也没能力去管。”

“道不同不相为谋！”黛丽丝拂袖而去。

失去了自然先知与藏身基地，剩下的灭绝派势力犹如风中残烛般弱不禁风。而马吉云这个万般可怕的对手一出现，一些不坚定的激进派成员迅速倒戈或脱离组织，索朗贡的势力在不断缩减没落。这对邪恶男女就如同两只蚁后带着数量单薄的部下，在同一个巢穴中暂时共存，但并不同心。这预示着，一场可怕惨烈的“择后”运动将不可避免。

29．罪恶蓝鲸

“末日预见者……”王文志喘着粗气说道，“快不行了。”

众人奔跑到抢救室门前，透过玻璃窗，看见里面的几位医务人员像是无头苍蝇一般正忙得焦头烂额。

“怎么样？”刘景华问站立在门外的一位大夫。

“他已心率衰竭，生命走到尽头，任何抢救手段都无济于事。”大夫回道。

“哪怕已经完全挖掘不出任何有用信息，他也是人类的精神寄托，因为他的大脑里有着未来景象。就是死马也要当作活马医！”刘景华心急火燎地说道。

“知道。”那位大夫点点头，重新回到抢救室，五分钟后垂头丧气地出来，一脸无奈地说：“他的心脏已经停止跳动。对不起，刘先生，我们尽力了。”

“算了，这怪不得你们。”刘景华的语气中有些沮丧。

“难道人类就这样失去了唯一的敌人信息来源？”马吉云喃喃道。

“嗯……其实我们在记忆读取的技术上已非常成熟，所以末日预见者的记忆信息早就存储了下来。”刘景华回道，“只不过对于记忆移植还没有足够的信心，经过多次试验，成功率只在六成左右，并且出现了试验动物陷入混乱状态的案例。”

“那你准备怎么做？”马吉云问。

“我想再改进一下技术。”刘景华说。

马吉云沉思片刻回道：“就让我来继承末日预见者的使命吧，毕竟记忆移植在我身上成功过。”

刘景华微微点了点头道：“虽然我不愿让你涉险，但人类确实已经没有足够的时间了。记忆移植设备在我儿子刘东升的实验室，麻烦你去一趟，我会和他联系。”

赶往昆北机场的地铁站台上，已是中年的马吉云仍然像一名中学生那样斜背着包，一侧头发微微翘起，略显褶皱的衬衫歪歪斜斜地塞在裤子里。

有几人投来藐视的眼神，但当他们与马吉云的目光对视时，刹那间被那自然天成的将帅气势所压制，感觉自己如同是战败俘虏一般接受着居高临下的检视。

在离马吉云不远处，站着一名妇女。她双眼深陷，眼圈漆黑，嘴唇暗红发紫，面色灰白，看起来像是化了烟熏妆的年轻女巫。她戴着耳机，似乎沉浸在某种乐音中浑然忘我，双脚一直踩在黄色警戒线上，不住地前后微微摇晃着身体。

这时，两束光线从隧道的黑暗中射出，犹如一双魔鬼的眼睛，伴随着震动与周期性的节奏，一辆地铁从黑暗中驶来。很快，地铁的首节车厢已完全钻出了隧道口，闸瓦摩擦轨道发出的制动声，尖锐而刺耳。

和所有人缓缓来到黄线外等候的动作不一样，妇女似乎迟疑了片刻，然后猛地朝前冲出。一种不好的预感让马吉云来不及思考，条件反射地一个箭步冲上前去，但还是晚了一步，只抓住了飞身跳下的妇女腰间的裙带，裙带又从指缝中滑脱，而她身上那根耳机线缠绕在了马吉云的手指上，“啪嗒！”一声，她的手机被耳机线带着落到站台上，而它的主人在迎风而来的地铁下无声无息……

地铁站内瞬间沸反盈天，不一会儿警察便来到了现场。马吉云作为目击者被带回警局调查。

“原来你就是马先生，久仰大名。是你让蒙在鼓里的天下人知晓了自己的命运，是百姓心中的英雄。”一名警员坐在桌前说。

“同样也有人把我看成是邪恶的宗教主、无耻的谎言家、恶毒的煽动者、狡诈的敛财官。”

“呵呵，这好比同是太阳，冬天的无疑使人心驰神往，而酷暑天的必然招人恨一样，奢望每个人都喜欢是不可能的。”警员微笑道，“话说回来，最近几个月真是怪事连连，就昆北市的自杀事件已有十几例，全国各地也频发类似事件。难道末日劫难来临之前，会让人精神崩溃？”

“怎么会呢！据说有人做过调查，越接近死亡，人的求生欲望反而更加强烈，就像垂死的病人满脑都是活下去的愿望一样。

至于我，会更珍惜每一天。”马吉云回道，“那轻生妇女的身份确认了吗？”

“是一名二十六岁的小白领。根据父母的陈述，她身患严重的系统性红斑狼疮，几个月前精神已经出现异常，近日来，从工作单位回家后就一直把自己锁在卧室里，似乎沉迷在网络之中。”

“那就更奇怪了，网瘾就如嗜好，是生存的动力。”马吉云用手指轻轻搓着鼻子说，“刚才我给你们的手机能开机了吗？”

“开机密码破解了……”

“有什么奇特之处吗？”

“嗯……介于你的身份可以告诉你，但还请你保密。”警员犹豫片刻回道，“聊天记录什么的都删除了，我们只找到一个信息，也就是手机中的网页浏览器收藏夹，收藏了一个名为‘蓝鲸’的网址。”

马吉云离开了警局，慢慢散着步。

“蓝鲸大促销啊，游戏终端机八折卖。”不远处，一个中年男子摆了个摊位。

“这蓝鲸是什么玩意？”马吉云上前问道。

“呀！这你都不知道啊。”男子笑眯眯地回道，“蓝鲸是近来最火的虚拟场景游戏，只需一个头盔就能让你身临其境。在全世界上市不到三个月，就已经卖出几万部终端机了。”

“有这么火爆？”

“我亲自体验过这划时代的新产品，它像麻药一样令人沉迷。我担保，你只要试一试就会大呼过瘾的！”

马吉云买了一个，继续赶往拦截派的基地太州市。

来到卫星发射中心，刘东升喜开颜笑地朝他走来："你为人类奉献的实在太多了！"

"你们这些科研人员不也是！"马吉云回道，"准备工作做得怎样了？"

"万事俱备，只欠东风，就等你这诸葛亮坐镇七星坛了。"

"嗯，那我马上过去。"马吉云顿了顿，把手中的袋子交给刘东升，"哦，还有一件事。在途中，我遇见了一名轻生妇女，发现她可能近期一直在玩'蓝鲸游戏'。我总隐约觉得，它与近期大量自杀事件相关。所以，趁着我进行记忆移植的空隙，你帮我看看。"

"好，我明白了。"刘东升不假思索地答应下来。

马吉云走进手术间，面前的机器和曾经灭绝派基地中的那个大相径庭，巨大的金属椅被各种线路缠绕着，就像是一具拥有筋肉的固体生命。在椅子后方，有两扇半球形的铁门，上面布满极为眼熟的镜面晶体。

"这些晶体到底是什么？"马吉云问身边的操作员。

"一种接近于全反射的镜面材料。"操作员回道。

"哦，这玩意运行起来会不会让人痛苦异常？我可是领教过的。"

"放心吧，我们不是没有人性的灭绝派，这完全是人性化设计。待会儿你听到警鸣声响起时，心中默数十个数，之后便会进入全身麻醉状态。我可以负责地说，一丝痛苦都没有，甚至我怀疑你醒来，还会接着数十一。"

马吉云缓缓地坐上金属椅，一旁的操作人员按动了开关，仪器上迅速弹出几十块弧形塑料片，牢牢固定住他的身体与四肢。接着，掉下一只内层布满线丝的头盔罩住了他的脑袋。而后方的两扇铁门仿佛是正在缓缓收拢的蚌壳，将马吉云与外界完全隔离。

整个封闭空间内只亮着四盏不起眼的小灯，而马吉云此时觉得四周明亮得如同坐在四个太阳附近，即便紧闭双眼仍无法阻绝白光射入大脑。

一只氧气面罩套住了他的面部。马吉云完全不能抑制心脏的剧烈跳动，大口地喘着粗气。

“一……二……”他默数着，在不知不觉中便昏睡过去。

而此时，刘东升也已将蓝鲸游戏的终端机组装完毕，当他拿起头盔配件时，不禁大吃一惊。原来，它的构造与自己研制的记忆移植设备上的头盔简直是异曲同工，里侧表面上布满着干扰与感应脑电波的丝线。“难道这是一台微型记忆移植机？”他随后一笑，心想，“是我想多了吧，以一个游戏公司的科研能力，怎么可能研制记忆移植机？”

他套上了这只头盔，眼前的透明面罩便是一张完美模仿人类视野的屏幕，让人几乎无法区分现实和虚幻，甚至连各种感受也如此逼真。在短暂的等待过程中，他感觉到神经轻微刺痛，思维情不自禁地活跃起来，似乎一段段陌生的记忆信息被强行灌输进来。

欢迎来到蓝鲸游戏。当前游戏版本拥有一百二十八个场景数据，将随机抽取您的本次游戏场景。请耐心等待数据读取。

#032 场景：漂流的海员

……

模拟场景关闭，系统正在重置数据。

刘东升的意识再次回到现实中来，他缓缓摘下头盔，感觉疲惫得如几个世纪都未曾合上双眼一般，倦怠之意遍布全身。

“咚咚，咚咚！”清脆的敲门声响起。

“请进！”刘东升瘫坐在位子上，努力地叫出声来。

“领袖，马吉云的记忆移植顺利完成，百分之百地写入，是我们实验以来从未有过的完美。”操作员说道，“但他现在略显虚弱，差不多等于慢跑了三十千米路，接着又做了一整天的复杂算术题，体力与脑力的透支需要休养两日才能恢复，除此之外没有什么大碍。”

“好的，我知道了。”刘东升轻声回道，接着他又思索起来：根据目前掌握的理论，记忆系统在某种意义上类同基因代码，在不同的人之间移植总会产生不同程度的排异，而马吉云竟然两次完美通过实验，好像他原本就是一台贪婪的记忆盗取器，或者说，他的基因异于大部分人，没准是一种更为优秀的基因，因为可以轻松吸纳外来基因，就可以创造出更完美和强大的基因库。

刘东升用双手重重地按着后颈的风池穴，顿时疲劳感散去了三分。他苦笑地自语：“我是怎么了，突然和激进派优化基因的思维如此相像?”接着，他似乎浑身不自在起来，就像是一个烟瘾发作的人找不到打火机一般焦急与烦躁。他尽量克制着内心的欲望，但最终还是伸手将那只游戏终端设备套在了自己的头上。

正当刘东升沉迷于虚幻世界之时，马吉云也正在梦境中徘徊，或者更准确地说，是在他人记忆的波涛中游弋。

“有敌人！是斯巴达人的突袭！”

听到哨兵的警报，坐在营帐里的阿尔西比亚德斯将军赶忙穿起盔甲，带上铁帽，抄起一面青铜圆盾，拔出一柄宽大的重剑，冲了出去。

“雅典的勇士们！拿起你们的武器！立刻布阵！”他高声喊道。

士兵们手忙脚乱地拿起长矛，各就各位。

疾驰而来的上千名斯巴达人，如同一股汹涌澎湃的洪流，浩浩荡荡地涌来。雅典的长矛方阵还未成形，就被对方的前排骑士冲撞得支离破碎，营地顿时陷入一片混乱之中。

阿尔西比亚德刚想骑上战马，只见一个斯巴达人纵身跃起，手持着长矛朝自己刺来。他赶忙向一侧翻滚出去，躲过了攻击。

斯巴达士兵转身继续用长矛直捅过来。

阿尔西比亚德侧身躲避，并用一只手死死地抓紧对方的武器。

斯巴达士兵见状，抄起另一只手上的盾牌砸向阿尔西比亚德的头部。

阿尔西比亚德急忙用盾牌去招架。只听“当啷”一声，他被巨石般的蛮力震倒在地。

斯巴达士兵见对方露出了破绽，高举长矛猛扎过来。

阿尔西比亚德顿时吓出一身冷汗，他拼出最后的力量举起盾牌，护住了自己的头部。矛尖划过盾面溅起一阵火星，然后扎中了他的大腿。

正当斯巴达士兵还在犹豫下一步的行动时，阿尔西比亚德忍着剧痛，将大剑穿透了对手的胸膛。他艰难地从地上爬起，却见另一名斯巴达士兵又向自己冲来。

“也许苏格拉底是对的，这场战争我们注定失败。”阿尔西比亚德放弃了逃亡，索性仰面躺倒在地上，想安静地渡过生命中的最后几秒。

天空在初升太阳的照射下，如大地一样铺满鲜血，这是希腊人经历的千万个血雨腥风的日夜中的一个黎明。

“阿尔西比亚德，坚持住！我来救你！”穿着白衣长衫的苏格拉底及时赶到，他双手紧握一把大剑冲了过来。

斯巴达士兵似乎认出了这位伟大的哲学家，突然停下了脚步。即使是在战场上，人类的思想先驱仍然值得尊敬。

苏格拉底挽起阿尔西比亚德，在乱军中东冲西突，终于撤回到营地的防线以内。

“你感觉怎么样？”苏格拉底问躺在床上的阿尔西比亚德。

“还好。刚才大夫说，骨骼并未断裂，不会落下残疾。”

“那你好好休息。我还有要紧事，就先走了。”苏格拉底说。

“是否又有神的旨意要传达于你？”阿尔西比亚德问。

“不是神，而是雅典王的召见。”

在雅典王的大殿上，一个声音在咆哮。

“这场战争我们失败了，大势已去，雅典沦陷是迟早的事！”雅典王垂头丧气地说，接着恶狠狠地叫道，“苏格拉底，都是你的乌鸦嘴给雅典带来了灾难！”

“早说了，神让我预见了悲惨结局。我给予你们再三的警示，而愚蠢可笑的民主投票制度，将雅典推进了深渊。”苏格拉底回道。

“你尊崇新神，并宣扬他将带领着人类逃避创生者的毁灭，这完全是对旧神的亵渎。”雅典王厉声道。

“但是，我清清楚楚地看到了那一切。”苏格拉底说。

“别说了！你不但引进新神论，而且谎称自己是末日预见者。这是不可饶恕的罪。若你不及时弃邪归正，终有一天会死于自己的傲慢！”雅典王歇斯底里地大叫道。

不幸之事被说中。没多久，民主投票制度再一次爆发出神圣之力，将一个哲学家推向了深渊。

这日，锒铛入狱的苏格拉底正坐在稻草堆里打盹，突然门锁响起，只见一个看守推门而进。

跟在看守身后的柏拉图一下子扑倒在地，跪在苏格拉底的面前哭喊道：“老师，你早就预言自己将被赐予毒堇汁，为何还要让这一切发生呢？仁慈的雅典王已为你悄悄布置了一条逃生之路，跟我走吧，现在还来得及。”

“不，孩子。如果我没有饮下毒堇汁而亡，那么，世上便没人再相信我是末日预见者，所以，在今日死去便是我的宿命。”苏格拉底回道，“你是我最喜爱的学生之一，希望你能把我的思想传承下去。”

“苏格拉底先生，你神奇的先知能力让人折服，我确实是来给您送毒堇汁的。”看守说道，“如果你此刻跟随柏拉图离去，我并不会有任何阻拦。”

“谢谢！但我的决心已定，为了唤醒沉睡的人们，我甘愿伏法。”苏格拉底毅然接过看守手中的杯子，将毒堇汁一饮而尽。他徘徊了几步躺了下来，没多时，浑身变得如坚冰一般冰凉。

“老师！”柏拉图哭泣着叫喊。

“别忘了传承下去……躲避创生者的毁灭，你们的使命便是一刻不能松懈，推动科学与哲学的进步……”奄奄一息的苏格拉底奋力地说出最后一句话。

“不！苏格拉底不能死！他是预见者！”马吉云在大叫中惊醒，他缓缓地从床上坐起，静静地环顾四周，然后低头深思起来：人类并不是第一次出现预见者，并且他们所描述的创生者居然如此相似。

这时，门打开了，操作员拿着一盒饭菜走了进来，说道：“醒啦，马先生。你躺了大半天了，现在已是正午，吃点东西吧。”

“哦，谢谢。”马吉云接过饭盒，拿起筷子，一口便吞下了鹅蛋般大小的红烧狮子头，不到五秒便完全咽了下去。稍微填了点肚子，他又说道：“咦，为何刘东升没来看我？”

“哎！”操作员叹了一口气说，“也不知怎么搞的，领袖像突然变了个人似的，一有空闲就待在房间里玩那个蓝鲸游戏，似乎完全不能自拔。”

“没有人劝阻他吗？”

“劝了，没用。”操作员尴尬地回道，“他跟以前判若两人，像吃过火药，脾气暴烈，动不动就骂人。”

马吉云沉默不语，继续大口吃着饭菜，一会儿便扫得精光。他双脚踏在地上，然后穿上一双拖鞋走向刘东升的房间。

门悄悄地打开了一道缝隙，只看见刘东升如一具雕像，挺直着腰板坐在椅子上，前方只是一堵白净如纸的墙壁，似乎他整个人只是房屋角落里的一款艺术摆设。

马吉云轻步走到刘东升身边，用手在其眼前晃了晃，见他依然纹丝不动，便坐在一边等待。

二十分钟后，刘东升这才取下头盔，仰面靠在椅背上。他面容暗灰憔悴，嘴唇苍白，目光迷离呆滞，看上去好像一下子老了十来岁。

“怎么样，有什么发现吗？”马吉云说道。

刘东升被这出乎意料的问话吓得身子一颤，回过头，许久后才微笑地回道：“好玩极了。每一个场景都揭示出别具一格的人生哲理，让我欲罢不能。”

“是些什么场景？”

“我似乎领悟出一个道理，从上古单细胞的出现，到现代高智慧的人类，生命走过了一段段辛酸曲折的历程。为了生存下去，生命不得不进行伟大而无奈的取舍。”

“什么取舍？”马吉云好奇地问。

“优取劣舍。”刘东升回道。

“说得具体些。”

“比如说，一个拥有无限寿命的细胞，因为结构和功能过于单一而容易被环境毁灭，所以它进化出更为复杂的防御系统，代价却是失去无限的寿命。又比如说人类，子女永远只能遗传到父母的一半基因，父母的另一半基因则被舍弃。”

“生命的第一需要是尽可能地延续自己的形态，可以通过复制分裂的手段，也可以通过遗传。但如果舍弃太多，那就违背了初衷，就像没有人会为自己生出一条鱼而欢天喜地。”马吉云笑着说。

“是的，人类由一千多万前的森林古猿进化而来，生命的进程漫长而悲壮。假使我们站在这些祖先面前，他们大概会认为自己的后代与变为了一条鱼没有分别，只能悲伤哭泣吧？”

“你想说什么？”马吉云似乎觉得刘东升的灵魂正步入一片充满诡辩的邪恶森林。

“人类必须有计划地淘汰劣势基因，加快生命的进化速度。这是一条神圣却需要牺牲的道路。”

“你准备怎么做？”

“还没想好，但是一定能找到皆大欢喜的解决方案。”

马吉云默默地点了点头，起身走出了房间。他虽然不确定蓝鲸游戏是如何运作的，但它很可能是激进派灌输邪恶思想的一种工具，刘东升的思想不知道已被腐蚀了多少。他的心里充满内疚和负罪感，觉得是自己害了刘东升。而此刻的当务之急，就是尽快阻止刘东升继续沉迷其中，但仅凭一己之力，是绝无可能在拦截派基地内控制住一位领袖的。

“喂，刘院长吗？”马吉云马上拨通电话道，“不是我危言耸听，你的儿子即将成为第二个索朗贡。”

“他怎么了？”刘景华急切地问。

“现在没时间解释。你让王文志派几个身手利索的人，带着公文，开辆汽车来。”

“好的，我马上办。”

刘东升得病的消息绝对不可透露，否则拦劫派内部会军心不稳，灭绝派闻讯后也可能会来趁火打劫。关系重大，必须保密。

到了晚上九点时分，王文志带着一名西装革履的“保镖”赶到太州卫星发射中心，向基地安全部长出示了《紧急会议通知》，表示要立刻带拦截派领袖到昆北议事。

刘东升看过会议通知信以为真，又见王文志是熟人，便在马吉云的催促下上了车。

第二天上午，马吉云等人回到了昆北的实验中心。

刘景华忧心忡忡地看着精神恍惚的儿子，哀伤道：“世间的争斗何时才有尽头。如果没有尽头，为何创生者残忍地赋予我们悲伤的情感。”

“恐怕就如你说的，争斗与掠夺是宇宙的主题，就连万有引力也充满着贪婪本性，何况是生命！”马吉云回道。

“那现在怎么办？”王文志不解地问。

“先找一间密室，让刘东升住下，请最好的医生来帮他治疗。然后，对那可疑的游戏终端机进行检查，看看里面到底隐藏着怎样的魔鬼。”马吉云指挥道，“对了，立刻通知政府，尽快在舆论、网络、销售渠道上彻底封杀蓝鲸游戏，并查出生产商的底细。”

“明白了。”王文志应道，便背起刘东升走了。

“刘院长，你跟我来一次。”

刘景华跟着马吉云来到一间会议室内，坐下后纳闷地问：“怎么？还有不幸的消息？”

“你儿子的不幸，我猜测是来自激进派的阴谋。而和大多数故事一样，有了一个坏消息，同时也会伴随一个好消息，这如同是牛顿的第三定律。”

“什么好消息？”

“我完美继承了末日预见者最优先级的记忆信息。”马吉云微笑道。

“这我知道了。”

“但你并不知道，我看到了末日预见者不能准确描述的情节。也许他认为那些是垃圾细节，所以从来没有讲，而被我追本溯源、去伪成真地挖掘到了。”

“哦？”刘景华突然从沮丧中恢复过来，兴奋地问，“你看见了什么？”

“我看见了未来科学的趋向，能够较为清晰地记下三条关键信息。”

“哪三条？”

“一，数学量子化。二，圆周率是一种尺短函数；三，量子纠缠的非定域性危机。”马吉云有条有理地说道。

“嗯……请逐一细说。”刘景华表现出浓厚的兴趣。

“数学和物理一样，最终否认了无限小的存在。我看到未来人类开始十分注重使用一个符号来代表不能继续分割的最小单位，从而解决了重整化等理论遇到的尴尬局面，大部分公式的重新书写造就了一轮基础物理理论的大爆发。”

“这个我也想到过，确实可能发生。那接着说说圆周率与尺短效应的关系。”

“如果把一根笔直的线条朝着曲率更高的时空挪动时，人们就会发现它逐渐变作了朝内弯曲的、更短的弧线。同样道理，只要曲率高得恰到好处，由四条直线构成的矩形完全可能萎缩成一个完美的圆。也就是说，圆完全可以当作矩形来考虑，而四分之一的圆就是矩形边长的尺短效应。未来人类把 C 记作尺短函数，当 C 值为 1 时代表无尺短效应，C 值为 0 时代表极限尺短。那么，圆或球体的 C=π/2n（n 为维度数量）。”马吉云极力发掘着脑海中的无价宝藏。

“等等，等等。”刘景华不以为然的神情瞬间转变，似乎对这种从未听过的诡异理论产生了兴趣，他拿起一支笔计算起来。没多久，他喃喃道，“这样算下来，圆的周长为 C4R，面积等于 CR^2；球体的表面积是 $C6R^2$，体积等于 CR^3。如果尺短效应不存在，那么二维形状的周长为 4R，面积等于 R^2；三维形状的表

面积是 $6R^2$，体积等于 R^3，显而易见，这刚好是矩形的对应公式，它太简洁了，简洁得近乎完美。我甚至觉得，这种思想可以更高效地分析曲面体问题。”

马吉云笑了笑，继续说：“下面再来说说非定域性危机吧。其实，对于量子纠缠现象曾经有着两种解释。一是隐变量，即一对粒子的状态在观测前早已确定，它们就像事先约定好行进方案的双生子，无论你何时去看哥哥的动作，都能知道弟弟此刻的姿势；二是非定域性，即一对粒子的状态在观测前没有被确定，当你看向其中一个粒子时，它立刻塌缩出一个模样，然后又能瞬间影响到另一个粒子的状态。”

“是的。但贝尔不等式实验推翻了隐变量理论。”

“贝尔不等式实验本身就存在缺陷，所以它推翻任何理论都是荒谬的。”

“什么缺陷？”刘景华疑惑不解。

“它的假设是隐变量在各个方向上完全均匀，但新的实验彻底推翻了这个假设。所以，被人们确信无误上百年的非定域性，再度被推回了赌桌。”

“你意思是说，量子纠缠或许是可笑的错误认识。”刘景华欣喜若狂地大叫。

“是的。量子力学的专家们不需要再寻找各种冠冕堂皇的解释，硬生生地把超距效应说成非定域性了。”

刘景华不住地点着头：“这些我都记下了，也许能为我们带来前所未有的技术突破。那你还看见其他什么了吗？”

“是的，”马吉云眼神迷离起来，“我似乎看到了他们……”

“他们是谁？”

马吉云僵硬地微笑着，沉默不语，他抬头看着对面墙上的电子钟，正跳入昆北时间2143年12月26日11:38:35。

正这时，许程来了电话：“马吉云，立刻到我这里来，有一件十万火急之事必须由你去处理。如果晚了，你将抱憾终身。”

“什么意思？别神神道道的。”

“电话里哪能说得清？与救你命的大恩人有关，赶快过来吧！”

“好，我马上到。”马吉云挂断手机，就匆匆出了办公室。

30．圣母献身

拜谒新人类圣母的神圣仪式如期启动。移民派基地上张灯结彩，一片喜庆但又不乏庄严。

莱特福德身穿红西装挂白领带，用高八度的声音喊道："全体肃静！现在我荣幸地宣布，谒拜新人类圣母仪式开始！"

他话音刚落，就见满天已是彩球的海洋，成千上万只白鸽呼啦啦地拍扇飞舞。同时，莱特福德转过身，戴上白手套，从袖管里拿出一根银白的指挥针，一挥间，主席台上蓝色幕布徐徐打开，出现一支庞大的管弦乐队。

乐队中走出一个翩翩少女，用甜脆的嗓音报幕："奏《新圣母圣女颂歌》!"

莱特福德与专业的乐队指挥家相比，无论从气质还是技艺上都毫不逊色。他的手势时而激越，时而悠扬，时而流水行云似轻松，时而瀑布飞泻般澎湃，指引着乐队演奏出优美动听的旋律长河。

我们居住的广袤疆域，蓝天白云还有花香鸟语，阳光和煦，细风也徐徐；

我们生活井然有序，男耕女织各有欢愉，虽不家家富裕，但温饱还绰绰有余。美好的里居，却遭魔鬼妒忌觊觎，要将这一切恶狠狠化之一炬！

我们无法抵御，只能设法把灾难免除；不要心存侥幸，最可悲的是麻木和恐惧；别再徘徊犹豫，抓住一瞬即逝的机遇！

亚当已湮没在神话中。让文明得以延续，人类的命运交予圣母！

用我们的惊天壮举，打破不可避免的黑暗囹圄，重塑一个幸福的州间。

鲜血圣杯是一驾龙凤彩舆，满载五彩的憧憬和绚丽的寄寓，生命捧起可掬。

她的子是铁甲先旅，去辟新一个战区；

她的儿是桃花春雨，银丝红缕织芳屿；

她的子是转世大禹，黄尘荒漠变耕渔；

她的儿是女娲再续，彩石补天盖大庾。

圣母白玉的心语，鲜活苞栩，灵动欢愉，五线格上尽情畅叙，谱出美妙神曲！

用人间最优美的诗句、最漂亮的花羽、最虔诚的心率，把我们的圣母赞誉！用春天的万紫千红赞誉，用白雪的玉琢晶莹赞誉，赞誉世上最伟大最美丽最坚强最无私的圣母神女。

你先行踏平路上的泥泞崎岖，我们乘着浩荡的东风紧紧跟去。随着圣母幽雅轻快的步履，让人类之子把我们的愿望牵引到重生之宇！

乐毕戛然。全场肃穆。报幕少女复出：“恭迎圣母进入圣宫！”

礼炮一声声响起。莱特福德给足了刘景华面子，以中国人古老的观念，把“九”字寓作吉祥和至上；黑、白、黄共三位圣母，礼炮便是二十七响。

在场的上千名科学界人士和群众分成两列而站，中间的通道上铺着印花红色羊毛毡。通道长二百七十米，从左侧上二十七个台阶经主席台，再下二十七个台阶延续向右便是圣宫。圣宫像一个庞大的蒙古包，顶端是一个造型别致的圣母雕像，雕像面目清晰，面带笑容，显得端庄大方，两臂上平添出硕大的羽翼，做出向蓝天振翅欲飞之势。

三位圣母穿着与刘景华梦境中一样的纯白连衣裙，在阳光的反射下，靓亮得足以刺伤眼球。她们的左边，各有一个全身红装的中年妇女搀扶，而丽雅由陈若彤相伴走在最前。

当她们三人平静庄严地缓慢行进时，附近的人纷纷双膝跪下，闭起双眼，将额头贴在地面上，无论是青年还是老者，都用敬仰神的姿态虔诚地祝福她们。人群就像徐徐塌陷的多米诺骨牌，在无声之中爆发出最壮伟的音律。在圣母面前，所有人都是她的子。

上了主席台，圣母一字排开，接受了鲜花和牧师的洗礼，再由红衣中年妇女搀扶着向圣宫走去。

莱特福德在圣宫门前一一吻过圣母，亲切地说："孩子们，你们一旦进入圣宫再出来，便是真正的新人类圣母。我等待着这伟大时刻的到来。"

步入圣宫，是一个宽敞的大厅，放着三张长沙发，供大家稍事休息。对面是三间"圣室"，也就是给圣母动手术的地方。手术后摘取的子宫，会立刻采用最先进的技术在液体中急速冷冻起来。

丽雅明白进入圣室意味着什么，不免有点紧张，浑身不由自主地微微颤抖起来。

根据精确计算，谒拜圣母仪式完毕四小时后的傍晚时分，是发送飞船的最佳时刻。"火箭发射倒计时，六十秒……"播报员叫道。

在最高层塔架上，一名穿着深蓝色NASA工作制服的技工开始向后撤离。突然，他的面前蹿出一名穿着安保制服的男子，大跨步走来。

"你来这里做什么？"技工认出对方是安保队长，但这位队长奇异的动作与表情让人不禁生疑。

这名安保队长是潜伏在NASA系统的灭绝派骨干，代号"红马骑士"。他正是遵循黛丽丝的指令，来阻止移民派的计划实施。不成功便成仁，这是他向领袖立下的誓言。

红马骑士迅速挥出一拳，被击中脸庞的技工立刻摔倒在平台上。接着，他俯身掏出技工胸前的对讲机，把它扔下了塔架。

“火箭发射倒计时，三十秒。”

红马骑士跳上操作平台，顺着火箭外壳上的垂直阶梯向上攀爬了几步，从口袋中拿出一把工具刀，拧着眼前铝板上的螺丝钉。也许是视线问题，也许是疏忽大意，监控台竟对这一切没有任何察觉。

头晕目眩的技工艰难地站起身，向红马骑士走去。

“火箭发射倒计时，二十秒。”

当技工正准备将一只脚踏上垂直阶梯的时刻，他犹豫了，如果去与歹徒搏斗，就意味着自己将随着火箭一起升空，结果是必死无疑。

此刻，塔架开始向侧后方转动，进入了发射的最后准备阶段。

“十……九……”时间像溪水平静地流动着，它并不会为任何人停下。

犹豫只在技工的脑中一闪，瞬间熄灭殆尽。他双拳紧握，咬紧牙关，终于踏出了艰难而伟大的一步，开始朝上攀爬起来。

而在上头，红马骑士已撬开了铝板，火箭的仪器舱暴露出一个缺口，刚好能伸进一只手。他瞧准了里头的一块电路板，准备用手中的工具刀敲击过去。

“八……七……六……”播报员的声音哽咽起来，就像一个即将死于海难的父亲，眼睁睁看着自己的孩子被滔天白浪卷走。

技工已经来到红马骑士的身下，一把抓住他的小腿狠命朝下拽。

“五……四……三……”

红马骑士面露诧异之色，他根本不能想象，有人能够与自己一样，为了信仰牺牲一切。他咬紧牙关，使出全身的气力，一脚猛踹在技工的头顶上。

技工的身体失去了重心，朝着一边倾倒滑落下去；就在这千钧一发之际，他再次抓住了一根阶梯杆子，人半斜着悬挂在火箭外壳上。

“二……一……点火！”播报员用嘶哑的声音发出了最后一声喊叫。

“鲜血圣杯 1 号”飞船承载着人类沉重的希望，开始振动起来，火箭底部喷射出的熊熊火焰照亮了天际。在这一刻，整个地球安静下来，只剩下液氧迅速燃烧发出震耳欲聋的轰鸣。

“不！不！”监控台前的一名操作员绝望地叫喊道。

“怎么了？”莱特福德似乎是在哭叫。

“火箭脱节系统就在点火的一瞬间出现了故障！”

“怎么会……”莱特福德突然觉得眼前一黑，昏倒在地。

在火箭外壳中上段部位的技工与红马骑士，被下方传来的巨大热能灼烧着，两人的皮肤顿时被浓烟熏得如木炭一般，黑色中微微泛出火红。技工忍受着超过六十度的高温，再次调整身体，伸出一只手猛砸红马骑士的腰部。

红马骑士不知是忍受不住痛苦，还是因为觉得已完成使命而可以放弃存活，他松开了手，身体直直地掉落，瞬间蒸发于底部的火光之中。

火箭开始腾空而起，技工知道在火箭升空的超强加速度下，自己没多久便会失去知觉，最终的下场自然是坠落，然后摔得粉身碎骨肝脑涂地。拯救人类的坚定意志让他奇迹般地继续向上攀爬。他从腰间的工具袋中迅速拿出微型无绳焊接枪，在仪器舱的电路板上拨弄起来。

无畏乃奇迹之母。技工娴熟的技艺保全了人类的希望，他几乎只用了几秒就修复了线路。

“看啊！我们的NASA人员在火箭上！”从控制台传来一声尖叫。

正当众人定睛看时，那名操作员再次喊道：“故障排除了！人类之子还在！人类……还在！”接着，他像孩子一般，用极为可笑而让人感伤的表情放声痛哭。

在焦如墨炭的技工脸庞上，露出了欣慰的笑容。他终于可以像年迈的泰坦巨人一样闭上疲惫的双眼，从高空朝下坠落，肩上的NASA徽章在夜幕中折射出地球文明坚韧不屈而英勇无畏的明亮光辉。

“‘鲜血圣杯1号’……飞行正常！雷达……跟踪……正常！”监控台的一名女性也哭泣起来。

群情激奋。世界各处的人们欢天喜地，载歌载舞，欢呼声如滚雷经久不息。

此时，刘丽雅也从手术的麻醉中醒来，她不顾一旁医护人员的阻挠冲出病房，跌跌撞撞寻到一处显示屏幕趴了上去。看着荧幕中疾速腾空的火箭，她泣不成声，喃喃道：“别了，我的孩子！我是不称职的母亲，让你们成为荒漠宇宙的孤儿。但愿你们比我坚强，用不屈的意志去撕碎宇宙中的邪恶，迎来一个比地球更明亮的世界。”她静静地目送火箭逐渐消失在视野之中，心里默念着：“孩子，请带上我对你们最真心的祝福，飞向未来，寻觅到一个林语如诗的桃源仙境。”

莱特福德在几名工作人员的施救下，逐渐恢复了意识，这位满头银发的老人醒来的第一件事，便是去注视大屏幕。

“先生，看啊。花费了一年多的计划并没有失败。是我们的技工牺牲了自己，在生命的最后几秒排除了故障。”工作人员抱着横躺在地的莱特福德说道。

莱特福德点点头，只觉得此刻虚弱的身体是那么沉重，他在地上侧过身，缓缓移动着自己剧烈抖动的手臂，将它放在了太阳穴边，行出一个尽可能标准的军礼，以此作为对那位伟大技工的最高敬意。他整个身躯在悲伤与感动中不住地微颤，两行泪痕已划过了鼻梁。

在遥远的大洋彼岸，马吉云正看着电视直播，意味深长地说道：“也许，太阳系正在重演新文明的诞生和创生者的毁灭。”

31. 神秘来客

马吉云一踏进许程办公室，就迫不及待地问："救我命的莫凡院长怎么啦?"

马吉云在火里，许程却在水里，慢悠悠地说："那天，你的恩人刚踏入手术室，他最为器重的徒弟就立刻报了警。"

"他结果怎样?"马吉云焦虑地问。

"被公安抓走了。"许程回道，"虽然莫院长的行为在主体与客体上，符合犯罪要素，但究其主观与客观方面，似乎又找不到危害之处。因此，检察院对这奇异案件经历了艰难而痛苦的研讨，温暖的人性还是战胜了无情的条文，最终决定不予起诉。但是，医疗系统还是认为这样的事件带来了负面的舆论影响，还有些人暗中作祟煽风点火，所以，他们认为，让年近六旬的莫院长退居二线是最为妥当的安排。"

"多么无耻!"马吉云咬牙切齿地说道，"正因为卑鄙下作可以得志，阿谀奉承可以得宠，自私薄情可以得利，欺骗狡诈可以得益，所以，这个世界不可避免地重复上演‘李尔王’式的悲惨。”

“莫凡院长的徒弟，哼！”许程愤怒道，“他继承了自己老师的职位之后，却开始集党成派，并在架空前领导的能力上表现得出类拔萃。被百般排挤的莫院长觉得继续待在医院是自讨没趣甚至是羞辱，便毅然辞职了。”

“离开世俗之地也是一种舒畅。”

“真像你说的也就罢了，但强烈的失落感让莫院长不甘心就这样无所事事地安度晚年。在朋友的帮助下，他开了一家钢贸公司，想要发挥人生余热。然而，他半路出家，不知商海的深浅凶险，被钢材供应商骗走了几十年积聚起来的财富，而交不出货物给采购商，自然要支付巨额的赔款，可怜的是，他已经囊空如洗。”

“哦！上主竟然如此对待一个善良之人，他本应当得到祝福而不是诅咒。”马吉云感叹道，“那你是如何知道这些的。”

“是莫院长崇高的品质深深打动了我，所以我就经常派人打探他的消息。”许程回道，“知道他陷入危难之时，我便引起了警觉。有钱能使鬼推磨。我雇了几个人不间断地关注这位老人的举动。我刚得知，如果今天下午还不能交出货物的话，采购商将查封他的房屋和资产。”

“那怎样才能帮助他？”

“我已安排好了一切，现在你该粉墨登场了。”许程微笑道。

此时，年迈的莫院长正安静地坐在写字台前，输光了家当并留下巨额欠款，已让他没有勇气再去面对亲人、抵抗屈辱、忍受绝望。台上放着黑紫色的农用除草剂，他知道，只需轻轻举起这小小的瓶子放到嘴边，就能彻底清算自己跌宕起伏的一生和债台高筑的账面。想到这，他开始慢慢地拧动瓶盖。

突然，门外传来急促的拍打声。他猜想可能是采购商的代表已经到来，作为基本的品德，应当做出最后的接待。

门打开了，马吉云穿着一身纯白的西装，朝后梳直的头发像一根根琴弦，戴着一副黑边框的眼镜，平日里稀疏的胡子也剃得清清爽爽。

莫凡只感觉面前的神秘来客十分眼熟，但在他的印象中，只有一面之缘的马吉云没如此白净整洁，便根本没有认出来："你是……"

"哦，我是供应商的代表。"马吉云回道，"因为工作上的失误，我们中断了与你的联系，实在是万分抱歉。"

"什么？"莫凡惊诧道，"简直难以置信！"

"请不要担心，你需要的钢材已如数运达。这是码头仓库的钥匙，可以随时将货物提走。"说着，马吉云掏出一把钥匙交到对方手上。

莫凡呆呆地站立着，已说不出任何话来。

"哦，对了。我们既然有违约行为，理当给予你补偿。"马吉云又掏出一个信封递了过去，"我的任务完成了，告辞。"

莫凡一脸狐疑地撕开信封，看到本票上金额处的首位数字"五"之后有着七个整数位的零，他不自觉地浑身颤抖起来，追出门去时，那熟悉的陌生人如天使一般已神秘消失。

马吉云一头钻进许程来接他车里，仰坐着说道：“大刀阔斧弑仇人，危难之际助恩人，世上还有比这更爽快的事吗？不过，慷慨解囊的人是你，却为何要让我扮演主角。”

“呵呵，正如你所说，雪中送炭般的报答是无比爽快之事，而我的恩人自然是你。”许程坐在副驾驶座位上说，“不过，有件事我做不成，还要让你出马。”

“嗯，说来听听。”

“我托人对莫院长的徒弟进行了暗中调查，得知他劣迹斑斑。我这里有一些零碎材料，你知道该怎么做。”

马吉云瞥了许程一眼，接过文件翻看着，嘴角微微上扬，露出一个冰冷的微笑……

当天下午，在医院内便上演起一幕忍俊不禁的闹剧：医院的网络被侵入，大厅上方的巨大液晶屏上不断弹出一张张不堪入目的画面，都是那位新上任院长卷发大夫出入风月场所的不雅照片。跑来看热闹的医生、护士，像一群白天鹅振翅拍扇、引颈昂叫：“流氓，流氓！”

翌日清晨，马吉云像往常一样，在马路对面吃了三两锅贴和一杯豆浆，便朝着研究中心大楼兴冲冲走去。

太阳一如既往地早起晚归，它远远地在天幕上撩开薄雾的轻纱，用毫无表情的目光注视着匆匆来往的路人。

马吉云刚到办公室门口，被不可想象的喧嚣声所疑惑；平日，这里就像宇宙外太空一样宁静。

“找到了！我们终于成功了！”这时，一个科研人员就像是从马拉松跑回雅典的报捷士兵，喜悦的表情覆盖了整个脸庞，像疯子一般大吼道，接着蹲在地上哭泣起来。

紧接着又有五六个人跑来，欢呼起来：

“最伟大的人物，最伟大的猜想，最伟大的发现！”

“太激动人心了，我简直不敢相信这是真的！”

锣鼓听声，说话听音。马吉云心中顿时涌起莫名的喜悦浪花，他连忙问：“成功什么了？”

“马先生，你怎会不知道？今天，所有科学界的论坛都炸开锅了。”一名女研究员回道。

“是啊，马总，我们侦测到引力波了。”边上的年轻小伙接着说道。

“哦，这个我有些了解，是爱因斯坦的猜想；但为何如此轰动呢？”马吉云再次问道。

“这个很难表达，理解它的人都会感动得想要哭泣，这是比欧拉的上主公式更完美的存在。”女研究员微笑道，但她马上意识到自己犯下了错误，将上司说成不理解引力波的低情商错误。

“好吧，我确实应该再去深入理解一下。”马吉云微笑着回道，“看见刘院长了吗？”

“他此刻应该在会场接受采访，一大堆记者从早上 7 点就等在门外了。”女研究员回道。

穿过走廊，马吉云来到会场。只见手举镁光灯、颈挂照相机、攒动麦克风的记者黑压压一片，情绪激动地叫喊着拥向会议主席台。台上的老者一身黑西装，雪白的衬衣，一根鲜红的领带晃动在胸前，目光炯炯，神采奕奕，脸上布满灿烂的阳光。他就是刘景华。

“听说你们可能侦测到了引力波，是吗？”一个碧眼金发、有魔鬼身材、高挑的俄罗斯女记者捷足先登，用汉语问道。

“我想是的，不久后我们会公布数据。”刘景华显得异常平静。

“那么，是具体什么时间、以什么手段侦测到的？”女记者又问。

“昆北时间2143年12月26日11：38：35。”刘景华回答道，“手段这个词，只适合用于权谋；科学界相信的是透过迷雾捕捉真实的眼睛。”

女记者微笑道：“我看到你们几乎每一位科研人员都在哭泣，能告诉我为什么吗？”

“从发现引力波的那一刻，到接下来的狂欢聚会，大部分同事都哭了，而我当时的心情像被速冻一样冰封了起来。我木然失语，心若止水。但当回到家门前，拿起钥匙的刹那，强烈而复杂的情绪让我浑身哆嗦起来。我冲进卧室，再也不能忍住，号啕大哭了足足几分钟。”刘景华哽咽道，“也许你们不能体会这种感动，就像许多人不能体会登上领奖台的运动健将们的心理活动一样。自生命诞生于地球，花费了30亿年，动物第一次看见了光；又过了5亿年后的今天，人类看到了引力波。探索宇宙真相是科学界最崇高的目标，一代又一代的科学先驱，用毕生精力在征途上艰难前进，留下了坚实而悲壮的脚印。如果这些故去的伟人，能够看到今天的成果……我想……那是多么美好。”说到这里，刘景华已经热泪铺面。

“虽然我有些感动，但还是不能体会到你的真实感受。”女记者说道，“能不能向我们解释一下什么是引力波？”女记者追问道。

“简单说，引力波就是时空的涟漪。如果你对相对论有初步了解的话，应该知道，引力会导致时间与空间的弯曲。一只铅球在柔软的毛毯上打圈，凹陷形状便会不断变化，那么坐在附近的你，就能感受到毛毯传来的波动感，引力波也是如此。只不过前者是二维模型，后者要进一步，化作三维。”

“我记得爱因斯坦说，时空告诉物质如何运动，物质告诉时空如何弯曲。引力波是这种相互影响的表现吗？”女记者似乎事前做过作业，这次问话很专业。

“只能说这是相关的描述，引力与引力波是不同的事物。”

“那么，为何几百年前的猜想，今日才发现？”女记者有太多的好奇。

“因为它太微弱了。即便是这次的双黑洞融合所产生的引力波，大约是两万千米的长度上缩短了一个原子核般的距离。”刘景华回答道，“万有引力始终存在着，但只有牛顿发现了它。哥德巴赫猜想，到了陈景润才有了巨大进展。石油在宋朝之前无人问津，如今却成不可或缺的能源。引力波的发现，对我们而言或许是另一样宝贵财富。”

女记者继续问：“还有一个问题。引力波携带的能量，会对物体产生作用吗？比如将一只杯子推出去，哪怕小得无法察觉的距离。”

“我不想用太多奇怪的论调来回避问题，目前科学界不敢对此下定论。不过，普遍认为，引力波只是空间的拉伸或收缩。

当你注视着杯子时，也许你认为它动了，而其实它根本没动，那只是空间变化产生的光学效果。”

等记者招待会结束，刘景华回到了自己的办公室，推开门，只见马吉云脸色阴沉地坐在沙发上。

“这么重大的发现，怎不在第一时间告诉我？”马吉云似乎有些失落，责问着刘景华。

“你要知道，侦测到引力波几乎像寻找到了上主一样让人难以置信，所以必须要再三地论证，直到凌晨时刻，我们才激动地确认那是真实可靠的。考虑你带病的身体，我觉得还是不打扰为好。”

马吉云挠着头皮蹦出一个奇怪的问题：“引力波是波吗？”

刘景华摸了摸脑袋，极其为难地回道：“它应该算波，但不同于其他波。对它的进一步认知，还需要更多的探索。”

“那么，它拥有波的属性？”马吉云继续发问。

刘景华表情有点尴尬起来，慢慢悠悠地回道：“也许有吧。”

“也许？照逻辑说，只要确定它是波的一种，就一定拥有波的属性。”马吉云自言自语道，又好像在与刘景华商榷。

“只能说，这思路很可能是正确的。”

“尿憋不死人。面包总会有的。”马吉云拖腔拉调地说，便起身在房间里慢步徘徊，然后站到窗前，从百米高处朝下望去。

不远处有一条高架路，只见一辆淡蓝色的磁悬浮列车在眼帘中快速划过，一头钻进天际的白云间。马吉云的思绪也恍若被融化进蓝天中，化作一只白鸽，舒展拍打着翅膀，向归巢的漫漫长途中飞去。忽然，他眉宇一展，心里暗喜道：“也许，我已寻到躲避末日劫难的方向了，这是二百多年前爱因斯坦所留下的跨世纪拯救！”

尽管马吉云沉浸在哥伦布发现新大陆般的喜悦中，但是，他对于刘东升的糟糕情形忐忑不安。他请来了几位知名的硬件工程师，对蓝鲸游戏的终端机进行了检测，但并无发现任何异样。接着，又读取了内部数据信息，同样没有收获。

不入虎穴，焉得虎子。马吉云决定亲自去玩一次蓝鲸游戏，并做好最坏打算，让陈若彤在一旁监视，如发现自己有中邪的蛛丝马迹，立即予以阻止。不过，他相信自己的意志固若金汤，即便面对魔鬼的百般妖术，只可能被阻受挫，决不会被俘降服。

“云，我劝你别试。”陈若彤劝道，“既然知道它万分危险，将其彻底消灭便可，就像虎门销烟一样。”

“为了尽快找到让刘东升康复的方法，也为了搞清邪恶企图，我必须这样做。”

“你如此自信，我也无话好说。”

“那好，我们开始吧。”马吉云说着套上了游戏头盔。

欢迎来到蓝鲸游戏。现游戏版本拥有一百二十八个场景数据，将随机抽取您的本次体验。

#077 场景：命运金字塔。

耳边传来“咣当”一声，似乎有重物落下。马吉云从朦胧中惊醒过来，发现自己躺在一堆稻草中，周围的石墙上几个火把闪动着昏暗的光点，身边还有其他七人。他们的衣服颜色不尽相同，分别是光谱中的赤、橙、黄、绿、青、蓝、紫，而自己穿的是白色外套，不知是何寓意。

“这是什么鬼地方？”马吉云疑惑地大声问道。

“这里是危机四伏的金字塔，你们必须穿越重重险恶机关，才能离开此地。”紫衣人回道。

“你们？”马吉云显然对这奇怪的口吻感到不解，“难道你不是我们其中一员吗？”

“准确说，我不是。”紫衣人笑道，“我是创生者的宠儿，不但了解这里的一切，还拥有超强的力量、无上的智慧、百毒不侵的体质。面前有左右两条岔道，而只有我能安然通过左边那条直达外界的捷径。”

“吹牛吧，你走给我们看看！”蓝衣人不服地说。

紫衣人二话不说朝里走去，待到达通廊中段时，只听得狂风在山洞中呼啸起来，四周射出密密麻麻的暗箭，不知从何处又飘来浑浊的雾气。紫衣人顿时绷紧浑身肌肉，用难以想象的敏捷身法翻滚跳爬，没几下就消失在众人视线之中。

“谁有信心像他那样穿过左边的通廊？”马吉云问道。

无人应答。

“那我们还是老实地走右边那条。”

马吉云说着，带领大家朝里走去。唯独只有红衣人面色憔悴，像痴呆一般站立在原地不动，就像一尊被鲜血染红的塑像。

没走几步，一条河流拦在面前。黑色波纹微微荡漾，泛出丝丝充满寒意的光芒，如同是魔鬼的血液在翻腾，看着就让人觉得浑身发麻。

马吉云纵身跳入河中，刺鼻的气味让他不住地咳嗽起来；游过二十几米，来到岸边，只觉得肺部胀痛，伴随着恶心眩晕。

“你怎么了？”突然后方有人叫喊。

只见橙衣人趴在地上大口吐着鲜血，额头布满了汗珠，抽搐片刻便没了动静。

“也许这河水有毒，他是毒发身亡。”蓝衣人用哭腔说道。

马吉云沉下脸，继续往前进发，没多久，一座高达十层楼的峭壁阻挡了去路。他抓起凸出的岩石，运足劲头，发现自己似乎身轻如燕，便开始迅速向上攀爬，一会儿工夫便上了山顶平台。

“不……”黄衣人因体力不支，从十几米高空摔落下去。

走到平台的尽头是悬崖，离对岸大约十来米，即便是最优秀的跳远能手，也不可能一跃而过。马吉云环顾四周，看见一块块小石板在悬崖之间缓缓地移动着，他细细揣摩着它们的运动轨迹，然后迅速地五次大跨步，顺利抵达对面。

“帮帮我！”绿衣人在另一边恐惧地叫道，“这些石板移动得实在太快了，我根本看不准！”

“别怕！定下心来。”马吉云鼓励道，“它们的速度未必比龟爬快，你一定能办到！”

绿衣人尽可能让自己镇定，犹豫了几次都不敢迈出大腿，他咬紧牙关，看准了机遇，狠下心来，朝前跳起。只见他一只脚踩到了石板的边缘，另一脚踏空，用尽全身的力量想要扭转偏离的重心，但仍旧无济于事。“啊……”坠入万丈深渊的绿衣人的惨叫声回荡着。

“真不敢相信，移动如此缓慢的石板，他居然踏不准。”蓝衣人嘲笑道。

“有的人可以在几秒内，将千字的文章过目不忘。如果你不能做到，那么一样会被他们嘲笑。人与人之间的天赋差异有时让我们愤恨而无奈。”马吉云回道。

剩余三人来到一扇石门前，他们发现打开石门的开关在百米之外，必须有人持续不断地按着，才能确保其他人通过，同样，也找不到任何其他物品来替人做出这般动作。这意味着，必须要有人牺牲自我。

“你们过去吧，让我留下来。”青衣人按下石门开关说道，“染上的毒已让我四肢乏力，而智慧也远不及你们。我是低劣的基因，应该为他人的生存做出奉献，这样才有人可能闯出这邪恶的金字塔。”

正当马吉云举棋不定时，蓝衣人猛然一把将他推过了石门。

“你干什么！”马吉云怒吼道。话音刚落，只听“彭”的一声，石门重重地砸落下来。

“他人的奉献是伟大的，但接受者不该彷徨无措，这不是自私，而是责任，因为那些逝去之人的精神已经融入你的灵魂之中，你肩负着的是更多人的愿望。”蓝衣人说道。

马吉云无奈地朝前走着，一块醒目的标志牌映入眼帘：

“这是右侧道路的最后测试——天使问题”。

只见面前是一个横五竖三的方阵，如同巨大的棋盘。正中间站着一名满身黄金甲的大天使，手持金光闪闪的巨刃。

“这是什么意思？”马吉云问道。

“嗯……天使问题，我也许知道规则了。”蓝衣人若有所思地说，“这应该就是康威的天使问题，我们两人扮演的是在棋盘上逃亡的恶魔，而中间那位天使是屠戮我们的制裁者。”

“那怎样才算赢？”

“恶魔与天使轮流行动，恶魔每回合只能移动一格，而天使是两格。只要恶魔穿过棋盘最后一排即算逃脱成功。”

马吉云深思片刻后说道：“如果我们分别从两头前进的话，只有一人能幸运逃脱。那一切就听天由命吧。”

“不！你难道还不明白吗？”蓝衣人大喊道，“我们衣服的颜色代表了基因的优劣等级，那紫衣人是创生者的宠儿，而你是穿着白衣的神秘来客，象征无限的可能。所以，我就该像金字塔底部的石砖，无怨无悔地撑起顶部的璀璨。确保你的存活，作最贴身的嫁衣，是我和那些牺牲者至高无上的信仰，也是我存在的全部意义。”

“生命没有贵贱，这一次我不能再听命于你。如果是我被屠戮，你一样可以继承我们的意志。”马吉云说着，快步走上首排最右侧的格子。接着，无数把尖刀从地面竖起，将他死死地困在格子中央。

蓝衣人知道，如果自己采用与马吉云相同的策略，那么天使必然随机杀死其中一人，他稍许计算之后，踏上了首排左侧第二格。“唰！”尖刀一样将其围合起来。

“你干什么！”马吉云疯狂地叫唤，“你已进入屠戮范围！”

这时，黄金圣衣天使摇晃起来，转动的巨刃发出摄人心魄的寒芒，但他似乎没有移动的意愿，棋盘再次恢复了平静。

马吉云看见地面的尖刀缩了回去，代表天使放弃了回合的行动，现在又轮到恶魔进行决策。

“奇怪，他为何不杀你？”马吉云纳闷道。

“我想，他的终极目标是杀死我们两人，不到万不得已，他不会走出不利的步子。”蓝衣人回道。

“那你回到最左侧，这样我们还可以有平等的存活概率。”马吉云劝说道。

蓝衣人并没有理睬，再次朝前大步跨出一格，站到了大天使的身旁，尖刀又如旱地拔葱般立起。接着，他叫道：“我已为自己的命运做出了安排，如果你不往前一步的话，那么我将白白牺牲。”

马吉云百感交集，胸口像是被重物敲击了一下，只感觉心慌气短。他朝前走出了悲壮的一步。

面对挑衅的大天使无法继续保持沉默，他再次挥动武器，在进入自己领地的两个敌人中抉择先杀谁，原则当然是就近舍远，他选定了蓝衣人。

巨刃穿透了蓝衣人的胸膛，鲜血喷洒到棋盘每一处角落，他大口吐着鲜血，缓缓摔倒下去，躺在地上挣扎，面向马吉云微笑着说道："为了信仰而死，是光辉夺目的荣耀，在伟大的生命进程中，将留下我微不足道却无比骄傲的印记。请你将理想与希望传承下去，让后人知道我们曾经存在，那便是最美丽的悼词。"他抽搐起来，呼吸变得更加急促，"我将化作白云，怀抱高耸的峻岭；化作烟雾，缠绕牵梦的森林；化作雨滴，招惹悦耳的银铃；化作微风，舞动少女的彩裙；化作火焰，炼造耀眼的真金；化作雷电，爆发黑夜的光明……"

冷面坚毅的马吉云此刻已泪如雨崩，他振作起精神，拖着沉重如铅的躯体，一步一步地向着前方唯一的洞口迈进。

洞口两旁插着似曾相识的火把，映照出岩壁上一排弯弯扭扭的文字："如果你被创生者遗弃，请停止一切无意义的努力，那只会无谓增添悲伤的记忆。"

马吉云偏不信邪，毫不犹豫地踏进洞口，但心有警戒，时刻准备挑战不测的危险。忽然，只听得"咣当"一声响，一扇石门落下挡住了回路。

昏暗中，只见七个身穿不同颜色衣服的人从稻草堆中站起，其中那穿着白衣的神秘来客问道："这是什么鬼地方？"说着，他背向马吉云踉踉跄跄地走去。

马吉云被眼前的景象所震惊而发愣，傻傻地望着面前神秘的白衣人，喃喃道："他不是我吗？那我又是谁？"他不由得低下头看，只见刚才牺牲的蓝衣人鲜血染红了自己每一寸衣物，已然成为别人眼中的红衣人。

他坠入到五里雾中，像痴呆一般站立在原地不动，就像一尊被染红的塑像，两眼迷茫地看着面前那些陆续消失的众人……

模拟场景关闭，系统正在重置数据。

马吉云摘下头盔，两眼直直地注视前方，许久后嘘出一口气，问陈若彤道："我前面有说胡话或怪异的肢体动作吗？"

"没有，只是安静地坐着，让我感觉你是立地成佛了；但怕影响你而造成精神伤害，所以我连粗气都不敢出。"

"唔，我似乎明白了。"马吉云分析着，"激进派的思想极其隐晦地融入蓝鲸游戏之中，似乎在情节上看不出任何端倪，所以它可以在一夜之间风靡全球。"

"既然这么隐晦，为什么有这么多人轻生呢？还有，刘东升都已经走火入魔了。"陈若彤问道。

"问题关键就在于此！"马吉云振作了一下精神说道，"这短短的二十分钟，比通宵达旦还要吃力，并且这感受隐约中又十分熟悉。我断定，这终端是一个微型的记忆植入器。醉翁之意不在酒，蓝鲸游戏真正的阴毒之处，是它会悄然地灌输思想，让玩家不知不觉中走向歧途。"

"分析在理。"陈若彤又问，"可是，为什么你却不受影响呢？"

"这不太清楚。上次灭绝派对我移植记忆，没能清除我的原有记忆，应该算是失败。或许我确实有异于常人之处。"

"那如何救治刘东升呢？"

"解铃还须系铃人。既然他的部分记忆被更改了，那我们就寻找方法将其变回去，但这需要花心血去研发技术。”马吉云沉下脸说，“当务之急是，要让蓝鲸游戏的网站瘫痪，尽快终止它的危害。”

“你想黑掉这个网站？”

“试试看吧。”

马吉云自小喜爱电脑，他无师自通，手机越狱、程序解密样样不在话下，同时也在互联网上结交了一批黑客，可谓是三教九流都玩得风生水起，而且麾下有各式各样的黑白军团。只一个小时，蓝鲸游戏的网站便已崩溃。

坐在电脑前的索朗贡马上意识到自己的蓝鲸游戏已被人盯上，自己花费多年的心血即将付诸东流。他知道，大量玩家的自杀行为出自于低劣的程序设计，就像过快致命的病毒不利于传播一样，终究将会自我消亡。失败乃成功之母，更完美的蓝鲸游戏必将到来。

黛丽丝侧着头流露出迷离的眼神，嘴角挂着魅惑的笑容，用过分标准的猫步向前走出一字路线，娴熟的技巧让性感处摇摆得异常显眼。她坐到索朗贡的身边，用一只胳膊搭在他的肩上，表情充满着妩媚。

对于大多数男性来说，荷尔蒙在此刻会本能地驱动兴奋神经而表现出机械般的快乐，而世界上总有这么几个异乎寻常的人存在，他们不是疯子就是天才。

索朗贡似乎并不领黛丽丝的情，仍然端坐着。他正在思考的是，为何女人能够从引诱异性中获得满足感，似乎这是大自然赐予她们的一大技巧——偷盗的技巧，那便是用最少的付出获得大量的资源与优势，而被行窃的主要对象恰恰是富足的强者。为爱甘愿牺牲一切而无所求的烈女，只是基因进化路途中的美丽缺陷。然而，无论男人还是女人，不管是巨如山丘的蓝鲸还是细微不可见的病毒，又有哪个不在偷盗身边的资源呢？生命披着典雅高贵的外衣，隐藏着的却是无耻与卑劣。

一旁的大彩电正播放着新闻："昨天一出悲剧再次上演。一名四十六岁的男性跳楼自尽。令人担忧的是，这些怪异现象就如流感，有泛滥之势。据心理专家解释，这也许是一种末日综合征。"

"格格格！大多专家的本领就是，用彩色棉花糖般华丽空洞的专业名词来掩盖起自己的无知。"黛丽丝喝了一口红酒，大声笑道，"索朗贡，想不到你们这个小小的计划才实施不到三个月，就有如此大收效。这是什么力量？简直比搞刺杀、下毒还刺激！"

"小小的计划？你们灭绝派有崇高的自然革命，而我们激进派则是伟大的思想革命。"索朗贡向她隐瞒了自己苦心孤诣制作的网站已被攻击，打肿脸充胖子，装出一副悠然自得的样子说，"思想的力量远胜于千军万马。"

"思想是什么？"黛丽丝不以为然地说，"不就是多懂几个酸溜溜的哲理！"

"它可以让人献出亲生骨肉'狸猫换太子'，可以剖肚切腹以效忠心，可以让信徒见到峨眉金顶佛光纵身跳入万丈深崖。"索朗贡以学究的口气说，"正因为我们有思想，才能百折不挠地支撑至今。我的目标就是排除劣势基因，让疾病、愚蠢、丑陋、软弱彻底消失，塑造天堂般的世界。”

“听起来很动听，但终究没有我们的崇高。”黛丽丝得意地说，“为了让地球完美，我们可以最终抛弃自己美好的生命。”

“你的无私与博大令我感动赞赏，但决不认同。”索朗贡像在演讲一样严肃。

“世界总是那么残酷！”黛丽丝笑着说，“当你们激进派成功之日，就势必是你我反目成仇、誓不两立、必死其一的局面吗？”

“为了信仰，再多的苦痛与牺牲都该默默承受，你我也是如此。如果那天到来，我们会在尊严的光辉下交锋。”

正这时，灭绝派的一个人员来报：“首领，我得到一个非常重要的消息，要向你禀报，请你单独聆听。”

黛丽丝看看索朗贡道：“这里没有外人，黑马骑士，你请说吧。”

这个被称作黑马骑士的人是灭绝派军师参谋，实际也是副首领。他低着头重复他的话：“请首领单独聆听。”

索朗贡知趣地走开了。

“快说，是什么事？”

黑马骑士这才开了口：“拦截派首领刘东升似乎研制出了对付射线暴的武器，马吉云也号称根据引力波找到了拯救地球的方法。虽然，这些听起来像是天方夜谭，让人啼笑皆非，但我们还是应当引起重视。”

“马吉云？怎么又是马吉云！当年没狠心除掉他，真是后患无穷！”黛丽丝恶狠狠地将手一挥，“亡羊补牢不为迟。擒贼捉王，把刘东升和马吉云灭了！还有，那个老家伙刘景华也绝对不能再放过。”

“这三个人今非昔比，他们深居简出，行动诡秘，还有保镖时刻暗中保护，恐难下手。”黑马骑士叹了口气说道，“我心里清楚，单靠我们残余的几百号人根本办不成什么事。联合激进派呢？”

黛丽丝连连摇头：“索朗贡嘴上说有十万雄师，但我知道他的老底，三千人能凑齐恐怕也难。再说，指望他那些蠢如猪、笨似熊、榆木脑袋的散兵游勇成事，就是盼阳光变金子、月亮泻白银、下雨掉珍珠、刮风落玛瑙一样可笑。何况，他并不希望人类毁灭，自然也不会阻挠拦截与移民。”

“敌我力量太悬殊了。我们只是丘陵，对方是巍峨泰山；我们只是水渠，对方是滔滔江河；我们只是小草，对方是百年青松。如果只拘泥于武力，那胜利就是海市蜃楼。”黑马骑士眼珠转了几下说，“假使公正的天平发生了倾斜，那么小小的一粒豆子就能撬动整座山脉，这便是智慧的杠杆原理。”

“那你又有怎样的锦囊妙计，可以把马吉云他们撬出地球？”

“你要知道，功高盖主的人物往往是悲剧收场。拥护马吉云的民众实在太多了，其名望甚至超过了任何一位政治领袖。虾蟹大红即为盘中餐，桑杏大紫将作人美食。象征荣誉的金属徽章，可以挂在胸前作为耀眼的饰品，同时也可以变为一把穿透心脏的夺命尖刀。”

“这听起来确实让人怡然自得，那我就翘首以盼你的喜讯捷报了！”黛丽丝脸上掠过一丝阴笑。

正当一坛酸臭刺鼻的阴谋诡计在灭绝派酒缸中酝酿发酵之际，和谈派基地的天文观测屏上不停地闪烁着“不明运动物体”的标识，它正以每秒二十六千米的惊人速度蛮横地冲入太阳系，直直地朝着地球方位而来。

这位“神秘来客”将为人类文明带来希望，还是另一重劫难？

作者简介

马寯，1981年出生，上海交通大学经济学学士，房地产经济师。自幼爱好写作，有多篇习作发表于各地刊物。主要作品有中篇小说《无敌舰队的覆灭》、长篇小说《小稀奇采访奇遇记》(福建少年儿童出版社已出版）和中短篇小说集《小象铁扇子童年记趣》等，曾用笔名白墨、文学军等。现为中国大众文学协会会员、上海作家协会会员。